Staread
星文文化

金沙古卷

JINSHA ANCIENT SCROLLS Ⅳ 伏羲秘卦

鱼离泉 著

浙江出版联合集团
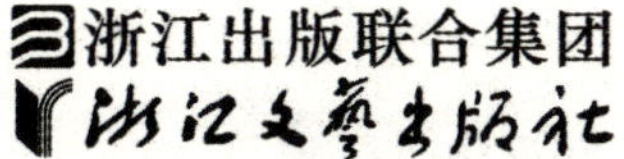

图书在版编目（CIP）数据

金沙古卷．Ⅳ，伏羲秘卦 / 鱼离泉著．-- 杭州 : 浙江文艺出版社，2017.12
ISBN 978-7-5339-5112-2

Ⅰ．①金… Ⅱ．①鱼… Ⅲ．①长篇小说－中国－当代 Ⅳ．① I247.5

中国版本图书馆 CIP 数据核字（2017）第 291327 号

责任编辑：罗　艺
责任印制：朱毅平

金沙古卷Ⅳ·伏羲秘卦

鱼离泉 著

出版　浙江文艺出版社
网址　www.zjwycbs.cn
经销　浙江省新华书店集团有限公司
印刷　北京毅峰迅捷印刷有限公司
开本　700 毫米 × 1000 毫米　1/16
字数　385 千字
印张　20
版次　2017 年 12 月第 1 版　2017 年 12 月第 1 次印刷
书号　ISBN 978-7-5339-5112-2
定价　38.00 元

目录
CONTENTS

◀ 第一章

JINSHA ANCIENT SCROLLS

干尸

我独自一人走在一条黑漆漆的乡间小道上，一路上没有遇见任何人，只是路过一些人家时，脚步声惊动了一两只看家的土狗，叫几声后又没了声息。

一路小跑出了些许汗水，被夜风一吹立时就干了，反而觉得背后凉飕飕的。周围的树影在夜风中摇曳，枝叶之间碰撞发出哗哗的声响，朦胧月光下的树影就像张牙舞爪的怪兽。我感到有些心慌，不由得加快了脚步。

可我不知道自己为什么要跑，更不知道自己为什么会在这里，又要去向何方。直到在黑漆漆的山谷口，我看到了一个身穿黑袍、戴着金色面具的怪人。

戴面具的怪人死死地盯着我，在他的身后，是一条巨大无比的蛇。奇怪的是，这巨蛇的身上，竟然长着像鸟一样的羽毛。

怪人缓缓地将手伸向自己的面具。当他取下面具时，我看到了一张熟悉又陌生的脸，那是脸色苍白的秦峰。可是秦峰的双目，已经被人挖出，只留下两个深邃干瘪的坑洞。从他的眼眶之中，陆续伸出了疑似神经线和毛细血管的触手，两行血泪顺着脸颊缓缓流淌。

我的脸色顿时变得无比苍白，震耳的铃声随即响起。我一下子从噩梦中惊醒，伸手从床头抓过手机，手忙脚乱地将闹铃关闭。

我有些茫然地看了看四周，发现自己正睡在家里的卧室中，周围也没有噩梦中看到的诡异人影。

我本能地想要给秦峰打电话，可只按了几个号码，就又停住了。

能对他说什么呢？说自己梦见他一副诡异的样子吗？

我去卫生间冲了个澡，整理了下思绪，发现可能是最近压力太大了，整个人有些精神恍惚。

休息了一会儿，我差不多完全清醒过来，这才记起昨天答应过姐姐，今天要去她家吃饭。

姐姐上个月和姐夫徐坤结婚了，当时我们的父母来成都住了一段时间才回老家去。

姐姐的婚事完全定下来后，父母亲的嘴就落在了我身上，天天嘀咕着什么时候给他们带个儿媳妇回去，这让我多少有些尴尬。

说起来彻底加入铁幕后，我现在的收入虽然比上不足，但是在省城内足够立足了。

只是维持这种收入的前提是失去部分自由，并且随时有可能因为和古蜀相关的神秘事件而遭遇危险。像这种秘密组织的成员，应该说是行走在灰色地带，也不太适合找一个普通人作为另一半的。

心底偶尔会闪过叶凌菲的样子，可不知为什么，再次见到叶凌菲后，我依然把她当作当年的小妹妹，即使接触时间长了，也总觉得我们之间有一层说不出的隔膜。

或许最适合的就是敖雨泽。有时候我也能够感受到敖雨泽的心意，可是不知道为什么，我们两个人都没有主动去捅破最后一层窗户纸。

按照明智轩的说法是，一九九五年的时候，敖雨泽因为僵尸事件失去了父母，这很可能让敖雨泽对组建家庭产生了心理障碍，至今心底依然害怕失去至亲。

如果肖蝶没有叛出铁幕，没有和敖雨泽反目，或许还好一点，毕竟身为一名优秀的心理医生，她是最有可能通过催眠、暗示等手段解决敖雨泽心病的人。

和姐姐、姐夫吃过晚饭后，我能够看出来，姐夫现在对姐姐明显好多了。而姐姐不知道是不是换了工作的缘故，比以前也自信了许多。

我估计，姐姐现在工作的那家公司应该由真相派的外围势力控股，尽管在雷鸣谷的时候我差点和真相派的人生死相搏，不过后来为了对抗秦振豪我们恢复了合作。

而且现在真相派的行事，似乎也没有当初那么肆无忌惮了。尤其是接头人变成肖蝶之后，我们之间的关系也平和了许多。也正因为如此，姐姐在公司里应该是受到暗中照顾的。姐姐虽然文化程度不高，但是心志却比一般人坚毅，前些日子凭着自身能力还升了职，这让姐姐看起来更有魅力了。

姐夫徐坤家里多少有一点势利，不过还是在普通人嫌贫爱富的心态范畴内。毕竟人无完人，加上姐姐认定了这个谈了好几年的男友，两人走入婚姻殿堂也是在情理之中，因此我和姐夫的关系也改善了不少。

一家人闲聊的时候，姐夫徐坤偶然提起他的一个朋友在送仙桥做文玩买卖，之前曾和一伙盗宝者接触过，后来差点卷入一起杀人案，还好有不在场证明，不然就惨了。

一开始我没有在意，可是当姐夫提到他的朋友所接触的盗宝者是从眉山江口镇的岷江中打捞起文物和沉银时，我一下子就认真了起来。

最近我在铁幕中翻阅一些保密级别极高的资料，其中有一份很有意思，正好和传说中的江口沉银有一点关系。

“能具体一点吗，关于那起杀人案，是因为分赃不均还是什么？”我问道。

姐夫见我来了兴趣，也健谈起来，说道：“那个盗宝者后来突然死了，案子到现在都没破。我朋友那几天刚好去了另外一个县城收文物，不仅有人证，还在那个县城的一家酒店里留下了监控记录。”

“既然如此，警察为什么会找上你的朋友？”我好奇地问。

“那个盗宝者原来想要出手几件文物，他死后，那几件文物都不见了。我朋友作为少数和他接触过的文玩商人，自然是重点怀疑对象。”

“后来呢？”

“后来发生的事更加诡异，据说那个盗宝者死后不到十二小时，尸体还没来得及解剖，就诡异地失去了全部水分，变成了一具干尸！”姐夫神神秘秘地说。

“别听他胡吹，哪有十几个小时就变成干尸的？”姐姐在一旁不屑地说。

我点点头，最后还是背着姐姐悄悄问了姐夫他朋友的联系方式，然后起身回了家。

第二天，我本来想约上敖雨泽前去古玩市场一探究竟，不料敖雨泽说她要单独调查一起新发生的神秘事件，一时走不开，我只能独自前往。

送仙桥古玩市场是成都最著名的古玩市场，地点在青羊区浣花北路，就挨着浣花溪公园。不远处是四川博物馆和著名的青羊宫。

古玩市场正式开张时间是在一九九八年，不过据说民国时期这里就曾有类似的古玩交易，一九四九年后被强制关闭了，直到九八年才重新开张。

经过这些年的发展，送仙桥古玩市场已经成为整个西南地区最大的古玩交易中心，在全国的古玩市场里排名第三。市场里不仅有众多古玩商铺，还有不少棚屋甚至是露天的摊位，每天来往的各地客商很是不少，其中自然也少不了盗墓者和文物走私分子的身影，有点龙蛇混杂的味道。

我找到了姐夫朋友在B区的店铺，店铺已经有些老旧，里面的文物摆放得乱七八糟。柜台里面一个光头的胖子正聚精会神地玩着手机，我估计是在玩什么手游。

“是赵成东东哥吗？我昨天给你打过电话，我是徐坤的小舅子，杜小康。”我说道。

光头胖子抬起头来，一脸茫然，继而一拍脑门，说：“哎哟，你瞧我这记性，昨天确实接到过你电话，今天差点给忘了。”

我笑了笑，走进店铺内，说道：“你这位置挺清净的。”

胖子赵成东苦笑道：“是啊，今年不晓得为啥子，生意不好。都说我们这一行是三年不开张，开张吃三年，可那样的冤大头哪里那么容易遇到，平时还不是靠点小生意细水长流。隔壁的店铺年初就挂牌说要转让，转让费从二十多万，一路降到十几万，还是没人接手，你说这世道……”

见赵成东还要絮絮叨叨地往下说，我连忙打住他，然后简单地说明了来意。

赵成东顿时警惕起来，问道：“你打听这个干什么？难道你是警察？”

我笑道：“徐坤可是我姐夫，先别说我不是警察，就算是，我也不能坑了姐夫的哥们吧？再说你有不在场证明，这件事也栽不到你头上。我就是好奇。”

“别，哥们在这一片混了十几年，可从来没见过因为好奇专门打听死人的事的，你有什么事还是直说吧。”赵成东眯着小眼睛，狡黠地说。

我愣了愣，能在古玩市场待十几年的，可都是些老狐狸，看来这家伙是不见兔子不撒鹰。

我看了看他店里的古玩，对这玩意儿我之前也不是很懂，只是如果是古蜀时期的老玩意儿，还是能多少看出一点。

我的目光落在了墙角一件残破的青铜戈上。要知道，青铜器，尤其是商周时期的青铜器，最便宜的都要几十万，若品相完整，起码是百万起价，因此山寨的赝品尤其多。

不过，这件青铜戈，尽管铜锈斑斑，但依稀能看到上面刻着几个歪歪扭扭的怪异文字，而这些文字并非我熟悉的巴蜀图语。

巴蜀图语作为古蜀王国的官方文字，至今还没有被完全破译，就连叶教授那样的高级知识分子，也不敢说能认识巴蜀图语的一半。而我是一个半吊子水平，这一年多来也就认识了近百个字。

不过我也知道，在巴蜀图语之外，还有另外一套文字体系，这种文字乍一看和巴蜀图语有些近似，但本质上有所不同。它们是在二十世纪五十年代到九十年代陆续出土的巴蜀铜戈上发现的铭文，考古界称之为巴蜀戈文，跟巴蜀图语有一点关系，却不完全是一个文字系统。

存放在赵成东店铺墙角的这件青铜戈，上面刻着的怪异文字很有可能就是巴蜀戈文。这样的戈文很难仿造，就算是仿制的赝品，大部分也都出自八十年代一个叫老苍头的铜匠。

“这东西咋卖？”我随口问道。

赵成东的小眼睛亮了一下，最后懒洋洋地说：“这东西我收成二十七万，既然是坤哥的亲戚，你要的话添一万手续费拿走。”

我冷笑一声说：“你当我傻？这玩意儿真要值二十八万，你早就当宝贝供起来了。我记得几十年前，有个叫老苍头的铜匠擅长仿制古蜀时期的青铜戈，而且这老头有个毛病，会将自己名字中的‘苍’字的戈文，刻在某个不起眼的地方，你要不要再仔细找一找？”

关于老苍头的传闻，我是在铁幕的资料库里看到的，虽然不起眼，但我记性极好，看过后就没有忘记。

资料上面说，就算是出自老苍头之手的仿品，在古玩市场也值好几万，毕竟这种手艺基本已经失传了，高仿品虽然卖不了原价，但本身的艺术价值也是不低的。

“哟，想不到坤哥的小舅子还是行家？得嘞，这东西你要真喜欢，三万块钱拿去，再低可不成了啊，我得亏本了。”赵成东似乎有些意外，犹豫了一下说道。

我点点头，这个价位的确差不多了，估计赵成东的赚头也就几千块而已。这在古玩行里算是厚道的，就算买回去作为摆设，也还值得。

换作几个月前，我肯定舍不得花几万块钱买一块破铜烂铁，好在最近收入上来了，真品买不起，几万块的仿品还是不在话下。

刷卡买下这件仿制的青铜戈后，赵成东给我找了个盒子，放上气泡软垫装好。达成了一桩买卖，赵成东的兴致明显高了许多，看我的目光也柔和了一些。

见周围也没有其他人，赵成东干咳了几声，小声问道：“我说小康兄弟，你为啥对我遇到的那件倒霉事感兴趣？”

我笑着说道：“其实我真正感兴趣的，是张献忠江口沉银的大宝藏。”

这当然是玩笑话，谁不知道那宝藏虽价值惊人，却也十分烫手，敢去私自发掘的人，前些日子已经抓了不少。

“小康兄弟说笑了，那宝藏的确大得吓人，据那些狗屁专家估计，如果全部挖出来，不算价值连城的文物，光是熔铸成马蹄形的银子，就价值三十多个亿。仙人板板，三十亿，我开一百年店也挣不了这么多！”赵成东眼中露出一丝贪婪，说道。

“是啊，财帛动人心嘛。”

“不过话说回来，那宝藏虽然值钱，可也要有命去享受才行，你说是不是这个理儿？你是坤哥小舅子，那就是自己人，我老实给你说，这个宝藏，除了公家的人外，其他人都碰不得。”赵成东神秘地说。

“哦？这是为什么？”

“第一，因为去年的盗宝案影响太大，已经抓了一批，判了十几个了，有盗宝的，有销售的，据说有个同行的哥们跑到北京都给抓回来了。说白了，那宝藏已经被公家盯上了，据说明年年初就要正式开始挖掘。这个节骨眼谁要是还敢冒天下之大不韪去盗宝，基本都会被从快从重处罚。”赵成东感慨地说。

“我对它有兴趣，可不代表我要自己去水下挖嘛。”我说道。

“小康兄弟，这次你一定要听哥哥的，东哥我决不会害自家兄弟的亲戚。那宝藏除了被公家盯上外……还有些邪门，听说已经不止一个接触过宝藏的人突然横死了。最恐怖的是这些人横死之后，都很快变成干尸，眼珠子瞪得老大，像随时都要掉出来……”赵成东眼中闪过一抹惧意。

“你是说，接触过宝藏的盗宝者，有一部分死亡后不仅变成了干尸，眼睛还极度朝外凸出？这是……纵目？”我喃喃地说。

“对对对，就是纵目，我就说这宝藏邪性吧？那些干尸嘴巴保持着笑容，眼睛还朝外凸出，就和三星堆里那些纵目青铜人像差不多。太可怕了，你说这几百年前的张献忠宝藏，怎么就和几千年前的古蜀国青铜人像扯上关系了呢？该不会是张献忠的宝藏里面，有古蜀国的青铜器？”赵成东脸色古怪地说。

“你接触过那个死去的盗宝者，他还有没有其他同样参与的同伙？”我问道。

赵成东脸色微变，连忙说：“没有没有，哪里还有其他人……”

我见他有些言不由衷，便探过头去，悄声说道：“你知道省城的明家不？”

“明家？就是有上百亿资产的那个明家？”赵成东大吃一惊。

我掏出手机，翻到几个月前我在明家庄园里的一张照片，低声说：“我和明家的大少爷是好友，明家的庄园也不是第一次进去。东哥如果能给我多透露些消息，下次明家老爷子如果想倒腾几件老玩意儿，我第一个介绍东哥过去。以明家的财力，可不会像我这样买一件仿品糊弄事儿，几十上百万的东西，估计人家还嫌低档了。”

赵成东听得眼冒金光，似乎有些意动。

我再度加码，说道：“放心，就算最后有什么事，我也绝对不会说是从东哥你这儿打听来的。如果我真的能在里面分一杯羹，到时候少不了东哥的好处。”

赵成东犹豫了好一阵，最后才咬牙说道：“那家伙目前还处于被通缉的在逃阶段，而且现在不敢通过车站出成都，害怕在路口被拦截。据我所知，他手里应该还有几件压箱底的文物想要尽快脱手，换成现钱后准备逃去缅甸，你如果真想找他，我倒是可以做个中间人。”

“东哥怎么不自己收了那几件文物？”我诧异地问。

“嘿嘿，那几件文物的确很有价值，可是太烫手了。现在追查得严，东哥我人虽然胖，可是胆子却不肥。再说，就算有买家想要吃下来，也会等那家伙山穷水尽的时候再压低价格，现在古玩城里的老狐狸们都故意晾着那家伙呢。”赵成东露出一个“你懂的”的眼神。

我和赵成东约好，只要他联系上那个叫作范老七的盗宝者，就让我装成买家前去见上一面。不过能从中得到多少消息，就要看我自己了。

第二天，我联系上明智轩，如果能有这家伙在一旁给我撑场子，那就更能增加可信度了。前两天去旅游的时候中途返回，被打乱了计划在家闲得无聊的明智轩，一听说有新的有趣的事情，顿时比我兴致还要高。

晚上我接到赵成东的电话，说已经联系上了范老七，双方约定在城北郊外的一处废弃工厂见面。

这处工厂因为污染严重，几年前被勒令停产搬迁，工厂的地也被收回等待商业开发。可惜成都一向有西贵南富东穷北乱的说法，北边的地，尤其是绕城高速北边附近的地，并不算好卖，加上这两年房地产不太景气，这块地荒废了好几年也没有开发商愿意接手。

我坐明智轩的车先去了送仙桥接赵成东。当赵成东听我介绍说这是明家的大少爷，又见他开着一辆价值五百万的慕尚，上车后整个人都晕乎乎的，等他好不容易清醒过来，看明智轩的眼神如同在看一尊会行走的金人，说话都有些结巴了。

我不由得暗自偷笑，其实这辆慕尚并不是明智轩的，而是明父的。这家伙有的几辆豪车无一例外都是SUV，我记得他至少有三辆SUV，分别是宝马、路虎、卡宴，总价值虽然也将近四百万，但都不如这辆慕尚值钱。

到了约定的废弃工厂，这里虽然靠近绕城高速，但说起来都算是荒郊野外，我不由得暗自嘀咕，对方想要交易的文物怕是都不如明智轩开来的这辆车值钱，不会被黑吃黑吧？

不过以我目前的身手，只要不是敖雨泽那个级别的变态，一般人都不在话下，哪怕对方手里有枪也不怕。我估计自己能发挥出的体能，在不彻底激活血脉的前提下，至少是普通人的三倍。这个倍数已经远远超越了世界级的运动员，甚至跨越了人类的极限，触碰到“超凡”的边界了。

停好车，在赵成东的带领下，我们进入废弃工厂。在里面走了一阵，我们到了一处满是生锈管道和十多米高的巨型容器的地方，前面拐角处有电筒光闪烁了几下。

赵成东连忙打开手机的电筒，以三短二长的频率晃动着手机，大概是约定的什么暗号。

对面的电筒光又持续了四五秒，接着就熄灭了。赵成东对我们说：“成了，我们过去。”

我们往前走去，只见前面是一个戴着口罩的男子，因为光线太暗，看不清长相，只能感觉对方并不高大，身高在一米七左右，体重不超过六十公斤。他手里拿着狼眼手电，先前发送信号的应该就是他。

我本以为双方还要对一点什么天王盖地虎宝塔镇河妖之类的暗号，不料对方什么话都没说，直接在前面带路，让我顿时好生没趣。

到了废弃工厂的一处厂房，里面已经有两个人在等着了。这两个人其中一个戴着动画片里的熊大面具，看上去极为搞笑，还有一个同样戴着口罩，看身形应该是个女的。

“七爷，咋还整得这么神秘？连面具都戴上了？”赵成东看着戴熊大面具的男子，吹了声口哨，笑着说道。

“你带来的毕竟是生面孔，还是小心点好。”戴着熊大面具的男子应该就是这几个人的头目，赵成东口中的范老七。

“放心吧，七爷，都是自己人，而且这位大少大有来头，你那点货只要大少看上眼了，完全不是事儿。”赵成东吹嘘道。不过他还算有分寸，没有提明智轩的姓名和来历，要不然惹上这些人，多少有些麻烦。

这时，从门口进来一个身形瘦小的男子，脸上没有戴面具或口罩，对范老七说道：“七爷，后面没有条子跟着，而且他们开来的车挺好的，我看应该没问题。”

范老七原本绷紧的神经似乎稍微松弛了，点点头说：“最近风声紧，去年葛家全家都被抓了，小心点没大错，兄弟们别太见怪。”

我知道他说的葛家，是一个家族式的盗墓团伙，去年江口沉银案里的主犯，据说在江口盗掘的文物涉案金额过亿。这比起那些盗墓小说里的主角，辛辛苦苦下墓一趟，才倒腾出一点值几万块的玉佩要高明多了，现实往往比小说还让人觉得不可思议。

“先看看货吧，另外我们还需要买几个消息。”我淡淡地说。

“七爷，这两位财神可是大买家。最关键的是他们是买来自己收藏，不会轻易流到市面上去，若真的谈成了这笔买卖，也没什么风险。这可比你卖给古玩城那些个老狐狸来要划算得多。”赵成东谄笑道。

范老七矜持地点点头，似乎有些意动。他考虑了一阵，挥挥手，让最后进来的那个没有戴面具的汉子拨开墙角的废钢铁，露出一口大木箱子来。

我们围了过去，范老七打开木箱，拨开稻草，我们不由得倒吸一口凉气。静静躺在稻草上的，是大西政权的将军册、封金册，大将军虎符、金印，另外还有一些叫不出名字的玉石和青铜器，尤其是那几件青铜器，看上去有些年头了。

要知道，张献忠建立的大西政权被清军覆灭后，清军深恨之前张献忠的顽抗，将大部分缴获的大西政权资料都销毁了，而张献忠在四川搜刮的亿万宝藏，又被他提前沉江，能流传下来的极少，可以说价值不菲。

“看看吧，这里一共十二件宝贝，如果全要的话，一口价一千万。只要在手头捂上七八年，到时候至少翻十倍卖出去。”范老七有些不舍地说。

我看了看里面的青铜器，发现是战国时期的，不由失望地摇了摇头：“有没有古蜀时期的？”

范老七明显愣了下，说道：“小兄弟，这是八大王张献忠的宝藏，要古蜀国的，你得去城里的金沙遗址，要不去广汉的三星堆看看。”

“张献忠当年搜刮了几乎整个四川的财富，我不信古蜀国没有一件宝物流传下来，只要有，就有六七成可能落入张献忠手里。”我说道。

“的确有这个可能，不过不好意思，我们没有得到过。”范老七沉声说道。

“这块玉还不错。”明智轩拿起里面的一块玉佩，赞叹道。明智轩虽然是富二代，但明显比普通的二世祖要有才华得多，家里也见惯了各种高端文玩，因此眼光毒辣。

“单买这块玉的话，一百二十万。这可是上好的和田玉，又有几百年的历史，这个价绝对值了。”范老七说道。

“的确，一百二十万不算贵，不过像你刚才说的，现在江口沉银的宝藏正是风声最紧的时候，脱手肯定十分困难，所以，一百万。”明智轩轻笑着说。

范老七的身上明显升腾起一股杀气。我心中一凝，这个家伙，很可能手里是有人命的。明智轩毫不示弱地与他对视，不过看到的只是一个搞笑的面具，我估计明智轩这家伙心底早就笑翻了天。

最终范老七艰难地点头，让明智轩用手机给一个指定的账户转了账。这个账户应该是范老七收购来的，估计资金很快会被转走，洗干净后再重新汇入他自己的账户。

明智轩将那块玉佩随意放进衣兜，干咳了一声，示意我可以继续自己的事了。只要这块玉佩短时间内不暴露出去，过几年绝对能够升值。

“另外我们还想问七爷几个问题，如果答案合我的意，我可以让七爷和几位朋友安然离开成都，到东南亚去。”我笑道。

“你有这个能力？”范老七明显有些心动了。

“我从不会和交易伙伴开玩笑。”我说道。其实我心里也不是很有底气，不过，铁幕既然能和各大势力保持默契，甚至能明目张胆地将枪支走私进来，那么送几个人到东南亚去应该是小菜一碟。

不过，像范老七这样涉黑的人，手里说不定有几条人命，对他也不一定要遵守承诺。等我们得到需要的消息后，哪怕直接报警抓了他，也是他活该。从道义上讲这或许有些无耻，可若是这点变通也没有，未免太迂腐了些。

“我听说有部分接触了江口沉银宝藏的人，突然离奇死亡，并且在不久后变成了干尸？”

“嗯？你问这个干什么？”范老七的声音中透着古怪。

“我想，是我问七爷问题，而不是七爷问我。这是一个交易，如果七爷愿意如实回答，那么我自然会完成我的承诺。”

“没错，是有这回事。当初明面上参与了江口沉银盗宝的团伙，一共是八个，有六个已经被警察抓住了，剩下的两个团伙，一个是老子和在场的几个兄弟，还有一个就倒了血霉了，六个人，据说只剩下一个望风的了。”范老七说道。

“七爷说得没错，当初和我有过联络，最后变成干尸的，就是那支队伍的人。”赵成东在一旁补充道。

“那你们为什么都没事？”我问道。

“你什么意思，咒我们去死啊？”戴口罩的男子怒声道，声音中带着焦急。

“强子，小声点，别得罪了财神爷。”范老七说道。犹豫了好一阵，范老七终于沉声说道：“你猜得没错，我们的人也有两个出事了。他们是同一天下水的，我现在想起来，这两个兄弟和差点死绝的那支队伍的人有一个共同点，那就是他们都进过鬼船。”

“鬼船？”我觉得自己似乎越来越接近真相了。

“是的，鬼船。那是一艘沉船，虽然只有十来米长，但里面的东西可不少，大部分都是形状各异的石雕，还有少量的青铜器。嗯，那些青铜器中有一部分和三星堆里的青铜人头像很像，估计就是你想找的古蜀时期的文物了。”

“为什么说它是鬼船？”我不解地问。

“因为听我们那两个死去的兄弟临死前说，他们在那艘沉船上，遇到了水鬼。”范老七的声音中，明显多了一丝恐惧。

“那两个人的尸体呢？”我问道。

“你究竟想要干什么？”戴口罩的男子不耐烦地问。

我皱起眉头，冷冷地看着他，如果这个家伙敢坏我的大计，我也不介意给他点苦头尝尝。

“你别介意，我们死掉的两个兄弟，有一个是他的堂弟。”范老七尴尬地说。

我一愣，怪不得这人如此激动，原来还有这样的内情。不再和他多计较，我说：“我要看看他们的尸体。”

“不行。”口罩男再度插嘴。

“小花，你带强子过去抽根烟。”范老七扭过头对身边的女人说。

被称为小花的女人点点头，然后硬是拉着口罩男出去了。

“让你们看笑话了，这家伙比较重亲情。不过我也有个疑问，二位财神爷到底想要知道什么？”范老七反问道。

“如果我说我们有个朋友的手臂，曾在短时间内干枯，我们想要找到其中的原因，这个理由你信不信？”我想起了阿华，说道。

范老大盯着我看了好一阵。我默默拿出手机，找出了阿华截肢前的照片。当时他在蛇神殿里失去了一条手臂，回到现实世界后，那条手臂还在，却完全无法动弹了。本来以为可以做理疗慢慢恢复，谁知手臂在短短几天内逐渐坏死，最后像失去生机一样迅速干枯，让这条无法动弹的左臂看上去犹如厉鬼。

照片记录了他的手臂从开始坏死到完全干枯的过程，一共有五六张。看到这些照片，范老七心中的犹疑算是打消了。我在心底默默对阿华说了声抱歉，这次只能先找这个借口将眼前的盗宝者忽悠过去，如果真的能查出其中的内幕，也算是阿华做出的贡献。

这想法多少有些虚伪，不过即便在阿华面前，我也可以坦诚这些念头。毕竟大家一起经历了好几次同生共死，在外人看来可能有些不妥或者虚伪的举动，对于我们几个来说根本不算什么。

最终，范老七带我们到了废弃工厂一处松软的草地上，草地的边角，有两个多平方米的位置有明显翻动过的痕迹。痕迹看起来有半个月了。

“他们死后被埋在这里？”其实不用问，答案已经显而易见了。

范老七没有说话，不知从哪里找过了几把铲子，几个人一起动手挖了起来。我估计当初他们就是用这几把铲子将干尸埋入草地下的。

很快，地面被挖出了一个一米多深的坑，露出了里面两个巨大的黑色垃圾袋。垃圾袋上还贴着几张符箓，只是符箓被埋在地下半个月，有了些许腐烂的痕迹。

“两个兄弟死得太诡异了，所以我们让小花找了个道士求了几张符……”范老大不好意思地说。

我们没有在意，咬了咬牙，打开垃圾袋封口的绳子，果然看到了里面的两具干尸。

这两具干尸和那种在干燥条件下自然脱水所形成的干尸不同，更像是内部的血肉内脏完全消融，只剩下一张皮包裹在骨骼上。

最诡异的是，明明干尸没有了脸颊的肌肉，但依稀能看出干尸保持着一个神秘的笑容。干尸的眼球是唯一没有干枯的部位，因为肌肉的萎缩更加突出了眼眶，似乎随时会掉出来。

“应该是一种诅咒。或者确切地说，是吸入了某种煞气。”看着干尸诡异的模样，我喃喃说道。

这得益于之前和旺达释比相处的那段时间里他的教导。旺达释比可能是世上法术修为最深厚的人之一，而所谓的法术，从某种程度上来说，就是利用自身的精神力量，调动天地之间各种不同的“气息”。煞气作为一些鬼道中人最常利用的气息，无疑是很重要的一种。

第二章

JINSHA ANCIENT SCROLLS

七杀碑

我和明智轩最终付出了一定的代价，才让范老七同意我们带走两具干尸。其实，就算他们不同意，我们也会趁他们不在挖出两具干尸。不过我担心万一他们之后觉得不对劲，要烧毁两具干尸，就得不偿失了。

我们将两具干尸放在慕尚的后备厢里，带回铁幕的某个研究所。这期间还曾因后备厢里淡淡的尸臭味，明智轩被发现不对劲的明父狠狠地骂了一顿，并差点被禁足——这些都不足为外人道也。

这个属于铁幕的研究所是谭欣然在负责。实际上，谭欣然之所以有远超时代发展的医术，也得益于这个研究所对古蜀时期某些十分古怪的生物技术的研究。

研究所内最早的一批研究样本，是从“回归者”组织中获取的，这个组织当年的势力之大可见一斑。即便现在分裂成三个彼此斗争的不同组织，各自仍有着强大的潜力。

“这两具破烂玩意儿有多少年了，居然枯成这样？”谭欣然被我从睡梦中叫醒赶到研究所，带着很重的起床气，神色不善地说。

“如果我说他们死了最多半个月，你信吗？”我苦笑着说。

“嗯？”谭欣然好奇地问，“和阿华死去的手臂类似？”

“死去的手臂”，谭欣然的这句话很精妙，阿华的手臂明明还在，但因为是在意识世界里被咬断，现实中随后变得干枯，不就像死去一样吗？只是死去的不是整个人，而是一条手臂。

说起来他的手臂最初只是失去了知觉，本以为有可能恢复，可没想到随后几天里手臂逐渐干枯变形，就像生命力流失了一样。

省城的华西医院检查后建议截肢，并且就连铁幕的谭欣然医生也表示，这样的灵魂创伤导致手臂失去生命力，在现代医学上完全无解，甚至有可能会连累其他部位，这才让阿华下定了截肢的决心。

作为一名曾经战斗力不俗的保镖，陡然失去一条手臂自然是不小的打击，可想到当初在黑竹沟还有更多的人送命，又让人觉得这已经是不幸中的万幸了。

“将干尸送到解剖室。”谭欣然对两个连夜赶过来的助手说，随后进入了更衣间。等她出来的时候，已经换上了严密的防护服。

“要不要这么夸张？”我问道。

“我觉得如果你们碰过这两具干尸，最好也做一个全面的检查，谁知道这玩意儿是不是由什么未知病毒引起的快速干枯？而且衣服最好统统烧掉。”谭欣然淡漠地说，随后走进了解剖室，留下如坐针毡的我和明智轩面面相觑。

最终我们还是做了检查，去了消毒室，忍受着刺鼻的消毒水味道，对可能接触到干尸的身体部位进行了消毒。明智轩还有些心虚地要了消毒喷雾，在慕尚豪车的后备厢内喷了至少上百毫升的消毒水。

检查结果很快出来了，干尸的形成和病毒无关。我随即想到，我和明智轩的血脉都异于常人，就算有古怪的病毒，也不一定奈何得了我们的血脉。

凌晨三点多，谭欣然终于从解剖室里出来了。见我们两个生无可恋的样子，她不由得露出了得意的笑容，说道：“你们还真去做了一套全面的检查啊，胆小鬼。”

这时我明白过来，这是谭欣然的报复，是对我们半夜叫她来加班的报复。我们俩哭笑不得。

“以防万一嘛。对了，解剖结果怎么样？”

“部分残存的肌肉组织、皮屑还在化验，不过情况不容乐观，这不是现代医学和解剖学能完全解释的问题。”

“和古蜀文明有关？”我小心问道。

“这个几乎是肯定的，这可能是世界上最诡异的文明，表面看起来处于奴隶社会和青铜器时代，但有一部分技术却高明得像是超越了现代科技几百上千年，完全无法用常理来解释。”

“他们变成干尸的原因能够找到吗？”

“和你最初的猜测差不多，他们身上的生机被彻底抽取，而造成这一切的，应该是某种特殊的煞气。”

“这种煞气，有没有可能存在于水下，或者说依附在某些器物上？”我问道。

“当然不可能。就算是煞气，还是遵循一定规律的，只是这规律未必是科学规律而已。煞气的产生，和天时地利都有关，不到特殊的时间，处于特殊的磁场环境，加上深沉到极点的怨念，是不可能出现的。而水是流动的，不仅不可能产生煞气，还有可能将多余的煞气带走。至于你说的依附于某些物品，倒有可能，但是时间不会太久。如果真的是你电话里提到的江口沉银宝藏里的物品，我不认为有什么煞气能够存在三百多年，还是在水底。”谭欣然理直气壮地说。

“煞气和怨念有一定的关系，如果一个人的怨念不够，会不会是很多人的怨念汇聚到一起呢？”

“这个我没有研究过，你应该去问旺达释比，他老人家在这方面比我专业。说起来，旺达释比从黑竹沟回来后就没有在组织里出现过，不知道他老人家跑去哪里了。”

我摇摇头，表示我也不太清楚，同时心中隐隐闪过一丝荒谬的想法，可随即又把这个想法抛出脑海。应该不至于如此吧？

“不过，我还是在这两具干尸里发现了一些有趣的东西。这两具尸体的手指甲里都有一些泥沙，这些泥沙的成分，你绝对想不到是什么。”谭欣然卖了个关子，等我忍不住询问的时候才继续说道，“是骨灰，而且是至少数十人的骨灰混杂在一起。仅仅是手指甲里这么少的骨灰都有数十人，我不敢想象他们之前所接触的东西，到底是什么，又到底有多少人被烧死在一起。”

我打了个寒战。如果说，这件事真的和历史上赫赫有名的杀人魔王张献忠有关，那么别说死掉几十上百人，就是加上一个“万”字，也毫不稀奇。

“最关键的还不是这个。你应该清楚，人死之前，眼球会记录下临死时的一幕景象，这两具干尸全身变得干枯，唯独眼球还保存完好，你猜我在里面看到了什么？”

“什么？”我有些毛骨悚然地问。

“我也认不出来，不过你可以看看这张放大后的影像图。”谭欣然说完递过来一张被放大了上百倍的眼球照片。

眼球被放大后，似乎还做了一些技术处理，能看到视网膜上留下的倒立着的“潜影”。这个潜影并不清晰，甚至可以说十分模糊，可潜影分明是一个披头散发的人的形象，而这人影的下半身，竟然是一条弯曲的蛇尾。

“蛇侍！”我脱口而出。这件事，果然和古蜀文明有关。

“嗯，我只能帮你到这里了。还有，下次不要这个时间点叫老娘来加班！”谭欣然抢过我手里的视网膜照片，恶狠狠地说。

“我想，我必须去眉山的江口镇一趟了。”我对着远去的谭欣然的背影，喃喃地说。

第二天，我先是联系了敖雨泽，希望邀请她一起去江口镇查探一下新出现的干尸事件是否和江口沉银有联系，不料敖雨泽反倒通知我，需要先去一趟河南安阳。

安阳这个小城，可能很多人没有听说过，可在几千年前的殷商时期，是商王朝的王城所在。当时商朝和古蜀国之间曾有过交流和战争，只是蜀道还没有打通，以殷商王朝的实力，也一直未能将古蜀国纳入自己的版图。

不过话说回来，当时的古蜀国，其文明发展程度丝毫不逊色于商王朝，只是人口较少而已。以当时古蜀国王室掌握的特殊血脉以及巫祭、“五丁力士”那样的超凡力量，估计就算蜀地天堑打通，商王朝也未必能占到便宜。

而敖雨泽要我们先去安阳的原因，和李老有关。

李老是上次我们去黑竹沟时遇到的考察队首领。我们从黑竹沟逃出来后，以为李老的几个弟子都死了，这位老人一定也无法逃脱，也会随之罹难，却没想到李老福大命大，最后活了下来。

听李老讲，当初他被困在一个地方昏迷过去，反而逃脱了雾傀儡的追杀。后来黑竹沟的浓雾突然消散，他就趁机跌跌撞撞地出来了。

我算了算时间，那会儿正是我们从意识世界的蛇神殿出来的时候。应该是蛇神殿的崩塌让黑竹沟中的诡异浓雾暂时失去了存在的基础，让李老捡回了一条命。

唯一活下来的李老心情自然也谈不上多好，说话的时候都有些恍惚，想必受了不小的刺激。听说李老回去后不久就辞了职，回到了河南安阳老家。

在黑竹沟的时候，李老所带领的考察队几乎全军覆没，连资助他们的两个外国人都死了，按理说是不小的外事事件，可这件事最终被铁幕压了下去，媒体都只在不起眼的位置简单报道了有一支科考队在黑竹沟内遇难，连具体人数都没有提。

我们在黑竹沟内不仅遭遇了各种古怪生物和诡异的雾傀儡，更是通过黑竹沟深处的地磁异常带进入了意识世界的蛇神殿，在里面打败了秦振豪，让他控制的神躯陨落，可以说是大获全胜，可不知道为什么，我总觉得我们的胜利来得太突然。

尤其是最后出现的那个疑似秦峰父亲的神秘男子，据说秦振豪当年就是被他放逐到现实世界的。能够放逐秦振豪这样可以看透命运线的强悍存在，他到底强大到了什么地步，而他的真正目的究竟是什么？

事后秦峰和我们有过短暂的交流，但他最终选择了继续在医院陪伴尚未醒来的廖含沙。我们隐隐觉得，廖含沙的灵魂，很可能已经不在现实世界了，而是被带到了意识世界中，所以用尽了现代医学手段也无法让她醒来。

因此秦峰拒绝了一起前往河南安阳的提议，最终一起成行的，只有我、敖雨泽和明智轩三人。

安阳城市不大，最出名的就是岳飞庙、太行大峡谷和殷墟博物馆等几个景点。其中殷墟对于我们来说值得一看，毕竟几千年前，这里曾和古蜀文明处于同一个时代。

李老的家在安阳附近的岳城镇边上，是一栋独立的小院。老宅颇有些年头，古色古香，让人进门后不由自主地收起了因长途跋涉产生的浮躁。

小院的大门是打开的，我们在门外就看见李老坐在院子里的躺椅上，旁边站着一个中年女人。

李老比在黑竹沟时苍老憔悴了许多，不过这也难怪，任谁有这样的经历都不可能不发生任何变化。

“好久不见，小康，还有敖小姐。”李老见到我们几个，站起来欢迎道。之前和李老通了电话，所以他对我们的到来毫不意外。

“是啊，真是没有想到，再次见到您，会是在安阳。”我苦笑着说，然后将从成都带来的两个礼盒交给李老身旁的中年女人——应该是李老家的保姆。

“你们有这份心就够了，还带什么礼物。”

“都是些土特产，我们听矿业大学的人说，您在四川的时候最爱喝峨眉竹叶青。”我老老实实说道。

“都坐吧，我还有许多事想问你们。”李老重新坐下，吩咐中年女人从屋里拿出几张凳子，又沏了一壶茶，泡开后给每人倒了一杯。

我大概能猜到李老想要问什么。三个月前在黑竹沟的经历，我们几个知晓古蜀文明神秘内情的人都觉得骇人听闻，更不要说李老这样的普通人了。

“在去黑竹沟之前，我其实也知道那个鬼地方十分危险，甚至还提前写好了遗书，可我怎么也没有想到，我这半截身子已经入土的老头子居然安然无恙地回来了，带去的那几个学生却……要知道，周楠他们才二十多岁，我回到学校后，甚至不敢去见那几位闻讯赶来的父母。尽管学校和另外一家据说很有背景的公司给家属赔了不少钱，可这些年轻人的命，是能用钱买来的吗？”李老沉默了一阵，有些哽咽地说道。对他而言，这件事可能会成为永远的心结。

“李老，您是在责怪我们事先没有告诉你们黑竹沟隐藏的危险吗？”敖雨泽轻声说道。敖雨泽和李老的接触并不多，当时她是半路加入进考察队的。不过她身为女子却有着强悍的身手，这给李老留下了非常深刻的印象。

“当然不是，我只是奇怪，黑竹沟到底是怎么回事？那么危险的地方，为何会对外人开放？”李老有些激动地说。

“在四川境内，的确存在许多匪夷所思的地方。上面的人不是不知道这一点，但有些事情需要隐瞒，可有些事，越是限制，越有可能产生反作用。”敖雨泽想了想，很隐晦地说。

“我知道……其实很多年前，我就听过一个传言，说的是三人成虎这个成语很可能是真的。”李老说道。

我当然知道这个再普通不过的成语。这个成语出自《战国策·魏策二》，大概是说如果有一个人说大街上有老虎，人们通常不相信；如果两个人说，人们会开始疑惑；如果有三个人说，那么有人会觉得这件事是真的。

这是由人的从众心理所决定的，但在这个故事背后，还有着更深层的含义，即当所有人都觉得一件事可能如此的话，这件事很可能真的会如此。

将一件事扩大为一段历史，也有着同样的效果。因此，如果所有人认知的历史是人们想象的样子，哪怕真实的历史不是那样，历史最终也会变得和人们想象的一样。

李老不会无缘无故提起这个成语。我回想和古蜀文明接触的整个过程，突然想到铁幕的理念似乎一直在暗示一件事，那就是在现实当中，当一个谎言被所有人相信，那么这个谎言很可能成真。

同样的，当古蜀国以及五神的秘密被所有人熟知，所有人的信念汇聚在一起，五神就有可能在现实世界中出现。或许这之间还涉及深奥的时空的秘密，但大体上和三人成虎的原理差不多。

我不知道李老为何会突然提到这个成语，难道说作为国内知名的地质学教授，他对古蜀文明也有所了解？

“你去我书房里，把书架第三排的木头盒子拿来。”李老朝用人吩咐道。

用人应了一声，转身进屋，不一会儿拿着一个二十厘米见方的木头盒子出来。

木头盒子看上去有些年头了，上面有一把古朴的小锁，看样子像是解放前的。

李老从脖子上取出一把当作挂坠的铜钥匙，对着盒子愣了十几秒，最后用钥匙打开了木盒子。

盒子里面是一沓用来防潮的牛皮纸。他将牛皮纸一层层拆开，最后露出来的，是四张有些褪色的黑白照片。

我们都凑过去看。第一张照片是一张合影，上面有五个人，其中三个民国打扮的华人，另外两个是外国人。照片的背景是一处断裂的石碑，还有几个工人模样的人，在清理石碑上的泥土。

第二张照片是一件青铜文物，上面是两个人首蛇身的男女人像，蛇尾交缠在一起。

敖雨泽看到这张照片，呼吸明显重了一些，惊呼道：“伏羲女娲人首蛇身交尾像！”

“你认识这件文物？”我斜过头问。

“不，我只是看过一幅雕刻在玉板上的类似的图。伏羲和女娲是公认的中华文明的人文始祖，神话传说中除了女娲造人外，还有一种说法是两个神灵共同创造了人类。”

李老点点头，没有说话，继续向我们展示剩余的两张照片。

第三张照片是一座断裂的石碑的正面，上面密密麻麻写满了巴蜀图语，最下方刻着一幅伏羲女娲人首蛇身交尾图。

第四张照片是石碑的背面照，上面的两句诗是繁体的“天生万物以养人，人无一德以报天”，而两句诗的下面，是七个一模一样的大字——“杀杀杀杀杀杀杀”。

这些字极为粗犷，说不上高明，但这七个触目惊心的杀字，让人感到一股森冷的杀气扑面而来。

“张献忠的七杀碑！”不用任何人解释，不管是敖雨泽还是我，都一眼认出了这碑文——赫然就是当年几乎屠光了整个四川的张献忠所作的七杀碑。

张献忠是明末农民军领袖，与李自成齐名，又称“八大王”。一六四〇年张献忠率部进军四川，一六四四年在成都建立大西政权。一六四六年清军南下，张献忠引兵拒战，在西充凤凰山被流矢击中而死。

张献忠在历史上是一个很有争议的人，如今的史学界，多将张献忠定性为农民起义领袖，算是比较正面。此人有众多奇闻异事在四川流传，如八大王屠蜀、江口沉银等。

其中江口沉银已经得到史学界证实，去年还破获过一起江口沉银的盗墓案件，案值数以亿计。之前我和明智轩调查的干尸事件，也和江口沉银有关。

张献忠一生最有争议的，是屠川这件事。

有史学家认为是过去的封建统治阶级诬蔑他为“杀人魔王”，《明史》中曾说张献忠“性狡谲，嗜杀，一日不杀人，辄悒悒不乐”。清初的谷应泰也曾评价张献忠说：“献忠无他技巧，止以阴谋多智，暴豪嗜杀，可乘之敝，正自不少耳。”

部分史学家认为，除了战死的川人外，多数平民实际上是清军所杀，但是没有实质的证据。清军进入中原后，最有名的屠杀是扬州十日和嘉定三屠，对此并没有特别忌讳和掩盖，屠川这口黑锅似乎没有让张献忠来背的必要。

并且，近年来越来越多的史料证据证明，张献忠恐怕真的是一个屠杀了数百万川人的杀人魔王。当年四川有三百多万人口，加上隐匿不易统计的人口，据说接近千万，可到张献忠覆灭的时候，成都仅剩下八万人口（一说五十万），以至于清朝统一全国后，不得不从湖广两地迁大量人口进入四川，这就是有名的“湖广填四川”。

直到今天，四川境内有不少客家人的后裔和会馆，许多四川人的祖籍，是湖广等地，并非祖祖辈辈都是川人。

可以毫不夸张地说，当年古蜀国被秦国灭亡，整个四川在人口和文化上受到的打击，似乎都没有张献忠屠川来得大。对于这件事，史学界一直含糊其词，总感觉故意在隐瞒什么。

而眼前的七杀碑照片，相传背面的碑文是张献忠亲笔所书，从中也看得出他的确是一个心有执念的屠夫。

这样的人，如果真的认定人活在世上对不起上天，那么做出的破坏比单纯的战争还要高上许多。

还有一种为张献忠翻案的说法，认为七杀碑原是“圣谕碑”，碑上所书句子为“天生万物与人，人无一物与天，鬼神明明，自思自量”，之所以会有七杀碑这样的说法流传，是清廷为了营造张献忠嗜杀的形象使然。

不过从照片上的碑文来看，这种说法恐怕站不住脚，而且史学界没有找到任何实物证据。

“不是说七杀碑早就被毁坏了吗？怎么还有照片？这些照片又是什么时候拍的？”明智轩问道。

李老将第一张五人合影的照片翻过来，上面有两个外国名字。

“William Reginald Morse”，“V. H. Donnithorne”。

“这应该是照片上两个外国人的名字，他们是谁？”我好奇地问。

“莫尔斯和……董笃宜！”敖雨泽的语气有些古怪。

“董笃宜！”我惊呼一声。这个名字我们怎么可能不知道，当年三星堆问世后，就是此人主持了第一次挖掘。当时他还成立了一支考察队，前往黑水县的雷鸣谷，最后铩羽而归。

就连世界树组织的建立，也与此人有关。当年他的华裔助手拿走了一些《金沙古卷》的残页和几件珍贵的文物，辗转卖给了世界树组织的创立者。

对于这样一个在古蜀文明的发现史上留下过浓墨重彩的人，我怎么可能不吃惊？

“莫尔斯又是谁？”我继续问道。能够和董笃宜并列，想来这个人的来头也不小。

“莫尔斯也是一名传教士，是美国医学博士。此人早在一九二二年发起成立了边疆研究协会，将探险、考古与人类学调查融为一体。他当年在四川的考古和人类学研究，极大地影响了后来的美国人类学博士葛维汉以及董笃宜——如果不是这两个人的存在，三星堆挖掘和保护工作要滞后许多。”敖雨泽说道。

“李老，为什么您会有这些照片，这和您的黑竹沟之行有什么关系吗？”我觉得李老不可能莫名其妙地拿出这几张照片，这其中肯定有某种联系。

“照片上站在莫尔斯旁边的那个瘦小的年轻华人，就是先父。”李老微微闭上眼，回忆似的说。

“您的意思是，当年你的父亲曾和莫尔斯、董笃宜合作过，他们一起发现了真正的七杀碑？我记得那个时候葛维汉曾帮忙筹建了华西协和大学博物馆，用来存放三星堆等相关的古蜀文物。既然价值连城的三星堆文物大部分都完好保存下来了，这样一块沉重粗糙的石碑，怎么反而没有留下任何痕迹？”我问道。

“听我父亲说，当年那块七杀碑出土之后，发生了一些可怕的事情，最后不得不将七杀碑推入江中。几个知情人也对此守口如瓶。”

“究竟是什么事？”

“这块石碑是在眉山江口镇的岷江河道清淤时无意间挖出来的，当年清理石碑的工人，不久后全身血肉干枯而死。有游方道士来看过后说，碑文上杀气太重，加之聚集了百万冤魂，让杀气变成了煞气，只要沾染一点，就会使机体失去全部生机。而且这碑文的煞气已经严重到了能影响人心智的程度，如果不重新沉入江中，甚至有可能混淆天机，引起更大的麻烦。”

“混淆天机？这道士可真够夸张的。”明智轩嗤笑一声说。

“别乱说，听李老讲完。”敖雨泽瞪了他一眼。

“我本来也以为完全是胡说八道，可是听我父亲讲，董笃宜力主按照那道士的方式，用符咒封印石碑，然后重新将它沉入岷江之中。而且那以后，我父亲的身体也每况愈下，不到四十岁就去世了。”

“这些照片是什么时候拍的？”我好奇地问道。

“我想想，应该是一九三八年吧。那时我还没出生，是父亲后来告诉我的。”

我算了算时间，那时董笃宜已经在主持三星堆的第一次挖掘工作，而且在一九三五年去了黑水县的雷鸣谷。

有没有可能是他在雷鸣谷发现了什么，才回过头来寻找江口沉银，试图从被张献忠搜刮的四川宝物里，找到某样能印证他心中猜想的东西，比如，这块石碑以及上面的巴蜀图语碑文？

董笃宜很可能是第一个完全接触到古蜀国秘密的外国人，当年他作为第一批三星堆文物的见证者，很可能发现了比我们现在知晓的秘密更深入的内幕。

“您给我们看这些照片的意思是……”

“我父亲临死前曾对我说过，根据董笃宜的推测，七杀碑以及张献忠杀死数百万川人这件事，实际上隐藏着一个天大的秘密，这个秘密很可能和黑竹沟深处的迷雾有关。这也是我这些年孜孜不倦想要探索黑竹沟的原因，这本身是我父亲的遗愿。”李老带着一丝痛苦说道。

我的心中闪过一个念头，张献忠当年杀死几百万人，又是和古蜀文明有着一点神秘的联系，该不会是在进行某场血祭吧？我不由得打了个哆嗦。几百万人的屠杀，这在人类历史上发生过不止一次，可屠杀几百万人是为了邪异无比的血祭，想想就觉得背心发寒。

“可是，就算您能进入黑竹沟，又能做什么呢？”我叹息道。

“我的父亲被那块石碑折磨了将近二十年，最后痛苦离去。他一直想要找到董笃宜所说的那个隐藏的秘密，想要借助那个秘密解除自己的痛苦。是的，我知道以我对古蜀文明一星半点的了解，就算进入黑竹沟也找不出什么，可我就是想要看看，害我十三岁就失去父亲的黑竹沟，里面到底藏着什么。我知道黑竹沟深处让父亲念念不忘，他却到死都不敢进去，一定有着天大的危险，我现在唯一后悔的，就是当时我没有独自前往，否则就不会害了周楠他们……”

所有人都沉默了。如果说李老去黑竹沟是为了纯粹的科学考察，大家是为了学术而牺牲，还不至于让人这么难过。可谁也不曾想到，李老是为了完成他父亲的遗愿。

“那个地方的确十分诡异，不过现在，那里应该没有以前危险了。只要小心不要在迷雾中迷路，至少不会遇见之前那些诡异的生物了。”我犹豫了一下，说道。

“这么说你们已经成功进入其中，甚至解开了其中的秘密，那么能不能告诉我，黑竹沟的深处到底有什么？”李老一脸期待地说。

我想了想，正准备说话，敖雨泽却将照片重新放进盒子里，郑重地对李老说：“我需要这些照片，作为交换，我会让人给你寄一份资料，那些资料足以解开您的大部分疑惑。”

敖雨泽居然会想到利用铁幕的情报系统，就是不知道那些寄来的资料，到底是原始版本，还是经过铁幕精心修饰过的。我估计后者的可能性居多，毕竟铁幕内部的理念是，关于古蜀文明的秘密，知道的人越少越好。

婉拒了李老留我们吃饭的邀请，我们回到住的宾馆。一路上我忍住没有发问，回到宾馆关上房门后，我才问道：“这几张照片应该没那么简单吧？难道说，当年董笃宜发现的东西比之前我们想象的还要多？”

敖雨泽脸色阴沉地点点头，说道：“我原本以为，这些年铁幕所做的对古蜀文明本质的封锁，是很有道理的，毕竟真相派的做法虽然有可能从根本上解决问题，可也仅仅是可能而已，这其中还有巨大的风险，稍微不注意，就有可能让整个人类文明陷入莫大的危机。可现在看来，铁幕这些年的努力，很可能从一开始就是白费的。”

“你的意思是说，古蜀文明的秘密，很可能从二十世纪三十年代就已经散播出去了。不仅仅是因为世界树组织的存在，还因为董笃宜当年已经知晓了不少内情，加上莫尔斯这个美国传教士，很可能西方国家对此都有所了解？”

“不仅如此，最关键的是，如果张献忠当年屠川并非为人暴戾，为了杀人取乐，而是另有目的，那么这件事，恐怕有着天大的麻烦。”敖雨泽很是头痛地说。

几个小时后，脸色苍白的我从成都双流机场走出来，铁幕的车在机场外等着我们。说起来可笑，我的身体素质明明比常人好几倍，偏偏会晕机。

明智轩坐明家的车先行离开，我和敖雨泽坐进了铁幕派过来的豪车里。我无心察看这辆车堪称奢华的内饰，微眯着眼在车上打盹。晕机的时候我的胸口一直发闷，耳朵出现耳鸣和耳膜刺疼感，十分难受，即使下了飞机十来分钟了，仍没有缓过神来。

铁幕的车带我们到了郊外的基地。明面上这是一家背靠着龙泉一座小山峰的机械公司，等进入办公楼，通过电梯来到地下空间后，会发现这里另有乾坤。

这不是我第一次来到铁幕的基地，不过前面几次都是被蒙着眼带过来的，并不知晓具体位置。直到上次从黑竹沟出来后，或许是我们解决掉了铁幕的老对手秦振豪，我终于进入了铁幕高层的视线，成为了铁幕的正式成员，级别只比敖雨泽低上一线，因此不用被蒙着眼来基地了。

除此之外更加让我萌生“加入铁幕也不错”这个念头的，是每年铁幕会给我数百万的津贴。对于穷惯了的我来说，如此数额足以让我卖命了。

进入铁幕后，我先是到了自己分配到的基地房间，敖雨泽则带着那几张照片向上一层的人汇报。很快，我房间里的内部电话响了。

“到 A 区001号房来，首领要见你。前往 A 区的临时权限已经开通，一路上会有人引导你过来。”电话里传来敖雨泽的声音。

我答应了一声，慌忙检查了一下仪容，然后深吸一口气，推门出去。

老实说，我们把和铁幕平级的JS首领秦振豪都干掉了，按理说见铁幕的首领，也不算什么，可想到自己还拿着铁幕的巨额津贴，我感觉还是要低人一头。

这年头，果然发钱的才是大爷。我暗骂自己太不争气，脸上还是保持微笑，在一个工作人员的带领下，朝基地的 A 区而去。

第三章

JINSHA ANCIENT SCROLLS

江口沉银

A 区在地下十八层，是基地最深的地方，也是保卫最严密的地方，据说防卫程度足以和一些中等国家的元首府邸媲美。整个基地完全按照抵御核生化袭击的标准建造，哪怕外面爆发了核战争，基地本身也能在没有任何外部物资输入的情况下维持十年运转。当初铁幕为了建造这样一个基地，不知道消耗了多少物资和财富。

我来到001号房间外。与其说是房间，倒不如说这是一套巨大的地下别墅，周围有一百多平方米的绿化，上方的太阳灯提供了植物所需的模拟日光。

进入地下别墅之前，还要过一关严密的检查，哪怕是放在裤兜里的钥匙，也被拿出来检查是否有危险成分。不过想想也不奇怪，作为铁幕这样的世界性组织的首脑，就算他自身不愿意如此高调，他的下属也不会同意。

进去后，我在一个管家模样的中年男子的带领下，来到别墅的书房。我注意到这男子的举止间透着一股凌厉的味道，应该是位难得的高手，不比敖雨泽弱。

到了书房内，里面坐着一位六十多岁的老人，戴着老花镜正聚精会神地查看那几张来自李老的照片，敖雨泽则一脸严肃地站在书桌前方。

“你来了。”老人扶了扶老花镜，抬起头对我笑了笑。

我略微紧张地说了声：“首领好。”

“不用这么拘谨，我有那么可怕吗？还有，不要叫我首领，叫我福伯就可以了。”

“这个……好的，福伯。”我应承道。首领看上去挺和蔼的，没有想象中严肃。

“其实早就该见见你，毕竟这么多年来，你是唯一一个进入核心序列的外来成员。更何况，你还和旺达那老头有关系。”福伯微笑着说道。

“感谢组织栽培。”我还是免不了有些紧张，不知道这到底是客套，还是上位者笼络人心的话语。不过看一向高傲的敖雨泽都不敢懈怠，小心点肯定没错。

“这几张照片，很有意思。确切地说，它们的出现，有可能改变铁幕目前的一些布局。我们之前对局势的预料，也因为它们的出现有了不小的偏差。如果你们能找到其中隐藏的内幕，才真正有利于组织的下一步决定。”福伯轻声说道。

“首领的意思是，要我和雨泽前去调查照片上的两个外国人？”我心想那两个外国人只怕是死了几十年了，真要想调查，应该难度不小，更何况我那半吊子的英语水平，就更加为难了。

“不，我是想让你们去一趟眉山江口镇。”

“直接调查当年张献忠江口沉银的事情？听说那里现在被规划为四川的重点遗址，要想明目张胆地过去怕是有些难。”我有些为难地道。

“这一点不用担心，只要你们不是大张旗鼓地要挖走里面的数千万两沉银，只是前去调查我猜测中那件事的真相，这点小事铁幕还是能搞定的。”

我点了点头，没有再反驳。这是首领第一次亲自安排给我的任务，而且听起来只是个调查任务，远没有之前进入各个地宫那么危险，我如果再推辞，未免太不上道了。

福伯犹豫了一下，最终还是说道：“不要掉以轻心，我有一种预感，最终的决战，可能快要到了。”

我的心一颤，最终决战，是怎么回事？和谁？伴随着秦振豪的身死，JS组织可以说是元气大伤，这几个月内部剩下的头目们争权夺利不说，加上铁幕和真相派为了争夺其地下势力对其的打击，很可能让其一蹶不振，所以肯定不是JS组织。

那么是真相派或者世界树？这世上能够和铁幕对抗的神秘组织，估计只剩下这两个了。这么说来，眼前的老人野心还挺大的。

“这是人类将要面临的最终决战啊，只是这世上百分之九十九点九的人，都注定了对此一无所知。”福伯用细不可查的声音说道。五感敏锐的我还是听见了。

我心中一动，突然想起在意识空间里看到的数以百万计的军队和各种庞大的神话生物的景象，顿时脸色大变。

和敖雨泽离开铁幕的基地后，她似乎也松了一口气，对我说道：“先前面对首领的时候，你居然敢抱怨困难，你知不知道铁幕特工组的组长当时也在场？要是他知道我没带好你这个菜鸟，我就惨了。”

“特工组组长？还在场？你是说带我进去的中年管家？”我瞪大了眼睛，问道。

“管家？你可真敢说，他一只手就能够让你死个十次八次，就算你身上有金沙血脉也没用。”敖雨泽横了我一眼。

“不会吧？”我感觉这世上不太可能有如此强大的人类，我虽然平时没有什么战斗力，可一旦激发血脉，估计敖雨泽也不一定是我的对手，哪怕她曾在梓潼的五妇山下吸收了我接近一半的血脉力量。

“不，他真的很强大，甚至可以说，是非人类的强大。铁幕中还藏着许多你不知道的秘密，毕竟古蜀国出过五丁那样能够开山的力士，而继承了部分古蜀文明的几大组织，怎么可能没有类似的改造人体的技术？”

“这样的人居然甘心当一个老头子的管家，看来首领的人格魅力不小。”我感叹道。

“不，那只说明了，首领比组长还可怕。首领是能够借助特殊道具看透命运线的人。”敖雨泽沉声说。

“你有没有发现，凡是能够看透命运线的几个人，在面对意识世界的时候，都极为谨慎。那个虚幻的精神世界对现实世界的威胁真的有这么大？要知道，这个世界存在一条铁律，精神无法干涉物质，就算是意识世界的神灵，降临的时候或许能让上万人陷入昏迷，但是无法真正改变这个世界最基本的物质基础。”我挠头说。

“意识世界的威胁，或许比你想象的要大得多，不然这些年铁幕也不会如此小心翼翼。以铁幕的势力，真要抛开这个包袱横下心发展，估计现在都能控制几个非洲小国了。”

我不置可否。铁幕这个庞然大物也不是没有弱点，毕竟是见不得光的存在。现在世界上的主要国家之所以会默许铁幕这样的组织存在，是因为他们对意识世界的威胁也知晓一二，抱着将信将疑的态度，要不然根本没有这几个组织的发展空间。

不过要去江口镇查探干尸事件和七杀碑的联系，还需要做一些准备。第二天我和明智轩一起拜访了叶教授，这一次我没有看见张九红，而叶教授在这个问题上有些闪烁其词。

我没有详细追问，毕竟这是人家的私事。

我让叶教授给我开了一份证明文件，证明我们三人是叶教授委托的考古研究人员。文件里留下了叶教授的联系方式，到时候对方如果不相信，叶教授会亲自为我们担保。以他在史学界的地位，这种担保相当有分量。

我将证明文件交给铁幕的工作人员，在铁幕的运作下，我们就能够光明正大地前往江口沉银遗址，不用担心被抓。毕竟我们不是想要盗宝，只是想要看看，干尸事件的背后到底隐藏着什么秘密，这个秘密又和二十世纪三十年代的莫尔斯、董笃宜两个外国传教士发现的七杀碑之间有什么联系。

尽管明智轩因为上次用慕尚运干尸差点被明父禁了足，不过最终明父还是饶了他，让他和我一起前往眉山江口镇。对明智轩来说，更加划算的是，明父因为忌讳车子运过干尸，最后把那辆车直接扔给了明智轩，让这家伙白捡了个大便宜。

这种事，如果换成其他富二代估计会忌讳不已，不过明智轩这两年和我们一起探险，什么大风大浪都见过了，完全没有任何心理负担。

等采购的潜水用品都到齐了，明智轩和我就开着这辆慕尚出发了。从成都到江口镇才七十多公里，一个多小时就到达了。

眉山古称眉州，在成都的西南部，位于岷江中游，有三百多万人口。这样一座中小型城市，很少能看到慕尚这个级别的豪车，因此这辆车抵达江口镇后，很是吸引了一些人注意。

我们将车停在江口沉银遗址附近的酒店中，然后带着铁幕提供的证件和叶教授的证明去找遗址现场的考古队。考古队正在测量遗址范围，拟定不久后的挖掘方式。据说正式的挖掘会在今年的十一月月底进行，前期主要是围堰填土，等到围堰完成，才开始真正的发掘。

这是堂而皇之的考古发掘，遗址附近停放了十几台挖掘机，随时整装待发。而之前几个盗墓团伙利用潜水服进行水下摸金的行为，只能叫盗宝。

听考古队的人说，第一期的挖掘面积约有两千平方米，如果进展顺利，会在明年也就是二〇一七年的四月底完成第一期考古发掘工程，之后视情况向下游继续发掘。

之所以定下这样的时间点，是因为岷江水流湍急，只有十二月到次年四月的枯水期适合江底挖宝。过了这个时间段，就需要等到二〇一七年年底了。

如今有两条路摆在我们面前：一是等待明年初围堰完成，直接查看江口遗址水面下到底藏着什么；一是就在围堰工作正式开始前，提前潜入水下。

现在是十月份，围堰下个月才开始，看起来时间比较充裕，但我心中总有一种紧迫感，似乎有什么不好的事情要发生。

我没有像姬巧玉那样能够看透命运线的能力，但是血脉赋予我的力量不仅仅是让我的身体素质更强，五感更敏锐，而就连冥冥之中不可知的灵觉，也远比常人强。即便无法准确预测吉凶祸福，但我对一些关系到自己的重大事件的发生，会有类似心血来潮的情况出现。

“等敖雨泽到了之后，我们就潜入水下。和考古队的人已经说好了，他们不会阻拦，还会派人在一旁协助。”最终，我还是决定提前下水，如果时间拖长了，谁知道会有什么变故。

“什么协助，不就是监视吗？他们是怕我们藏起水底的文物吧？”明智轩不屑地说。

江口沉银的宝藏对于一般人来说的确算得上惊人，被张献忠搜刮的古玩文物不少可能价值连城，三百多年前就有“石牛对石鼓，银子万万五；谁人识得破，买尽成都府”的民谚歌谣在四川地区流传。

一九三八年，石牛和石鼓都曾被当时的军阀挖掘出来，可最后耗费了大量民力，也只挖出三筐铜钱。而且这个时间点，与李老父亲当年和董笃宜一起发现七杀碑的时间，大致是吻合的。

不管怎么说，或许其他人会对张献忠宝藏动心，但以明家目前的家产，是不会放在心上的，因此明智轩对考古队派人监视的举动很是不爽。光是明面上的财富，明家至少能在川内排进前十，属于百亿级的富豪。

这个时候，考古队中一个负责安全的警务人员走过来，这是眉山市公安局的一名刑警队长，姓刘，我们称呼他为刘队。据说二〇一五年那起轰动全国的江口沉银盗掘案，刘队曾立下过大功，还不远千里到北京和拉萨等地追回了流失的大西国文物。

刘队凌厉的眼神狠狠地盯着我们看了一阵。我心中无愧，自然不会感到害怕，我也相信以铁幕的实力，不会在证件以及我们的身份背景上出什么问题。至于明智轩，高级别的官员见多了，脸上是满不在乎的神色。

“我不知道你们两个到底什么来头，连上面也打了招呼要配合你们的行动。不过我还是要警告一下二位，做考察可以，可如果动什么歪脑筋，到时候别怪我不客气。”刘队的语气有些不善。

我微微一笑，看得出来这是一名很有责任感的警察，为了心中的理念不惜得罪考古队中有后台背景的空降人员。对于这样的人我一向十分钦佩，所以连忙拉住想要出口讽刺的明智轩，说道：“刘队长不放心的话，可以多派几个人监督我们，我们只是想要确认宝藏中的一些事情，没有其他心思。”

刘队满意地点点头，转身离开。明智轩看着他的背影，“嘁”了一声，在一旁愤愤不平地说：“不就是个小队长，你怕他干什么？”

“刘队为了心中的正义，不惜顶撞你这样大有背景的权贵之后，我想这样的人，你心里也不愿意用自己的背景压着对方对你保持恭敬吧？”我似笑非笑地说。

明智轩点点头：“这倒是，我的嚣张只在两种人面前，一种是没实力却想要装逼的傻×，一种是不识抬举的纨绔。刘队这样的人，你别说我还真下不去什么阴手。”

在江口遗址又多等了一天，敖雨泽终于姗姗来迟。和她一起来的，还有一个意想不到的人，是已经叛逃至真相派的肖蝶。

“你们两个，和好了？”我瞪大了眼睛，问道。

敖雨泽冷哼一声，淡淡地说：“和上次差不多，只是暂时合作。”

我看了看表情一脸玩味的肖蝶，想起前两天敖雨泽在电话里说她查到了一些关键线索，难道这线索是真相派的人提供的？

“到底怎么回事？”我问道。

“上次托秦峰和 Five 的福，JS 组织失去了秦振豪这个最大的头目，可以说是瘫痪了一半，对于它的老对手来说，铁幕也好，真相派也好，都不会放过这样的天赐良机。因此我们两家短暂携手，虽然在某些势力范围也有争执，不过还是在可以接受范围之内。前些日子，我们共同攻入了 JS 组织一处位于中缅边境的基地，在里面发现了一些有趣的东西。”敖雨泽说道。

“和我们调查的七杀碑的真相有关？”我茫然地问。

“你别说，还真有些关系。那个基地是 JS 组织的一处实验室，之所以会设在边境，是为了方便获得实验的素材，毕竟缅甸这些年不算太平。”

“实验素材，是进行人体实验吧？JS组织为了长生，还真是不择手段。”

“这次你错了，那间实验室的实验里，研究最多的，是人体的潜意识。你知道这方面我比较擅长，因此就算我们攻进去之前，实验室的人毁掉了大部分资料，我还是从复原的部分计算机硬盘上，通过参数推测出了一些真相。JS 组织一直在试图进行意识转移，或者说是长距离发射的研究。”肖蝶说道。

“虽然这项研究没有成功，但也取得了一定的进展。研究表明，利用某些特殊的磁场通道，意识有可能进行部分转移，只是实验体被转移的大部分意识最后都会消散，实验体会变成失去意识的植物人。而且你一定不会想到，在高能磁场中被转移意识的实验体，会在十二个小时内彻底死亡，然后，变成干尸！”

“干尸！”我惊呼出声，想起那几个倒霉的盗宝者，情形似乎一模一样。

“不仅如此，这些干尸的眼球还会诡异地保持正常，视网膜上会突兀地出现一个人首蛇身的倒影，我想接下来不用我多说了吧？我来之前和谭欣然联系过，我们调查的方向，在这个点似乎开始走向一致了。”敖雨泽似乎也感觉事情太过巧合了。

“如果说 JS 的边境实验室里，需要在人造的强磁场里完成意识发射，那些变成干尸的盗宝者又是怎么回事呢？我想这里面一定还有我们不知道的共同点，只是这个共同点作为最为关键的资料，已经被实验室的人毁掉了。不过还好，既然这里的大西国宝藏是干尸出现的源头，那么事情就还有转圜的余地。”肖蝶接着说道。

“也就是说，这次我们又能再次合作了？”我笑道。

“你貌似很开心嘛。”敖雨泽冷冷地说。

我一愣，随即暗笑不止。敖雨泽这算是……吃醋了吗？

肖蝶的脸上，也露出会意的微笑，但很快就收了起来。作为一个铁幕的叛逃者，她的身份太过敏感，这时也不敢继续刺激敖雨泽，破坏脆弱的平衡。

中午，我们找了一家眉山本地饭馆吃饭。看了眼菜单，明智轩娴熟地点了几道有名的本地特色菜，分别是青神烤全羊、金钵红烧肉、东坡香肠和曹八嬢米豆腐，虽然只有四个菜，但光是青神烤全羊我们四个人就不一定吃得完。

除了烤全羊，其他几道菜很快上来了。打开盛放红烧肉的金钵盖子，香气扑鼻而来。

听店里的老板介绍，这金钵红烧肉是将猪肉肥瘦搭配切成肉片，放入油锅和姜丝翻炒出香味后，加入料酒和秘制香料，盖上盖换小火焖；随后在热油锅里放入洋葱片和大红辣椒片爆炒；又将小黄瓜沿顶部切开，挖去瓜瓤，将炒好的肉片和洋葱装入小黄瓜中，盖上盖帽放入蒸锅中用火蒸。这道菜的工序极为繁琐，最后做出来的红烧肉甜而不腻，小黄瓜吸收肉汁甜而鲜美，让我们几个人胃口大开。

本来没打算点酒水，可禁不住老板推销，我们要了一瓶本地有名的彭祖酒。酒的味道并不算好，估计也就是沾了点彭祖这个活了八百岁的长寿者的好彩头而已。不过我们刚喝了几小口，突然反应过来，江口镇属于眉山市的彭山区，相传彭祖死后就葬在彭山，这个地方也因此而得名。

长生是贯穿整个古蜀文明的重要核心文化，历史上流传得最广的长寿者，除了神话人物和历代蜀王外，只有彭祖了。

彭祖的高寿，不仅在庄子的《逍遥游》中有记载，《史记·五帝本纪》中也有关于彭祖活了八百年的描述。《大戴礼记·虞戴德篇》说老彭与仲傀并列，为商初之功臣，至商七代中宗（即大戍王）时逝世，一共活了八百零三年。

可以说，彭祖很可能是有史料记载的活得最久的人，是长寿的象征。彭祖死后葬于眉山市的彭山，而江口镇在眉山市的彭山区，这其中是否有什么不为人知的关联呢？

悟通了这一点，我们再也坐不住了，匆匆吃罢午饭，前往区图书馆调阅了大量资料，发现尽管历史上对彭祖的墓地是否在彭山大有争议，不争的是，一些蛛丝马迹表明，彭祖晚年曾来过四川。

张献忠的宝藏之所以会选择江口这个地方，一说是张献忠在清军攻来时迫不得已将载满金银珠宝的千艘船只沉没，另一说是张献忠提前做了准备，先是在岷江上筑堤，等下游水排干后，挖出江心淤泥，将千船财宝埋入其中，再炸开堤坝，让宝藏被岷江水全部淹没。

不管是哪一种，张献忠选择这个位置埋下多年在四川搜刮的财富，肯定是有深意的。除了嗜杀，张献忠最出名的就是贪财，他曾规定其部下无论将领还是士兵，若敢私藏银两一两以上，轻则杀头，重则全家抄斩。

这样一个人，将自己半辈子搜刮来的财富沉入江中，固然有万一失败留待他日东山再起的念头，可能更多的还是我死了，财宝我用不了别人也别想用的私心在作祟。

第二天，一切准备妥当，在考古队两名成员和一名警察的监督下，我和敖雨泽乘船到了范老七那伙盗宝者之前下水的位置，穿上潜水服，背着氧气瓶，准备下水看看。

敖雨泽对于潜水熟门熟路，而我完全是个门外汉。好在之前做过一些培训，加上血脉带来的体质加成，岷江的江口镇河段又不算太深，只有约二十米，水压并不大，因此我能勉强跟上敖雨泽。

带着便携的水下金属探测器到了水下，或许是这些年的污染治理取得了一定成效，水底并没有我预料中那么浑浊，加上头顶的潜照灯和我超凡的视力，能勉强看清楚水底的情形。

水底大部分是淤泥，偶尔会遇到腐朽的木头，大概是当年的沉船腐烂散架后形成的。宝藏什么的完全没有发现影子。不过这也不奇怪，如果这么轻易潜水下来就能找到宝藏，估计张献忠的这些宝藏几百年前就被人盗走了。

第一次下水，我们几乎没有发现任何有用的线索，也没有遇到传说中的水鬼。考虑到这样盲目地搜索不是办法，我们只得又联系上范老七。

还是铁幕的实力够强，仅仅敖雨泽一个电话，铁幕的人居然让成都的地下势力出动，将范老七抓了来。这次范老七没有戴着那搞笑的面具，看上去一脸憨厚。有多少人能从这张憨厚的脸上看出他究竟是干什么勾当的呢？

当他出现在我们面前，看到我和明智轩的时候，垂头丧气地嘀咕道："我就知道，我就知道，你们两个不会轻易放过我……该死的赵胖子，你这浑蛋到底和我什么仇什么怨，要这么坑我？"

"七爷，何必这么说呢？不关东哥的事，我们是真心寻求你的帮助的。"我尴尬地笑了笑，说道。

"少废话，要么帮我们找到当初你们死掉的两个人下水的位置，要么，我们直接将你扔下去。"敖雨泽毫不客气地说。

敖雨泽的气场太强大了，范老七这样的盗墓头目，在我和明智轩面前还敢拿腔拿调，在敖雨泽面前，只能乖乖听其吩咐。

在重新前往范老七团伙下水地点之前，却出了点岔子。不知道谁通知了刘队，说看到了疑似在逃的盗宝者范老七，因此这个正义感爆棚的警察立刻心急火燎地赶来了。

他看到范老七，眼睛明显一亮，继而狠狠地瞪着我们，说："你们居然和盗宝的犯罪分子混在一起，你们知道不知道……"

敖雨泽翻了个白眼，啪地甩出一个红色封皮的证件，刘队疑惑地接过去，打开看了看，脸色微变。

接着他走到一旁，打了个电话，低声念出证件上的编号确认真伪。挂了电话，刘队的脸色有些难看，他将证件还给敖雨泽，仍有些不服气说："这个人有案底，事后你还是要将他转交给我们……”

范老七眼中露出了恐惧的神色，眼巴巴地望着敖雨泽。敖雨泽淡淡地说：“这就不劳你费心了，毕竟，你的保密等级还不够。”

刘队脸色铁青地带着几个警察离开了。明智轩不由得问：“你那个证件到底是哪个部门的，居然能让这个刚直不阿的刘队服软。”

“某个秘密的安全部门的。”敖雨泽头也不抬地说。

我看着有些心热，问道：“雨泽啊，说起来我也算是组织的高序列成员了，什么时候让组织给我也弄一个呗？”

“你要来干什么？这东西铁幕也不敢要太多，为此付出的代价也不小。”敖雨泽没好气地说完，又在范老七的头上拍了下，冷冷地说，“我可以保你没事，但前提是，你得帮我们找到我们想要的东西。”

范老七连忙点头，然后指挥着工作人员开船，前往当初他们在河底盗宝的位置。到了地点后，我和敖雨泽再度戴上全套装备下水。这次搜寻了约半个小时，氧气瓶里的氧气快要耗尽的时候，我发现了一根竖立着的黑色木头。

我游了过去，想要搬动那根木头，木头却纹丝不动。我和敖雨泽开始清理木头底部的石块和淤泥，最后发现木头镶嵌在一块厚实的木板上。

这根木头，很可能是一根桅杆，在我们脚下，应该是一艘沉船。

记住了木头的位置，我们浮上水面，换过氧气瓶后，带了拖网又进入水中，还让我们乘坐的船停靠在沉船上方。

将拖网覆盖在桅杆附近，我浮上水面让船只缓慢开动。拖网将水底的一层层淤泥刮走，大片的淤泥被清理干净后，我和敖雨泽在沉船上找到一个破损的船板入口。

等被拖网搅动引起浑浊的淤泥渐渐沉降，水底再度恢复视线后，我们钻入沉船的破洞，将里面的鱼群驱赶出去。随后发现这艘沉船果然如范老七所说，里面载的都是些造型怪异的石雕。

其中最让我和敖雨泽感觉震惊的，是一座石雕，赫然和我们在李老家的照片上看到过的伏羲女娲人首蛇身交尾像相差无几。石雕有七十多厘米高，两者唯一的区别是照片上的伏羲女娲像是青铜铸造的，而眼前的是石头雕刻的。

此外，在这座雕像的旁边，还有一座近两米长的巨大石雕乌龟，乌龟背上背负着一块断掉三分之二还多的石碑。残存的石碑连同乌龟底座一起，一看就是有名的龟驮碑造型，又被称为龙之九子的霸下。

我们比较了一下石碑的断口，断掉的石碑部分，很可能就是当年董笃宜等人打捞起来的七杀碑，只是现在只剩下下半部分和乌龟底座了。

我们知道这石碑肯定带着某种诡异的力量，因此不敢碰触它。不过确认了位置和石碑的存在，我们此行的目标，已完成了一大半。我们准备退出沉船，布置专业的打捞工具将残存的石碑和那座伏羲女娲人首蛇身交尾石雕一起打捞上去。

也幸好这些石雕太过笨重，而且估计之前的盗宝者盯着各种文物和金银珠宝，没有将它们放在心上，否则的话我们可能与之无缘了。

就在我们要退出沉船的瞬间，我猛然感觉被人推了一把，而敖雨泽分明在我的前方。

我瞪大了眼睛，水底竟然还有其他人，会是盗宝者吗？我转过头，看见了水草一样的发丝在我眼前飘荡，我看不清对方的脸，只能从发丝的缝隙里，看到一双血红色的眼睛。

接着一股莫大的力量抽打在我的背上，让我翻滚着朝石雕撞过去。这股力量之大，我整个人像是被飞速开过来的小车撞了一下。

幸好是在水下，水的阻力泄去了大半力道，我虽然撞在石雕上，却只感到疼痛，并没有受太重的伤。

背后的氧气瓶却被这股力道撞瘪了，连接氧气瓶的软管随之脱落，我顿时呛了几口污水，开始慌乱起来。

已经到了沉船外面的敖雨泽发现不对，拔出防身的匕首重新游进来。这时我才看清，袭击我的并不是人类，而是有着人类的上半身，腰部以下是蛇尾的怪物。

“是蛇侍！”我想起尸体变得干枯的那几个盗宝者眼中的倒影，还有在蛇神殿里遇到过的巴蛇神的忠心侍卫，却怎么也没有想到守护张献忠宝藏的，或者说守护这七杀碑石雕的，竟然会是蛇侍这种和古蜀国大有关联的诡异生物。

这蛇侍和我们之前见过的都不太一样，外形更接近女性，并且已经适应在水中生活，身形极为灵活。

敖雨泽手中的匕首对蛇侍来说威胁并不大，而它那近三米长的蛇尾，在水中拥有无可匹敌的力量，我先前背上挨了一下，到现在都没有完全缓过神来。最让我头痛的是，现在我被困在船舱里，门口蛇侍又和敖雨泽在激斗，失去了氧气瓶的我根本支撑不了多久。

在水底憋气的世界纪录是一名叫戴维·默里尼的意大利人二〇一三年在巴林创造的，记录是二十一分二十九秒。因为金沙血脉的缘故，我的体质应该能达到人类的巅峰，在有准备的前提下，我应该也能在水下憋气二十分钟左右。

可我是仓促间被蛇侍袭击，又呛了几口水，能在水下保持五分钟不换气已经顶天了。如果敖雨泽不能在五分钟内结束战斗，或者不能将堵在门口的蛇侍引走，那么我就危险了。

时间一分一秒地过去，蛇侍被敖雨泽手中的匕首刺出好几处伤口，敖雨泽的一条腿被蛇侍的尾巴卷住，动作不再那么灵活。危急关头，我抱起船舱里的一座三四十公斤重的石雕，游过去朝蛇侍的脑袋狠狠砸过去。

这样的重量在陆地上是有一点吃力的，可水底有些浮力，即使我憋气憋得很辛苦，胸口闷得火辣辣地疼，这个动作还是完成了。

只可惜蛇侍在水中相当灵活，加上水的阻力减缓了石雕砸下的速度，最终石雕只是砸在它的肩膀上，而蛇侍滑溜溜的身体，让石雕很快沉到了船舱的地板上。

不过这样一来，让蛇侍稍微分了心，敖雨泽趁机将匕首扎进蛇侍的左眼，狠狠一搅。水底开始弥漫污浊的血水，蛇侍发出无声的惨叫，留下一串气泡，从船舱的破洞钻出去，很快不见了身影。

敖雨泽慌忙将自己的氧气面罩扯下来，让我吸了一口，我胸口那股火辣辣的烦闷感消失了。我将氧气面罩还给敖雨泽，然后一起浮上水面。

第四章

JINSHA ANCIENT SCROLLS

鬼脸蛇鳞

回到水面，在明智轩等人的帮助下，我和敖雨泽爬上甲板，脱下了身上的氧气瓶和潜水镜等装备。

或许是没了水中的浮力，我身上被蛇侍尾巴抽中的地方痛楚加剧了，喘气的时候都在微微抽搐。还好身上血脉的力量正缓慢地帮助我修复伤势，这缓慢是对比之前而言的，比起普通人来，还是快上许多。

在梓潼五妇山地底的时候，我为了救被时光之沙封印的敖雨泽而损失了至少一半的金沙血脉。或许正因为如此，复原的速度才会比以前慢。

不过好处是血脉的力量变得更加平和且容易控制，再也不会出现以前那种时灵时不灵的状况，也无须注射十分稀少的狂暴药剂激发血脉力量。

敖雨泽的腿在水底时也被蛇侍的长尾卷住，出现了轻微的骨裂，看上去没那么灵便了。不过她的身体素质本来就异于常人，吸收了我身上一半的金沙血脉后，各方面的素质更是大大提升，这点伤势应该明天就能痊愈了。

看了船上负责监视我们的考古队成员一眼，敖雨泽在我耳边轻声说："奇怪，蛇侍这样的生物，怎么可能出现在现实世界？即便是五神地宫里那个我们误以为是巴蛇神克隆体的怪物，也是用基因技术混合古蜀国秘术人为培育出来的。"

"我也觉得奇怪，按理说蛇侍是不太可能出现在我们所处的现实世界的，而且巴蛇神最后的肉身在蛇神殿中被毁掉，就更不可能如此了。这其中肯定有我们还没发现的秘密，而这秘密，很可能和张献忠在水下留下的宝藏有关，确切地说，应该是和七杀碑有关。"我也同样低声说道，声音低到保证敖雨泽能勉强听清，而考古队成员无法察觉。

回到酒店房间，我准备换回正常衣服。背对着镜子，我转过头想要看看背上的伤势，发现背上被蛇侍尾巴抽中的地方微微红肿，更是出现了几片蛇鳞一样的疤痕。

我脸色微变，仔细看去，发现这些蛇鳞每一片都有鸡蛋大小，最为诡异的是，每一片蛇鳞上都隐隐浮现出一张人的面孔。

这些面孔看上去十分模糊，可我视力敏锐，还是分辨出了这些人脸五官齐整，面孔看上去男女老少各有不同。

我深吸一口气，将心中的不安驱逐出去，然后去对面房间找敖雨泽。房门很快打开，敖雨泽的脸色也有些不对，我直接说道："那条蛇侍可能比我们想象的要可怕，我背上被它尾巴抽中的地方，出现了人脸隐现的蛇鳞状疤痕……"

敖雨泽没有说话，只是轻轻将自己的裤腿拉起，直到膝盖的位置。在她洁白如玉的小腿上，出现了两片触目惊心的红肿，几片和我背上的疤痕几乎一模一样的蛇鳞浮现在红肿的位置上。因为不是对着镜子看，我觉得蛇鳞上面的人脸，似乎更清晰了一些。

那是一张张惨白到极点的人脸，每一张人脸都被凝固在死亡的瞬间，因恐惧而扭曲，有的拼命张大嘴像要吼出什么话来，有的直勾勾地盯着我，还有的带着冷冷的笑意。

我被这样的景象唬住，脸色难看地说："这是什么鬼东西？"

"应该是某种诅咒，我怀疑，那条蛇侍比我们在蛇神殿里遇到的蛇侍要恐怖得多，这样的诅咒，估计没几个人能解开。"

"再坚持一天，明天让考古队的人再征调一些设备过来，等我们将水下的七杀碑打捞上来看看上面到底藏了什么秘密，之后我们就回成都找旺达释比。我估计只有他有能力解除蛇侍的诅咒。"我说道。

敖雨泽点点头，对于诅咒这玩意儿，这世上可能没几个人比旺达释比了解得更透彻。如果连他都没有办法，找其他人也是枉然。

我和敖雨泽身上出现诅咒的事情，我们没有告知其他人，只在晚上私下向明智轩提过一下。这期间我们还找到考古队的人，请他们准备起吊的设备和结实的绳索，明天我们需要再次下水，把水下的七杀碑吊上来。

考古队的人对于我们能在水下找到传说中的七杀碑也十分兴奋，准备设备的事情当即就应承下来。那个范老七对我们来说也没有什么用了，不过他算是戴罪立功了一回，最后被敖雨泽派人带走了。这一次敖雨泽遵守约定放过了他，不过他的行踪已经被警方掌握，估计逃掉后不久也会被重新抓回来。

第二天，我和敖雨泽身上的伤势都恢复得差不多了。我的背上和敖雨泽的小腿都看不到红肿的痕迹，可那蛇鳞和蛇鳞上的人脸却越发清晰，即便不痒不痛，我们也不敢掉以轻心。

我和敖雨泽带着长长的绳索和大威力的鱼枪再度下水，因为昨天已经确定了沉船的准确位置，考古队的人也在这个位置投下了浮标作为标记，因此这次没耽搁什么时间我们就找到了沉船。

敖雨泽通过沉船的破洞小心翼翼地进去，这是怕那条蛇侍埋伏在里面。而我则拿着特制的大威力鱼枪，守在破洞的门口给敖雨泽把风，提防被蛇侍偷袭。

很快，敖雨泽从沉船的破洞里出来了，然后朝我打了个安全的手势。不过透过水底探照灯，我从她阴沉的脸色上，感到事情似乎有些不对劲。

我跟着敖雨泽进入沉船破洞内，到了昨天发现七杀碑乌龟底座的位置，却发现那座重量至少一吨的乌龟底座消失不见了，取而代之的，是一块不规则的大石头。

最让我感到古怪的是，这块大石头似乎牢牢地和沉船连为一体，像是从来没有移动过。

在水下不能说话，不过因为血脉一致，我和敖雨泽在距离不远的情况下，存在某种程度的感应，只是通常我们几乎默契地关闭了这种感应。

我发过去一个疑问的念头，敖雨泽表示她也毫不知情。我们又检查了一下四周，发现和七杀碑底座一起消失的，还有那座伏羲女娲人首蛇身交尾石雕，也是此行除七杀碑底座外，最重要的石雕。

“怎么回事？难道是昨天晚上有人趁机将石雕和七杀碑底座盗走了？”我在脑子里问。

“不可能。自从二〇一五年江口沉银盗掘案发生后，江口沉银遗址附近整个江面都被纳入了监控范畴，有人开船过来吊走它们肯定会被发现。如果说是从上游潜水过来偷盗一些小巧的文物还差不多，可七杀碑底座和伏羲女娲人首蛇身交尾像总重量接近两吨，什么人能够将这两座石雕神不知鬼不觉地运走？”

“如果不是人，是蛇侍呢？蛇侍的力量远远比人类大，而且昨天袭击我们的蛇侍，似乎对于水下环境十分熟悉，简直就像是天生的水中生物……”

“但是这无法解释原来放置石雕的位置，被换成了大石头。如果是全新的痕迹还好说，可这石头和周围的环境融为一体，就像几百年来一直如此似的。”脑海中传过来敖雨泽否认的声音。

我和敖雨泽再度朝四周寻找了一圈，还是没有发现任何线索。沉船附近的水底没有拖动石像的痕迹，也没有发现昨天遇到的蛇侍。

我和敖雨泽不得不放弃了毫无意义的搜寻，重新回到水面。一无所获的我们，面对考古队狐疑的目光也顾不得解释。还好考古队找来的起吊设备在后续正式发掘的时候还用得着，也说不上是浪费。

“不如我们再等一段时间，听说他们很快就会围堰排水，那时不管水底有什么秘密，都会暴露出来。”明智轩看我们两人情绪有些低落，说道。

“估计，时间来不及了。”肖蝶摇头说道。

“怎么？”明智轩有些意外。

“你没看到他们两个人有些不对劲吗？而且我在他们两人身上，觉察到一股不祥的气息……”肖蝶盯着敖雨泽的小腿说道。

“想不到你的鼻子还挺灵的。”敖雨泽面无表情地说。

“你还在记恨我叛出铁幕？没关系，总有一天，你会明白我这么做的理由。”肖蝶苦笑着，继续说道，“你应该清楚，当年我也参与过那个实验，虽然实验最后没有成功，可我也得到了疑似精神魅惑的能力，这也是我后来能够很快掌握高深催眠术的真正原因。”

“你到底想说什么？”敖雨泽有些不耐烦地问。

“我说过，你们两个的状态不对，你们两个，应该是被某种负面属性的能量给……诅咒了！”

“这一点我们自己也知道，不用你说。如果你没有办法根除这个诅咒，那就先闭嘴。”敖雨泽冷冷地说。

肖蝶耸耸肩，说道：“我能够发现那些负面的能量，可我不是旺达释比那样的高人，你要我怎么祛除它？而且你没有注意到吗，它在影响你的情绪，你变得比以前更加暴躁易怒。”

敖雨泽怔了一下，随即深吸一口气，强迫自己冷静下来。

我冷眼旁观，发现肖蝶说得没错，敖雨泽的确比以前更容易发火了。前两天她和肖蝶刚出现的时候，表面上还会勉强保持对肖蝶的客套，而今天不过是经历了些挫折，和肖蝶没什么关系，实在没有必要对肖蝶如此不客气。

“你说得对，它们似乎在影响我的情绪。”敖雨泽也意识到了自己有些不对劲，继而奇怪地望着我说，“你怎么没事？”

我心中一动，的确，身上的鬼脸蛇鳞诅咒，除了让我感觉不安以及在背上有些难看外，对我的影响似乎并不大。

“可能是我运气比较好吧。”我无奈地说。

“不，这种诅咒也许对不同的人影响的方向不同，只是你目前还没有发现而已。”肖蝶想了想，很肯定地说。

“既然这里已经不太可能找到我们想要的七杀碑，而且等到正式发掘还有一段时间，不如我们先回省城吧。这诅咒，总归得解决才是。”我提议道。

其他人也觉得只好暂时如此了，只是这次信心满满地前来，什么都没有找到，还莫名其妙背上了鬼脸蛇鳞的诅咒，多少让人有些扫兴。

当天傍晚我们就回到了成都，之后肖蝶和明智轩相继离开，我和敖雨泽则打算去找旺达释比。可旺达释比的电话根本打不通，叶凌菲也联系不上，我们不得不直接驱车去叶家，那是叶凌菲的父亲当年留下的一处老宅。

叶家老宅在城区靠近中心广场宽窄巷子附近，是民国时期修建的老房子，八十年代传到叶暮然手里。

尽管老宅占地不到一亩，可这地理位置放在房价不断暴涨的今天，价值还是惊人的。

前些年宽窄巷子进行了重建开发，成为成都小有名气的市区旅游景点。有个商人看上叶家老宅，想要买来改造成酒吧，被代管叶家老宅的叶教授断然拒绝。听说那商人也有些背景，想要用强，叶教授也受到不小的压力。

不料这件事传到了旺达释比耳朵里，一怒之下略施小计，让那商人差点儿被吓出精神病来，最后不得不放弃。

叶暮然失踪后，有很长一段时间，旺达释比和叶凌菲一起住在这栋老宅里，如果要直接找两人，这里无疑是最合适的地方。

到了叶家老宅，叫开院子的大门，开门的是一个之前没有见过的中年女佣。她开门看了我们一眼，淡漠地说："小姐不在，请回吧。"

我皱皱眉头，叶家我之前来过一两次，没有见过这个女佣，这之间隔的时间也不久，多出一个女佣不说，怎么这个中年女人比主人还要不客气？

"旺达老爷子呢？我们是来找他的。"我问道。

女佣听说我们要找旺达释比，脸上露出了极为古怪的神色，想要说什么，却没有开口。

她带我们进去，我们看到旺达释比时，简直都无法相信自己的眼睛。那个任何敌人都无法击倒的老人，这个时候显得更加苍老了，脸部和手部露在外的皮肤上，布满了老年斑，整个人更是昏迷不醒。

房间内弥漫着淡淡的香气，像是为了遮盖老人身上散发的陈腐气息。任谁这个时候看到躺着的旺达释比，都会觉得这个老人已经走到了生命的尽头，随时有可能与世长辞。

旺达释比明显比先前干瘦了许多，看起来十分憔悴，呼吸的频率也变得非常缓慢。如果不是他身上的被子随着他的呼吸微微起伏，我简直以为静静躺着的旺达释比已经没了气息。

"怎么回事？"我转过头，厉声问道。

女佣被吓了一跳，随即狠狠地瞪了过来，没好气地说："中风昏迷不醒了呗。你凶什么凶，再闹就赶紧出去，小姐没回来，我让你们进来已经是冒险了……"

"为什么不送医院？"敖雨泽皱眉问。

"上个星期刚从医院回来，中风后就昏迷了，医生用尽了办法也没能唤醒他，说是全身瘫痪和植物人差不多了，就算继续住院也没有用，小姐就让他回来修养，请我来照顾他……"中年女佣嘟囔着说。

我深吸一口气，感觉事情的发展超出了我的预料。按理说以旺达释比的身体，就算受伤严重，也不至于中风瘫痪。他所传承的释比体系，从某种程度上说也是古蜀文明的一个分支，在长生以及身体调理上，比注重练气养生的道家还要擅长。

在岷山山脉的羌族寨子中，就算是一些没什么法力的释比，也往往能在九十多岁时仍身体健硕，甚至能在释比仪式上当众进行诸如钢针穿脸、羌歌招魂等高难度的传统表演。

旺达作为一个得了释比“真传”的巫祭，放眼全国也没几个能力超过他的巫祭。这样的人，怎么可能突然中风昏迷成为植物人？

“叶凌菲有问题。”敖雨泽在我脑子里面低声说。

我当然知道这一点，出了这么大的事，以我和旺达释比的关系，叶凌菲怎么没有通知我？而且看旺达释比的样子，中风昏迷已经有一段时间了，就算叶凌菲很忙，也不至于拖这么久。

唯一的解释，就是叶凌菲有问题。早在几个月前，我们就曾有过类似的怀疑，只是叶凌菲当时没有做什么危害我们的举动，这怀疑遂渐渐淡去。谁也没想到她最后针对的对象，会是旺达释比。

旺达释比是叶凌菲的外公，是她活着的最亲近的亲人之一，说是旺达释比一手将她带大都不为过。如此亲近的关系，不管叶凌菲多么冷血，都不至于去害自己的外公。那么就只剩下一种可能，这个叶凌菲，很可能是假的。

这种怀疑并非毫无根据，上次在蛇神殿，我曾隐约听到旺达释比对叶凌菲说“你不是她”。由于当时发生了太多事，我并没有在意，现在看来，那个时候旺达释比就已经认出，当时的叶凌菲，并非他的外孙女。

而且在此之前，叶凌菲和秦峰在秦振豪死时的表现以及天空中传来的神秘声音，都预示了她还有一个身份，是秦峰的妹妹，天空神秘声音的女儿。

熟悉叶凌菲的人应该都知道，叶凌菲是叶暮然的女儿，旺达释比的外孙女，而且以他们两人的身份和具有的某些神秘的传承，应该不可能出现认错血亲的状况。尤其是旺达释比，他对血脉的了解比最高明的血液专家都要深入，要不然当初也不会凭借简单的符咒和药物暂时封印了我身上的血脉。

如此看来，从蛇神殿出来的叶凌菲，或许早已不是她本人，甚至可能早在我们从JS组织中救出叶凌菲时，她已经被掉包了。

这样想并非全无根据。几个月前，我刚从丛帝墓的青铜之城回来，有一段时间我老是看见疑似叶凌菲的幻影。当时我还怀疑自己是不是对这小丫头有什么想法，现在看来，那个时候我看到的或许不是什么幻影，而是真正的叶凌菲通过意识空间在我大脑里形成的某种投射，也正因为如此，这“幻影”只有我才能看见。

如此说来，现在占据着叶凌菲身体的，应该不是她本来的灵魂，而是另外一个意识生命体，也就是秦峰在意识世界中的妹妹。

而叶凌菲，其灵魂很可能被禁锢在了意识世界中，就像一直没有醒来的廖含沙一样。

那么，已经变成植物人的旺达释比会不会也是这样？他到底是被假的叶凌菲所害，还是他主动进入意识世界中，要寻找自己亲孙女的意识？

我感觉两种可能都有。但不管是哪一种，当旺达释比的意识真正归来的时候，如果肉身已经不在了，即使强大如他，最终也会彻底消散掉吧。

“照顾好他，一定要照顾好他，如果旺达释比有什么差池，我不会放过你。”我对中年女佣低吼道。或许是我说这话时脸上带着几分狰狞，中年女佣被吓住了，她愣了一下，然后慌忙点头。

“你们小姐什么时候回来？”敖雨泽安慰了她几句，问道，随后递过去一沓钱，估计有两三千，应该是她身上全部的现金了。

中年女佣的眼睛明显亮了一下，接过钱后也没有细数，直接揣进了腰包。她定了定神，说：“不知道，小姐有时候两三天都不会回来一次，就算是回来，也是把自己关在房间里一段时间，又匆匆离开。”

“怎么才能联系到她？”敖雨泽不死心地问。

“有事情的话，都是小姐主动打家里的电话，而且电话号码也不固定。”中年女佣说道。

“我给你一个联系方式，下次你家小姐回来的时候，你暗中通知我。”敖雨泽说。

中年女佣犹豫了一下，然后点头应承下来。

离开的时候，敖雨泽又打电话通知铁幕的人，让铁幕派了一个小组的人盯住叶家老宅，一旦叶凌菲出现，最好能拦住她。

随即我们驱车离开。刚开了一段路，敖雨泽突然猛地踩了一脚刹车。

“怎么了？”我好奇地问。

“不对劲，刚才那个女人。你有没有发现，她明明都四十来岁了，可露出的手腕，却白皙细嫩得太过了一点？而且，旺达释比的房间里，弥漫着一股淡淡的香气，如果我没记错的话，那应该是安神香。那种香味用量合适的话，会让人情绪安宁，可用量过头，会让人的思维变得缓慢，不会在意平时能留意到的细节。”

我仔细一想，的确是这样，如果不是当时房间里弥漫着这样一股淡淡的香气，我们应该能轻易发现那个女佣的不对劲。

确定了这一点，敖雨泽连忙在前方掉头，朝叶家赶去。可当我们赶到叶家的时候，大门紧闭。敖雨泽直接踢开门闯了进去，房间内除了昏迷不醒的旺达释比和残留的淡淡香气，却没有先前那个中年女佣的身影。

“该死的，那个女佣，应该就是假的叶凌菲，或者确切点说，是占据了叶凌菲躯壳，灵魂是来自意识世界的秦峰的妹妹。”我有些气急败坏地说。

“先送旺达释比去铁幕旗下的医院吧，让谭欣然手下的医生照看着，否则旺达释比这样子也不是办法，身体很快就会完全衰败，到时候就算他能醒来也回天乏力。”敖雨泽叹了一口气说道，同时打电话取消了铁幕对叶家老宅的监控。

假的叶凌菲既然在我们眼皮子底下易容玩了一手金蝉脱壳的把戏，肯定是不会再轻易回这个家了。就算她想要在这个家里找什么资料，估计也已经得手了。

想通了这一点，我和敖雨泽对望了一眼，在等待医院的救护车前来的过程中，开始全面搜寻叶凌菲可能留下的蛛丝马迹。

大概当时假叶凌菲没有想到我们两个会突然造访，因此只是简单地易了容骗我们。最终，我们还是发现了房间中有些不寻常的痕迹。

那是叶凌菲父母当年住过的房间，或许是为了纪念父母，房间的陈设一直没有动过。因此，当我们发现床头的相框有被打开过的痕迹时，顿时觉得假的叶凌菲要找的东西或许和这个相框有关。

敖雨泽小心翼翼地将相框收起来。就算夹层里面的东西被取走，可如果夹层里的东西是写在纸上的信息，那么在里面放了十几年，总会留下一定的痕迹，铁幕的技术人员或许有办法复原一部分。

除此之外，房间里的衣柜也有明显被打开过的痕迹。衣柜里的东西看上去没有少，反而多了一个和周围的东西有些不协调的金属盒子。

这种金属的材质我们都不陌生，那是一种银白色的，永远不会生锈且带着某种特殊光泽的金属，和不锈钢以及白银等金属都大不一样，看上去如同科幻片中的未来金属。

这是混合了时光之沙的活性金属，是当初回归者组织的成就之一。不管是铁幕还是JS，都有这种金属材料的配方。存放在里面的物质，时间能够被冻结，不管存放了多久，拿出来都和刚存放的时候一样。敖雨泽身上也有一个材料相同但更加小巧的金属盒子，用来存放特殊药剂。

敖雨泽将金属盒子拿起来，发现上面有一个小巧的密码锁，她不敢直接用暴力打开。这种古怪的金属的坚硬程度连她也感到束手无策。

“只能带回铁幕的实验室了。不过这么明显的金属盒子，假叶凌菲在叶家待了这么久，不可能没有发现，就算她要逃走，也不可能不带走它。那么只剩下一种可能，这是她故意留给我们的。”敖雨泽冷哼一声说。

我将金属盒子拿过来，发现上面的密码锁由字母组成，需要分别拨动上面六个刻有字母的滚轮，将正确的密匙所对应的字母朝向最外，才能打开盒子。

我心中闪过一个念头，却没有动手。毕竟谁也不知道这金属盒子里是否存放着自毁装置，万一输错了，或许里面藏着的东西就被毁掉了。

很快，谭欣然带着铁幕的医疗队来到叶家。简单检查过旺达释比的身体情况后，谭欣然对我们摇摇头，说：“不仅整个人失去了意识，和植物人无异，而且他的生命力也在快速衰竭，这样下去挺不过几天。”

“以铁幕的技术也不能救他？”我问道。

“如果是普通人或许还有救，可是旺达释比曾注射过激发生命力的药剂，这种药剂虽然能够救治重伤，但代价是透支生命力。”谭欣然摇头说。

我想起在青铜之城时，旺达释比曾经受了极为严重的伤势，当时我们一度以为他已经死了。后来在梓潼五妇山时，他又再度出现，而且浑然不像受伤的样子。如此看来，在青铜之城中他是通过透支生命力恢复了伤势，就算他没有失去意识成为植物人，这具身体也同样撑不了多久。

金属盒子和相框都被带回了铁幕，铁幕的技术专家在盒子上没有发现任何痕迹，除了我和敖雨泽的指纹外，没有其他人的指纹。而相框上却有所发现，那是叶凌菲的全家福照片，不过那个时候的叶凌菲，模样看上去才四五岁。

在小心地拆分了相框和照片后，技术人员发现照片的背面曾贴过一张折叠起来的纸，通过技术手段还原，纸张上的图案在照片背面留下了模糊的痕迹。这些痕迹用肉眼几乎无法察觉，可在仪器下，却分明照射出了一个极为模糊的影子。

那是两条纠缠在一起的蛇侍，除了大致相同的蛇尾外，看上去应该是一男一女。

“伏羲女娲人首蛇身交尾像。”敖雨泽看到模糊的影像，淡淡地说。

“这幅图像到底意味着什么？这是我们第三次看到类似的图像了。”我说道。

第一次是在李老家的照片上，第二次是在江口沉银遗址下的沉船中，第三次则是叶凌菲家的相框中。当然，相框中那幅画有伏羲女娲人首蛇身交尾像的纸已经被假叶凌菲拿走，只剩下全家福照片背面几乎无法察觉的倒影。

“或许这是假叶凌菲出现的目的之一，为了找寻当年叶暮然留下的东西。”我沉吟了一下说道。

“叶暮然可以说是天纵奇才，他对古蜀文明秘密的了解远在我们之上，或许比旺达释比和铁幕知道的都多。当年他几乎是凭着一己之力将某次特大灾难硬生生拖后了十年，并且极大地减小了灾难的程度。如果说他当年留下了什么后手，说实话，我一点儿都不奇怪。”敖雨泽说道。

“的确，以叶暮然的为人，如果真找到了阻止现实世界被意识世界毁灭的方法，他很有可能将方法隐藏起来。那么，线索会不会在全家福相框里面？假叶凌菲的出现，恐怕不仅仅是为了对付旺达释比，她真正的目的，很可能就是为了叶暮然留下的线索。”我分析道。

“应该不会这么简单。旺达释比也好，我们几个身具特殊血脉的人也好，你没发现血脉本身，也隐藏着某些秘密吗？按理说意识世界中的神灵，哪怕再强大也无法干涉现实，可我们身上怎么会有神灵的血脉流淌？总不可能这些神灵真的在现实世界中存在过吧？而那个人不惜派出自己的女儿占据叶凌菲的身体，有没有可能是为了叶凌菲身上的独特血脉，或许叶暮然留下的关键的东西，只有他直系血脉的人才能打开？”敖雨泽说道。

彼此沉默了一阵，我们突然都想到了同一个东西，异口同声地说道：“那个青铜箱子。”

当年的叶暮然，曾被秦振豪算计，女儿叶凌菲小小年纪得了一场怪病，他需要进入黑水县的某个神秘墓穴中寻找解救的办法。而叶暮然似乎在那个墓穴中找到了极为关键的东西，最后即便整个科考队的人都死完了，也没有动摇他的信念，更是从墓穴中找到了一个非常重要的青铜箱子。

我们曾在五神地宫下发现了叶暮然的遗骸，从他随身携带的笔记本中得知了那个箱子中藏着可能毁灭整个世界的东西。那么，他留下的真正秘密，很可能和那个青铜箱子有关。

而假的叶凌菲，无疑是想要得到这个秘密，或许这也是她从意识世界中降临，占据叶凌菲躯壳的真正目的。

想通了这一点，我的心情有些复杂，随即给秦峰拨去了电话。可我怎么也没有想到，秦峰接通电话的第一句话竟是：“如果我没有猜错，鬼脸蛇鳞应该出现了。”

鬼脸蛇鳞，如果不是秦峰提醒，我和敖雨泽几乎忘记了身上的诅咒。我几乎下意识地想要掀开衣服看看自己的后背，而敖雨泽稍作犹豫，拉起了自己的裤腿，露出双腿上几片人脸浮现的蛇鳞状斑点。

蛇鳞上的人脸已经非常清晰了，那是一种带着绝望和怨毒的神情，就像真的在看一个将死的人一样。不知道是不是错觉，这些人脸似乎比之前更加立体，就像它们在挣扎着想要摆脱蛇鳞的束缚，跑出来一样。

虽然没有看到自己背后的鬼脸蛇鳞的样子，可我知道应该和敖雨泽的状况差不多。

“你怎么知道的？”我沉声问。

“这本来就是一个局，我早应该想到的，可是我知道得太晚了。”秦峰在电话里说。

“你都知道些什么？你知不知道旺达释比快死了？”我几乎是怒吼着说。

“我知道，而且，还会死更多的人……这只是开始。小康，或许有一天我会站在你的对立面，但请你相信，我的不得已也是为了这个世界，为了身边的人……”

“你什么意思，你给我说清楚！”我感觉秦峰的语气有些不对劲，急切地问。

“还记得最初那个游戏吗？我一直以为那个游戏是为了筛选具有金沙血脉的人，可是我错了，他们真正的目的，是为了……”秦峰的话没有说完，突然发出一声惊呼。接着电话那头是极为嘈杂的声音，伴着怒喝和打斗，随即一切归于平静。

“秦峰，怎么回事？你怎么了……”我急切地吼着。可是电话那头再无任何声响。在我即将挂断电话时，那边突然传来一声女人的冷笑。

第五章

JINSHA ANCIENT SCROLLS

意识本质

“已经追踪到电话的位置了。很奇怪，不在省城。”敖雨泽见我一直呆呆地拿着电话，叹了口气，对我说道。

“在哪里？”我将电话收起，有些心不在焉地问。为什么秦峰会突然提到那个游戏，那件事不是已经过去了吗？之前我们分析过那个诡异的游戏，最后一致认定它是为了找出我这个带有金沙血脉的特殊玩家来。至于游戏中出现的隐藏关卡，是秦峰为了拯救自己刻意设置的。

可听刚才秦峰的口气，这件事似乎另有内情，并且在他就要说出来之际，遭到了袭击。最后电话里传来的女人的冷笑声，说明袭击他的应该是个女人。而我总觉得那个女人的冷笑声，似乎有些耳熟。

但我可以肯定那不是假叶凌菲。尽管她占据了叶凌菲的躯壳，可是声带并没有发生改变，说话声音和之前的叶凌菲没有区别，最多是语调上会因为习惯有细微的区别。

可是那个女人的笑声，却是冷到了骨子里，透着一股无法言说的漠然，就像是高高在上的邪神，在面对不听话的信徒。

“电话的地理位置提示，在中北美洲，确切地说，在洪都拉斯。”敖雨泽神色古怪地说。

“什么？美……美洲？秦峰怎么可能会在美洲？”我不禁大吃一惊。

“我也很奇怪，铁幕负责监视秦峰的特工昨天传回来消息，秦峰当时在省城的医院里陪着昏迷不醒的女友廖含沙。而且省城没有直飞洪都拉斯的班机，需要到北京转机，最关键的是，这两天的航班记录里面都没有秦峰。”敖雨泽说。

“好像从我们在李老家看到那几张三十年代的照片开始，我们身边出现了越来越多的怪事……”我沉声说。

“是啊，我也有种不祥的预感，似乎有一只黑手在幕后操控着一切。可我们眼前总是萦绕着一层迷雾，让我们始终看不清幕后黑手的真正目的。”

监视秦峰的铁幕特工很快回来了，不过是被人带回来的。被接替他的同伴发现时，他已经晕了过去，明显是被人击中后脑勺致晕的。

对方的手法十分专业，力量也很大，几乎一击就让一名受过特殊训练的特工人员晕了过去。铁幕的特工人员虽然不是个个都具有敖雨泽那样的身手，可比起其他国家的特勤人员来也毫不逊色。可就是这样一个堪称现实版007的特工人员，却被人不知不觉地打晕了。就连敖雨泽也只能勉强做到这一点，而她已经算是铁幕中最优秀的特工人员之一了。

“会是什么人？我们的老对手真相派，还是JS的残余？抑或是神神秘秘的世界树组织？除了这三个对头，应该没有其他人能够做到这一点。”敖雨泽喃喃自语道。

“会不会是……秦峰自己？”我问道。

“秦峰……他不应该有这样的力量。不过也说不清，当初在蛇神殿的时候，他和叶凌菲都变成半人半蛇的形态，虽然事后恢复了，可因此获得了更强的力量也说不定。”敖雨泽皱眉道。

“洪都拉斯在北美洲，而几个组织中唯一不在国内的，只有世界树。你觉得，有没有可能是他们找到了某个契合点，然后强行带走了秦峰？”

“可是先前的电话，秦峰明明是想要向你透露一些关于那个游戏的秘密，却被人打断了。”

“所以我觉得秦峰并非心甘情愿和他们合作，很可能是被迫的。更加让我感到头疼的是，他妹妹的意识占据着叶凌菲的身体，这件事总让我感觉到有些不妙。”

“我倒是觉得，我们两个身上的鬼脸蛇鳞的诅咒才是真正的麻烦，如果不解决这个诅咒，估计还有更可怕的事情发生。”

我点点头。的确，我们两个身上的诅咒尽管没有发作，敖雨泽也只是偶尔变得脾气暴躁，可一旦这诅咒被彻底引发，谁都无法预料会产生什么后果。

“不如找张九红问问，毕竟她曾经是尸鬼婆婆的弟子，也算是半个能看透命运线的人，又是神秘的张家传人。说起来张献忠也姓张，不知道和张九红所在的张家，有没有什么联系。”我说道。

“当年灭蜀国的是秦国的张仪，而三百多年前几乎屠光了四川人的是张献忠……张家人，尤其是有着特殊血脉的这一支，听张九红说生生世世都被一个奇怪的诅咒所纠缠，这之间，说不定真的有什么我们不曾知晓的秘密。”敖雨泽眼睛一亮，说道。

我很快拨通了张九红的电话，约了她和叶教授在医院见面。说起来旺达释比和叶教授之间多少有点拐弯抹角的亲戚关系。

张九红和叶教授来到医院看到旺达释比目前的样子，张九红还没有什么，叶教授却几乎要潸然泪下。他和旺达释比之前有些交情，看到曾一起探讨古蜀时期各种文明现象的老友居然卧床不起，甚至连意识都没了，叶教授多少有些感同身受。

我们将自己的推测向张九红简单说了一遍，又给她看了身上的鬼脸蛇鳞，张九红的脸色，罕见地变得有些苍白。

“出现了，它们果然出现了……”张九红梦呓般地说。

“你见过这个诅咒？”我问道。

张九红定了定神，好半天才说：“不，我没有见过。但是张家先祖曾留下一个预言，就是当鬼脸蛇鳞再度出现的时候，说明张家人彻底解除血脉诅咒的时机快要到了。”

“鬼脸蛇鳞的诅咒，和你们张家人自身的诅咒有什么关系？”我好奇地问。

“当然有关系，这个诅咒第一次出现，是在三百多年前。”张九红缓缓地说。

我和敖雨泽对视一眼，三百多年前，和张献忠屠川的时间大致相当。

“张献忠屠川的时候吗？”我直接问道。

“你们猜得没错，张献忠，的确是张家人的一个旁支。当年他曾经得到一个道人指点，说只要聚集了足够的祭品，就有可能让上天消除存在于我们血脉中的诅咒。”

“足够的祭品，是指人命吧？所以他趁着乱世掌权建立大西国后，不像历史上其他起义者那样试图休养生息扩大地盘，反而大肆屠杀川人，就是为了一个虚无缥缈的可能？”敖雨泽冷笑道。

“当然不只是这样。张家人虽然自私，可也不至于以三百多万条人命的血祭来消除家族的诅咒。张献忠这样做其实有一个更深沉的目的，就是以这场史无前例的血祭为引子，趁机消除所有达到道家‘通幽洞微’境界的人。”

听到“通幽洞微”这样的道家术语，我不禁疑惑地看向张九红。

张九红叹了一口气，解释道：“通幽洞微，从字面上解释，是指通晓洞察微小而深奥的道理。这个词最早出自宋朝天圣年间佐郎张君房所编纂的《云笈七签》，这是一部择要辑录《大宋天宫宝藏》内容的大型道教典籍。在《云笈七签》卷一〇七中首次提到‘精行道要，殆通幽洞微’。达到这样境界的人，用通俗的话来说，就是……观察者！”

听到“观察者”三个字，我顿时警觉起来。加上第一次提出“通幽洞微”这个说法的人也姓“张”，我随即明白宋代的张君房，很可能也是张氏一脉的传人。

我记得我和秦峰第一次进入意识空间时，明白了观察者的存在对于意识世界是极为必要的。如果说意识世界是一个存储在硬盘上的虚拟游戏，那么观察者就是这块硬盘，如果硬盘本身损坏或者不见了，意识世界就失去了存在的基础。

换句话说，有一个很简单的办法能够彻底消灭我们将要面对的意识世界，那就是杀死所有知晓这件事的人。只要所有观察者全部死亡，“硬盘”彻底不见了，意识世界也会跟着彻底消失。

可这几乎是不可能的事情。不管是铁幕、JS、真相派还是世界树，谁也不知道这几个组织中到底有多少人知晓这些秘密，这些秘密又是否在无意间被透露过。

现在是信息时代，有时候只需要在网络上发一个帖子或者一条朋友圈消息，很快知晓的人数就会呈几何状态扩散。真要做到杜绝所有人知晓意识世界存在这一点，怕是要杀光全世界的人才行。

甚至还有一种更让人毛骨悚然的可能，就是我们所处的世界本身就虚假如意识世界一样。或许在更加“真实”的世界里，某个知晓古蜀国以及意识世界机密的人，为了保护意识世界的“基石”不至于崩塌，故意写出一本关于古蜀国和意识世界的小说让更多人看见，从而保证意识世界因为被更多人熟知而不会消失。

印度神话认为，世界是梵天的一场梦，如果梵天醒过来，就意味着世界终结。意识世界的存在机理与此类似，只是维持其存在的不是一个神话中的神灵“梵天”，而是任何一个知晓这件事的普通人。

哪怕只有一个人知晓意识世界的存在，意识世界就不会真正崩塌，就会延续下去，除非遇到时间线被扭曲的危机。

而意识世界的存在机理，或许普通人，尤其是几百年前的古人，肯定无从知晓，但张家人明显不在普通人的行列中。三百多年前，随着明王朝的日渐腐朽，北有清军扣关，内有李自成、张献忠等揭竿而起，可谁也不知道，张献忠居然是张家这个神秘家族的后裔之一。

如果是在和平时代，张献忠恐怕不过是个跟着父亲卖红枣的小贩，顶了天也就是当个小捕快。可历史的洪流滚滚前进，当百万人的生死放在他面前，他最终不知什么原因选择了屠杀。

张献忠疯狂的屠杀可能是由于他自身性格潜藏的暴戾因素，也可能是被心魔诱惑。可我怎么也没有想到，这样的举动是为了消灭所有的观察者。

这几乎是一件不可能完成的任务。即便当年整个四川被张献忠屠杀得十室九空，三百多万人最后只剩下八万，差一点儿就成功了，可哪怕只剩下一个观察者，意识世界也不会消失。

不管怎么说，哪怕有再崇高的理由，这样的屠杀也太过分了一些，当年促使张献忠这样干的，到底是什么原因？

“不对，那个时候的三星堆、金沙都还没有被发掘出来，他怎么可能知道观察者和意识世界的存在……”我问道。

“不管三星堆和金沙有没有被发掘，它们一直被埋在地下，你无法否认几千年来它们是一直存在的。即便看不见，也不代表它们不存在。古蜀以及属于众神的时代已经过去，但它们真的存在过。凡存在必留下痕迹，张家人身上背负的诅咒，其实也是痕迹之一。意识世界也是一直存在，只是在古蜀时期被发现了。确切地说，不是古蜀人创造了意识世界，而是他们发现了这个世界，找到了利用这个世界的方法，甚至唤醒了里面沉睡的神灵……张家人因为某个原因背负着诅咒，也承担着杀死神灵摆脱诅咒的命运。张献忠做出了自己的选择，尽管我们今天看来是入了魔道，可这是历史上第二次差点屠神成功的例子。”张九红悠然说道。

“第一次屠神成功，是古蜀国最后一个国王，十二世开明王杜卢，对吗？”我问道。

“这个问题我想你早知道答案，毕竟属于十二世开明王的鳖灵童尸，还在我手上。”

“但是张献忠的行事手段，是用穷尽的办法杀死每一个可能的观察者，杀到最后，他还得杀死每一个张家人，包括他自己。可他无法保证在杀死自己之前，已经杀死了所有知晓意识世界存在的人，因此这个悖论注定了他的失败——意识世界没有在三百多年前消散，甚至因此引起的反噬还有可能动摇了整个华夏的气数，让北方草原民族入主中原并站稳脚跟。从某种程度上说，他也撼动了历史，只是历史的惯性太强，能延续的时间线也太长，很快就重新回到了正轨。”

张九红说得没错，不管是时间还是历史，都是一个漫长的过程。人类从第一次产生灵慧，第一次发生意识的闪光，到现在可能也才几十万年。如果只计算产生文明的时间，则可以缩短到万年之内。

这样的时间长度对于整个世界存在的时间来讲，连一瞬间都不算。人类的文明不过是整个时间线上稍微颤动了一下引起的微不足道的涟漪，或许在我们看来大得不得了的历史事件，对于时间本身来说不过是一粒轻轻扬起的尘埃。

从人类开始产生自我意识，认识到自己和其他动物不同的那一刻起，意识世界或许就已经存在了。意识这一在宇宙中最为独特的非物质的超弦波动的产生，是能够让时间线发生扭曲的唯一力量。或许一个人的意识力量远远不够，可一个文明集合的意识力量，在蝴蝶效应的增幅下，几百年前的一次振动，足以影响到几百年后。

张献忠的举动也是如此，尽管他屠杀所有观察者的计划彻底失败，可从某种程度上来说还是杀死了大部分古蜀国后裔，让后来的清王朝不得不迁徙湖广等地的人口来填补空白。这就造成了四川地区关于古蜀国的文明信息被深藏起来，从某种程度上来说也延缓了意识世界入侵的时间。

这实在是一件万分荒谬的事情。张献忠这个杀人魔王屠杀了几百万人，可是也有可能在三百多年后的今天拯救了更多的人，让处于这个时代的人得以苟延残喘，甚至组建起几个神秘的组织，和意识世界背后的神灵进行对抗。

否则的话，或许早在一九九八年，现实世界就会因为时间线的变动引起的时空落差发生大规模的震动，叶暮然也无法利用当年在黑水墓穴下找到的东西，将灾祸延后十年。

“如果说一个文明的意识聚合能够从某种程度上扭曲时间线，那么如果意识世界中产生了文明，它们也有可能对时间线施加影响，甚至因为它们本来就是纯精神生命体，这种影响可能比人类文明更大。”我注意到一个非常重要的问题，如果这一个前提成立的话，或许我们面临的危机，比我们想象中还要糟糕。

“你终于注意到这一点了吗？这就是为什么这个世界上会有铁幕和真相派这两个组织存在的根本原因。铁幕不希望世人知晓任何关于古蜀文明的真相，这和张献忠当年走的路是一样的，只是温和得多。而真相派则是想要将这件事完全公开，然后和意识世界中的文明直接决战，彻底解决问题。这一切是因为这两个组织的高层都明白，意识世界带来的真正危机，就是这个并不存在于现实中的文明对时间线的篡改——如果它们集体认为历史不是这个样子，并且现实世界也有一定基数的人这样想，当这个认知和时间线的某些片段形成共振，那么历史，或许真的不会是现在这个样子。”

“怪不得，怪不得叶暮然曾说世界有可能被倾覆……这是真正的倾覆，与此相比，灭世电影中的十二级大地震算什么，灭世的洪水又算什么。那是时间，时间的潮汐过后，整个历史都会被篡改和颠覆。在最坏的情况下，我们的文明都没有了。这是战争，是对整个人类文明的战争！”我被吓坏了，从未有过的恐慌袭遍全身，让我感到源自骨子里的寒意。

这是我第一次真正认识到意识世界的危害，远远不是什么传说中的神灵降世那么简单。就算是神灵真的出现在现实世界，也最多是造成几十万上百万的伤亡，之后被核武器消灭。可是时间线的篡改所造成的影响，却是谁也逃不过的劫难。

在最严峻的情况下，现代文明都可能不会出现，毕竟现代文明中的一切，是由无数个偶然堆积在一起产生的。如果这个世界上没有牛顿，没有伽利略，没有法拉第，没有诺贝尔，没有爱因斯坦……或许科学依然会按照本身的规律走到今天这一步，但这个时间可能要被推迟几百年！

我渐渐意识到铁幕的路或许是错的，隐瞒古蜀文明以及意识世界的存在，这个方法根本行不通，因为铁幕自身也知晓这个秘密。这样做最多只能推迟现实世界被倾覆的时间而已。

铁幕的做法就如同上古时期的大洪水治理——鲧用堵的方式来治理洪水，最终流于失败。只有像大禹那样采用合理的疏导之法，才能让洪水真正被降伏。

这样纯粹采取守势的方式和二战时期的马其诺防线差不多，看着无比坚固，但只要被敌人找到弱点绕过去，再坚固的防线，也不过是一个笑话。

相比之下，真相派的做法或许看上去冒险，甚至在具体执行过程中简单粗暴不惜代价，却至少有那么一丁点成功的可能。

或许这也是肖蝶最终叛逃到真相派的原因。早已接触到大量机密的她大概对铁幕的理念最终绝望，所以选择了真相派的道路，哪怕这条路失败的可能性依然很大。

“刚才你说三百多年前的张献忠时代，也曾出现过鬼脸蛇鳞的诅咒，这又是什么意思？”我勉强收起纷杂的思绪，问道。

“那是行瘟使者的标记。”

“行瘟使者是……什么人，或者说是什么神？”

我感觉事情越发诡异了。行瘟使者这个名字我倒是听说过，最初出自《封神榜》中的“瘟部”。

瘟部是天庭负责散播瘟疫的神仙所在的机构，封神榜中封的是三百六十五位清福正神，瘟部大帝是吕岳，其下六位正神，有四个是行瘟使者，分别是：执头疼磬的东方行瘟使者周信；执发躁幡的南方行瘟使者李奇；执昏迷剑的西方行瘟使者朱天麟；执散瘟鞭的北方行瘟使者杨文辉。

古代战争过后，若不及时处理尸体，会有瘟疫暴发。古人不明白瘟疫的来源是大量尸体腐烂产生的强烈致病性微生物，以为是天庭的行瘟使者在散播瘟疫。由畏生惧，民间也多有给行瘟使者上香祭拜，祈求瘟疫不再降临的，因此几个行瘟使者也算是官方承认的正赦神灵。

“当年张献忠开始屠川的时候，四川地区曾流行过两句童谣，分别是：‘岁逢甲乙丙，此地血流红’；‘流流贼，贼流流，上界差他斩人头。若有一人斩不尽，行瘟使者在后头’。这两句童谣十分直白，意思是张献忠是秉承天意，在岁星当空的星野投射到四川的时候杀人，如果不杀完，哪怕留下一个，也会引来行瘟使者。问题是，谁是行瘟使者？从字面意思上看，是说人没杀完会有大瘟疫发生，可既然人都差不多杀光了，多一个少一个，也不会影响瘟疫的发生，为什么一定要杀光所有人？”张九红继续说道。

“你是说，行瘟使者可能不是封神榜中所说的神灵，也不是一定要引发某场瘟疫，而是代指整个来自意识世界的文明？”我小心翼翼地问。

“确切地说，行瘟使者带来的瘟疫，不是现实中的瘟疫，而是来自人的认知和意识，就像……就像能被传染的精神病。”张九红脸色古怪地说。

精神病是人对世界和自我的认知出现严重的心理障碍和异常而致的。但是从来没有听说过精神病能够传染，因为每个人的心理是彼此独立的，就是最亲密的恋人，看上去心有灵犀，也不可能做到真正的心灵相通。只有极少数高明的催眠师，才能够通过催眠进入人的潜意识，勉强和患者之间达到这一点。但这种交流往往是单向的，患者本人不会进入催眠师的意识。而我和敖雨泽，大约是共同具有金沙血脉的缘故，才能够做到近距离的短暂心灵相通。如果这世上真有能传染的精神病，可能会发生在我们两人身上。

等等，张九红不会莫名其妙提到这个问题，我和敖雨泽身上都出现了诡异的共同病例——鬼脸蛇鳞。难道说行瘟使者带来的所谓“瘟疫”，就是指类似鬼脸蛇鳞的诅咒？

见我脸色有了变化，张九红淡淡地说：“三百多年前张献忠试图以屠川作为手段消灭所有观察者，你觉得意识世界不会进行反击？”

“来自意识世界的反击就是鬼脸蛇鳞？”敖雨泽问道。

“当然，鬼脸蛇鳞说起来是一种诅咒，但本质其实是……当年被杀死的几百万川人留下的怨念，被巴蛇神的力量固化下来。”

我和敖雨泽的脸色都有些不自然。每一块蛇鳞状的斑块上面都会浮现一张鬼脸，可我们怎么都没有想到，这些鬼脸竟然和三百多年前被屠杀的几百万无辜川人有关。

“当年他们是被牺牲的，可是又有谁问过他们，这种牺牲是否是他们愿意的？没有，当年的几百万川人，只是被当成猪狗一样杀掉，即便他们的死从某种意义上造就了今天的历史。想一想这三百多年来四川出过的名人，如果历史上没有被那场屠杀，没有后来的湖广填四川，没有出现那些身居高位能够以法令改变国家走向的伟人，那么今天的我们，会是什么样子？可那些死去的亡魂怎么可能甘心，这场史上最大规模的血祭所带来的怨念，加上巴蛇神当时暗中的协助，由此所产生的诅咒，你以为是能够被轻易祛除的吗？”

“你是说，鬼脸蛇鳞的诅咒是祛除不了的？”我心中一沉，问道。

“是的，除非你们能安抚这些亡魂，不过三百多年的怨念，就算你身上流淌着金沙血脉，也未必能将这些怨念清洗掉。而且，你身上的蛇鳞状斑点会越来越多，出现的鬼脸也会增多，当你身上的血脉气息无法压制这些怨念的时候，就是你彻底沉沦到地狱的时候，你会被拖入这些亡魂所在的意识空间，被永恒地折磨。”张九红淡淡地说。

“既然是诅咒，就一定有解除的办法，要不然这诅咒早已蔓延开来了。”敖雨泽说道。

“的确是有，可这涉及意识世界存在的秘密。如果你们能解开这个秘密，或许不仅是你们身上的诅咒，就连意识世界的威胁都能解除。你们是在江口沉银宝藏中遭遇到蛇侍才被诅咒的，又和那块消失的七杀碑底座有关，我大概能猜到那块七杀碑底座意味着什么了。”

“那块七杀碑，是用来镇压亡魂的？可是它已经断裂成了两块，当年的董笃宜他们得到的是刻有碑文的上半截，最后出了变故将之推入河中。我们看到的是下半截的底座，难道说这七杀碑底座中隐藏着威胁意识世界的秘密，这才让它们不惜耗费力量让蛇侍降临，将诅咒施加在我们两人身上？”我疑惑地说。

“意识世界中的纯精神生命体，能够通过某种方式短暂在现实世界中具现化。我想这一点在你最初接触古蜀文明的神秘事件时就有印象了吧？”张九红问。

我点点头，当年我第一次见到敖雨泽前夕，遇到的第一起神秘事件就是突然消失在空气中的戈基人战士。现在想来，那个诡异的野人战士，应该也是存在于意识世界中的纯精神生命体，当时只是短暂在现实世界中具现化。

“你有没有想过，意识世界中的纯意识生命体，它们的本质是什么？”张九红继续问道。

“这大概就要牵扯到意识这个概念的本质了吧？现代科学认为，意识是一种波动，是人脑的机能，是客观世界的主观映像，是社会的产物。也有理论认为意识的产生是金字塔状的，是从最基础的记忆，到即兴反应，再到利己主义，最后是最为神秘的自我觉醒。大多数动物，哪怕是高级如人类的近亲大猩猩，也只勉强达到利己主义的阶段，唯有人类完成了自我觉醒，产生了真正的意识。”

其实还有几句话我没有说，除了现代科学对意识的研究外，众多宗教对意识的认知也毫不逊色。尤其是佛教，认为意识是五感之外的第六识，在这之上还有更加神秘的第七、第八识，即末那识和阿赖耶识的存在。

第七识末那识，很可能就是现代心理学上说的潜意识。第八识则最为神秘，属于藏识，就像计算机的存储设备一样，眼耳鼻舌身意所感知的一切信息全部藏在神识中，一个人生生世世的记忆都藏在了里面。

很多人可能有这样的经验，有些事情明明忘记了，突然有一天莫名其妙地想了起来；有时遇上一件事情，会感到似曾相识，但实际上此前并不曾遇到过。这些都是第八识在起作用。也就是说最为神秘的第八识，实际上牵扯到了“时间”这个最常见也最神秘的概念。

而像张九红的师傅姬巧玉这样能够看透命运线的高人，从某种程度上说就能够主动运用第八识看透时间线上关于某个人的不同分支。

你意识的每一个决定，都影响着你的未来。所有人的意识和决定交汇在一起，就构成了这个世界未来发展的道路，而当未来已经到来的时候，就塌缩形成恒定的历史。所以历史是能够被改变的，只是能被改变的是未来的历史，而这取决于每个人在“今天”做出的每一个选择。

只是，你的显意识所做的决定，真的是你自己内心深处所期望的吗？显意识不过是表象，是被潜意识默默影响的，而在显意识之上还有作为第八识的阿赖耶识。如果说，这世上存在一种比人类更高级的生命体，尽管它们连现实中的一粒灰尘都无法移动，可它们能够轻松看到每个人的命运线，甚至波动这些命运线，那是不是意味着，它们能从某种程度上控制人的部分行为，而本人的显意识却完全感觉不到被控制？

这种更高层级的生命体，或许就是所谓的神灵。当然不是宗教和神话传说中的神灵，而是在意识世界中真实存在的神。或许它们在历史上曾不止一次地伸出纯精神的触须，拨动着一些关键人物的命运线，推动着历史朝它们想要的方向发展。

如果说这世上真的存在纯意识的生命体，从某种意义上说，它们更接近人们对于“灵魂”抑或“鬼”这样的认知。

不同的是，现实世界的物理规则，除了某些极为特殊的磁场，是无法容纳灵魂长期存在的。意识世界则完全不同，那是一个完全由纯精神体构成的世界，尽管其存在离不开特定磁场的作用，入口也大多在北纬三十度附近某些磁场异常的地方，比如雷鸣谷或者黑竹沟。

“你要小心，尽管你的身上笼罩着命运的迷雾让我无法看清楚，但这也是你不被意识世界的神灵影响的原因。你的存在对意识世界来说是一把双刃剑，它们需要你以及你身上的血脉开启通往现实世界的大门，但同样的，你的血脉也是最有可能彻底关闭这扇门的。随着意识世界的入侵到了最后关头，一旦它们有了成功的苗头，或许它们更希望你直接死掉。”张九红离开时，意味深长地对我说道。

她离开前又去看了一眼旺达释比，最后还是肯定了先前的结论，认为旺达释比不仅失去了意识，就连肉身也命不久矣。这让我十分难过，对于我来说，除了当年的救命之恩，旺达释比无异于良师益友。

告别了张九红，我让敖雨泽先行离开了。我一个人静静地待在旺达释比的病房内，看着这个生命正一点点逝去的老人，不禁潸然泪下。

这个时候的旺达释比就像所有濒死的老人一样，只剩下最后一点时光，我能够感受到他的生机正一点点地抽离身体。可他最亲近的外孙女，这时却不在他身边。即使叶凌菲能马上出现，那也只是占据叶凌菲身体的异世界的灵魂，和他无比疼爱的外孙女无关。

我的心中突然对秦峰的妹妹产生了极大的愤怒。如果不是她，或许旺达释比不会这么快走向死亡。退一万步说，即便旺达释比最终逃不开死亡，至少也能在离世前有亲人陪伴在身边。

可是现在，这个老人却什么都没有。

我的手紧紧握着旺达释比干枯的左手，他的左手紧握成拳，就算用力也无法掰开，更是冰凉得没有一丝温度。如果不是旁边仪器屏幕上的曲线证明着他还有呼吸和心跳，我一定会以为旺达释比已经逝去。

“我知道您最放不下心的是什么，就算付出再大的代价，就算需要我亲自前往那个诡异的世界，我也会将真正的小叶子平安带回来。”我弯下腰，在旺达释比的耳边哽咽着低声说道。

我感觉到旺达释比紧握着的左手微微动了一下，检测心跳的仪器发出长长的“滴”声，仪器屏幕上偶尔起伏的曲线变得平直。医护人员听到警报慌忙赶来，拿着电击起搏器想要做最后的努力。

旺达释比紧握的左手缓缓张开，在他的手心，放着一块我无比熟悉的白色石头。除了上面红色的符文外，它普通得就像是在路边随手捡来的，却在我眼中散发着温润而神秘的光泽。

第六章 ➤

JINSHA ANCIENT SCROLLS

埋伏

旺达释比的遗体告别仪式，在城东的一家殡仪馆举行。

除了叶凌菲，旺达几乎没有任何亲人，唯一拐弯抹角的亲戚，就是叶教授了。因此叶教授是以家人的身份在殡仪馆内主持最后的仪式。

仪式上来了不少铁幕的高层。这些年旺达作为铁幕的高级顾问，在铁幕高层中有不小的影响力，帮助铁幕解决了许多关于古蜀文明的神秘事件。

不过直到整个仪式结束，旺达释比的遗体即将送入火葬场进行火化时，叶凌菲依然没有出现。

或许旺达释比的死和这个占据小叶子身体的假叶凌菲之间有说不清道不明的关系，她应该不敢出现。

原本按照他释比的身份，死亡是一件大事，应该按照释比的传统习俗举行葬礼。可惜旺达释比走得太快，而且在没有其他亲人的情况下，只能一切从简，唯一能做的就是在举行告别仪式的时候，让旺达释比的遗体象征性地躺在一具松木棺材里。

告别仪式结束后，来宾们陆陆续续离开了。告别厅中只剩下我和两三个打扫卫生的工作人员。

我默默地站在旺达释比的遗体前，手里紧紧攥着他临死前给我的白色符石。之前的几枚，都因为各种各样的原因被毁掉或者遗失了。

这枚符石是旺达释比一直带在身边的，也是所有符石中最强大的一颗。尽管我对符石的用法还不是特别了解，却能隐隐感觉到白色符石传来的力量。

“旺达老爷子，虽然我没想到您会走得这样快，可我却知道，您将这最重要的东西留给我是为了什么。您放心，我不会让那个来自意识世界的女人一直占据小叶子的躯壳，总有一天，我会让真正的小叶子重新回来……”我看着打开的棺木中穿着寿衣的旺达释比遗体，默默地在心底念叨着。

不知道是我的念叨让旺达释比的在天之灵有了感应，还是我眼花了，旺达释比原本紧闭的双眼，竟然快速地眨了一下。

“旺达老爷子，您不会是在和我们开玩笑吧？难道说您根本没死？”我疑惑地喃喃自语，禁不住微微俯下身子，仔细观察旺达释比的表情。

就在这个时候，他的双眼猛地睁开，眼睛几乎完全被黑色的瞳孔占据，所有的眼白部分都消失了，黝黑的瞳孔放大到了整个眼球大小。

我心中一惊，本能地直起身子向后退，可是一双干瘦有力的大手突然环住我的脖子，巨大的力量将我往棺材里拉过去。

告别厅明亮的灯光开始闪烁，有几盏灯甚至直接炸裂，玻璃碎片四散飞出，还有电火花的声音传来。附近先是有一两声惊呼，接着传来有人倒地的声音，应该是工作人员不知道什么原因昏迷了过去。

我两只手撑住棺材的两侧，想要阻止被旺达释比拖入棺材内，可是他的力气极大，就算我有超越普通人极限的力量，也无法阻止目前的状况。我整个人被一点点地拖入棺材内，旺达释比那双完全变成黑色的眼球，离我越来越近。

这个时候我才看清楚，他眼球中的黑色和瞳孔有所区别，那是一种极为深邃的黑色，就像眼球里面还藏着另一个更加幽暗的世界。对上这样的眼睛，我的脑子没来由地迷糊了一下，似乎整个灵魂都要被这双眼睛吸引过去。

危急关头，挂在脖子上的白色符石发出灼热，虽然疼痛难忍，却让我清醒过来。我心中大为骇然，不明白旺达释比为什么会变成这个样子，要知道他当初可是宁愿牺牲自己，也不会让我们这几个后辈受伤。

与此同时，我感觉后背有恶风袭来，可是我的脖子被旺达释比的双臂牢牢箍住，双手也撑在棺材两侧，根本无法移动躲闪，只能硬生生受了这一击。

还好袭击我的东西不是什么锐器，而是类似一根棍子的东西抽打在背上，尽管疼痛入骨，却没什么生命危险。如果是锋利的匕首，只需刺入背心，就算我有着异于常人的体质，估计也没命了。

可是那一棍的力量还是超出想象的大，我闷哼一声，嘴角溢出血来，正好滴落在旺达释比的脸上。诡异的是，我的血很快渗入了旺达释比的皮肤。随后他的脸上绽起条条青筋，就像那些血液一进入他皮肤内，就化为游走的小蛇，在皮肤下不停乱窜。

我来不及细看这诡异的一幕，怒吼一声，猛然间发力，坚硬的松木制成的棺板被我捏碎，木屑从指缝中倾泻而下。我借助这力道终于挣开了旺达释比双手的束缚，猛然转过身来，正好看见了拿着一根金属棒球棒的叶凌菲。

高强度铝合金制成的棒球棒此时已微微弯曲，可想而知先前叶凌菲用的力气有多大。如果先前是照着我后脑来那样一下，我估计就算不死也会被打成脑震荡。

“是你？你到底是谁？”我怒喝道，然后飞身扑了过去。

“凝……”叶凌菲用两根手指指着我前方的空处，张开嘴轻声发出一个单独的音节。

我飞扑而出的身子猛然间止住了，感觉前方的空气突然间像是凝固起来，变得比胶水还要黏稠，根本无法扑过去。

我的身子保持着倾斜飞扑的姿势，却无法前进，就像电影里子弹在空中的慢动作一样。

“散！”随着叶凌菲再次说出一个字，原本凝固的空气瞬间变回原样，我重重地摔倒在地。

“这是什么？法术？不可能，就算是法术也要有所凭依，哪里能够隔空施展？”我狼狈地从地上爬起来，不甘地大声叫着。

其实我之前也见过所谓的“法术”，但不管是什么法术，实际上都做不到凭空施法的地步。我们所处的是一个物质世界，精神无法干涉物质，最多只能影响其他人的意识而已，因此像催眠术这样在古人看来无疑是法术的技能是存在的。

而所有被传得神乎其神的法术或者西方的魔法，从本质上说不过是幻术而已，并不能改变现实的物理规则，但能骗过人的心灵或者说意识。

就连旺达释比释放的法术，也需要借助某些古怪的法器或者符文，怎么可能像叶凌菲这样凭空使用法术？

“你应该知道，我的灵魂并非出自这个世界。作为一个来自神之国度的神使，这样简单的法术，又算什么呢？”叶凌菲冷冷地说。

“你是秦峰的妹妹？”我咬牙问道。看看四周，那几个殡仪馆的工作人员，都倒地昏迷了，想来都是眼前的“叶凌菲”做的手脚。

“这本来就不是什么秘密。不错，我的灵魂是秦峰在另一个世界的妹妹秦怡。只可惜你们都醒悟得太晚。不过真要说起来，我那个哥哥还真是没用，来这个世界十几年了，居然没有任何进展，还差点被我们的叔叔利用。”

我知道叶凌菲，或者说秦怡口里的另一个世界，就是一直困扰着铁幕和真相派的意识世界。也正是因为这个世界的存在，在我们的世界上空始终悬着一柄达摩克利斯之剑，一旦落下，整个世界都可能因此倾覆。

“果然是来自意识世界的吗？”我喃喃自语道。这个结果并不算意外，只是这是秦怡第一次亲口承认这一点。

“被你们称为意识世界的地方，在我们的文化中还有另外一个称呼，那就是神树世界。我们这些纯意识体生命，就像是附着在神树上的虫子，和神树世界是共生关系。”

“你们想要到现实世界中来，想要让那个世界完全具现化，就像我之前遇到的那个戈基人一样，完全以意识体的身份降临，却能够在现实世界里具有身体，虽然降临的时间很短……"

"那只是一个实验体而已，当然，还有一个顺带的目的就是杀掉哥哥的羁绊。有廖含沙那个女人在，我那个没用但叛逆的哥哥，就不会乖乖听父亲的话了。"秦怡淡淡地说。

"真正的叶凌菲呢？她的意识，已经进入到神树世界当中了？"我问道。

"当然。早在你第一次见到我的时候，这个世界上就没有叶凌菲了。并且不幸的是，因为她身上的血脉的缘故，最终我们没有成功捕获叶凌菲的灵魂将她关押起来。"

"什么意思？"我感觉有些不对劲。

"简单地说，叶凌菲的灵魂，已经迷失在两个世界的夹缝中了。那是生命和精神的荒漠，既不在现实世界，也不在纯意识体生活的神树世界。叶凌菲的存在就像你们世界的文明中所说的量子状态一样，这一刻可能在某一个世界出现，但下一刻就有可能消失……所以你其实应该感谢我，失去了灵魂，叶凌菲的肉身实际上很快就会腐朽。"秦怡说。

我想起之前的确经常看到叶凌菲的身影，但仔细看去时又什么都没有。那个时候我还以为是自己的幻觉，想不到是这么一回事。

当时的叶凌菲很可能是在用这样的方式提醒我，可惜我并没有理解其中的含义——在给当时的假叶凌菲，眼前的秦怡打过电话求证后，就没有将这件事放在心上。

"如果你要害旺达释比或者我，之前就有很多机会，为什么要等到现在？"我不解地问。

"那个时候时机还不成熟啊。毕竟叔叔他在这个世界待久了，失去了父亲的约束，早就有了自己的想法，没有按照父亲的计划去做。但是在蛇神殿的时候，我们计划的最后一个关键环节差不多已经完成，现在，是我们即将回来的时候了。可能你对'回归者'这个名字有所了解，实际上所谓的'回归'，不是进入现实世界的灵魂回归神树世界，而是神树世界中的纯意识生命体，回归到现实世界……"

这一点我倒不意外。自从进入到铁幕的核心之后，我从许多隐秘的资料中推测出了这个结论。而铁幕和真相派最终的目的，也是阻止这个结果。

只是我始终没有想通的是，最初的铁幕、JS 和真相派没有分裂时的回归者组织，按理说是将迎接纯意识世界中的生命体"回归"到现实世界作为理念，可为何最终分裂的三个组织都放弃了这个念头。

只有 JS 的秦振豪因为本身灵魂就不属于这个世界，有类似的想法，而其他两个组织，分明走到了神树世界的对立面。

真要说起来，反倒是国外的"世界树"组织，貌似更接近神树世界的理念。而且从世界树的命名来看，他们的存在很可能和神树世界有着说不清道不明的关系，很可能是回归者组织解散之后，神树世界的人重新扶持起来的新的神秘组织。

不过从世界树组织之前的一些做法来看，他们虽然更强大，技术更先进，但是对于意识世界的危险性和对现实世界的威胁，了解得却不够透彻，反倒是想从中借助“主”的力量来完成生命的进化。

“为什么告诉我这些，我不觉得你这些话可以说服我站在你们那一边。而且如果你们想要除掉我的话，也多的是机会，比如刚才如果你真心想要杀死我，我就不可能站在这里和你废话了……”我沉默了片刻，问道。

“嗯，和你废话这么久，当然是为了等你的血液发挥作用啊。”秦怡淡淡地说。

我猛然间想起滴落在旺达释比脸上的血迹，难道说，这些血迹还能让旺达释比的遗体发生什么意想不到的变化？

这个时候，身后的棺木发出巨大的碎裂的声音，接着一个高大的身影，出现在我头顶。

那是一条长度超过五米的蛇侍，和最初在五神地宫中第一次遇到的蛇侍首领，被我们误以为是巴蛇神复制体的蛇侍一样高大，所不同的是没有那么强壮，反而十分干瘦，并且没有锋利的爪子，只是左手上多了一根近一米长的骨杖。

看到蛇侍的脸，我不禁一下子呆住了，那是旺达释比。尽管刚才棺木碎裂的声音传来时我就有所预感，可真的在一条蛇侍的脸上看到旺达释比的面孔时，我还是禁不住感觉眼角微湿。

这个时候的旺达释比，似乎失去了原本的记忆和理智，眼中的黑色渐渐褪去，最后变成了金色的竖瞳，犹如爬行类动物的眼睛，带着冰冷和凶残混合的味道。

“上一次出现强大的巫祭转化而来的蛇侍巫祭，还是在三千多年前杜宇王朝和开明王朝王位交替的时候。真是没想到，在末法时代，居然还有旺达释比这样强大的巫祭。幸好你身上的金沙血脉已经稀薄了一半，要不然连旺达释比的尸体，也无法承受你身上源自古蜀王族的血脉力量。”秦怡轻轻一挥手，从旺达释比转化而来的蛇侍巫祭摆动着四米来长的蛇尾，游到了她身后。

看着旺达释比的遗体被转化成蛇侍巫祭，我心中的悲愤不停升腾。可是不知道为什么，当蛇侍巫祭那冰冷的眼神盯着我的时候，我觉得事情或许并没有这么简单。

“杜小康，你所了解的神树世界仅仅是最表面的东西，或许你现在会觉得我们所做的一切都是站在这个世界的对立面，说不定在将来的某一天，你反而会感谢我们。”秦怡静静地说完，然后手一挥，她和旺达释比所化的蛇侍巫祭的身影，开始慢慢变淡，最后变得若有若无。

“为什么不杀我？”我望着即将消失的秦怡和蛇侍巫祭，咬着牙说。

"很简单啊，你血管中流淌着的，可是古蜀王时期的血脉……"秦怡完全消失前，留下了这样一句话。

我的心颤动了一下，让我的体质及灵觉超乎常人的血脉，不仅和古蜀时期的杜宇王朝有关，或许还有更深沉的秘密没有被我们发现。而这个秘密，无疑和纯意识生命所生活的神树世界有着莫大的关系。

我飞快地拨通了敖雨泽的电话，很快就有铁幕的人来处理这里留下的烂摊子。旺达释比的遗体变成蛇侍巫祭然后消失，这件事被上报上去，成为保密级别极高的神秘事件之一。

还好三个工作人员第一时间就被秦怡打晕了，因此没有看到任何超自然的景象，铁幕也就无须付出代价让三个人封口。

我和敖雨泽重新碰头后，敖雨泽对于旺达释比的遗体发生的变化也感到十分愤慨，最后发动铁幕的力量对秦怡发出逮捕令。让人头疼的是，我们只能选择活捉秦怡，而不是击毙，否则万一叶凌菲的灵魂从两个世界的夹缝中返回，失去了肉身就麻烦了，也会更加对不起死去的旺达释比。

对于秦峰和我们联系的电话的位置，铁幕也在追查当中，最后确认了信号是从洪都拉斯的一处原始丛林边的小镇传过来的。这件事被暂时压制下来，铁幕派出了几个特工人员前去寻找线索，我和敖雨泽的精力，则用在继续寻找七杀碑的线索上。

很快一个多月过去了，随着二〇一六年渐渐走到十一月的尾声，江口沉银遗址开始了发掘工作。第一步是进行围堰截流，工程量相当大，对此，考古队投入了数十台挖掘机和载重汽车运送土石方，估计会持续到二〇一七年初。

但是关于七杀碑的下落还是没有消息，整个省城的地下势力对此也没有任何反响。借助东哥的消息渠道，我们得知，走私买卖文物的地下大佬们对此也没有任何消息。

不过，其间还是发生了一个插曲，之前敖雨泽遵守承诺放了范老七一码，我们本以为警方会在不久后将范老七抓捕归案，却没想到范老七到了边境后，居然甩开了铁幕的一个陪同的特工，随后消失在了中缅边境的果敢地区，让尾随而来想要抓捕范老七的干警扑了个空。

这件事原本也不算大事，可是不久之后，范老七居然主动到边境的一个派出所自首，而且神情极为慌张，就像在恐惧着什么。在他自首后不到两个小时，范老七在看守所内暴毙。两个犯人眼睁睁地看着他变成了干尸，和他之前变成干尸的同伙一模一样。

诡异的是，当时看守所的监控设备正好发生了故障，拍到的仅仅是一团模糊的光影，就像隔着荡漾着的水面观看水底一样，光线扭曲。

而在此之后，监控又恢复了正常。如此诡异的事情边境派出所还是头一回遇见，加上范老七的案子铁幕也在关注，很快就被报到了和他有过接触的我和敖雨泽这里。

“去看看吧，反正最近什么都不顺，我总感觉要出大事了。”敖雨泽看着手中的报告，对我说道。

“嗯，云南边境也不算太远，先坐飞机到临沧市，然后开车过去也不过大半天。”

和敖雨泽达成了共识，我们和谭欣然一起前往云南边境。之所以带上谭医生，是因为她对这种突然形成的干尸比较了解，可以看看范老七死后变成的干尸上，有没有新的线索。

当天晚上我们就乘坐飞机抵达了临沧市。这里是个边境旅游城市，可惜我们无心旅游，当天夜里就包了一辆车前往和缅甸果敢交界的镇康县。

到了边境的派出所已经过了深夜十点，我们也顾不得休息，马上联系了值班警察，到停尸房内查看范老七死后化成的干尸。

这让我感受到铁幕的强大之处——不到一天时间，所有的关节都已经打通。查看了证件后，值班民警还以为我们是同系统的上级领导，因此不仅没有任何不耐烦，反倒十分客气。

“身份已经验证过了，这个人应该就是人称范老七的盗墓者范允。只是为什么死后两个小时内变成了干尸，我也是第一次遇到。”值班民警在一旁感慨地说。

“给我准备一间解剖室，我要检查一下这具干尸和之前的两具有什么不同。你们是暂时回避还是一起看看？”谭欣然看着范老七所化的干尸，不仅没有害怕，反而双眼直冒金光，让人十分无语。

“派出所中没有解剖室，只有县里的刑事侦查科才有条件。”值班民警苦笑着说道。

谭欣然愣了一下，她大概没有想到这样的边境小镇的条件居然如此艰苦。

“没事，那就先提审和范老七同监牢的犯人，问问他们昨天到底看到了什么。”我说道。

“我这里有讯问记录，你们要不要先看看？”民警热心地说。

拿到讯问记录后，我翻看了一下，发现上面没有太多有用的东西，无非是说两个犯人看到范老七像是心脏病突发一样倒在地上，最多不过五六分钟就死掉了。而且死的时候眼睛朝外极度凸出，脸上却保持着神秘的微笑。

两人起初以为是范老七中了邪，接着范老七在他们眼皮子底下开始变得干枯，全身的水分突然消失不见，最后成为一具干尸。

两个犯人一个是小偷，一个是边境走私翡翠原石的。两人的脸上依然有着惊慌的神色，显然先前看到的一切让两人有些心悸。

“范老七活着的时候，有没有说过什么话？”敖雨泽当即问道。

“这个不太清楚，那个人进来之后，就一直神神道道的，听不清楚他到底在说什么。不过他每隔一两分钟，就要回头望一下，像是生怕什么东西站在他背后……”小偷脸色有些难看地说。

“还有呢？他临死之前，有没有说是在看什么东西？”

“我好像听他喊了一声‘虫子’，不过当时我没有看到他身上有虫……”走私翡翠原石的犯人犹豫了一下，说道。

“虫子？”我的心一动，隐隐猜到一点什么，可又不敢肯定。

“他变成干尸的过程大概有多久？”谭欣然问。作为一个高明的医生，她对这个比其他神秘事件更感兴趣。

“也就四分钟吧……不超过五分钟的样子。”小偷说道。

谭欣然眉头微微皱起，推了推鼻梁上架着的大框眼镜，压低了声音对我和敖雨泽说道：“人体的水分大概能占到体重的百分之七十，之前我解剖过的那两具干尸，重量大约是二十公斤，算起来和完全脱水形成干尸这一点是大致吻合的。也就是说，尸体在五分钟内失去了至少四十公斤的水分，那么按照五分钟变成干尸计算，平均每分钟要流失八公斤的水分，就算是将人放在烤箱里面烤，也不至于这么快。”

把人放进烤箱？我打了个寒战，谭欣然这女人还真够重口味的。

不过她的分析的确有道理，五分钟内一个大活人突然死亡变成干尸，这说起来的确太不可思议。

“当时有没有看到他身上腾起烟雾？地下有没有出现水迹？”敖雨泽问道。

我眼睛一亮，对啊，如果说每分钟要流失八公斤水分，这些水分会变成蒸汽消散，那么整个房间会如同蒸桑拿般烟雾弥漫吧？

“没有啊，一点烟雾和水都没有。”两个犯人几乎是异口同声地答道。

我和敖雨泽对视一眼，如果没有烟雾，地面也没有变湿，那么范老七身上失去的四十公斤水分到哪里去了？总不会凭空消失了吧？

“他变成干尸的时候，是皮肤向内收缩，对吧？”谭欣然问道。

两个人回想了一下，然后点头。那个小偷大着胆子说道：“看起来就像是范老七的骨头里有个旋涡，把全身的血肉吸进骨头里去了。”

“这倒是有点儿意思。算了，把范老七的干尸带走吧，我有了些新的想法需要验证。”谭欣然说道。

两个犯人被带了下去。谭欣然让民警将范老七的干尸装进收尸袋里，放入了车子的后备厢。

在此之前敖雨泽签了一份文件。按理说这样的程序是不合常规的，至于铁幕怎么去协调这件事，就不关我的事了，综合部自然有相应的人会去做这些事。

好在干尸完全没有了水分，也没有腐烂，虽然有些异味，但没有太恶心的感觉。况且这种事我和明智轩之前已经做过一次了，这次也没有心理负担。

在前往县城的路上，因为奔波了一夜实在太累，我上车后不久就迷迷糊糊地睡了过去。突然前方传来一声巨响，车身猛烈地晃动了一下，我的脑袋猛地撞到了前排的座位靠背。

我顿时毫无睡意，见车子停下了，问道："出车祸了？"

司机没有回答，反而是敖雨泽低声说道："小心点，有埋伏。"

我的心猛然一紧，埋伏？是什么人？是世界树还是秦怡派来的人？

我微微俯下身子，旁边的敖雨泽已经取出了手枪，而谭欣然则无奈地推了推眼镜，寒光一闪，一把锋利的手术刀滑落到了手心。

谭欣然舔了舔殷红的嘴唇，眼中闪出一丝渴望的光来。我顿时感觉这个平时冷冰冰的古怪医生，怕是有些不可用常理看待的嗜血爱好。

"留下那具干尸，放你们过去。"对面传来一个男人低沉的声音。

"真相派的人？"敖雨泽问道。

"敖雨泽，这件事你们铁幕不应该插手。"那个声音继续道。

"果然是你，真相派中五十四张扑克牌里的黑桃 J 。"敖雨泽冷笑道。

埋伏袭击我们的人是真相派的？我吃了一惊，先前肖蝶不是已经和敖雨泽联手了吗，怎么还会有真相派的人埋伏袭击我们？

"我知道肖蝶说动了老王，要暂时和你们联手。可你不要忘记了，真相派中可不全是老王说了算，支持黑桃皇后的人也不少。"黑桃 J 淡淡地说。

"那个老女人，还真以为自己是七神中的圣母。"敖雨泽嘀咕了一句，却提醒了我，当初玩的那个古怪的游戏，如果真的有被选中的七神，那么最有可能是"圣母"身份的，应该是张九红。

不过以张九红的年纪，怎么也称不上是老女人，最多是中年妇女。而且以张九红和我们之前的合作来看，如果需要这具干尸，只用提前说一声就行了，犯不着隐瞒自己的身份派手下过来。

那么黑桃J口中的黑桃皇后，应该是另有其人，而且敖雨泽是知道这个人的存在的。看来我加入铁幕的时间还是太晚了，对于铁幕最强大的竞争对手真相派，都了解得不是那么全面。

"如果我说不呢？"敖雨泽朝谭欣然打了个手势。谭欣然悄悄打开车门，身子一闪，动作灵活得像一只猫，片刻间就滑入了车底，随后不知道躲到什么地方去了。

我大为吃惊，原本我以为除了医术之外，谭欣然最多就是心性比常人镇定冷酷，手法更稳更快，却没想到她的身手如此让人惊叹，哪怕和之前没有得到金沙血脉的敖雨泽相比，也毫不逊色，或许力量不如敖雨泽大，但灵敏程度却犹有过之。

这样的对手在夜色中无疑是可怕的，对方似乎也没有发现谭欣然偷偷下了车，反倒是不耐烦地喊道：“我们不希望这个时候和铁幕开战，但是那具干尸中藏着的秘密很重要，所以这次就算是开战，我们也不会退让。”

“不管是铁幕还是我，都不接受威胁。”敖雨泽淡淡地说，然后手猛地朝司机脖子上一挥，司机顿时瘫倒在座椅上。

“你干什么？”我低声问。

“我们几个人都不可能有问题，那么有问题的就只能是这个司机了。而且，你不觉得作为一个司机，他太镇定了吗？”敖雨泽说道。

我想了想，的确如此，这个司机在被包围的情况下，居然一点害怕的反应都没有，的确是不太正常。

“既然如此，你就别怪我不客气了。”黑桃J的声音传来，接着枪声响起，车窗被子弹击碎，还好我和敖雨泽都提前俯下了身子。

敖雨泽微微闭着眼，随后说道：“还好，没有大口径的步枪或狙击枪，都是手枪而已。人数应该也不多，大概有十一个人。”

我屏住呼吸，让脑子尽量放空，似乎连心跳的节奏都慢了下来。我侧耳倾听，周围除了十一个呼吸的声音外，还有一道呼吸极为微弱，但是每次呼吸都十分悠长，应该不是受伤，而是罕见的高手。

“不是十一个，是十二个，还有一个人应该很厉害，我只能勉强发现他的存在，但是摸不清具体的方位。”我朝敖雨泽传音道。

敖雨泽点点头，接着车门被她一脚踢飞。与此同时敖雨泽伸手拉住被踢飞的车门，将车门当成盾牌，整个人像豹子一样蹿了出去。子弹在她附近的地面上溅起泥土，每次都险之又险地被敖雨泽避开。

趁着对方的弹药都向敖雨泽集中时，我一咬牙也一个翻身出了车内，然后朝只有两个呼吸声的方位扑过去。

那是一片树丛，我能够感觉到那个方位的两个人要稍微弱一些。虽然我的体质和敖雨泽其实相差无几，但我毕竟没有受过专业训练，因此战斗力要比她逊色一筹，这个时候也只能拣软柿子捏，先找两个弱一点的对手开刀。

与此同时，另外一道影子借着草丛的掩护，像一条蛇一样游向另一个方向，那是谭欣然。很快，谭欣然前往的方向传来两声闷哼，如同漏气一样的轻微嗤嗤声传来。我心头骇然，如此短的时间内，有两个人被谭欣然的手术刀划破了喉咙。

对方少了两个人，敖雨泽压力大减。她大喝了一声，手中的车门旋转着飞了出去，砸中了一个敌人。那人连哼都没有哼一声，就被砸飞了两米多远，看倒下来的样子，身上的骨头应该断了小半，内脏被断掉的骨头刺穿，嘴角流出的血带着一丝黑色。

这个时候我也冲到了对手面前，也没有什么章法，完全靠着碾压普通人的体质和超人一等的五感在战斗。

对方见我冲过来，其中一个的脸上露出一抹惊慌，看上去很年轻。可这个时候我知道不能留手，伸出的手搭上了对方的喉咙，几乎没用什么力地一捏，随着轻微的脆响，这个年轻人瞪大了眼软软地瘫倒在地。

而另外一个就冷静多了，没有急着救自己的同伴，反而是瞄准了我开枪。

我感知到强烈的危机感，眉心被瞄准的地方隐隐作痛，下意识地一偏头，子弹从我的脸颊划过，能闻到浓烈的铁腥气混合火药的味道。脸上有液体滴落，应该是出血了。或许是肾上腺素快速分泌的缘故，我丝毫没有感到疼痛，只是觉得脸上麻了一下。

与此同时，我几步朝前冲出，三米多的距离一晃而过。我一拳印在对方胸口上，那人闷哼一声，整个胸口朝后塌陷，断掉的白色肋骨刺出了胸口的皮肤，眼看是活不了了。

我刚松了一口气，突然更大的危机感袭来，像是被某种史前巨兽给盯住了——这家伙以全力扑了过来。

第七章

JINSHA ANCIENT SCROLLS

入侵

枪声突然响起，那种巨大的危机感总算消散了一些。我不敢大意，飞速后退，将全部的注意力集中在出现危机感的地方。

我能猜到是敖雨泽救了我。她手中的枪支和子弹都是铁幕定制的，威力巨大，尽管是小巧的女士手枪，但是弹头的动能只比狙击枪逊色，比一般的步枪还要大上一些。

而且敖雨泽手里还有几颗作为底牌的特殊符文子弹，据说是以活性金属和时光之沙作为材料，封印了巴蜀图语的符文力量，一旦爆发，其威力比一般的火箭弹还要强得多。之前在雷鸣谷的时候，她就曾使用这样的符文子弹重创了蜘蛛女皇。

也正是先前她连续几次点射，让那威胁到我生命的家伙暂缓了进攻，才让我有机会避开对方的致命一击。

“真是，麻烦的虫子啊。”黑暗中传来一声叹息。接着树丛被拨开，一个高大的身影像是山一般平推了过来。

我倒吸一口凉气，那是一个巨人，高约两米六七的巨人，几乎达到人类身高的极限。

但是和那些又高又瘦的巨人症患者不同的是，眼前的这个巨人不仅长得高，而且身体极为壮硕。如果换成绿色的皮肤，配合这样的身高，几乎要让人以为是电影里面的绿巨人出现了。

我能感觉到他心跳和呼吸都极为缓慢，这很不正常。按理说这样高大的身躯，代谢应该极快，呼吸也应该急促才对，要不然吸入的氧气根本跟不上身体的消耗。

对方虽然动起来势如雷霆，但先前俯下身埋伏的时候却如同千年老龟，稍微不注意都感知不到这里还有这样一个庞然大物。

我心中一动，脑子里闪过一个念头：“五丁，是五丁家族的后裔？这个家族不是在秦灭古蜀的时候就已经死光了吗？”

五丁也就是“五丁开山”的五丁，是历史上赫赫有名的五个大力士，曾一起杀死了巴蛇神留在人间的肉身。而曾进入过梓潼五妇岭下的我，更是知道五丁其实是五个身高达到三米的巨人，拥有不可思议的巨大力量。

眼前的敌人虽然身高大约两米七，比五丁遗骸要小上一圈，可是壮硕到极点的身材，以及几乎要爆裂开的肌肉力量，怎么看都和五妇岭下地宫中的五丁壁画神似。确切地说，这应该是小了一号的“五丁”。

我突然想起当年的余叔，曾制造出了类似蛇侍首领的怪物，也可以说是小了无数倍的巴蛇神复制体。那么同样继承了回归者组织部分遗产的真相派，手里应该也掌握着某些神秘的力量，这种小了一号的五丁力士，很可能就是其中之一了。

在历史上，五丁还有一种说法，就是“武丁”，象征着世间武力的极致。不过别的不说，光是这样一副大块头的模样，就算没有任何技巧，也能轻松做到以力破巧，碾压一切同阶的存在。

不使用武器的话，若是力量没有达到超凡的地步，可能根本无法和这样的对手对抗。当然，如果换成现代科技制造出来重型武器，估计就算是正版五丁出现，也会很快被轰成碎片。

这个时候，敖雨泽和谭欣然已经解决了他们的敌人。除了我杀死的两个真相派成员、黑桃J和眼前的巨人外，其他八个敌人在不到一分钟的时间内被两个女人解决掉。

尤其是谭欣然，这个行医时无比冷静，战斗时变成疯子的女医生竟然还伸出舌头在残留血迹的刀锋上轻轻舔舐了一下，随后又皱着眉“呸呸”地吐掉，嘀咕了一句：“好难喝的血……有异类生物的味道。”

黑桃J也受伤了，一只手被敖雨泽打断。他站在巨人旁边，偶尔咳嗽一声，每次咳嗽的时候，都有疑似内脏碎片的乌黑血块被吐出。

“比以前厉害多了啊，敖雨泽。看来我们的情报没有错，继承了一半金沙血脉的你，已经完成了质变，达到了超凡的地步。”黑桃J淡淡地说，似乎丝毫没有将自己那严重到随时可能死亡的伤势放在心上。

很快我就知道为什么了。他从怀里取出一管淡蓝色的药剂，也没有注射，而是拧开盖子，一仰头直接喝了下去。

他身上的伤势，几乎以肉眼可见的速度在愈合。尤其是断掉的手臂，发出咔嚓咔嚓的声响，似乎骨头在飞速地接驳着。

“真相派不是最看不起JS开发的这些药剂的吗？怎么我看你手里的药剂，比铁幕使用的还要高明一些。”敖雨泽淡淡地说。

“没有办法，最后的时刻就要来临了，一切可以被利用的力量都会被用上。不过，敖雨泽，你真的不考虑听听我的建议，将那具干尸交给我们吗？”

“本来是可以考虑的，可是看你们这么大张旗鼓，不惜暴露出五丁血脉这样的底牌，我反倒是对范老七的干尸更加感兴趣了。”敖雨泽笑着说。

黑桃J一呆，随即苦笑着说道：“的确啊，如果只是一具普通的干尸，我们的确没必要投入这么大的力量，凭着现在两个组织的合作关系，干尸这种保密程度还不到C级的东西，只需要打一个招呼，你们也愿意共享吧。”

“是啊，可我现在真的很想知道，这具干尸中到底藏着什么秘密，会让大名鼎鼎的黑桃J，居然也乱了分寸。”敖雨泽笑得像一只狐狸。

黑桃J犹豫了一下，似乎想要说什么。他身边的巨人看不过去了，瓮声瓮气地说道：“让我捏死这些虫子，不管你想要什么，都是我们的……”

“不用，我们献上的祭品已经足够了。”黑桃J诡异地一笑，说道。

我心中警兆大升，敖雨泽和谭欣然也感到了不对劲，先前的破局反杀虽然十分惊险，可比预计中还要容易一点。以真相派对铁幕和头号女特工敖雨泽的了解，就算没有完全预计到她继承了一半金沙血脉后的实力提升，也不至于只安排这样的场面。

要对付敖雨泽这样高明的特工，对方的人数起码还要再多三倍，而且得配合有序的作战小队，手持各种武器才行。光是十来号人用手枪，就算没有谭欣然在一旁帮忙，也完全是送人头的行为。

真相派的人明显不会愚蠢到这个地步，而听黑桃J的口气，他们是故意让那十个人送死的。

很快，我感觉到背后一阵奇痒，久久没有动静的鬼脸蛇鳞，居然开始蠕动，就像蛇鳞斑点上面的鬼脸，马上要冲出来一样。

敖雨泽也是面色大变，我甚至发现她的小腿在微微颤抖。只有谭欣然若无其事，显然这个局是针对我和敖雨泽的。

“你们知道我们两个中了鬼脸蛇鳞的诅咒……不过也不奇怪，当时肖蝶也在场，哪怕她没有刻意将这件事朝真相派上层报告，这也不算太大的秘密。所以你们想要我们俩故意杀人，这样就能引发我们身上的诅咒？”我强忍着背部传来的不适，问道。

“如果你们以为这只是个诅咒，那未免想得太简单了。”黑桃J干笑道。

“那么那具干尸中是否也藏着秘密？”

“当然，而且这个秘密，和你们所中的诅咒，也有一定的关系。只可惜，你们两个就算是知道了其中的秘密，也无法解除身上的诅咒。”

背后的奇痒开始消退，不过我感觉到背后的蛇鳞又多了两片，几乎不用转过头去看，我能猜到新出现的蛇鳞上的鬼脸，应该就是我杀死的两人。

我顿时明白了，只要是被我或者敖雨泽杀死的人，他们的灵魂就会被禁锢在我们身上的蛇鳞上，形成新的鬼脸！

“我想我大概知道了一点干尸的秘密，虽然还不能完全确定。”谭欣然突然说道。

“我知道你，铁幕最高明的医生，在生命科学上造诣比国外一些专业机构的教授都要高。”黑桃J饶有兴趣地看着谭欣然说。

“我曾经解剖过两具干尸，你知道我发现了什么？在他们的眉心部位，少了一样东西。”谭欣然淡淡地说。

眉心部位？如果说这个部位有什么器官的话，就只能是松果体了。

松果体位于间脑脑前丘和丘脑之间，是长五到八毫米，宽三到五毫米的灰红色椭圆形小体，重一百二十至二百毫克，位于第三脑室顶，又称脑上腺。

医学上一般认为松果体除了能调控生物钟和分泌褪黑激素外，主要能合成肽类激素以及感受光信号并做出反应。这种反应和人的情绪有某种关系，例如人们在阳光明媚的日子会感到心情舒畅、精力充沛、睡眠减少，遇到细雨连绵的阴霾天气则会情绪低沉、郁郁寡欢、常思睡眠。这种现象往往就是松果体在起作用。

而在一些民族的传说中，人类之前是有第三只眼的，第三只眼其实就是退化了的松果体，属于佛道两家所说的“天眼”，也是寄托一个人神魂的所在。

松果体的体积实在太小，就算解剖新鲜的尸体，也要费些精神才能找到，如果是全身的水分都失去的干尸，就更加困难了。谭欣然当初解剖干尸的时间不过一两个小时，最后却找到了两具干尸的共同点，这也从一个侧面反映了谭欣然在医学上的深厚造诣。换了其他的法医，估计根本不会注意到这一点。

“居然被你发现了，不过，这又能怎么样呢？”黑桃J淡淡地说。

除了是人类大脑中的一个腺体之外，松果体还有许多功能未被完全证实。其中最神秘的功能，是和东方文化中所认为的天眼以及神魂居所有关。

松果体在道家中又被称为泥丸宫，在道家的以身为神的修炼体系中，宋朝的金丹派南宗创始人白玉蟾在其所著的《紫清指玄集》中曾记载：“头有九宫，上应九天，中间一宫，谓之泥丸，亦曰黄庭，又曰昆仑，又名天谷。”此外，《黄庭内景经》中也曾说“泥丸九真皆有房，方圆一寸处此中”。这都说的是人脑中的松果体，有着和神魂相关的神秘功能。

因此松果体还有一个名字，那就是“神藏”，意思是人的元神就藏在其中。而所谓的元神，是通过修炼逐渐掌握的控制魂魄的物质，也是一个人生命的真正意义与一切精华的所在。

现实中当然不存在什么修炼元神的方法，但是不可否认的是，这些道家思想，在某种程度上触碰到关于意识和灵魂的本质，只是最终以故弄玄虚的丹道术语记录下来。

不管元神是否存在，松果体作为一个人储存神魂的所在，在东方文化体系中基本是没有太大争议的。那么这些干尸失去了松果体和全身的水分，双眼又诡异地保持着不变而朝外凸出，这又意味着什么呢？

“听看守所的两个目睹范老七变成干尸的犯人说，范老七是在不到五分钟的时间里变成干尸的，但是现场没有找到一个人身上几十公斤的水分流失的痕迹。加上我解剖过的两具干尸失去了松果体，我心里产生了一个想法，是不是干尸失去的水分只是一个表象，真正失去的应该是全身的生命精华或者生命力，或者说其实生命精华并没有失去，只是被‘存储’进了松果体里面？”谭欣然微笑着说道。

我一想，的确有这么几分可能，可松果体不过一粒黄豆大小，能储存无形无质的神魂、意识还勉强说得过去，可一个人全身的生命精华，包括数十公斤的水分，怎么可能？

似乎是为了回答我心中的这个疑问，敖雨泽突然说道：“那么干尸的形成，应该是和他们的松果体受到某种刺激有关。尽管松果体本身的大小有限，不到一克重，但它毕竟是能连通神魂的器官，从某种程度上说，在合适的条件下，它也能连通——另一个世界！”

我一下子明白过来敖雨泽到底想要说什么。不管是铁幕也好，真相派也好，他们所认知的另一个世界其实只有一个，那就是被秦怡称为“神树世界”的意识世界。松果体作为意识的存储器，若是能够沟通意识世界，那么这个人失去的生命精华，也就有了合理的去处。

“如果换成以前，哪怕几年前，这样的现象是不会发生的，毕竟意识世界是一个纯粹的精神世界，精神无法直接干涉物质。可是这两年，随着两个世界之间的壁障越来越薄弱，意识世界里的精神生命可以具现化到现实世界。那么反过来，现实世界中数十公斤代表一个人生命精华的物质，通过松果体这道大门，被输送到意识世界，是不是也有可能呢？”我恍然大悟地说。

“并且干尸的松果体很可能只是一个载体，需要特殊手段才能将松果体中藏着的生命精华以及数十公斤的物质，传送到意识世界中去。而能这样做的人或组织并不多，真相派无疑是其中一个。”谭欣然淡然说道。

“真是精彩，不过是干尸上少了一个小到可以忽略不计的器官，居然都能被你们推测出这么多东西来。你们还真说对了一半，不过仅仅是一半而已。”黑桃J干笑着说道。

我望了望他身旁的巨人，仔细思考了一下各种可能，最终说道：“其实干尸存入松果体的生命精华也不一定被传输到了意识世界，而是被用来制造类似五丁这样的巨人了吧？我没有看错的话，这个大个子的生命力超过常人十倍，比我和敖雨泽这样超越常人体质，刚刚进入超凡境界的血脉传承者还强，这根本就不是地球上应该有的生物，只能是被制造出来的，或许可以说，是借用‘神’的方法，付出巨大的代价制造出来的。并且，我大概明白了我们为什么找不到七杀碑的上半截了，它应该被真相派找到了吧？”

黑桃J的脸色，终于出现了一丝不自然。我顿时明白自己果然猜中了，继续说道：“也难怪你们知道鬼脸蛇鳞的秘密，鬼脸蛇鳞本身就是一种古怪的诅咒，需要大量的冤魂被禁锢才会产生。而当年张献忠屠川，正好满足产生大量冤魂，并被七杀碑禁锢这样的条件。”

二十世纪三十年代的董笃宜等人曾打捞起七杀碑，可七杀碑是断裂的，上面被巴蜀图语的符文所禁锢的冤魂的怨念，因此渗透出了一些。董笃宜等人发现不对劲后又将石碑重新沉入江中。

后来不知道是巧合还是特意，真相派的人打捞起了这半截七杀碑，更是从上面刻着的巴蜀图语里得知了一些不为人知的秘密。这很可能也是真相派秉承公布古蜀文明最终秘密的理念来源。

只可惜，近两年两个世界的交汇速度越来越快，快得超出所有人的想象。因此真相派内部分化为两派，“大王”和黑桃皇后分别是两个派别的首领，而黑桃皇后所代表的派系，很可能和神树世界有着不为人知的勾结。

人是趋利的动物，回归者建立的初衷，是为了迎接神树世界中的古蜀国后裔的意识体降临现实。可后来的三个主要领导者，在知悉意识世界存在的真相及目的后，各自带走了一部分符合自身理念的精英，分别成立了和古蜀国相关的三大组织，其中包括了来自意识世界的秦振豪建立的JS组织。

现在真相派因为局势变化在内部分裂，也不是什么稀奇的事情。我甚至怀疑铁幕内部很可能也出现了不同的声音，只是被首领暂时压制了下来而已。从上次敖雨泽被软禁，到现在受到重用可以调用更多的资源，很可能不仅是我们在蛇神殿中杀死秦振豪的功劳的影响，而是铁幕内部敖雨泽所在的派系占了上风。

当然，作为一个才成为铁幕核心成员的新人，我几乎是无从选择地被划分到了敖雨泽所在的派系，也就是追随首领的核心成员。至于下面是否有人因为两个世界的碰撞产生了什么异心，就无从得知了。

“七杀碑的确在我们手上，甚至，利用这些接触过七杀碑残件的人的生命力炼制五丁巨人，也和你们说的差不多。可你们唯一猜错的，就是鬼脸蛇鳞的产生除了被禁锢的冤魂这个条件外，还需要一个重要的因素，就是屠蛇者，或者说屠神者——只有你们这些参与过杀死巴蛇神的人，才会被诅咒。你们在水底遇到的蛇侍，其实是巴蛇神死后的怨念具现化所形成的，要不然江口沉银存在了这么多年，除了你们，怎么从来没有人在水下遇到过蛇侍呢？这些看起来是巧合，其实都是必然。”

根据张九红的说法，上次出现鬼脸蛇鳞是三百多年前张献忠屠川的时候，再上一次，则是古蜀国覆灭前夕，五丁围杀巴蛇神留在人间的肉身之后，这一次我和敖雨泽身上的诅咒已经是它第三次出现了。我们和当初巴蛇神被杀有一个共同点，那就是都和巴蛇神的肉身或神魂的死亡有关，但是三百多年前的张献忠时代，似乎和巴蛇神没有任何关系……

不料黑桃J继续说道："张献忠当初屠杀数百万人，除了血祭和消灭观察者这两点外，还有一个目的，就是阻断五个神灵的信仰，尤其是关于巴蛇的信仰。之前蜀地多信奉巫祝，这是从古蜀时期一直传下来的，巴蛇被民间视为蜀地的守护神，这样的信念之力让巴蛇神的力量首先在意识空间内复苏。张献忠将蜀地几乎杀空，让巴蛇神恢复的计划彻底破产，最终再度陷入沉睡，从某种意义上说，这也算是一次'屠神'了。"

原来如此，黑桃J解开了我心中的一个疑问，但我知道他说出这样的话，肯定另有目的。果然，他旁边的巨人皱着眉头说道："不要和这些小虫子废话了，我需要那一枚归神丸。"

黑桃J淡淡地说："再等一等，他们两个刚杀了人，鬼脸蛇鳞的诅咒会被激活，很快你就能看到一些有趣的东西了……"

我越发警惕，身上的鬼脸蛇鳞始终是我们心中的一个负担，就连张九红都没有解决的办法。背后新出现的两片蛇鳞从开始的奇痒难当，现在变得隐隐刺寒，就像在背上放了两块冰块。我感觉全身的血脉似乎要被冻结了，身体的机能似乎也开始退化。

这就是鬼脸蛇鳞的诅咒力量吗？会渐渐冻结血脉的力量。说起来这和当初世界树组织所使用的纳米药剂有些类似，不同的是那药剂是在物理层面起作用，而这诡异的诅咒却是从精神层面入手，并且更不容易驱逐。

可是心底的不甘却更加强烈，之前我一直是站在敖雨泽的身后，总觉得这个强势且强大的女人会搞定一切对手。直到她被时光之沙封印，我才开始审视自己是否太过软弱。幸好敖雨泽最终被解救出来，可失去一半血脉力量的我，却理所当然地继续享受被人保护的感觉。

如果和敖雨泽的性别调换一下，或许这也理所应当；可我毕竟是个男人啊，如果什么事都要敖雨泽冲在前面，那我存在的意义到底是什么？仅仅是提供一点微不足道的血脉吗？

那股强烈的不甘心，加上心底潜藏的戾气，被彻底激发出来。我将手放在嘴边，狠狠地咬了下去，满口的血腥味不仅没有让我被愤怒吞噬，反而变得清醒起来。随着一丝丝血迹滑入喉咙，身体的细胞似乎也在贪婪地吸收这些带着金沙血脉的美味。

我感到自己的眼睛被血色覆盖，周围的世界一下子变红了。这是我第一次没有使用潜力药剂而进入狂暴状态。我低吼了一声，朝黑桃J和巨人冲了过去，巨人嘀咕了一句什么，然后毫无畏惧地迎着我过来。

和巨人对撞在一起，因为体重的缘故，我朝后退了好几米，但是力量似乎并不比巨人逊色太多，对方也退后了两三步。

双方没有使用任何武器，但是战斗引起的破坏却像是两具战争机器发动了。周围稍细一点的树木纷纷被折断，大块的泥石被掀起，我甚至顾不得去思考这样的战斗场面是否会让敖雨泽等人受伤。

也不知道过了多久，身上的骨头似乎断掉了不少，我的手终于打破了巨人的防御，长长的指甲瞬间生长出来，直接探入巨人的胸膛，捏住了不停跳动的巨大心脏。

巨人发出凄厉到极点的惨叫，再也没有先前藐视一切的嚣张。我心底却有一个声音不停地告诉我，一旦我捏碎巨人的心脏，更可怕的事情会真正发生。

心口的符石发出持续的热量，让我渐渐清醒过来。眼中的血色开始消退，我放开巨人的心脏，手缓缓伸了出来。

巨人大概没想到自己能还生，脸上露出了既惊恐又庆幸的神情。不过随着他发出阵阵痛苦的号叫，他整个身体缩小了一圈，最后身高变成了只有两米左右。

虽然比起一般人来依然极具压迫感，但是这样的体型，至少在可以接受的范围内了。

“你想要我杀了他？”我缓缓地问。

我感觉激发血脉的力量后，背后的鬼脸蛇鳞似乎在吞噬我的血肉，尤其是带着金沙血脉的血液，似乎让蛇鳞上的鬼脸极为兴奋，全部的贪欲和对血食的渴望都被激发出来。这样的疼痛让我所剩无几的理智再度濒临崩溃，却因为心口符石的力量被强行压了下去。

“居然被你看出来了？”黑桃J缓缓地后退，喃喃地说。

“我只要杀了这个生命力超过普通人十倍的巨人，鬼脸蛇鳞的诅咒就会被真正引发吧？可是，你们到底是为了什么要这么做？我很好奇呢……”我稍微平息了一下全身的气血，生长出来的指甲也收了回去。只是背上的蛇鳞吞噬掉了部分血肉的缘故，我整个人看起来瘦了一圈。

敖雨泽似乎也熬过了蛇鳞诅咒发作时最痛苦的阶段，眼中闪过一抹狠意，突然用匕首狠狠在小腿上扎了一下，空气中传来隐约但凄厉的尖叫。尽管敖雨泽脸上露出一丝痛苦的神色，全身却没有先前那样被突如其来的寒意冻得不停发抖了。

“想走？”敖雨泽冷冷地说，然后手中的枪口对准了黑桃J。

“如果没有任何后手，我怎么敢过来呢？”黑桃J笑道，然后眼神狠厉地朝巨人看了一眼。

巨人眼中露出恐惧到了极点的神色，只来得及张口说了一个“不”字，整个人顿时像气球一样膨胀起来。他原本壮硕的身子，膨胀成一个直径两米多的球形，眼看着还在继续胀大……

我和敖雨泽，还有谭欣然都尖叫一声，本能地趴下，尽最大的可能俯低了身子。与此同时，巨人爆成一团血雾，巨大的毁灭力量肆虐了方圆五十米。这个范围内的树木全部被摧毁，包括我们包的车也只剩下了一个骨架，翻滚到了十几米外，至于后备厢放着的干尸也支离破碎，周围的大地被染成一片血色。

我的后背传来火辣辣的疼痛，后背被巨大的爆炸力量掀起了一层皮。还好先前激发血脉的余韵还在，很快恢复的力量占据了上风，后背的伤势开始恢复。只是那几片蛇鳞，似乎镶嵌得更深了，已经完全嵌入到血肉之中。

敖雨泽的状况要好一些，只是背上也有不小的破损，刺目的血色点缀在光洁白皙的后背上，有一种妖艳的美感。而她先前在小腿上扎的那一刀实在太狠，小腿上的伤势还没有完全复原。

谭欣然则有些狼狈，毕竟她没有我和敖雨泽这样的血脉存在，整个后背血淋淋的，更惨的是后脑勺被削掉了一块头皮，连同一撮头发。谭欣然摸了摸后脑勺，发出一声刺耳的尖叫，拿出两支淡蓝色的恢复药剂吞服下去，才勉强稳住伤势。后脑勺的伤口虽然很快开始结痂，但是失去的头发却没有那么快长出来，估计她在很长一段时间内要戴着帽子了。

黑桃 J 已经消失得无影无踪了。对于他在危难关头选择牺牲有五丁血脉的手下，我们也是唏嘘不已。这样的人，天生就是干大事的。

我们搜寻了四周，最后只找到了范老七的脑袋。谭欣然忍着痛从他的脑袋里取出已经干硬的松果体，小心翼翼地放进一根活性金属制成的试管里面。

车已经无法开了，那个应该是真相派内应的倒霉司机更是被炸成了一团烂肉，敖雨泽十分头疼地呼叫了当地的铁幕分部成员来善后。

好在现在是凌晨五点，周围也没什么车，铁幕派出的直升机接走我们之后，十几个工作人员开始清理现场，大概要将现场伪造成陨石掉落的样子。

“为什么一开始不申请直升机？”在直升机上，我嘀咕道。

“事件的级别不够。这两年神秘事件频发，组织到处灭火，经费已经很紧张了。如果是 C 级以下的事故，根本申请不到直升机出动。鬼知道去查看一具普通的干尸，连 D 级都不到的事件，最后居然会演变到 A 级的地步。”敖雨泽无奈地说。

“敖雨泽，杜小康，都是你们两个让我来，害得我失去一撮头发。你们俩可得补偿我，不然下次休想从我这里拿到药剂。”谭欣然不在意背后的伤势，对自己失去的一撮头发耿耿于怀。

直升机没有直接飞回四川，只把我们送到了昆明。铁幕的人已经定了当天的机票，几个小时后，我们回到了成都。

谭欣然将那枚松果体拿去研究，估计一时半会儿还不会有结果。不过我觉得，黑桃J当时有许多事情没有完全透露，干尸的秘密应该不止松果体吸收全身的生命力这么简单。而且从他的埋伏看，目的并不是要杀死我们，而是想要激发我和敖雨泽身上的鬼脸蛇鳞的诅咒，甚至最后让我和那巨人对战，也是希望我亲手杀死巨人。

这让我想起最初那个诡异的游戏，进入第一个隐藏关卡的条件，就是需要我杀死七个无辜的孩子进行血祭。后来我和敖雨泽分析，这样设计的目的，很可能是拷问人心。当初我选择了那样做，即使自己不觉得，但我心底的阴暗面其实已经被激发出来了。

黑桃J的做法其实也差不多，只是和游戏不同的是，这次有鬼脸蛇鳞的诅咒作为背书，所影响的恐怕不止人心，更涉及一些神秘的力量，这些力量很可能会对我和敖雨泽的命运线产生影响。

不知道是不是巧合，我和敖雨泽回到成都后不久，就发现了一件让人惊讶不已的事情——当初我测试的那个游戏，竟然悄悄上市了。

这个游戏没有进行备案，甚至也没有发行公司，只放在网上提供免费下载。更加古怪的是，这游戏摈弃了当初的电脑版本，只剩下VR版本。

VR作为二〇一六年最热门的科技名词，曾一度被人看好，二〇一六年也被称为VR元年。但是到了二〇一六年下半年，因为技术进步有限，市场需求没有被充分发掘出来，加上内容缺乏，玩家也不买账，最后被资本市场抛弃。

我曾玩过这个古怪游戏的VR版本，比起市面上近乎展示片的VR游戏，这个游戏的完成度算是相当高了。按理说要开发这样一款游戏大作，投入至少是数千万人民币，在目前的市场环境下，一般的公司不可能这样做，更不要说不通过正规的发行渠道，而是走类似“私服”的路线了。

这款被称为“古蜀密码”的游戏，很快在一些爱好VR游戏的小圈子里面火了起来，甚至有玩家觉得这个游戏很可能成为引爆VR游戏市场的一款大作。

业内许多人声称看不懂这款游戏的发行模式，为什么它会如此神秘，连制作方和发行方的一点消息都不透露，就像是一个有钱任性的土豪依着自己的性子找人开发出来，然后免费公布给所有人玩。只是由于目前高端VR设备的数量太少，全国才几万台，因此才没有形成什么影响力。

但我知道事情没有这么简单，按照之前秦峰的说法，这个游戏的代码，是突然出现在秦峰脑子里的。只是那个时候秦峰已经感觉到了不对劲，所以才在游戏里藏了许多线索，让我将他从精神病医院救出来。

后来我和敖雨泽基本证实了那家精神病医院是JS旗下的，当初是余叔在负责。

之后在和秦振豪的接触中，我们又发现那并非他指使，而完全是余叔私下的行为。

那么同样作为 JS 成员之一的余叔，是否很早之前就已经背叛了秦振豪，选择了和意识世界中的某个大人物合作呢？而现在这款诡异的游戏突然开始大规模地推广市场，又到底意味着什么？

我感觉有一张大网已经彻底铺开，现在到了收网的关键时刻，而这张网想要打捞上来的鱼儿，是整个世界。

第八章

JINSHA ANCIENT SCROLLS

异类

当初关押秦峰的脑康精神病医院，由于 JS 首领秦振豪的死亡，最终成为一笔不良资产，被挂牌拍卖。而总部在省城的铁幕，无疑是最好的买家。

依靠雄厚的资金实力，在逐渐倒向铁幕的明家的掩护下，铁幕暗中掌控了这家精神病医院。可惜的是，JS 虽然被打散，但医院内潜藏的 JS 成员早已带着重要资料逃走，接手的铁幕能获得的有用信息并不多。

我和敖雨泽再度来到脑康精神病医院，禁不住有些唏嘘。当初我们来救秦峰时，敖雨泽还需要伪造证件才能进来。谁能想到不到两年的时间里，我们竟能光明正大地进入医院，还是以幕后大股东特派人员的身份。

和精神病医院一起被买下的还有其前身的废弃医院，虽然那是一块荒地，可毕竟是五神地宫的入口，而五神地宫中依然藏着不少没有被发掘出来的秘密。

不过我和敖雨泽此番前来，却和五神地宫无关，而是因为这家精神病医院里突然多了许多举止诡异的患者。

这些患者都是最近一个月出现的，刚开始的时候并没有引起医院和家属的重视。一开始这些患者只是记忆力衰退，经常对着空气自言自语，后来发展到每天不定时地出现狂躁的状态，用听不懂的语言大吼大叫，甚至出现了攻击倾向。

随着类似的患者越来越多，并且所有患者都是 VR 游戏玩家，铁幕终于发现了不对劲，将这件事列为需要紧急处理的 A 类事件。

“医院目前已经接收了六十多名类似患者。我听业内朋友说，在四川、重庆和贵州的大城市，都存在着类似情况，发现的病例接近两百个。我们估计处于发病早期还没被发现的病例数量应该超过六百个。”戴着金丝边眼镜，身材微微发福，梳着大背头的脑康精神病医院院长明飞鹏对我们说道。

明飞鹏是明智轩的一个远房亲戚，本来是一家综合医院的精神科主任医师。明家代表铁幕收购脑康精神病医院后，由于大量和 JS 有关的医院核心员工离职或失踪，医院无法正常运营，明家突然想起有这么一个亲戚，就请他来担任院长，好歹也是有业务能力的自己人。

这人才四十多岁，这个年纪担任脑康这样的大医院院长，尽管是民营的，也可以说是一步登天了，因此对这个职位十分在意。听说我们代表大股东前来，立刻放下手里的工作亲自作陪。

“国外呢？有没有听说类似的病例？”敖雨泽问道。

明飞鹏说道：“有，但是数量不多。我有个大学同学去了美国留学，毕业后在梅奥医学中心上班，前两天我们通电话时聊到这个问题，他说这一个月来，美国也发现了类似的奇怪病例，大概有三十多个例，不如我们医院收治的多。我拜托他查阅梅奥医学中心的数据库，发现类似的病例主要集中在美国和墨西哥交界附近的大城市。此外，和梅奥医学中心数据库联网的日本、以色列、埃及等国家，也发现了类似病例。”

“也就是说，这种病症并不局限于国内，而是全世界范围内都有分布……确切地说，主要分布在北纬三十度附近。”我喃喃地说。

“又是北纬三十度，怪不得是A类事件。”敖雨泽冷哼一声，说道。

明飞鹏古怪地看了我们一眼，张了张嘴想要问什么，最后还是忍住了。这是一个识趣的人，知道什么该问，什么不该问。

“国外有治疗成功的案例吗？”我问道。

“还没有，如果有的话，我们会第一时间派人过去取经。我们医院估计是收治类似病人最多的。”明飞鹏苦笑着说。

我点点头说：“那行，我们先去看看病人。”

在明飞鹏的带领下，我们畅通无阻，走到哪里都有人笑着问好。看来眼前其貌不扬的中年人，还是有点手段，管理这家医院还不到三个月，已经有了不小的威望。

走进医院深处的隔离室，我记得当初秦峰就是被严密隔离在附近。整座医院对于隔离重要病患有一套严格的制度，而且硬件设施很不赖，防护甚至比一般的小监狱都要严密。

“这里面的病人是病症最严重的，我感觉他还有精神分裂和狂躁症，有很强的攻击倾向，有两个医生被他咬伤过。”

透过单向的玻璃窗，我看到隔离室里，一个病人被医用束缚带绑在固定的椅子上。病人不停挣扎着，眼中带着血丝，透着凶光。

不知道是不是错觉，当我看向他的时候，病人突然停止了挣扎，猛地和我对视了一眼。可隔离室的钢化玻璃，只能单向地从室外看到室内，他能看到的，应该只是一个模糊的影子。

“有意思，很敏锐的灵觉，不像是普通人。”我没有丝毫畏惧。对方眼神中的凶光更加深沉了，嘴里发出“嗬嗬”的叫声，只是为了防止病人发狂时咬医护人员，他的嘴被医用的透气软胶封住，无法发出更多的声音。

不过他的眼睛，瞪得极大，像是要凸出来一样，那种凸出的幅度，让人觉得他的眼球可能会随时掉下来。

这个举动也让他旁边试图劝说他冷静的医生和护士吓了一跳，最后医生给他注射了一针镇静剂，他才渐渐安静下来。

“有纵目的迹象……”敖雨泽看了一眼，说道。

“基本可以确定了，和古蜀神秘事件有关。不过这次，应该不是什么从意识世界具现化的人或者怪物，而是……入侵我们现实世界的意识生命体！”我在脑子里对敖雨泽说。这如同作弊一样的方式，能让我们毫无顾忌地讨论一些不适合明飞鹏这样的普通人听到的话题。

“我们发现，这种病症注射氯丙嗪类镇静剂的作用很小，反而是快被淘汰的苯巴比妥类镇静剂还有些作用，但是作用的时间也不长，最多半小时，病人就有可能再次发病，而且比上一次还要疯狂。最关键的是，苯巴比妥类药物不是很安全，如果超量注射的话，有可能会让病人猝死。谁都不敢冒这个险。”明飞鹏看着安静过去的病人，一边推开门，一边说道。

“院长……”里面的护士看到我们走进来，恭敬地喊了一声。

“不能再加量了，现在每次注射的量已经超过了安全标准两百毫克的一倍，再加量的话，病人很可能会急性中毒死亡。”医生取下脸上的口罩，转过身严肃地说。

明院长拍了拍他的肩膀，说道：“好的，张医生，你看着办就行了。”

我心中微动，问道：“你姓张？”

张医生看了我一眼，淡淡地说：“这是个很普通的姓吧？请问你是？”

“这两位是医院大股东派来的视察人员，上面对新出现的病例很重视。”明院长说道。

“上面重视有个屁用，他们又不会治病。”张医生毫不客气地说。

我耸耸肩，看着昏昏欲睡的病人，淡淡地说：“可惜你们也不会治。再说，到底是不是病，不是也还没搞清楚吗？”

“不是病是什么？中邪吗？”张医生嗤笑一声说，全然不顾明院长示意他客气点的眼神。

“真要说起来，和中邪差不多吧。”我耸耸肩说。

“原来大股东请了两个神棍来，那要不要跳个大神再画两道符啊？”张医生挑衅似的说。

“等他醒过来，说不定我可以找人试试。”我说道。

“那我就拭目以待了。”

“张医生好像对我有什么误会？”我问道。

“第一次见面，能有什么误会，只是单纯地看不惯有些‘二代’而已。”张医生淡淡地说。

我一愣，低头看了看自己身上，全身上下加起来也不超过一千块，依然是一副屌丝的模样，和“二代”有什么关系？难道说和明智轩那样的富二代接触久了，我身上也有了一丝富二代的气质？

“你手上那块铁幕核心人员才有的多功能手表，外壳是正宗的百达翡丽的，也难怪人家误会。”敖雨泽在我脑子里笑着说道。

我不禁有些郁闷，居然因为这样而被人误会，不过就算手上戴着一块价值不菲的手表，也不至于这么针对我吧？

我们一行暂时离开了隔离室，病人刚注射了镇静剂，也不适合再接触。

“一路上我看其他人对明院长都挺尊敬的，这张医生什么来头？”在去休息室的路上，敖雨泽好奇地问明飞鹏。

“咳咳，这个，张医生是医院的主力医生，医术精湛，说话比较那个……生硬，二位不要介意。”明院长尴尬地解释道。

“他叫什么？”我问道。其实我倒是没有怎么在意，如果他是凭真本事而对明飞鹏这个院长不感冒，这样的人不过是情商低而已，没什么坏心眼，我也不会记恨对方言语间的不客气。

“张文林。哎，那个，张医生说话一直那样，真不是针对你们。”明院长说道。

“我怀疑是张家的人。”我在脑子里对敖雨泽说。

“你不能因为别人姓张，就都怀疑是那个‘张’家吧？”敖雨泽翻了个白眼，在脑子里说。

“我找人确定下。”

我走出门外，打通了张九红的电话。

“听说你最近在调查一起 A 类神秘事件，怎么有空给我这老太婆打电话？”张九红在电话里说道。

“你们张家的人，除了你，还有没有其他传人？”我问道。

“当然有，血脉的诅咒是一直持续的，如果只有我身上有诅咒，那我直接抹脖子自杀不就完了。”张九红说道。

“有一个叫张文林的医生，在脑康精神病医院上班，你认识吗？”

“张文林……真是巧了，我还真认识这样一个张家子弟，按辈分算是我的侄儿，不过我只见过几次面。这小子是学医的，对于老张家身上的血脉诅咒一说完全不相信，还和他老子吵过几次架。不过这小子在医术上还是不错的，是英国剑桥大学心理学专业的高才生，比你强多了。不过听他父母说，一年多前，他一直追的女孩子被一个富二代撬走了，后来性格变得偏激了许多……”

“喂喂，不带这样欺负人的，什么叫比我强多了？不就是学历高点儿吗？不过话说回来，我觉得这家伙有点儿不对劲，好像有点儿针对我，可我除了血脉特殊也就是个普通人啊，何况血脉他又看不出来。敖雨泽说是因为我手上戴了一块名表……嗯，其实就是个外壳，里面是铁幕提供的各种小玩意。我觉得他不像是这么肤浅的人，这中间是不是有什么别的原因？”

“这么说还真有可能是血脉的原因。张文林身上的血脉浓度，比我的还要强，只可惜他走的是另外一条路，不然成就可能比我还高。你要知道，你身上的金沙血脉和我们张家人的血脉，从来就不是一条战线上的。他可能只是本能地厌恶你们两个身上的血脉而已。”张九红说道。

我郁闷地挂了电话，想起敖雨泽身上也流淌着一半的金沙血脉，怎么没见张医生对敖雨泽冷嘲热讽？

“人家只是情商低，又不是真的傻子，为什么要无缘无故嘲讽一个美女？就算心里不爽，表面上也要讲点绅士风度的。”敖雨泽淡淡地说。

好吧，这个理由太强大了，我无言以对，又拨通了肖蝶的电话。

“我需要一个精通催眠的心理医生，地点是你曾卧底过的那家精神病医院。”

“正好，就算你不邀请我，我也打算这两天去看看。”肖蝶笑着说。

“你们也发现了？”我问道。

“当然，A 类事件这么大的事，就算是敌对立场，铁幕也会向真相派通报一声，何况现在两家在短暂的合作期。”

肖蝶很快赶了过来，明院长吩咐门卫放行，派了一个人接她过来。

“有没有回家的感觉？”见到肖蝶，我想起当初她穿着护士服的样子，不由得问道。

“是挺怀念这地方的。不过可惜，我认识的不少人都已经离开了。”肖蝶带着一丝遗憾说。

“一朝天子一朝臣，普通的公司换了老板都可能这样，更何况三大组织之间的产业易手。我估计除了几个自信不会被铁幕找出来的间谍外，其他 JS 成员都已经退出了脑康精神病医院，反倒是普通的医生护士，估计没有愿意离开的。”

“院长，你让我们重点观察的那个病人醒过来了。”一个护士怯生生地站在门口，探出半个脑袋对休息室里的明飞鹏说。

明飞鹏答应了一声，那护士正要出去，突然瞪大了眼睛惊喜地说：“肖蝶，你回来了？”

“原来是小诗啊，好久不见，我回来看看。”肖蝶笑道。

叫小诗的护士激动地点点头说：“下班后一起聚聚吧，还有张哥，他一直惦记着你呢……”

肖蝶脸上的笑容难得僵硬了一下，说："这个……就先不要告诉其他人了。我一会儿就走，改天再说吧。"

小诗遗憾地"哦"了一声，转身离开。

"张哥又是什么人啊？你不会告诉我他叫张文林吧？"我突然想起张九红刚才说张文林正在追的女孩子被人撬走，不会就是肖蝶吧？

肖蝶无奈地说："你到底都知道些什么？我和那疯子没什么关系，我当初在脑康的时候他一直在追我，我没答应。后来我任务不是完成得差不多了吗，离开的时候见他可怜，就找了个借口说我看上了一个富二代，人家戴的一块表是他十年的工资，让他死心。"

我拍拍脑门，怪不得张文林对我阴阳怪气的，看不顺眼，原来除了血脉的原因外，还真是因为手上的一块表让他以为我是他最厌恶的富二代。

我估计这样被肖蝶拒绝之后，张文林肯定花了点心思研究各国名表，因此一眼就认出我戴着的手表是百达翡丽，却不知道这表只有外壳是真货，里面早已经被铁幕的技术人员改装得面目全非了。

这个锅背得有点冤枉。我随即想到等会儿要是和肖蝶一起去见张文林，不会出什么乱子吧？

"话说他不是心理学专家吗？按理说应该对情绪把控得比任何人都强啊，怎么反而情商这么低？"我好奇地问。

"心理学专家也是分不同情况的，他是治疗精神疾病方面的专家，又不是说一定要深谙人情世故。"肖蝶说道。

到了隔离室，张文林果然还在，见了我们一大群人走过来，正要嘀咕一句什么，手中一直试图安抚病人的动作却停下来了，呆呆地看着我们走来的方向。

"肖蝶，是你吗？"张文林的声音有些颤抖。

"是我又怎么样，我已经结婚了。"肖蝶带着一丝不耐烦的语气说。我能感觉到这种不耐烦是装出来的，谎言张口就来，大概是为了让张文林彻底死心，不要重提旧事。

肖蝶不愧是铁幕精心培养出来的特工人员，随时能够装出不同的情绪和性格，再配上精妙的化装术，分分钟就能扮成另一个人，叫人真假难辨。

就是不知道一直以来她在我们面前的表现，到底是演戏还是真情流露。反正对于这个出身铁幕又叛逃到真相派，最后又促成铁幕和真相派短暂合作的女人，我感觉一直没有看透过她。

"张医生，现在是工作时间，医院正在接待贵宾，不是给你谈情说爱的。"明飞鹏大概也觉得这气氛不对，冷着脸说。

一路上明飞鹏对我们都是笑脸相迎，突然板着脸教训医生，还是一个平日里自视甚高的实力派医生，这样子让我差点笑出声来。

张文林怔了一下，眼中的火热稍稍退却，可不知为什么，这家伙居然又狠狠地瞪了我一眼。我满脸无辜地看了看肖蝶，肖蝶却只是朝我眨眨眼。

“说说病人的具体情况。”明飞鹏说道。

“病人叫吴涛，男，二十三岁，大四学生，重度游戏爱好者。第一次发病是半个月前，当时以为是长时间玩游戏造成的短暂性知觉失调，之后出现了失忆和狂躁症状，严重的时候打伤过母亲。”张文林语调低沉地说。一谈到工作，他原本的情绪也被压制，几乎不带任何感情地介绍道。

“他是不是在玩一款VR游戏？叫作《古蜀密码》？”我问道。

“我不知道具体是什么游戏，不过听送他过来的家长说，他玩的游戏需要佩戴头盔。他家里经济条件不错，配置的头盔是几千块的，一般大学生根本不会舍得花钱在这上面。”

“按理说他表现的症状，和一般的精神病人区别不大，为什么会认为是一种新的病症？”敖雨泽问。

“很简单，所有的病人都有一个共同点，那就是发病的时候，会说一种很奇特的语言。”张文林脸色古怪地说。

“有视频或者录音吗？”我问道。

“有，我叫人去拿。”明飞鹏连忙说，随后吩咐护士小诗搬来一台笔记本电脑和一个U盘。

电脑打开后，明飞鹏插好U盘，调出一个文件夹，里面有好几段视频。他挑选了一阵，点开了编号161127的视频。

“这是十一月二十七号录制的吴涛发病的视频，你们看看。”

视频应该是用手机录制的，还好现在的手机像素都非常高，录制得还算清晰。

视频里的吴涛脸上青筋绽起，像是在忍受着什么痛苦，不时地用手狠狠地捶打自己的脑袋。

他的双脚被束缚，手腕上鲜血淋漓，绑着残破的布条——很显然之前手也是被绑着的，被他大力挣脱了。他手腕的皮肤和血肉都被磨烂，而他却仿佛感觉不到疼痛似的。

他的眼睛，因为极度充血而变得通红，时而透出一丝慌乱和惊恐绝望，时而又变得冷冰冰的不似人类。更加诡异的是眼睛朝外凸出的幅度，和我们之前看到的纵目现象如出一辙。

视频里的声音有些杂乱，有医护人员的叫嚷，有人大喊着“先按住他注射镇静剂”，还有个中年女人的哭声，应该是吴涛的母亲。

而在杂乱的声音中，我们听到了录下来的吴涛说的话，那是一种熟悉而陌生的语言，但不是任何一种已知的语言。唯一可以确定的是，这种语言和汉语类似，是单音节的。

“这是……巴蜀图语的读法，借助法器念诵出来能够施展某些法术的咒语。”敖雨泽在我脑子里说道。

“怪不得感觉熟悉，旺达释比念诵的咒语，的确和这种语言有些相似。”我回应道。

除此之外，我想起和敖雨泽刚认识那会儿，有一天晚上我误闯入了某个“鬼域”，在那里我也听到了类似的语言，只是当时的我完全不解其意，还以为到了冥国。

现在看来，我当时应该是因为血脉特殊，被某些规则的力量短暂拉入了意识世界。

可我从来没有想到，这种语言居然还能被一个可能从来没有接触过古蜀文明的年轻人，在狂躁的状态下嘀嘀咕咕地说出来。

“他应该是被夺舍了，不过夺舍不成功，可能是脑波的频率没那么契合，因此脑子里寄生了两个灵魂。就看最后谁的意志力更强大，谁就能活下来。”敖雨泽说道。

“我不看好这具身体的原主人，那不过是一个爱玩游戏的大学生。而意识世界派出的第一批入侵者，很可能是受过严格训练的士兵，这样的意识生命体意志之坚定，绝对不是一个普通大学生能够对抗的。而且就算夺舍不成功，最终的结果很可能是直接毁掉这具身体，和原主人同归于尽。”我在脑子中感叹道。

“原来的身体主人有一定的主场优势。不过你说得对，如果意志力不如纯意识生命体，那么原主人还是有可能被吞噬掉。可我最担心的不是这种两个灵魂发生冲突最后被送入精神病医院的情况。”敖雨泽叹了口气，在我脑子里说道。

“你是想说，或许更多的入侵的意识生命体，已经夺舍成功，而这部分人，很可能吸收了夺舍的身体原主人的记忆，能够完美装成原主人，而身边的人根本无法发现？”我倒吸一口凉气，说道。

敖雨泽的脸色也变得沉重无比，我甚至感到后背飕飕发凉。如果人类世界真的存在这样一批来自意识世界的异类，并且这些异类还占据了一些重要人物的身体，那麻烦可就大了……

“如果真的是和那个诡异的游戏有关，让意识世界的纯意识生命体入侵的话，他们能占据的身体的身份，应该是以爱好游戏且有经济能力购买高端 VR 头盔的年轻人为主。加上不同的世界肯定对外来的灵魂有一定的排斥，我估计能够完美契合身体的意识生命体不会太多。”敖雨泽自我安慰道。

接着她以铁幕中的特工才明白的信息传递手段，向肖蝶通报了这个消息。肖蝶的脸色也变得难看起来。

明飞鹏关闭了视频，又播放了其他病患的。果然，他们发病的时候，嘴里都会念叨着一些断断续续的古怪音节，虽然听不懂到底在说什么，但是能勉强听出这些音节应该属于同一种语言体系。

“你们是谁？为什么绑着我，快放了我！”被束缚带绑着的吴涛，一边挣扎，一边有些恼怒地说。

“他每次清醒过来，都会忘记自己身处何方，甚至忘记这些天我们和他的交流，思维和记忆还停留在他第一次发病前夕。”张文林解释道。

“也就是说，他每次清醒过的时候，相当于大脑的记忆被重置了？”我问道。

“可以这么解释，他的大脑像单机游戏一样有一个存档的机制，不管这些天发生了什么事，一旦发病，这些新产生的记忆就被清空，重新回到第一次发病前的存档。周而复始。”张文林说。

“回溯。”肖蝶突然脸色苍白地吐出一个陌生的词汇。

“什么意思？”我问道。

“这不是简单的记忆清零回档，而是……回溯，是命运线发生了回溯！你们知道这意味着什么吗？那场劫难要来了，真的要来了……”肖蝶脸上带着一丝罕见的恐惧，似乎一直以来天不怕地不怕的她，也有了真正恐惧的东西。不过高级特工人员的素质还是让她说这话的时候刻意将声音压到细不可闻的地步，只有我和敖雨泽能勉强听清。

“我需要催眠他，我要看看他的潜意识里，到底藏着什么东西。”肖蝶深呼吸了几次，平复了一下自己的情绪，脸上的恐惧渐渐散去，最后坚定地说。

“不行。”敖雨泽一口否决，“太危险了。谁也不知道他的意识是否还和意识世界相连，他毕竟不是现实世界的人类灵魂，潜意识里藏着太多未知的秘密，我怕你会彻底迷失在里面，再也回不来。”

“你们在嘀嘀咕咕说什么？”张文林发现我们三人碰头在一起小声交谈，很是不高兴地说，尤其是看到我和肖蝶几乎头挨着头，眼中闪过一抹嫉妒和恨意。

“反正我不同意。”敖雨泽摇头强调。

“可惜，现在你管不了我。”肖蝶淡漠地说。我听出她的语气出现了一丝波动，像是没有想到敖雨泽会如此关心她的安危。

“让肖蝶试试吧，我相信她有这个能力。”我想起当初肖蝶催眠我的情形，她在这方面的确很有一套，不知道是天赋还是铁幕的培养体制太高明了。

“准备一个安静的房间，我不希望受到任何干扰。”肖蝶最终拍板。

敖雨泽恨恨地一跺脚，气呼呼地走了出去。不过不到两分钟，她又回来了，瞪着我看了一阵，看得我心里发毛，才说道：“把旺达释比留给你的那块宝贝石头借给肖蝶，要是有什么意外，还可以暂时镇压一下。”

我点头同意，这并不是什么大事。

几名高大强壮的男护工将吴涛从椅子上解下来，然后把他带入了一间更加安静的治疗室里固定下来。这期间吴涛一直破口大骂，嗓子都快哑了，最后被心中的恐惧击倒，开始求饶。

这小子大概以为自己要被用来做什么医学实验吧，不过情况也差不多，就是不知道最终肖蝶能不能救他。

“肖蝶会催眠？这怎么可能，她是个护士啊……”当肖蝶进入隔音治疗室，关上门后，一直看着她进去的张文林，用不可置信的语气喃喃说道。

“你不知道的事情还多着呢。”敖雨泽说道。

“你们究竟是什么人？”张文林盯着我们看了一阵，问道。

“我们是什么人不重要，重要的是，我知道你的来历，张家，张九红的侄儿。”我提到“张家”两个字的时候特意加重了语气。

张文林的脸色微变，听出了我提这两个字的暗指，并非在说一个普通的姓氏。全国姓张的总人口超过九千万，是国内人口数量排名第三的大姓。可真正和古蜀文明有关的“张家人”这个特指称呼的，估计加起来不到一百人，全都属于一个古老而神秘的传承家族。而其中背负着张家人才有的特殊血脉的，不过寥寥几人而已。

“你知道我们家族？”张文林警惕地问。

“我还知道你对家族的传言和祖训从来不信。”我装出一副神秘的样子说。

张文林脸色有些难看地瞧了一眼明院长，最后又瞪了我一眼，说道：“我知道了，你认识我姑母张九红。”

我有些意外，没想通他怎么一下子就知道我是从张九红那里得知的。

“我姑母是家族里面最神神道道的一个人，她说的那些东西毫无科学依据，也不知道你们这些人为什么会信……”张文林冷笑道。

就在这个时候，治疗室的门打开了，肖蝶一脸憔悴地走了出来，她神色疲倦，而且精神十分差。

“我们真的有麻烦了，事情比我预计的最严重的后果还要可怕。”肖蝶低声说道。

敖雨泽使了个眼色，我拉着肖蝶和敖雨泽一起进入另外一个封闭的房间，将跟在后面的张文林关在外面。

“怎么回事？”敖雨泽问。

“之前我们一直以为，在意识世界中生活的，是古蜀国被灭掉后，古蜀国残余精英带着族人在死后迁入其中的意识。总的说来，意识世界里面的纯意识生命体，也是有着和人类一样的灵魂。”肖蝶缓缓说道。

“难道说，不是这样？”我一惊，问道。

“不，不是，也不知道从什么时候开始，事情早就有了变化。这些灵魂，或者说入侵现实世界的纯意识生命体，或许有一些人类灵魂的成分在里面，可从本质上看，完全是异类。即便它们表现得像人类的灵魂，甚至连波动都十分接近，可那不是人类，绝对不是……”肖蝶的眼神中透着一丝惊恐。

“异类？哪里来的异类？”敖雨泽苦笑着说，似乎完全没有想到会得到这样一个结果。

“其实要驱逐这些异类也不是不可以，只是付出的代价很大，毕竟，这些异类意识降临，是因为那个游戏。”我说道，脸上闪过一丝连我自己都没有察觉到的杀意。

眼前微微发红，浮现在眼前的，是当初那个诡异游戏里，祭坛上七具冷冰冰的儿童尸体上流出的殷红的血。

第九章

JINSHA ANCIENT SCROLLS

故乡疑云

一年前，VR 莫名其妙地火了起来，业内人士振臂高呼，说 VR 元年已经到来，媒体和资本开始热炒。体验过的玩家在短暂的新奇之后，嘀咕一句其实也就那样，便很快就不感兴趣了。

可就连最资深的分析师也没有想到，这阵风潮来得快去得也快，除了VR本身尚不成熟外，最关键的是几个神秘至极的组织在背后推动。可惜我不是科技界的人士，要不然肯定能感受到这个冬天在VR领域的寒流涌动。

这一切都要从肖蝶的新发现说起。曾玩过那款诡异的VR游戏的玩家，因为特殊的症状被精神病医院收容，一开始我们也想过这可能是意识世界入侵的前驱，可怎么都没想到，这些前驱的灵魂虽然和人类近似，却完全是一种异类。

就像人和大猩猩的基因相似度高达百分之九十九，可就是百分之一的差距，决定了人类和大猩猩完全是两种截然不同的生物。

肖蝶所说的来自意识世界的灵魂和人类灵魂的区别也是这样：看起来微不足道的一点不同，实际上有着本质的区别。

而这些异类降临的方式，是通过流行于网络的一个叫作《古蜀密码》的免费VR游戏。

一开始我们也感觉奇怪，目前的VR设备只能利用人的视差原理，勉强欺骗人的视觉。由于屏幕分辨率和刷新率还不够高，人们离真正的沉浸还有很长一段距离。

也就是说，目前的VR设备还是一种极为低端和粗糙的虚拟现实设备，和黑客帝国中那种能够让人的意识完全进入以假乱真的虚拟世界的体验，还差得太远。

按理说，这样的设备怎么可能完成意识世界中的意识生命体入侵现实的壮举？

随后肖蝶的解释，让我们明白，也许真的有这个可能性。

几年前曾有一个很有趣的催眠测试，出题者会先出一些看起来简单的数学题，测试者必须集中精神以很快的速度心算，然后出题者突然让测试者在一个区间内选数字，大部分说出的数字，基本上会被出题者猜中。还有的测试是心算一些题目后，让人默念一个数字一定时间，然后随口说出一个蔬菜或面部器官的名字，说出的答案往往也会事先被出题人猜中。

这其实是一个心理暗示的小测试，是根据人的大脑思考的逻辑来进行的。虽然测试不会百分百准确，一般能达到百分之八十左右的准确率。这就说明了，人的大脑的思考模式，是能被人为控制的，这也是大部分催眠的基础。

每个人的大脑中都有一扇门，平时这扇门把潜意识牢牢地关住，可只要拥有打开这扇门的密码，那么催眠者就有可能看到一个人潜意识中藏着的连他自己都“意识”不到的东西。而大部分的催眠，一般会通过声音和视觉进行。

很多影视作品表现催眠时，往往有两个特定的动作：一是使用一块怀表或吊坠在病人眼前晃动，转移病人的注意力；二是催眠师会用尽量轻柔和缓的语气不停地给病人语言暗示。更高明一些的催眠师，能够通过给对方展示一些看似没意义的图画，让人进入催眠状态。不管是哪一种，都说明了催眠离不开视觉和听觉。

人的五感收集外界信息的比例，从高到低依次是视觉百分之八十三，听觉百分之十一，嗅觉百分之三点五，触觉百分之一点五，味觉百分之一。

这意味着一个人大部分的信息获取，是通过靠视觉和听觉。也就是说佩戴 VR 头盔，其大部分感知都来自一个看上去粗糙笨重的盒子——想想也挺可怕的。

即便是目前还不成熟的 VR 设备，至少在视觉和听觉上，能勉强做到一定的沉浸感了。VR 设备完全隔绝了现实的光线，佩戴者的眼睛只能看到一个密封盒子中的屏幕，再戴上耳机，佩戴者基本就和现实世界隔离了。

那个诡异的游戏配合 VR 设备，足以欺骗人的视觉和听觉，设计者又在游戏里设置了许多不易察觉的心理暗示，久而久之，的确有可能犹如催眠一样改变一个人的性格或者对某些事物的认知。

可要说直接让意识世界中的意识生命体降临，感觉还是不够。

“你们是否还记得，所有通向意识世界的入口，都有一个共同点，那就是都处于北纬三十度附近的地磁异常区域。”再一次碰面，肖蝶对我和敖雨泽说道。

“你是想说，那些异类能够通过 VR 设备入侵，和地磁异常有关？”敖雨泽问。

“我调查了这些被异类灵魂占据的身体的玩家所采用的 VR 设备，发现虽然品牌不一样，但都有一个共同点，它们都属于能够小范围移动的高端设备。而支撑玩家能佩戴设备小范围移动的技术，一般是通过激光定位装置或者电磁定位装置。”肖蝶说道。

“激光定位或电磁定位……我明白了，在这些装置生效的区域内，实际上形成了一个十分微小的电磁异常带。这个异常带本身不会对人体产生任何副作用，可如果配合那个诡异游戏中潜藏的心理暗示，那么来自意识世界的纯意识生命体，则有可能趁机降临到现实中来。”我说道。

“也许意识世界中还存在某个发射端，只是发射的不是电波，而是意识波。通过特定的磁场转换，这些意识波会被定位装置接收然后逐渐影响头盔的佩戴者。当佩戴者的游戏进程达到一定的程度，这种影响就不可逆转，佩戴者原本的意识会被压缩甚至被取代。所以即便现在的VR设备做不到意识沉浸，也能让那些异类的意识通过这些设备降临。”我深吸一口气，说道。

“不，你们还忘记了一个重要的因素。”肖蝶苦笑道。

“什么？”

“纵目神！”

“古蜀五神之一的纵目神？和巴蛇神、太阳神鸟、蚕女神以及青铜神树并列的神灵之一，你是觉得这件事和它有关？”敖雨泽皱眉道。

“如果没有纵目神的话，我估计只是通过简陋的VR设备，根本做不到让这些异类的意识传递过来。别忘记了，纵目神最擅长的是什么。”

“纵目神是古蜀时期对纵目现象的崇拜而诞生的神灵，说白了就是对眼球的崇拜……VR设备会完全隔绝现实光线，通过两块渲染画面的屏幕造成视差形成三维纵深感，也就是说这种催眠，是完全通过视觉来进行的。如果是这样的话，可能还真逃不开纵目神的手脚。”我说道。

我估计这世上只有纵目神能做到通过视觉进行大规模的催眠，除了这样的神灵，连最高明的催眠师都做不到。

“那么有没有可能，精神病医院里收治的这一批患者只是被催眠了，他们以为自己是异类，他们其实还是本人，只是失去了原本的记忆，潜意识里被种下了新的记忆？我觉得这样的解释，比意识世界中的异类灵魂降临，要说得过去一点。”敖雨泽说道。

“不可能，我在精神病医院的时候，曾深入那个病人的潜意识，你们绝对无法想象我看到了什么。那是一片完全由纯意识体构成的汪洋大海，浩瀚无边。里面意识体的数量估计上千亿甚至万亿，这些意识虽然聚在一起，可又彼此独立，病人的意识只是其中的沧海一粟。最关键的是，这些意识似乎对整个人类世界，都抱着深深的恶意。”肖蝶摇头说道。

“无数的意识体聚集在一起，那不就是西方学者一直声称的盖亚意识？整个世界的意识本源？”敖雨泽惊诧地说道。

“或许是这样，但即便是盖亚意识，也和人类所在的地球的盖亚意识无关。那种深沉到让人绝望的恶意，我只稍稍感受了一下，就差点精神崩溃。我估计那应该是意识世界中的本源，或许它还有一个称呼——古神！”

我的心一沉，想起前往黑竹沟前夕遇到过的世界树组织。在他们口里，也有一个“古神”，这个古神比古蜀五神存在的时间还要久远，甚至连古蜀五神的出现，也和它有关系。

后来古蜀五神不知道为什么和它反目，其中最强大的巴蛇神甚至一度让它陷入沉睡。但后来它也摆了巴蛇神一道，在古蜀国灭亡前夕，诱惑了最后一任蜀王，十二世开明王杜卢派五丁杀死了巴蛇神留在人间的肉身。

而张九红所在的张家，其血脉据说也是这个古神赐予的。它既是张家人血脉传承者力量的来源，也是张家所背负的诅咒源头。

如果说这些借助 VR 设备侵入现实世界的异类其灵魂和人类相似但又不同的话，那么它们来自于这个神秘而强大的古神，就完全说得过去了。

意识世界本身就是现实世界的暗面，全世界的神话故事都有记载的地府、黄泉、冥土和地狱，其实很可能都是指意识世界。在一些神话传说里，也有末法时代地狱之门大开，魔王降临伪装成为神灵行走人间的典故。

作为世界暗面的意识世界，可能背负的是整个世界的负面因果，用佛家的话说，就是这个世界千万年来积攒的业力，就如同地狱里被折磨了上万年的鬼怪对活人的世界充满了憎恨。这庞大的意识本源，或许因为不堪重负也渐渐对我们所处的世界充满怨念和恨意。

在接下来的时间里，肖蝶投入到对这些异类的甄别中。或许因为事关重大，铁幕和真相派一起发力，世界各国开始将这款 VR 游戏列为违禁品，就如同那首因为太多人听过后自杀的音乐《黑色星期五》一样。

可惜很多事情不能被普通民众所知悉，不然说不定会惹出更大的乱子，所以清缴这款游戏的名头是未获得出版审查之类的。

好在目前拥有高端 VR 设备的人并不多，而且不全是游戏玩家。在铁幕的一个技术团队的大数据技术支撑下，绝大部分下载过这个游戏的玩家都被甄别出来，各国开始将这些玩家以各种看似不相干的理由扣留。

在肖蝶的带领下，无数催眠专家临时组成了一个甄别小组，小组使命就是根据肖蝶提供的部分特征和催眠手法，将那些潜在的异类找出来。

实际上已经发病的异类是最好甄别的，我们最担心的反而是那些安全降临，从外表上完全看不出和正常人类有区别的异类。这些异类完全可能成为打入人类社会的间谍和棋子，将来在关键时刻干点什么，或许整个世界都会遭殃。

后来我们又发现，这些异类潜意识里居然埋着某种逻辑炸弹，一旦被问及和意识世界相关的关键问题，如果熬不过刑讯想要透露什么，其意识就会很快消散，只留下一具犹如植物人的躯壳。

正当我们以为可以借此对更多被怀疑的对象进行甄别时，却接到一个噩耗，那就是张九红突然打来电话说，她曾经能够看透的许多命运线，都陷入模糊，有的甚至开始断裂。

这让我们大为吃惊，张九红作为张家她那一代血脉浓度最高的传人，或许是击溃意识世界入侵的一个重要人物，而她作为能部分看透命运线的人之一，在旺达释比已经死亡的现在，其重要性可想而知。

可现在，她居然说这个世界的命运，渐渐被迷雾笼罩，天机混淆，无法看透，这是否意味着意识世界的大规模入侵即将开始？这是它们对我们的反击？

命运线的本质，犹如佛家说的真如缘起，也就是一切的因果的起因，顺着这条线，能看透过去，知晓未来。如果这条线断掉了，未来或许会变得模糊不清，再也不可预测，最坏的情况，甚至会因为未来的改变而影响现在。

这是一种极为古怪和违心的概念，一般认为改变过去可以改变现在，改变现在才会影响未来。这种认知认为时间是线性的，犹如被一条线贯穿，改变前面的节点才会影响到后面的，有先后顺序。

可如果按照命运线的说法，贯穿的时间实际上更像是一个不规则的立方体。因为两根命运线交汇就有可能形成一个平面，让时间的线性彻底改变。无数的命运线彼此交汇，最后形成的维度比平面要多出一个，犹如三维立体，改变其中一个节点，不仅会影响被改变的这个节点的“未来”，还有可能影响到这个节点的“过去”，甚至是节点附近类似的其他节点。

所以当部分病人的记忆在清醒期被不断重置时，肖蝶以为这是记忆被“回溯”了，但实际上被回溯的是这个人的命运线，而这种回溯很可能会影响更多人和更深远的事。

就像在湖面投下了一块石子，哪怕石子已经沉下去，湖面上的涟漪还会持续一段时间。

我们终于感觉到了不对劲，或许古神以及意识世界的纯意识生命体，根本不在乎这些入侵到现实的异类是否会被找出来。相反，在某种程度上说，他们是鼓励被找出来，然后以主动送死一样的方式，让自身的意识很快消散。

“他们这样做的目的不是为了入侵，更像是来自杀的。”在眼睁睁看着几十个病人变成植物人后，肖蝶对我们说。

或许是在印证这个猜想，接触过那个诡异的VR游戏的玩家群体中，居然开始出现不少主动自首的，即使对他们的抓捕已经停止。到最后，这些自首的玩家中有不少开始用一种匪夷所思的方式自杀。他们能控制身体，停止呼吸，不借助任何外力和工具憋气死亡。

而死亡后的玩家，虽然没有像之前那几个盗墓者一样变成干尸，可依然有一个共同点，那就是眼睛充满了血丝，而且极度朝外凸出。

在动物界，有一种叫作旅鼠的老鼠，一旦它们的数量超过一定限度，超过了当地环境的承载量，旅鼠就会成群结队地跳入大海自杀，直到族群数量恢复到正常的水平。

可我们从来没有想过，这些侵入人类世界的异类，居然也会这样做。

一开始我们以为他们的自杀是想要掩护自己更重要的同类，直到大部分被我们认定的异类陆续死亡后，我们才反应过来，这或许和张九红所说的命运线断裂有关。

这些异类的死，很可能是造成命运线开始混乱的原因，他们知道自己肩负的使命。这根本不是一群入侵者，而是一群义无反顾的敢死队。

他们求死的目的，就是让命运线不再能被人看清，从而掩盖真正的意图。或许这些异类的灵魂在意识世界内，也占据着一些关键的节点，他们的存在牵扯到一些玄妙的东西，只有他们来到这个世界死亡，让意识彻底消散，才能了断一些因果。

大致想明白了这一点，我们却无法看透意识世界下一步到底要干什么。而江口沉银遗址的挖掘工作，也不太顺利，目前被挖掘出来的都是一些大西国的文物和大量的银块，和七杀碑相关的东西，半点影子都没有看见。

遗址现场也从来没有蛇侍出现的痕迹。当初那条蛇侍的出现，像是故意在等我和敖雨泽一样。

由于暂时找不到头绪，敖雨泽又接到命令被调回总部内查另外一起神秘事件。据说 JS 的残余势力又被人组织起来，正在进行某些危险的实验。

我反倒是闲了下来，利用这段时间决定和姐姐回一趟老家。姐姐结婚好几个月了，本来早就应该和姐夫一起回老家看看，正好这次有我陪着，也就顺便一起了。

二〇〇八年以后，四川投入了大量资金进行基础建设，除了一些极为偏远的山区，村村通公路的目标基本已实现，通车公路一直修到了我们老家的村子附近。而在以前，到了镇上还要走上好几个小时才能到村口。

只是我们老家在汶茂交界的岷山深处，位于两座大山之间的山谷中，公路只修到其中一座山的山脚下。不过这也怪不得他人，我们老家所在的是一个几百人的村子，将整座山打通隧道的代价实在太高。

最终，我和姐夫背着行李，姐姐挎着一个小包，沿着山间的小道翻过山脊。往山下走的时候已经能够看到村子里的炊烟了。

这已经比之前省下了近三分之二的时间，而且我现在的体质比普通人好，并不觉得累。只有姐夫徐坤偶尔抱怨几句，但看到我背的行李重量几乎是他的一倍，还是咬着牙老老实实地跟在我和姐姐后面。

快到晚上的时候，我们终于到了村口。我有一年多没有回来过了，而且精气神和之前也有了点区别，所以当村里人看到我们的时候，愣了一阵才认出我和姐姐来。

我们不时和村子里的乡亲打着招呼。虽然和大家没有太多的共同语言，可这里毕竟是小时候生活过的地方，所有的童年回忆都在这里。

村子里没有基站，也就没有手机信号，但是前两年通了有线网络，家里安装了固定电话。我们到镇上就已经给家里打了电话，因此父亲早早地就等在村口迎接我们。

家里的状况比前几年好了许多。我大学毕业后，父亲就没有外出打工了，用这些年存的钱翻修了老房子，在村里也算是不错的了。

去年我和姐姐又都寄了一些钱回来，给家里添置了几件电器，房子也简单装修了下。姐夫到家后松了一口气，原本他以为这里是与世隔绝的山村，电灯就是唯一的电器。

随着这些年村子里的人出去打工，村里年轻人已经很少见了，大部分是老人和留守儿童。村里人在外面打工挣了钱，往往会选择在茂县的县城里买房将家里人接出去。

只是许多老人不愿意到县城里享福，情愿守着这一亩三分地在土里辛苦刨食。真要让这些老人去城里闲着，反而三天两头就会觉得不自在。

人老了，就更加舍不得离开老家，这或许就是落叶归根的传统思想。我的父母也是如此。几个月前姐姐结婚，父母来到省城，我和姐姐都曾劝过他们留下，毕竟省城里医疗条件更好。可两人不听，说是住不惯，又有雾霾呼吸不畅快，坚持要回老家。

到家后，看着高兴得一直合不拢嘴的父母，这阵子追查关于意识世界中的异类而有些憋闷的我也彻底放松下来。母亲张罗着晚饭，一共九道菜，是按照招待贵客的九大碗来制作的。

我和姐姐作为子女，自然用不着这么客气，可姐夫是第一次上门，我们也算是跟着姐夫享福了。作陪的还有家里一个远房长辈，从辈分上算，我和姐姐要叫他三叔公。

九大碗也叫作“九斗碗”，本来是羌族名菜，由于村子附近有许多羌族同胞，受此习俗影响，村子里招待贵客也都采用这样的形式。过去的九大碗是九种蒸菜，在村子里演变为上干盘、凉菜、炒菜和汤菜等九道不同的菜品，一般都是婚丧嫁娶或有贵客到来才会做。

九道菜光是从外表看，可能不觉得光鲜，甚至有些土气，可所有食材都是天然无污染的，味道很是不错。最终我们六个人吃下了大半，肚子都有些撑。

吃完了饭，姐姐和母亲收拾了桌子，去厨房洗碗，我们四个男的则坐在堂屋（相当于客厅）里聊天。姐夫明显有些提不起兴致，不过出于礼貌还是有一搭没一搭地和我们闲聊。

三叔公恰恰相反，或许是太久没有见到我这个后辈了，因此一直兴致勃勃的。后来不知聊到什么，他突然提到了余叔。

对于余叔，我的情绪一直十分复杂。他在我十二岁那年，对姐姐有过救命之恩，可后来却走到了我的对立面，最终在五神地宫中身亡了。而且当年还不过是个中年人的余叔，后来却成了一个被毁容、看上去苍老到极点的怪异老头，这之间他到底经历了什么，我不得而知。唯一可以确认的一点是，当年余叔早就对我不怀好意，试图拿我进行一次血祭，想要逆天改命，夺取我身上的金沙血脉，最后这一图谋被我父亲请来的旺达释比给破坏了。

当年旺达释比和余叔肯定交过手，最后旺达释比胜利了，只是这个过程，我只有一些模糊的记忆碎片。

不过这也可以看出，父亲应该不是简单的一个打工者，他能认识旺达释比，对于我们家族的血脉传承肯定是知道一些的。

甚至当年父亲还差一点和小叶子的母亲结婚，如果不是小叶子的母亲最后选择了叶暮然的话。真要说起来，我们这几辈人之间，或许早就注定了有宿命的纠葛。

“十几年前余仁贵还在村子里的时候，我就觉得这小子是个干大事的人，可我还是没有想到，他搬出村子后，居然成为了大老板。”三叔公唏嘘道。

我没有太在意，余叔当年早就加入了JS组织，而且身份地位都不低，以JS组织的实力，不知道多少大老板为了长生药要巴结他们，就算表现得再有钱也不算什么。

可接下来三叔公的话，差点让我冷汗都惊出来了。

“我上个月去我家小子那儿待了几天，你们都知道我家小子在茂县县城里混得不错，有天他请领导在城里最大的酒店吃饭，你们猜我看到谁了？”

“就是你说的那个什么余仁贵大老板吧？”姐夫徐坤懒洋洋地问。大概在他眼里，村里的老人看到稍微有点钱的人，都以为是大老板。

三叔公一拍大腿，说道：“不是这龟儿子还是谁？你们不晓得，这龟儿子现在拽得二五八万的，老子和他打招呼，他居然不理老子。”说完一副愤愤不平的样子。

“三叔公，我想你看错人了吧？我听说余仁贵去年已经死了。”我淡淡地说。这一点我完全能够确定，当时余叔的尸体就在我眼前，我亲眼所见，还能做得了假？

“谁说的？胡说八道！老子当年和余仁贵经常一起喝酒，还能认不到人？而且他龟儿子脖子上有一块胎记，看起来像个水雀儿，那就更不会是别人了。”三叔公瞪了我一眼，打着酒嗝很不满意地说。

我的心一沉。三叔公虽然为人粗俗，却从不说谎骗人，他既然认定上个月看到的人是余仁贵余叔，肯定就不会错。可余叔明明已经死了一年多了，怎么可能会在上个月出现在茂县？

我感觉一股寒意从脚底升起，始终想不明白中间到底出了什么变故。是余叔神不知鬼不觉地复活了，还是三叔公看错了？我当然是愿意相信是后者，比起死人复活来，后者的可能性要大得多。

“不过那龟孙子不认老子，老子最后还是找到办法确认是他个瓜娃子。”三叔公得意地说。

“您老是怎么确认的？”我给三叔公的茶杯里添了些开水，装作不经意地问。

“十多年前，这龟儿子离开村子前两天，偷偷去了我家隔壁的张寡妇家。那天老子刚好肚子疼，半夜起来解手，遇到这龟儿子从张寡妇家出来，背上还背了个崭新的背包。这龟儿子走得急，身上掉了东西都不晓得，最后被老子捡到了……”

我感觉呼吸都有些紊乱了。十几年前，又是余叔消失前两天，不就是我失去的那几天的记忆吗？那天晚上到底发生了什么？我只有一些关于血祭的模糊记忆，可具体过程和细节，一直弄不清楚。

我曾经也问过旺达释比，可每次他面对这个问题，都是一副不可说的态度，直到他临死前，都不曾告诉我那天发生的真相。

“你捡到的是什么东西？”我定了定神问道。

“一个好看惨了的金属盒子，有点像不锈钢，颜色是银色的。我本来以为很值钱，后来拿去卖，别人说不清楚是啥子金属的，只肯给几块钱，后来我就丢到家里没去管了……”

“活性金属。”我在心底暗暗地念叨了一句。

这种金属极为稀有，里面添加了时光之沙的成分，不仅极为坚固，而且装在盒子里面的东西会始终保持新鲜，就像盒子内的时间停滞了一般。

敖雨泽说铁幕曾做过一个极端的实验，将一片新鲜的肉放入活性金属制作的盒子中，过了三年再打开。经过检测，那片肉和刚放进去时毫无二致，原本屠宰过程中沾染上的少量细菌反而完全消失了。

“然后你就问他关于这个盒子的事了？”

“是的，我就问这龟儿子，你那年从张寡妇家出来的时候，是不是掉了东西。你猜怎么着，那龟儿子眼珠子瞪得老大，然后还请老子喝酒，开的是最贵的茅台。”三叔公得意地说。

“那金属盒子你还他了？”

“那肯定啊，怎么说他都还是意思了一下。一个破盒子，不是金的也不是银的，估计是张寡妇给的定情信物……”三叔公嘿嘿地笑着，神色间带着说不出的猥琐。

如果三叔公真的确定他上个月见到的人就是余叔，那么事情的发展，好像越来越诡异了。难不成死人真的能够复活？

不，绝不可能，姬巧玉这样能够看透命运线的人，比起余叔来高明了不知道多少，可她花了三十年的时间，都没有找到让她死去的儿子复活的办法。余叔就算是古蜀王朝鱼凫一族的后裔，也不可能拥有死后复活的神通。

那么真相只可能有一个，就是一年多以前在五神地宫中死的不是余叔，当时的尸体早就毁容了，余叔当时不过是诈死来脱身，以此躲避铁幕的追杀。

而且之前敖雨泽提到过，她要回铁幕执行一项任务，这项任务和 JS 组织的残余势力有关。如果这么分析的话，能收拾 JS 组织残局的人，很可能是余叔本人了。

“真是想不到，你居然没死。”我在心底喃喃地说，脑子里不由自主地闪过睡梦中无数次出现过的身穿黑袍、脸上戴着黄金面具的巫祭的身影来。

那是我儿时的梦魇。一年多前，我以为自己亲手将这个梦魇终结，可现在看来，他不过是暂时蛰伏，等待着更好的机会。

“余仁贵真的没有死？”一直在旁抽着旱烟没有吭声的父亲突然问道。

“真的没死，那龟儿子还给了我一万块钱，我才把他丢的金属盒子还给他。”三叔公强调道。

“天色不早了，我送三叔你回去。”父亲将旱烟的铜烟锅在地上磕了磕，倒出里面没有燃尽的烟丝，起身准备送客。

三叔公摇摇晃晃地站起来，一边朝门外走，一边说：“送啥子送，老子又没有醉……”

父亲还是坚持送三叔公回去，都在一个村里，也不是很远。只不过十多分钟，父亲就回来了。

深深地看了我一眼，父亲路过我身旁时轻声说：“康娃子，既然余仁贵没有死，那你就要多加小心了。”

我张了张嘴，看到姐夫还在一旁，也不是问的时候，就没有说话，点了点头表示知道。可不管怎样，我感觉关于十几年前的那件事，父亲知道的东西，要比我想象的多。

第十章

JINSHA ANCIENT SCROLLS

戮神钉

在家里待了几天，姐夫就闹着要回去。毕竟在大城市生活惯了的人，来到偏远的乡村，一开始可能还有几分新奇，时间一长，就会感觉非常不习惯。

这几天也象征性地宴请了村里来往比较多的亲戚和乡亲，毕竟姐姐结婚的时候，多数亲戚不可能赶到成都参加婚礼。

这些亲戚主要以母亲这边的居多，我们杜家的亲戚其实很少。听父亲说，杜家从很多年起，男丁就十分稀少，基本上都是一脉单传，也不知道是不是血脉的缘故。

就在我们准备离开村子的前一天晚上，三叔公又来到我家里。这一次和他一起来的，还有一个和我差不多大的年轻人。

那是杜岩喜，是三叔公的小儿子。从辈分上讲和我父亲同辈，虽然只大我一岁，可我得叫他小叔。

小时候我常跟着小叔一起玩，当时关系挺好的，只是后来我去了成都念大学，一年就寒暑假回来两次，工作后联系也就更加淡了。

小叔在茂县的一个事业单位上班，也算是村里混得比较好的年轻人了，每次三叔公提到这个小儿子，都是一脸的骄傲。

可现在的小叔杜岩喜，不仅是被他父亲背着来的，而且精神萎靡不振，连走路都困难，仔细去看，甚至能看到他眉眼间隐隐透着黑气。

就算不是会望气的高人，这个时候也能看出小叔正霉运当头。

“小叔这是怎么了？”我问道。

“小康啊，这件事怪我，也和你有关。”三叔公一拍大腿，懊恼地说。

我心中一动，想到三叔公和余仁贵余叔接触过，难道说这件事和他有关？

“小叔这样子，和我有关？”我小心翼翼地问。

“唉，说来话长。昨天我又去了趟县城，后来有个人找上门来，说是余仁贵让我带一个盒子给你，还说千万不要私自打开……”

我大体明白了，三叔公这人没有什么坏心眼，可是好奇心却是不小。他虽然不会贪图余叔带给我的东西，可是绝对不会规规矩矩地按照对方的吩咐“不要私自打开”。

“你开了那个盒子？”我淡淡地问。

“这个……咳咳，我也只是好奇嘛，难道当老辈子的还贪图你们小娃娃的东西？那个盒子盖得很紧，我就让岩喜帮忙弄开，哪晓得盒子弄开后，竟然钻出来一条黑色的小蛇，一口咬在岩喜手上，然后那条蛇一下就不见了……”

我的心一沉，突然消失不见的小蛇？难道和意识世界中的生命体有关？之前确实有过疑似戈基人的野人伤人后突然消失的例子。

“如果只是被蛇咬了一口还好说，可是岩喜去了医院，医院什么病痛都检查不出来，人又越来越虚弱。到了晚上，还胡言乱语说是看到了鬼……康娃子，我晓得你小时候也常遇到不干净的东西，后来不是请了个端公来治？”

“你说的是旺达释比吧，半个月前，他刚刚去世。”我遗憾地说。

三叔公的脸顿时阴沉下来，看了看精神萎靡不振的小儿子，想要说什么，又一副犹豫不决的样子。

“叔，你到底要说啥，直接点。”父亲抽着旱烟，喷出一口眼圈说道。

“昨天我们从医院出来的时候，遇到了拿给我盒子的人，本来老子想要上去捶他一顿，哪知道这龟儿子还有点凶，差点被他打了。这龟儿子临走的时候还说，这个事情，要找你，说是喊你三天之内，一个人去村子后面的猴王洞。康娃子，这个余仁贵这些年也不晓得搞啥子鬼名堂，我看是来者不善啊，要不然我们先报警？你不要一个人去……”

听到村子后面的猴王洞这几个字，我的脑袋一阵恍惚。我老家所在的村子在两座大山之间的山谷之中，村子就建在谷口，村子后面才是真正的山谷，有五六公里长。

在山谷的尽头，是被当地人称为“猴儿山”的高山，海拔一千多米。

相传，猴儿山上曾生活着不少猴子，后来不知道什么原因，这些猴子都突然消失了，可这名字，却一直沿袭了下来。

在猴儿山的山脚下，有一个深不见底的山洞，山洞里面有不少岔道，更有地下暗河密布其间。据说山上猴群的猴王就住在这山洞中，山洞因此被称为“猴王洞”。

我之所以对这个山洞如此敏感，是因为是十几年前，我失去的那几天的记忆，就和这个山洞有关。

当时的余叔，把我骗到了猴王洞内，试图用一场血祭获取我身上的血脉。具体的过程我没有什么印象了，即使后来想起了一些记忆碎片，也大部分是和祭祀相关。

可现在，余叔居然再度要我去这个山洞，难道说得知旺达释比死亡后，他又故态重燃？可他现在应该知道，我不再是当年的我了。

不过说起来余叔还是挺有心机，他应该是了解三叔公的性格，所以设下这个局。他很可能知道三叔公会打开他带给我的盒子，然后被里面的黑色小蛇咬伤。

那条黑色小蛇，能够突然消失，可能根本不是这个世界的生命，也因此医院检查不出半点中毒的迹象。我看杜岩喜的样子，判断这种伤势很可能是精神上的，而不是身体出了毛病。

这种情况和阿华的遭遇类似，阿华在意识世界夹缝中的蛇神殿失去了一只手臂，当我们回到现实世界后，他的手臂还在，却完全没有知觉了，并且在很短的时间里干枯坏死。阿华受的伤，是基于灵魂的伤势，杜岩喜也应该是这样，中了蛇毒的不是他的身体，而是他的灵魂。

这样的伤势，在现实世界中几乎无解，就算是几个组织的强效恢复药剂也无济于事，或许只有余叔这个始作俑者才有解决的办法。

他一开始是想设计三叔公，知道我对这件事不会放手不管，只是没想到最后受伤的是三叔公的小儿子杜岩喜。不过最后的结果没有什么区别，只要确定了这件事与我相关，就算明知道是陷阱，我也不可能不管不顾。

“三叔公，你放心，我会去一趟猴王洞，看看余仁贵到底搞什么鬼。”只是稍稍思索，我就下定了决心。

三叔公点点头，递过来一个小巧的木盒子，盒子里面只有一张折叠好的纸张。我接过盒子，发现盒子本身没有什么特别，里面的这张纸是张地图，确切地说是一张手工画的草图，看样子是地下的洞窟路线。

“就是这个盒子，我当时怎么都没有想到，里面会钻出一条蛇来，咬了人又消失不见。”

“这张图应该是猴王洞中的路线图，看样子是要深入猴王洞里面很远的地方。余仁贵到底想要干什么？”我喃喃地说，想起不时在我脑子里闪过的记忆碎片，对我来说那是一场无比恐怖的噩梦。

“康娃子，你决定了？”父亲脸色凝重，在一旁说。

“是啊，爸，是福不是祸，是祸躲不过，这件事既然是因我而起，总不能眼看着小叔生命垂危却不管吧？这样就算三叔公不怪我，我侥幸躲过了这一劫，这辈子也不会开心。”

父亲点点头，眼中有一丝担忧，但更多的是欣慰。他眼里一直有些懦弱的儿子终于有了担当，哪怕依然没有什么出息，可这样的选择还是让他觉得骄傲。

将三叔公一家三口安顿好，父亲带我到了他屋里，掀起床上的被子，露出硬邦邦的床板。父亲在床头摸索了一阵，床板发出咔嚓的声响，父亲用力一推，一寸多厚的床板被推开，露出一个伪装得极好的地窖入口。

等空气对流了一阵，父亲让我帮他打着电筒，然后沿着木头梯子下到地窖里，过了好几分钟，才抱着一口漆皮快掉光了的箱子上来。

说是箱子，其实更像是一个木匣子，长度大概有五十厘米，宽和高都是十几厘米。

父亲关好地窖的盖板，当着我的面打开木匣，里面是被重重布匹包裹的棍状物。

借着屋里的灯光，我发现用来包裹的布匹上面，密密麻麻画满了符文，就连拴紧布匹的绳子上，都贴着一张符纸。

“这是什么东西？”我倒吸一口凉气，感觉到这东西肯定不简单，因为上面的符文，赫然是巴蜀图语写成的，和后世的道家画符用的云篆完全不一样。

这两年通过对古蜀文明的了解，我知道巴蜀图语很可能不是古蜀人发明的文字，而是某个更高级的生命体，也就是古蜀时期供奉的某个神灵所使用的文字。文字本身就具有一些神秘的力量。比如将几个特定巴蜀图语组合起来刻画在青铜兵器上，那么在同样的铸造工艺下，这些刻画了符文的兵器，要比没有刻画符文的兵器锋利和坚固至少三分之一。

世界上也有其他地方有类似的效果，比如将刀片放入埃及金字塔的一些特定位置一段时间，刀片会变得更加锋利。这种现象被称为“金字塔能”，已经引起西方不少学者的注意，出版和发表了几十本专著和上百篇论文。

巧合的是，金沙遗址也好，金字塔的所在也好，这些透着种种神秘的古文明，都存在于北纬三十度附近。

父亲一边解开包裹的布匹，一边说道：“现在你应该知道了，我们祖上是杜宇王朝一脉，后来鳖灵篡位，表面上说是杜宇王族禅让，连王族的姓氏也和我们先祖一样改成了‘杜’，可实际上也不过是一场在神灵干涉下的王朝更替而已。之前古蜀王朝更迭代代相传的金沙血脉，并没有传给鳖灵开创的开明王朝，自然是有原因的。”

“可是按照余叔所说，他的先祖应该是比杜宇王朝更早的鱼凫王朝。”我皱眉说道。

“之前蚕丛和泊灌，定都于今天的广汉，因此留下三星堆这样的古蜀遗迹。而鱼凫王朝建立后，王朝后期迁都到了今天的成都，其王宫就是今天的金沙遗址。实际上世上根本不存在正式的金沙王朝，这不过是鱼凫后期、杜宇和开明三个古蜀王朝的统称罢了。我们杜宇一族是打败了鱼凫获得了古蜀国的王位，也延续上古时期的仪式，剥夺了鱼凫传承的王族血脉中潜藏的力量，所以余仁贵恨我们这一脉也理所当然。可我们总不能因为老祖宗有不地道的地方就闭目待死，过了这么多年，不是我们的东西，也是我们的了。”

我第一次听父亲说出这样霸气的话语。是啊，这事儿都过了三千多年，就算我们身上的金沙血脉所拥有的力量不属于先祖，可现在也可以说这就是我们的，真要讲理的话，找三千多年前的老祖宗讲去。

这个时候，父亲终于将写满符文的布匹全部解开，露出一把古怪的青铜武器来。

真要说起来，这更像是一把加大号的军刺，所不同的是它是四棱的，并且没有血槽。这把青铜武器长约三十厘米，最宽处有两厘米左右，一头尖锐，一头平钝，没有把手，只在平的一端，有十厘米左右是容易握住的圆柱形，上面有防滑的螺纹。

在青铜武器上，刻画了不少巴蜀图语的符文，让这把青铜武器看上去多了几分神秘和古老的气息。

“这是什么……武器？”我接过父亲递过来的青铜武器，问道。

“确切地说，这不是武器，而是一颗钉子。”

“钉子？”我脸色古怪地重复了一句。

“这是杜宇王朝覆灭后，祖上唯一遗留下来的一件宝物。‘十年动乱’期间，你爷爷保护着这件宝物，没有让它被破四旧的‘红小将’拿去毁掉。十几年前我们家最穷的时候，我也不敢打它的主意卖掉它……”父亲有些唏嘘地说。

“这钉子如果真是杜宇王朝的时候传下来的，的确比较值钱，可要说是宝物，也太言过其实了吧？”

“你懂什么？当年的杜宇王朝覆灭前，王族请了全蜀国法力最高的几个巫祭，牺牲了大量信徒作为祭品，加上王族的血脉一起祭炼出来的，一共只有三枚。其中一枚被当时的王族对抗纵目神的时候用掉了，破除了蜀王纵目的诅咒；一枚被开明王朝的开创者鳖灵得到，十二世开明王借五丁力士之手用它杀死了巴蛇的肉身，后来它就被称为戮神钉。”父亲淡淡地说。

“戮神钉，能够杀死神灵肉身的钉子？这么说起来，还真是一件宝物。”如果换一个人给我说这样的话，我肯定以为对方是在胡说八道，可这话是从父亲口里说出来的，加上我是真的见到过巴蛇神遗留在人间的肉身遗骸，知道屠神并非不可能的事。

“为什么要我带上它？就算戮神钉能够杀死神灵，可是对余仁贵应该没用吧？”

“你真相信死人能够复活？”

“当然不，我曾见过一个极为厉害的人，可她努力了三十年，也没能复活自己的儿子。”我想起下场悲惨的姬巧玉，说道。

“这就对了，既然死人不可能复活，那么余仁贵肯定没死。我曾经听你爷爷说过，鱼凫一族就算没有金沙血脉的传承，但直系后裔还是有一种本事，就是能够利用鱼凫祖灵的力量，借命假死。当然，假死的条件也极为苛刻，而且有很大的后遗症，并且一生当中，只能使用两次，每次间隔都要超过十年。”

“之前旺达释比曾说过，他十几年前杀死过余仁贵。而一年多前，我在一座地宫下，也亲眼看到毁容后的余仁贵死掉。这么说来，如果余仁贵真的拥有这种假死的本领，他再死一次，就是真的死了。”我想起我们从五神地宫出来后，没有再去确认余仁贵的尸体是否还在，现在看来，这是一个极为不明智的决定。

“不错，就算余仁贵还活着，也不可能像以前那样假死逃遁。但是他身上有不少秘密，我怀疑很可能和古蜀时期的神灵有关，而你手中的这枚戮神钉，能够伤害到神灵的神魂。”父亲皱眉说道。

我点点头，问清了戮神钉的用法，发现这青铜钉需要配合血脉以及一段极为古怪拗口的咒语才能发挥作用。最为关键的是，这玩意儿居然要扎入对方心脏才能生效。

“感觉有点鸡肋啊。”我嘀咕了一句。看到父亲瞪了我一眼，连忙做出很是稀罕这枚青铜钉的样子。

将青铜钉重新用画满符文的布匹包裹起来，我回到自己的房间，有些头疼这玩意儿该放在哪里合适。

我灵机一动，在院子里找了一根鸡蛋粗细一米多长的竹竿，打通了三个竹节，将戮神钉放了进去。又用小刀削了一个木塞将竹竿封死，这样从表面上就看不出异状了。

休息了一晚，第二天，我带着竹竿和一些必要的装备，和父亲、三叔公以及小叔杜岩喜一起，来到了猴儿山脚下的猴王洞口。三叔公还提议多带些村子里的青壮年去，被我拒绝了。

三叔公带着一把不知道用了多少年的猎枪，能够喷出上百粒铁砂——村子附近没有狮子老虎等大型猛兽，除了皮粗肉厚的野猪——在山里也算是大杀器了。也幸好是在连公路都不通的山区内，要换了其他地方，光是这把猎枪就够他倒霉的了。

他之所以这么杀气腾腾，是因为这一晚小叔杜岩喜的状况更加严重了，连话都说不出来，整个人憔悴得像是被病痛折磨了几个月的病人。

“放心，我一定带回来医治小叔的办法。”我看了看黑黝黝的洞口，感觉里面似乎有什么东西在呼唤着自己。

“要不，我们还是一起进去，也好有个照应？”三叔公犹豫着说。

“不了，我了解余仁贵，他说让我单独一个人去，肯定是有原因的。如果我们一起进去，只怕反而会害了小叔。”我说道。

还好我的体质远超普通人，背着二十多斤的装备，也只是感觉稍稍有些沉而已，并不影响行动。

“这把猎枪带上吧，好歹也能防身。”三叔公将猎枪和一小袋子弹交给我。我犹豫了一下，最后还是接受了，将子弹挂在皮带扣上，猎枪则背在背上。

其实三叔公和父亲都不知道，在我的背包里，还藏着一把货真价实的枪，从外形上看和国内通行的九二式差不多，却是铁幕的技术人员改装过的，用的也是特殊的子弹，威力堪比有名的“沙漠之鹰”。

最关键的是，我身上还藏着一枚符文子弹，这种子弹的威力甚至比火箭筒还要大，当然也十分珍贵，还是临行前敖雨泽瞒着组织偷偷给我的。

我打开电筒，朝山洞里面走去，很快就看不到父亲和三叔公了。

猴王洞内比较潮湿，洞内六七百米的地方，就有地下暗河出现。其中更是有不少岔道，有的岔道狭窄得我不得不取下背包，自己要憋着气才能勉强爬过去。

我不时用电筒看一下手中的地图，生怕走错了岔道耽搁时间。还好除了这幅地图之外，我一直感觉冥冥之中有什么东西在召唤着我，而这种召唤从某种程度上让我确认了方位。

终于，大概了过了两个多小时，我到了地图标注的最后一个点，这是一堆乱石堆砌的地方。将石头移开后，出现了一个小小的山洞。

我弯腰进入山洞，山洞不深，二十多米。到了山洞另一头，周围一下子空旷起来，居然是一个地下湖泊的边缘，离山洞几米远的地方就是水。

我有些疑惑，按照地图的标注，目的地离这里还有几百米的距离，应该是湖心的位置。

用电筒四处照射了下，我在湖边发现了一艘小船。这是一艘简易的充气船，看样子比较新，应该不久前还有人用过。

我顿时明白过来，这艘充气船是留给我的。深吸一口气，我上了摇摇晃晃的小船，摇晃着木浆划动小船，朝湖心位置去。

还好，一路无惊无险，不过七八分钟，我就到了湖心。湖心有个小岛，我用电筒照了照，发现岛并不大，只有两三亩地大小。

上了岛，我才发现，这个所谓的小岛，本身地基不过刚刚露出水面，地基上面的部分，全部是白色石头堆砌而成。很明显，这里并非天然形成，而是人造的，并且从石台下方被水波侵蚀的痕迹看，很有些年头了。

附近山上并不出产这些白色石头，要将数千吨石材运入这山洞深处，尤其是在技术不发达的古代，所消耗的人力物力简直是骇人听闻。

在石台的中心，有一个两人多高的祭坛，祭坛的四个方向，都有石梯和一个青铜大盆，盆里装满了黝黑的液体。

我觉得周围的环境无比熟悉，这应该就是我十二岁那年，余仁贵想要用我来血祭的地方。同时在那个诡异的游戏里，也有一个关卡的环境是这个样子的。

感受到心底那股本能的害怕，我闷哼一声，将这种不良的情绪遣出脑子，高声喊道：“余叔，我来了，你不是要见我吗？”

我一边喊着，一边顺着石梯走上去。几个青铜火盆中的黑油燃烧了起来，即使不开电筒，借着火光也能看清周围的一切。

祭坛中间部分的石头慢慢旋转过来，转过来的一面正中是一把带着斑驳锈迹的巨大青铜椅子，在火光的照耀下闪烁着青光。

椅子的两个扶手用简单的线条刻出古朴的花纹，构成一只鸟的形状。鸟喙尖利和下勾，看上去十分英武，既像是雕类，又像某种鱼鹰。

这把青铜椅子很大，就是一个大胖子也能轻松坐下。只是现在坐在椅子上的并不是胖子，而是一个看上去干瘦到了极点——如果不是眼珠子在转动，几乎让我以为是一具干尸——的中年人。

这是余仁贵。看到干瘦中年人的第一眼，我就肯定了这一点，尽管他的面孔和十几年前比变化极大，和一年多前我看到的那个毁容的老人比也大不一样。

“你终于来了。”余叔说道。或许是太瘦了的缘故，他说话有气无力的。

“不是你让我来的吗？这应该是第二次了吧？”我淡淡地说。

余叔咧开嘴笑了笑，说：“我知道你想要什么。这个湖泊中产出一种叫作‘阴鱼’的白色鱼类，它们长年累月生长在暗无天日的溶洞里，眼睛已经退化。这种鱼身上的油脂经过提炼后，会变成黑色，这种油脂燃烧时产生的火焰温度很低，没有烟尘，在几千年前的古蜀国，是只有王室才能享有的贵重物品。这种油脂能够沟通阴阳，也能治疗阴蛇造成的伤势。”

“阴蛇就是咬伤杜岩喜的那条黑蛇吧？真是古怪的生物，能够穿梭两界。不过更让我吃惊的还是余叔你，我听说前几天你还是一副大老板的派头，怎么突然变成了这副鬼样子？”

“大多数时候，这才是我本来的面目，我每天正常的时间，不超过两个小时。假死逃遁，怎么可能不付出代价？第一次假死时，我全身溃烂苍老，变成上次你看到的样子；第二次假死，连溃烂的血肉都开始萎缩，最后变成现在这般形如骷髅。”余叔一边咳嗽，一边说。

我点点头，这才对，能够让一个人假死的方法，怎么看都不能轻易使用，肯定有严重的副作用。

“听说你们家族的传承力量，只能假死两次，我想这两次机会，都被你用过了吧？”我不怀好意地盯着余仁贵，如果可以的话，我不介意直接杀死他，彻底杀死。

“我现在不是你的对手，但你觉得我现在这样子，会怕死？死亡对我来说，就是解脱。”余叔淡淡地说。

“你还有什么后手或埋伏，怎么不叫出来？”

“你看这里的石头，都是珍贵的玉石，堆砌成山的形状。在我祖先的传说里，这里是真正的玉垒山。”余叔没有回答我的问题，而是用手抚摩着饱经沧桑的青铜椅子的扶手，说道。

“可是，为什么要强调是‘真正’的玉垒山呢？”

“因为世人以为的玉垒山，在今天的都江堰附近。其实那就是一座普通的山而已，不像这里是用玉石堆砌的。”

我不禁浮想联翩，余叔及其先祖鱼凫一族，为什么会在一个偏远村子后的山谷深处，花费巨大的精力在地下湖泊中用玉石建造一个人工小岛作为祭坛？难道说，这个地方有什么与众不同之处？甚至，杜家的先祖失去王位后，来到这个地方隐居，也是和这玉垒山有关？

“你一定很好奇我为什么一定要你来这里，甚至你都没有怀疑过，为什么你会突然想到最近回老家一趟。”

我脸色微变，的确，回老家这个决定，是我临时想起的，最后说通了姐姐，才让他们一起陪着我回来。

我从来不曾想过，这个决定，或许不是我自己做出的，而是受到了某种力量的影响，让我不知不觉在脑子里冒出这个想法。

果然这世上没有那么多巧合，很可能余叔在茂县县城里出现在三叔公面前，也是计划好的，就是不知道他用了什么办法让我做出了回老家的决定。

“其实我是一个必死之人，如果一年多前我承受了那次反噬之后，找个山清水秀的地方隐居，不再沾染任何和古蜀相关的因果，大概还能多活几年。但是现在，我只剩下不到一个月的时间了，有些事，必须做个了结。”

“比如说，我身上的血脉？”我冷笑着问。

“不，我需要了结的，是纠缠在鱼凫和杜宇王朝之间的命运线，或者说因果线。”

我心一紧，警惕地说：“什么意思？”

“你看，你其实一点都不明白，当年古蜀国之间的改朝换代，到底是为了什么。那不仅仅是王权的更迭，其本质是神权的变化。”

“我知道，古蜀五神嘛，轮流执掌神权。每一个古蜀时期的朝代，其实供奉的就是五神之一。”我说道。

“不，供奉五神这只是表面，不如说那是古蜀五神在盘剥古蜀人的信仰之力，借助古蜀先民的信仰来壮大自身。在古蜀五神眼里，古蜀人就是它们放牧的牛羊。它们最终收割的，不只是血肉，更重要的是信仰带来的精神力量以及死亡后的古蜀人的灵魂。”

“所以古蜀国的国王一方面依靠神灵的力量获得长生，一方面又恐惧或者说厌恶着神灵蛊惑自己的子民。也正因为如此，当时的王室其实都在暗中准备着‘屠神’。君权和神权，虽然偶尔会同流合污，可本质上还是对立的。”我想了想，说道。

“其实最主要的，还是因为‘源血’。古蜀国的王室一直流传的血脉，归根到底都是同一种，不管这血脉被你们称为金沙血脉也好，神之血脉也好，其实都是最古老的源血，是属于比古蜀五神还要早的一位古神的血脉，而且这个古神的名字你肯定听说过，甚至大多数国人都知道它的存在。”余叔的脸上，保持着嘲讽的笑容。

“你是说世界的本源意识？”我想起之前我们调查的干尸事件，查到最后，肖蝶从异类的精神世界里看到的，是类似盖亚意识的存在。

“是，也不是。本源意识本身没有任何思考的能力或者记忆，就像一个徒有巨大力量的呆板程序。确切地说，那是世上第一个融合了本源意识的真正的神灵，本来它能够做到全知全能，将自身融入时间长河之中永生不灭，只可惜最后功亏一篑，出了点小差错，导致它不得不继续沉睡，也才有了后续五神的诞生。实际上五神，不过是它沉睡时的五个化身，只是各自有了独立的意识，不愿意被本体重新收回去。你知道为什么古蜀五神之中，以巴蛇神的力量最为强大吗？那是因为巴蛇神从形体上说，最接近那个伟大的古神。”

“和巴蛇神形体类似……人首蛇身，那个古神难道是女娲或者伏羲？等等，女娲是传说中造人的神灵，而伏羲创造的八卦号称能尽览物性、穷探天理、洞悉人事，也符合全知全能这一点，你说的古神，应该是指伏羲？”我说道，同时想起在江口沉银遗址的岷江水底，还看到过伏羲女娲交尾石雕。当时我对此不是很在意，却没有想到伏羲这个传说中的人文始祖身上，还有更多的秘密。

“巴蜀图语是根据伏羲创造的八卦穷尽时间长河中的命理而创造出来的，这种图形文字从诞生开始，就具有延伸到不同时空节点的威力，所以也被称为神之文字。而你们一直在争夺的用巴蜀图语写成的《金沙古卷》，其实真正的名字叫《伏羲秘卦》。想来你们也都知道，这三册古卷诞生的年代要早于整个古蜀国，根本就不是金沙王朝时期写成的。我想这一点作为金沙王朝开创者的鱼凫一族，也最有发言权。”余叔说道。

“那么你让我来此，就是为了告诉我关于《伏羲秘卦》的真相？”

“当然不是，我早说了，我是为了斩断鱼凫和杜宇两族的命运线啊。之前换血和祭祀都失败了，鱼凫一族已经失去了最后的机会，那么只有彻底斩断两族之间的命运线，鱼凫一族的祖灵才能真正安息。我想，你一定带了那件武器吧？”

“什么武器？不知道你在说什么。”我的心猛地一跳，难道余叔看出了我手里的竹竿中藏着那枚戮神钉？

“我能感觉到它的存在，毕竟那可是重创纵目神和杀死巴蛇神肉身的神器。你的父亲大概没有告诉你，这件神器诞生的时候，除了被用来血祭的无数信众，还包括了大量鱼凫一族的族人吧？”余叔淡淡地说。

我本能地感觉到，余叔应该没有骗我。手中的戮神钉，本身就是一件血淋淋的武器，它的诞生绝对算不上光彩。

“你要了断鱼凫和杜宇之间的命运线，到底是为了什么？别说什么让祖灵安息之类的话了，将祖灵视为全部寄托的你，可能巴不得自己的祖灵代替五神之一吧？”

“你还没有感觉到吗，它们已经动手了，许多和你们有关的命运线都开始断裂，命运会变得模糊起来。当所有的命运线被斩断，就意味着所有人的命运，将迎来一次重塑的机会，可最终命运塌缩重塑成什么样子，却不是我们这个世界的人说了算的。而渐渐变得模糊的命运，即使《伏羲秘卦》被完全解读出来，也不能阻止所有人命运被重塑的恶果。而我了断两个王朝之间的因果，也就意味着这个因果有可能被重塑。或许在另一条历史线里，杜宇王朝没有取代鱼凫，而属于鱼凫一族的神血，也不会被剥夺。”余叔脸色古怪地说。

听余叔的口气，如果能解读出《伏羲秘卦》，就意味着能够打破这种命运，那么需要怎么解读它？我们现在手里只有一部分残页，连完整的《金沙古卷》，或者说完整的《伏羲秘卦》到底是什么样子都不知道。

“可是，我为什么要听你的？救治杜岩喜的方法我不是已经有了吗？为什么要牺牲另一个时空中我的先祖？”我冷笑道。

“但你没有解除你身上鬼脸蛇鳞的方法。”余叔淡淡地说，“不管是你还是敖雨泽，被鬼脸蛇鳞缠上，就算现在一时半会儿没有事，可最终的结果，可能比受到反噬的我还要凄惨。你可以不在意自己，但是你真的能不在意敖雨泽？”

第十一章

JINSHA ANCIENT SCROLLS

逃亡

我怎么也没有想到，余叔所说的斩断鱼凫和杜宇两族命运线的方法，就是让我用戮神钉亲手杀死他。

不惜设下圈套也要让我回到老家的猴王洞，我原本以为是有重大阴谋，甚至在附近可能埋伏了众多人手，最后的结果却是在求死？

这未免太荒谬了，可是看余叔正经的表情以及坚定的眼神，完全没有开玩笑的模样。

“你真的是要我……亲手杀死你？”我脸色古怪地说。

“当然，而且要用戮神钉杀死我，只有这件神器才能斩断两族之间的因果和命运，在另外一条时空线，两族的命运就会被改变。这听起来可能对不起你所在的杜宇一族，可那毕竟是另一个时空的事，不是吗？”

“因果这种东西，怎么可能是说斩断就能斩断的？就算影响的是另一条时空线，可投影最终还是会对我们这个世界产生一些影响吧？”我冷笑道。

“的确如此，可前提是，意识世界彻底入侵现实世界，历史上无数种可能都塌缩成最接近意识世界的生命想要的方式。到了那样的末日，我们两族之间那点小恩怨和影响，就已经无关紧要了。”

我突然想起之前的黑桃J，他也希望我和敖雨泽亲手杀死一些人，而那样做的后果，是我们身上的鬼脸蛇鳞变得越发严重了。凡是被我们杀死的人，灵魂都不会消散，反而会让我们身上新长出鳞片来，被杀死之人的怨念和灵魂就被禁锢在新长的蛇鳞上。

“你不会是想让自己成为鬼脸蛇鳞诅咒的一部分吧？”我警惕地说，觉得这其中肯定有什么阴谋。

“如果你是用别的方式杀死我，的确会这样。可戮神钉是一件极为特别的法器，可以说是人间铸造出来的唯一能屠神的神器，这样的神器杀死的人会彻底形神俱灭，不可能成为诅咒的一部分。”

这样的说法倒是和父亲曾提到的类似，戮神钉号称连神灵的肉身都能杀死，其精神也会被重创，神灵尚且如此，人类就更不用说了，的确不可能还留下什么怨念化为诅咒。

最终，余叔还是说服了我，我按照余叔的吩咐，将那枚戮神钉钉入了他胸口的心脏位置。

除了那句“你可以不在意自己，但你真的能不在意敖雨泽”的话打动了我，更重要的是，余叔还透露出了一个秘密，是关于世界树组织的。

这个组织的确得到过世界树，也就是青铜神树的残枝，也因此而得名。可是这个组织真正信奉的神，却是一个源自美洲玛雅人的神灵。

这当然是一件挑战我想象力的事情，明明世界树组织是和古蜀文明有着深厚联系的国外组织，什么时候开始又和八竿子打不着的玛雅文明扯上联系了？

“羽蛇神。”余叔临死前没有多说，只说出一个名字，这是玛雅文明中最重要的神灵之一。

巴蛇神，羽蛇神，我不得不将这两个同样有着蛇类形态的神灵联系起来。如果说当年的古蜀五神的影响力并不局限于古蜀地区，而是沿着北纬三十度线辐射到了遥远的美洲，似乎也有那么一丁点可能。

尤其是国内的学者还有一种说法，就是古蜀国灭亡后，其后裔是逃到了美洲，在那里帮助古印第安人建立了玛雅文明。

原本我以为这完全是没有任何根据的胡说，可我随即想到秦峰消失的地点，是美洲的洪都拉斯，而洪都拉斯的科潘，正是美洲的玛雅文化的起源地之一。除了金属铸造外，其文明的发达程度丝毫不在三星堆和金沙的古蜀文明之下。

还有一些研究玛雅文明的学者认为，玛雅文明之所以没有出现过金属器具，不是他们无法冶炼和铸造金属材料，而是他们的信仰视金属为魔鬼的产物，神灵最厌恶的就是金属。

这是一种极为有趣的现象，将金属器具视为禁忌，这似乎又和古蜀人渡海后帮助印第安人建立玛雅文明的说法相互矛盾。毕竟古蜀人最擅长的就是铸造青铜器，其工艺比同期的中原文明还要稍微先进一点。

不过如果古蜀人曾使用戮神钉这种青铜铸造工艺集大成的武器杀死过神灵的肉身，那么玛雅文明不喜金属这种说法就能勉强说通了。

羽蛇神应该是巴蛇神的意识在当地显圣被虚构出来的神灵，实际上是没有肉身的。

而被戮神钉干掉肉身的巴蛇神，在降下的神谕当中，自然对青铜以及类似的金属表现出厌恶，甚至带着一丝恐惧。

在此影响下的玛雅文明，的确有可能点歪了科技树，尽管在算数、历法上获得超越同期文明的成就，却在基本的金属冶炼铸造上完全没有发展。

不过我依然对古蜀国覆灭后，古蜀人跨海前往美洲的说法有些不信。依照当时的技术条件，就算古蜀人占据着青铜冶炼技术的巅峰，甚至还打造出地下辉煌的青铜之城，可要说能跨越太平洋去往美洲，怎么看都觉得太夸张了一点。或许影响玛雅文明的仅仅是巴蛇神等神灵的意志，古蜀人不过是像其他覆灭的王朝一样，成为新的统治者麾下的子民，最后被同化。

像我们杜家和明智轩所在的明家，甚至眼前的余叔，现在不都是被认为纯正的汉人了吗？可我们这几个人的先祖，却无一例外是古蜀先民，而且还是极为重要的王族。连王族的后裔都还留在四川境内，其他平民就更不可能前往美洲了。

余叔用自己的死换取了鱼凫和杜宇两个王朝的命运线的斩断，与此同时，我也得到了解除鬼脸蛇鳞的方法。

命运线是一种十分玄妙的东西，实际上和佛家说的因果线有异曲同工之妙，但在细节上又稍有不同——命运线所牵扯到的人或事，不一定是互为因果的。

这是一种超越了时间和空间的虚无之线，大概只有十亿分之一的人能够通过特殊的方式观察到，所以世上大多数自称能给人算命的人都是骗子。寥寥可数的那几个能够看透命运线的人，也不可能摆摊给人算命。

这种虚无之线更像是某种诡异的时空弦，或许将来科技和数学理论发展到了某个程度，能够建立出数学模型来描述或推算出这种“弦”的存在。可现在，它还只是一个存在于极少数人口耳相传的传说之中。

和命运线相对立的，还有一种近似佛家讲的“业力”的东西，那是灵能纠缠。灵能纠缠最突出的一个例子，是带着极深执念的人死后，会纠缠到造成这些人死亡的人的命运线上，从而改变或影响这些人的命运。

如果这种纠缠在现实世界显化出来，其表现就是诅咒。我和敖雨泽身上所中的鬼脸蛇鳞，就是这世上最厉害的诅咒之一。因为这是神灵下的诅咒，如果不是我们两人身上同样有着神之血脉，估计早就被爆发的诅咒给化为干尸，甚至形神俱灭了。

在蛇神殿的时候，虽然巴蛇神不是死在我和敖雨泽手上，可是巴蛇神的死，却和我们脱不了关系。如果我们不去寻找七杀碑，接触七杀碑中蕴含的数百万人死后执念所化的怨气，这诅咒还不一定出现，可我们偏偏在有心人的引导下这样做了。

这个有心人并不是最初给我们看照片的李老，他当时只是偶然想到这个问题而已。或者说是有人拨动了他的命运线，让他不自觉地将那几张古老的照片拿给我们看，从而让我们对七杀碑产生了兴趣。而能做到这一点的，肯定不是普通人，甚至连可以看透命运线的姬巧玉都做不到。有这样能力的，除了神灵本身，我估计就只有秦峰的父亲，那个当初随手一击就杀死他亲弟弟秦振豪的中年男人。而这个人，很可能就是意识世界中真正的统治者，在那个世界中力量已经接近神灵本身。

谁也不知道他为何会拥有这样的力量，估计就算是古蜀五神的全盛时期，在意识世界里也不过如此。这样的人也幸好存在于在意识世界中，如果在现实世界里能够调用同样的力量，无异于一个能行走的核武器，光是他一人就能对现实世界造成巨大的威胁。

暗中在我和敖雨泽身上下了这个诅咒，当然不是简单地要我们死，很可能是我们身上有什么他可以利用的东西，并且需要我们活着才有用。而除了我们共同拥有一半的金沙血脉，我还真想不出有什么能让这样的大人物看上眼的。

余叔告诉我的解除鬼脸蛇鳞诅咒的方式，其实说起来十分简单，就是斩断和诅咒相关的因果线。而这需要我们找到当年被张献忠屠杀的数百万冤魂共同的寄托信物，也就是七杀碑，然后将之彻底毁掉。

如果只是这种暂时无法验证真假的方法，我是不会轻易相信余叔的，关键是随后他使用了一种匪夷所思的方式，唤出了受损严重的鱼凫祖灵，将我背上的几片蛇鳞暂时封印起来，制止了蛇鳞继续扩大。

按照余叔所说，在他死后，也就意味着鱼凫一族再无族人，鱼凫祖灵会失去栖身之所，在短时间内消散。可它消散之前，能够分出一部分力量作为封印，暂时隔绝诅咒的力量。

尽管一直以来我没有感受到诅咒对我和敖雨泽造成大影响，可我心里本能地知道，如果任由这诅咒扩大，到时候我和敖雨泽的下场不会比受到反噬的余叔要好。

余叔死后，他的尸体在我眼前彻底干枯，然后化为灰烬，只在青铜王座上留下一个依稀的灰黑色人形痕迹，这是余叔留下的最后的痕迹。他曾在这里试图夺取我的血脉，可最终他自己被钉死在青铜王座上。

也不知道是不是错觉，我总觉得杀死了余叔的戮神钉，似乎变得更有灵性了一点，就像它吸收了余叔的全部血肉甚至灵魂。

临走的时候，我用身上带的保温杯装了一杯青铜盆中的黑色油脂，还好这看上去黝黑无比的油脂没什么异味。

两个多小时后，我出现在洞口，父亲和三叔公他们已经望眼欲穿了。

我给杜岩喜喂下黑色的油脂，很快，病恹恹的杜岩喜开始呕吐，黑色的油脂被他重新吐了出来，所不同的是油脂中有一条三寸多长的半透明小蛇在不停挣扎，似乎还想钻回杜岩喜体内。只可惜那油脂极为黏稠，它的挣扎完全是徒劳。

我按照余叔临死前的吩咐，点燃了被呕吐出来的黑色油脂，半透明小蛇挣扎的幅度更加剧烈，最后被燃烧的火焰烧死，变成了飞灰消失不见。

接着杜岩喜吐出不少黄水，等胃完全清空了才停歇下来。虽然整个人依然憔悴，可眼睛里终于有了点灵性，身体也能动弹了，只用三叔公扶着他就能朝村子里走。

不过他看我的眼神，却有些恼怒，大概以为这飞来横祸是我造成的。

我没有在意，虽然小时候关系不错，可毕竟这么些年没怎么联系了，人情淡漠，如果他要记恨，也没有办法，何况这件事本身也可以说是因我而起。

“事情解决了？”我和父亲慢悠悠地走在后面，父亲问道。

“比想象中顺利，他不过是求死而已，只是求的是让我用戮神钉杀死他。”

“看来他果然对我们杜家了解得很深，知道我手里有这样一件传承下来的宝物。只是他主动求死，倒是有些奇怪。”

我没有提余叔口中那些关于命运线的话题，更没有说我身上还有一个古怪而神秘的诅咒。尽管父亲对于神秘的古蜀国知道的事情比我想象中要多，可作为儿子，我还是不想让他担心。

回到家后，已经是下午两点多钟了，草草吃过饭，我和姐姐、姐夫准备离开。

姐夫很是高兴，实际上前天他就暗中嚷着要走了，好在他现在也知道我认识了不少有势力的朋友，不敢太过造次，只在姐姐面前小声地抱怨，在父母跟前还是表现得笑呵呵的。

能做到这一点，我已经很满足了。姐夫这人就是有点小毛病，人无完人，也不可能要求太多。

父母当然还是有些不舍。父亲还好说，知道我现在做的事是和古蜀文明有关，母亲对此一无所知，只觉得我们这一走又不知要多久才能再见面。

直到我答应了今年春节再回来，母亲才打消了要我们多住两天的念头。

翻过山到了镇上，手机终于有了信号，还没等到上车，一连串的未接来电提示差点让我的手机崩溃死机。

我看了看来电记录，基本上都是今天的，有铁幕内部的一个联络号码，有肖蝶和明智轩的，但更多的是谭欣然的。

我的心一沉，这么多人找我，还不止一次，到底出了什么事？我不禁后悔这两天就算手机没有信号，好歹也应该将微信打开，家里还是安装了无线路由的。

不过现在想这些也晚了，我先是拨通了明智轩的电话，打过去后是明智轩心急火燎的怒吼：“杜小康，你死哪儿去了？你知不知道，雨泽出事了！”

我顿时紧张起来：“她怎么了？诅咒发作了吗？”

“她失踪了，而且我也被铁幕的人监视起来，估计是想趁她联系我的时候逮捕她。”

“逮捕她？为什么？”我莫名其妙地问。

“铁幕的人没说，但是谭欣然给我透露了点消息，可我宁愿相信这是谭欣然在开玩笑……”

“她都说什么了？”我感觉到了不妙。明智轩作为一个和铁幕交好的家族的直系子弟，铁幕连真相都不愿意透露，那么事情很可能真的有些严重了。

“她说，敖雨泽和叶凌菲一起合作刺杀了铁幕的首领，然后逃跑了！”明智轩在电话里苦笑着说道。

“什么？这怎么可能！”我不由自主地提高了声音。就算听到再劲爆的消息，我也不可能如此吃惊，敖雨泽作为被铁幕从小收养培养的人，居然会做出刺杀首领的事？并且还是和叶凌菲一起，虽然现在控制着叶凌菲身体的并不是她本人，而是秦峰来自意识世界的妹妹。

“还有更离谱的，和敖雨泽一起刺杀了铁幕首领的两个小时后，叶凌菲又独自刺杀了真相派的头目‘大王’。现在两个组织都在通缉两人，可她们也算是神通广大，居然没有留下任何线索。”

“我想，我很快就要被铁幕监视起来吧？甚至，有可能铁幕的人已经在赶来的路上，最多再过一两个小时，铁幕的人就要到了。”我阴沉着脸说。

这个时候，我听到了螺旋桨的声音，接着两架直升机出现在了天边。之前有远处的高山挡着，我并没有发现，反而是先听到声音后看到直升机，和雷电相反。

“看来要不了那么久。铁幕的人已经到了。”我喃喃地说。

我想了想，将手中的竹竿交给姐姐，那里面有家族传承的戮神钉。

“小康，怎么回事？”姐姐急促地问。

“没什么，有个朋友出事了，我要去调查一下。”我没有说来的人是想抓我回去做诱饵。如果敖雨泽真的看重我的话，或许会回过头来救我。

现在的我也不敢反抗，毕竟我的家人就在这里。放在平时铁幕或许还会讲道理，可失去了首领的铁幕就像一头没人控制的怪兽，谁也不知道这个节骨眼上组织内部有没有首领的心腹借机发疯。

我取出敖雨泽送我的符文子弹，趁其他人不注意，咬牙吞进肚子。以符文子弹的坚固，胃酸应该无法腐蚀它。而体质远超常人的我，能勉强控制肠胃蠕动将子弹重新吐出来。

一架直升机悬空停着，另一架则在停车场的一处空地上降落，从里面钻出几个身穿中山装戴着大号黑框墨镜的年轻人。

这幅打扮极为古怪，我知道这是铁幕的战斗人员。如果单挑，或许他们不是我的对手，可几个人一起，加上手里肯定有犀利的武器，我估计自己打不过他们。

更何况，我心底隐隐升起极度危险的感觉，这危险来自悬停的直升机。我感知到有人用疑似狙击枪的武器瞄准我的脑袋，枪中的子弹，很可能是威力巨大的符文子弹。

这样的子弹打在身上，就算我有神之血脉也不顶用，自身的恢复力根本赶不上符文子弹的破坏力，甚至被一枪爆头的可能性也不小。

“杜小康，刚才你和明智轩的电话我们监听到了，事情你也大概了解了。现在，你需要和我们走一趟。”一个身穿中山装的年轻人冷冷地说。

我点点头，没有多说废话，直接上了直升机。

从汶茂交界的地方返回成都的铁幕总部，乘坐直升机不过才一个多小时。当我回到总部时，发现这里已经乱成一团，警戒程度比之前提高了好几个等级。

最终我见到了组织的临时负责人，一个三十多岁的年轻人，这是首领的养子铁旭安，首领培养的接班人。

这是我第二次见到铁旭安，上次见到他还是我刚晋升为铁幕核心成员的时候。当时是他亲自接见的我，简单说了说下铁幕的理念，属于组织中真正的大人物。

想想也是心酸，对方顶多比我大十岁，已经是一个庞大组织的接班人了。现在首领死去，只要成几件大事提升威望，这位置自然也就巩固下来了。

其实对于首领的死我本身没什么感触，毕竟我和他也不是很熟悉。我真正担心的是敖雨泽。

我相信敖雨泽不会突然下手杀死首领，要么是她被人陷害，要么就是被人短暂控制了。

从叶凌菲也一同出现这一点看，我更倾向于是后者。现在的叶凌菲作为意识世界中那个拥有巨大力量之人的女儿，很可能掌握着一些我不了解的秘术。

这些秘术应该不会有什么物理层面的破坏力，针对的是人的精神。如果以平日里敖雨泽坚定的意志力，或许还不会中招，可现在的她受到鬼脸蛇鳞的诅咒，就难说了。

“我虽然也不明白为什么敖雨泽会背叛组织，如果不是真相派的‘大王’也被杀死，我简直要怀疑她被肖蝶策反。我知道你和敖雨泽的关系，我不指望你说出她的下落，但我相信，用你当饵，应该能钓她出来。现在你有两个选择，一是主动配合组织诱捕敖雨泽，至于第二种，就不那么温和了。”铁旭安盯着我看了十几秒，可他还是差了点威望，没有首领给我那样大的压力。

“我选第二种。”我淡淡地说。从打算束手就擒被带到总部来，我就知道这件事不可能善终。可是要我违背本心主动诱捕敖雨泽，这是我无论如何无法做到的，哪怕是演戏也不行。

“很好。”铁旭安的脸上，露出一个果然如此的笑容，这笑容带着几分残忍，“其实，我也希望你选第二种。”

很快，两个特工人员上前，将我双手反铐在背后。手铐是用活性金属制作的，看上去十分漂亮，当然，坚固程度也超越世上任何一种合金。要是换成普通的手铐，以我目前的力量，费点力气就能挣脱。

接着另一名特工给我戴上脚镣，脚镣上还拖着一个至少二十公斤重的铅球。这样的装置，完全是用来对付最危险的罪犯用的。

这名特工又用针筒给我的静脉中注射了一种淡紫色的药剂。药剂注射后不久，我感觉身上的力量开始退缩，最后退缩到了普通人的水平，和一年多以前血脉力量激发前差不多。

“这是血脉抑制剂，不管是源自哪个神灵的血脉力量，都会被暂时抑制。现在的你，就是一个普通人，所以不要想着逃脱，这里随便一个保安人员都能轻松击倒你。”铁旭安坐在宽大的椅子上，淡淡地说。

我被两个特工带走，一路上我感觉身上的力量，并没有如铁旭安所说被完全抑制，反而开始一点点恢复。尽管恢复的幅度十分低，按这个速度可能要一天左右才能恢复到正常的状态，但这毕竟是个好势头。

我被带到一间打造得十分结实的囚室，四周的墙壁嵌有至少十厘米厚的钢板。囚室只留下一个脑袋大小的窗口，窗口上装有防弹玻璃，方便外面的看守随时查看状况。墙角也有好几个摄像头监视着我的一举一动。

十分艰难地扭动着手臂，随着骨骼噼啪作响，被反铐的双手终于放到了身前。可是手腕转动的时候，被手铐磨破了很大两块皮，鲜血长流。

我心中微动，刻意压制着血脉的力量，阻止伤口愈合，要不然监控室的人看到伤口在短时间内恢复了，肯定会联想到血脉抑制剂失效了。

囚室中除了一个马桶和一张放在墙角的棕垫，没有其他东西。我静静地躺在棕垫上一动不动，这样可以节省体力让血脉的力量快一点恢复。

“希望敖雨泽不会真的傻到上当吧。”我在心底嘀咕着，缓缓地闭上了眼睛。

时间过去了十几个小时，我身上的力量恢复了七成左右，尽管还是无法挣脱活性金属制作的手铐，可猛然发力的话，还是能挣脱钢材打造的脚镣。

不过这无济于事。随着我的敏锐程度渐渐恢复，我能感觉到墙角和屋顶的隐蔽区域，藏着好几个机关，如果我有逃离的举动，这些隐蔽的机关很可能喷洒出毒气或毒液。

以铁幕在这方面的研究，这些机关采用的毒气我很可能吃不消。

更何况就算毒气对我效果不大，我也无法打开厚实的合金大门，就是血脉的全盛时期也一样。

我估计除非给我一支狂暴药剂，我才有可能在短暂失去意识的情况下打破这个牢笼，不过那个时候的自己，却不一定有逃脱的心思。

算了算时间，现在已经是第二天上午了。正当我百无聊赖的时候，囚室大门上的小窗口被打开，一个餐盘推了进来。

饭菜很简单，两个馒头，一瓶矿泉水。不过还算新鲜，没有故意用馊掉的馒头来羞辱我。

我十分艰难地拧开矿泉水瓶，将瓶子凑到嘴边喝了一小口水。我的眼睛微微睁大，这瓶水中，竟然有狂暴药剂的成分，虽然不多，大概整瓶水里面溶解了约三分之一的狂暴药剂。

我装着不在意的样子，将馒头一口口吞下，然后小口地喝着水。

很快，我在馒头中吃到了一个硌牙的东西，我不动声色地将这小玩意儿含在嘴里，继续吃剩下的馒头。

吃完东西后，我装作休息的样子躺在棕垫上，背对着摄像头，悄悄吐出那枚硌牙的东西。那是一枚豌豆大小的珠子，珠子分为两半，中间盘着细如头发的金属丝，同样是活性金属制成的。

所不同的是，在分成两半的珠子上方，分别刻有三个细不可察的符文，这符文的力量，会让金属丝比同样材质的手铐坚韧至少三分之一。

这已经足够了。我用牙咬着其中一半珠子，拇指和食指捏着另一半，在手铐上来回拉动。仅仅几分钟时间，手铐就被金属丝划开了一道一厘米深的口子。

这个时候狂暴药剂已经将体内残余的抑制剂中和掉了，更是点燃了血脉中的力量，让我感觉到那股能够堪比神灵的力量在血管中奔涌。

由于药剂被稀释过，这股力量比第一次使用时的凶猛药性，要温和一些。尽管我心中开始充斥着杀意和戾气，但表面上还是能控制住，并没有完全失去理智。

“也许这才是狂暴药剂的正确用法，尽管被稀释后能激发的力量更低，可是能保持理智这一点，简直太重要了。”我心中暗暗想着，两个馒头和一瓶掺杂了狂暴药剂的水被全部吞下肚子。

感受着血脉的燃烧，我的眼睛变得微微发红，心脏大力跳动着，身上的青筋开始控制不住地跳动，这是血脉奔涌的速度太快导致的。

监控室的人大概也发现了不对劲，几个细小的金属管从墙角探了出来，喷出黄褐色的浓烟。我吸入一口，脑袋微微发晕，应该是强效麻醉剂。

我大吼一声，猛地发力，脚镣首先被挣断，但是手铐是活性金属制成的，即使之前被金属丝划开了一道口子，这时只是稍微被挣开了一些。我又连续发力了两次才彻底挣断。

时间已经不容我继续耽搁了，我后退到墙角，然后猛地朝门口冲过去。合金大门发出巨大的轰响，边框开始变形，巨大的反作用力让我全身疼痛难当。在狂暴药剂作用下，疼痛却让我兴奋起来，我再度用尽全身的力量朝大门撞了过去。

刺耳的警报声响起，大门终于被撞开，外面是一群拿枪对准我的保卫人员。

大概没有得到击毙的命令，这些保卫犹豫了一下。这片刻的犹豫让我抓住了机会，猛地扎入到人群中。由于动作太快，几个保卫很快被我重伤或打晕过去。

我毕竟不想和铁幕完全闹翻。虽然这几个人伤势严重，可铁幕肯定有救治的办法，不会致命。

根据自己的记忆，我开始朝地面的通道逃窜。一路上我击退了好几组拦截的人员，最后一组终于获得授权开枪。我的肩膀被一枚子弹击中，可弹头只钻入皮肤下约一厘米就被肌肉夹紧。在血脉被点燃的前提下，弹头很快被蠕动的肌肉挤压出来，仅仅是十几秒，这点伤势就恢复了。

抢下一把枪，打伤这几个守卫的手脚，我继续朝计划好的一个出风口逃窜。这个时候前方出现了一个戴着帽子的保卫，我正要动手，对方却压低了声音说："是我。"

那是一个女人的声音，是谭欣然。

"敖雨泽呢？"我急促地问。

"她怎么可能出现？跟我来。"谭欣然说道。

我跟在谭欣然身后，她将我带到她的实验室里。她换上自己的衣服，开始为我化装。

狂暴药剂的力量开始退却，我感觉身上传来阵阵虚弱，不过咬牙坚持住了。毕竟服用的药剂不多，后遗症也要轻得多。

我被谭欣然装扮成了一个护工的样子，她还细心地为我准备了出入的证件，更是让我背下了这个护工的身份资料。

"今天晚上肯定走不了，明天我以运送实验材料的方式带你出去。"谭欣然将我本来的衣服丢入一个小型焚化炉，消灭了一切痕迹后，说道。

"这里到处是监控，你带我过来的时候会不会被监控室发现？"

"放心，我早就提前准备了一段资料，有肖蝶帮忙，刚才监控室看到的是一小时前的录像。"谭欣然说。

"肖蝶也参与了？她在哪里？"我问道。

"办完了这件事，她应该去帮你们安排出国的路线了。你们两个现在在国内暂时待不下去，只有先避避风头，等这件事过去了再说。"

我苦笑道："组织的首领被刺杀，铁旭安要想掌控铁幕，第一件事就是为首领报仇。就算我们逃到天涯海角，他也不会放过敖雨泽。"

"你也相信是雨泽杀死的首领？"谭欣然问道。

"当然不，我觉得这件事很可能是控制叶凌菲的那个女人搞的鬼。我听肖蝶说，那很可能是一个迥异于人类灵魂的异类意识。"我说道。

"事情的真相只有等你们会合后再去查探了。现在两个组织都想要抓捕你们，而且就算这事是敖雨泽在被控制的情况下干的，可作为直接的凶手，铁旭安绝对不会放过她。双方之间几乎不存在转圜的余地，除非……"

"除非什么？"

"除非铁旭安下台，或者有其他更大的威胁到铁幕甚至世界安全的事情发生。"

"你是说意识世界真正的图谋？我倒是觉得，他们应该是想杀死所有能看清命运线的人，然后借助某种方式逆转因果。"我想起余叔当时说的话，意识世界的生命体，无非是想让意识世界彻底具现化为真实，从而替代现实。

面对这样的图谋和压力，就算铁旭安心中对敖雨泽的仇恨再大，也必须暂时放下，毕竟铁幕本身就不是个牟利的组织，它的建立是为了对抗意识世界的入侵。

铁幕的安保人员组成的搜查队，最后搜到了谭欣然的实验室里来。我甚至和几个搜查员都有接触，被反复核对身份。

估计谭欣然为我准备的身份是真实存在的，只是我假冒的这个助手，应该被谭欣然藏起来了，所以暂时没有露馅。

第二天，我和谭欣然带着大批的实验材料准备到她在地面的研究所去。当安保人员检查这些实验材料时，我才发现这所谓的材料，竟然是一具破败不堪的人的尸体。

我看了谭欣然一眼，见她依然一副云淡风轻的样子，顿时觉得这女人的神经太大条了。

“这个人是谁？”出了铁幕的总部，将装有实验材料的大箱子放入冷藏车后面的车厢，我问道。

“不就是你自己。”

“你是说，我扮演的角色，就是这个死人？”我心一跳，这疯女人该不会为了救我，故意杀掉自己的助手吧？我以为她只是把对方藏了起来。

“放心，他本来就有去死之道。这个人暗恋了我许久，本来我也是睁一只眼闭一只眼，可前两天他居然想要对我下药欲行不轨，这样的家伙，没你这档子事，我也不会放过。”谭欣然淡漠地说。

我的心脏不争气地跳动了几下，这疯女人果然不能以常理去猜度。毕竟是暗恋她的人，就算行为不妥，教训一顿也就差不多了，她居然将人杀了拿来做实验……

“他没死，或者确切点说，他的灵魂还被禁锢在这具残破的躯壳里呢。托他的福，最近的研究有了不小的进展。”谭欣然用小巧殷红的舌头舔了下嘴唇，露出一个极为诡异的笑容。

第十二章

JINSHA ANCIENT SCROLLS

出海

我被谭欣然藏在城西的一处老小区里。因为这个小区太老了，所以没有安装任何监控。

我估计这也是谭欣然将我藏在这里的原因。铁幕的某些技术极为先进，如果是在其他有监控的小区，我很可能被铁幕通过技术手段找到。

房子本身是明智轩提供的，里面水和食物十分充足，但房屋产权和明家没什么关系。明家在省城也算是有不小的势力，作为一个经历过大风大浪的家族，明家为家族子弟安排了不少退路，防止万一家族遭遇覆灭的危险时，家族子弟能有一线生机。

只是明智轩现在很可能也被铁幕的人监控，所以他只能通过极为隐秘的手段联系谭欣然，并为我提供了这样一处落脚地。他自己是不敢出面的，否则很可能暴露我的藏身所在。

在这处民居中，我还遇到了一个熟人——明智轩的保镖阿华。之前在蛇神殿的时候，他曾断掉一只手臂，现在安装了义肢。

按照阿华所说，这义肢虽然远远不如真人的手臂那样灵活，但里面藏着一些小巧的机关，在关键时刻能派上用场。

我委托阿华化装后接近我姐姐，从她手里拿回了那根藏着戮神钉的竹竿。我有一种预感，这根看似不起眼的竹竿，会在关键时刻派上用场。

阿华会动用之前当雇佣兵的关系，安排我出国，而敖雨泽会在边境等我。

我不得不默默接受这样的安排。随着铁幕和真相派两大组织的首领相继被刺杀，两个组织也是互相怀疑，很有点剑拔弩张的味道。因此找出敖雨泽这个“凶手”来，已成为两个组织最迫在眉睫的任务。

而我和敖雨泽虽然没有确定任何关系，可是以铁幕的神通广大，光是从上次我不顾一切地将敖雨泽从时光之沙的封印中救出来这一点，就能判断出我们两个到了可以互相为对方牺牲的地步。

而杀死真相派“大王”的叶凌菲，在两大组织看来肯定也和我交情匪浅，当初我之所以前往长寿村的雷鸣谷，也是为了救出叶凌菲。

只是谁也没有想到，我生命中除了亲人外最重要的两个女人，居然同时成为两大组织都想要除之而后快的人物。并且以她们和我的交情，除非有铁证能够证明两人都是被陷害的，否则铁幕和真相派也不会轻易放过我这个关键人物。

在这处民宅待了两天，我和阿华一起，出了省城，坐车一路向南。

路上我们至少换了三次车，每换一次连样貌也要改头换面一次，而且走的也大多是省道和县道，尽量不走高速，以免被发现。两天之后，我们来到了云南边境。

按照阿华的安排，我们将在边境偷渡出去，先到缅甸，然后转道去非洲躲一段时间。出了亚洲，三大组织的势力会弱上许多，要想找出我们来，就没那么容易了。

因为明家有做珠宝生意，和非洲当地一个占据了钻石矿的军阀有一些来往。我们会在这个非洲军阀的地盘待上一段时间，直到两大组织的首领被刺杀这件事过去。

我估计这段时间不会太短，很可能一待就是一两年，所以到了边境的打洛镇后，心情很是低落。

在打洛镇的第三天，我和阿华在一个线人的带领下，通过一个没有设检查站的山区，到达了缅甸的勐拉。

到了勐拉的一个小旅馆。小旅馆周围有不少揽客的妓女，阿华呵斥着想要拉人的年轻妓女，带我走了进去。我们订了两个房间。在房间里待到晚上，阿华说要去联系以前的老伙计，找点防身的东西做准备。

正当我独自一人在房间内等得百无聊赖的时候，敲门声想起。

我通过猫眼朝房间外看了看，是一个穿着当地服装，脸部用面巾裹起来的女人。

我将房门打开一条缝，皱着眉看了对方一眼，说：“这里不需要服务，你可以走了。”

“老板，很便宜的。”年轻的女人说道，声音有些嘶哑，可还算好听。

“真不需要，你找别人吧。”我不耐烦地说。

“老板，真不想试试？”女人挑逗似的说。

我突然感觉有些不对劲，虽然看不清对方具体的长相，可能看出这是一个身材极为火爆的女人，而且身形依稀有些熟悉。加上对方调笑的时候，露出了一丝熟悉的声调，我如果再认不出是谁，那也太笨了些。

我眼珠子转了转，用手勾住对方的下巴，装出一副色眯眯的样子，说：“小妹妹都会什么啊？”

我的手被她一下打开，她提高了声调吼道：“姓杜的你胆子越来越大了啊，这么经不住勾引？是不是老娘不在，你就敢在外面打野食了？”

她脸上的面巾被我扯落，露出绝美的脸庞来。

“得了吧，早知道是你，还装什么装。”我笑着说道。见到敖雨泽，几天来的阴霾一扫而光。

敖雨泽翻了个白眼，毫不客气地挤了进来，砰地关上了门。她皱眉看了看旅馆里简陋的布置，很是嫌弃地找了个凳子坐下。

“首领真是你杀的？”我直接问道。

“你说呢？”敖雨泽反问。

“我觉得你没有这么傻，而且完全没有动机啊。”

“这不就得了。我不会傻到直接去刺杀首领，最为关键的是，这样做对我没有任何好处。不过，首领的确死在我手上。”敖雨泽哀叹一声，说道。

“真死在你手上？是有人拿到你什么把柄，要你必须杀了他？”我好奇地问。我只见过首领一次，对他其实没多少感情，就算他真是被敖雨泽杀的，我也只觉得这件事会给我们带来很多麻烦，不觉得敖雨泽这么做有什么不对。不知道从什么时候开始，我已经不把和自己无关的人命当一回事，我想这或许是见过太多杀戮，自己的心也变冷硬了的缘故。

自己终究变成了曾经讨厌的那类人，却无法回头。

“这件事说起来要怪你。”敖雨泽懊恼地说。

“关我什么事？”我感觉有些莫名其妙。

“如果不是因为你的血脉力量，我根本就不会被短暂控制。真要说起来，让你牺牲一半的血脉力量将我从时光之沙的封印中救出来，就是为了这一天。”敖雨泽恨恨地说。

“你是说，当初让我用自己的血脉救你这件事，真正的目的就是为了利用这血脉杀死首领？也就是说，对方能够控制身具金沙血脉的人？”我感到一阵心悸，这世上真的有这样的人吗？那是不是意味着我也很容易被对方控制？

“应该说不能绝对控制拥有金沙血脉的人，但是能够诱导具有这种血脉的人心中的杀意。确切地说，能被诱导的很可能是我这种中途得到血脉的人，我估计换成你的话，对方就算花费十倍的力量，也未必能控制住你体内的血脉。天生的血脉，和中途吸收的血脉，还是有着极大的不同。你难道没有感觉到，最近体内的血脉力量又在缓慢地增长？那是因为你体内的骨髓在一刻不停地制造新生的血液，而我从你身上获得的血脉力量，却是用一点少一点。而且对方能够短暂控制我，还有个原因就是我身上的诅咒。”

“和鬼脸蛇鳞的诅咒也有关？也就是说，我们在江口沉银遗址中之所以被诅咒，很可能也是当时被人设计，那个人真正的目的，是为了短暂控制你杀死首领？”

“或许这是对方的目的之一。不过我还是觉得，这不像是一开始就设好的局，而是刚好我们走到了这一步，对方将计就计而已。”

“是叶凌菲干的？或者说，是控制叶凌菲躯体的人，秦峰的妹妹秦怡？”我想起秦怡在殡仪馆时的嚣张，脸色阴沉地问。

“应该是她。不过我感觉，这件事的背后不止她一人，很可能和世界树组织也有关。毕竟当时你为了救我使用的血脉置换的方法，就是世界树组织在背后推动。”

“世界树组织的存在，的确十分古怪，居然是一群对古蜀文明有所了解的外国人建立的。那么有没有可能是当年的回归者组织分裂之后，意识世界中的神灵又让自身的意志降临到国外，然后扶植起了这样一个势力？”

“不太可能。根据我们的情报，回归者组织是在二十世纪八十年代分裂的，而世界树组织的建立，最早可以追溯到二十世纪三十年代。它成立的时间，比铁幕都要早。”敖雨泽摇头说道。

想想也的确如此，不少证据都表明，世界树组织的建立者，和当年最早发现三星堆文物价值的英国传教士董笃宜身边的仆从有联系。

董笃宜的仆从窃取了部分关键的古蜀文物，然后卖给了当时一个识货的外国收藏家。不过也有情报显示，他和那个外国收藏家一起创立了世界树这个海外组织。不过听说董笃宜的仆从最后的下场很惨，被想完全霸占世界树的收藏家用极为残酷的方式杀死。

“世界树组织这样做的目的又是为何？尽管世界树和铁幕等国内的组织之间有争斗，但这种争斗被严格控制在一定范围内。他们就不怕事情暴露后，引来两个组织和他们全面开战吗？最终还不是有可能便宜了意识世界中的异类。”自从肖蝶发现通过那个诡异的VR游戏来到现实的意识生命体的灵魂特征是完全的异类后，我对意识世界的存在就更加警惕了，相信其他几个共享情报的组织，也不会看不清楚这一点。

“或许世界树组织的成立，本来就是那些异类所期望的，甚至世界树本身都被它们控制，那么杀死首领和真相派的大王，就说得过去了。”敖雨泽苦笑着说，“而且让我这个本身属于铁幕的核心特工亲自动手，就算铁幕想要以此为借口向世界树组织开战，也没有任何的正当理由。”

我本来想说这几个神秘组织真要想出手，怕是不会如国家之间开战一样需要一个说得过去的理由向民众交代。可我随即想到尽管几个主要国家默许这几个和古蜀文明有关的组织存在，可全面开战这种事，这些国家是不会坐视不理的。

就算是再严密再强大的组织，真要对上这几个全面动员的大国，也没有任何胜算。实际上几个组织一直以来保持着克制，很大程度上也是顾忌这几个大国的态度。

“当时的情况到底是怎样的？”

“我当时见到了叶凌菲，或者说是秦怡，她手中有一件古怪的法器，她发动这件法器的时候，我身上的鬼脸蛇鳞就开始发作，接着我就什么都不知道了。等我醒过来的时候，秦怡早就不见了，我发现首领就死在我面前，而我手中正握着刺入他心脏的刀柄。”敖雨泽苦笑道。

“那么她有没有可能借助这件法器继续控制你？”我问道。

“不知道，但可能性应该不大。因为我醒来后发现一件事，我腿上的鬼脸蛇鳞的诅咒，减少了至少三分之二，只剩下三块鳞片，并且鳞片上面的鬼脸也变得模糊起来。”

我心中一动，如果说秦怡发动这种血脉控制的力量，前提是消耗掉寄生在我们身上的鬼脸蛇鳞，那么这种控制的进行不可能不付出任何代价。而且这种控制需要使用某种法器才能进行，很明显有着苛刻的条件。

“那件法器是长什么样子？”

“如果我没有看错的话，那是一把树根制成的短杖，在短杖顶端镶嵌着像是被密封在琥珀中的婴儿的东西。”敖雨泽回忆了一下，说道。

我脸色微变，想起当初在梓潼五妇岭的地下石窟中的经历，不禁脱口而出：“鳖灵童尸！”

“鳖灵童尸，之前听你提到过，可是你不是将这玩意儿送给张九红了吗？”敖雨泽疑惑地问。

“的确如此，当时她说需要鳖灵童尸来制作一件能够克制神灵意识分身的法器，可后来却没了消息。我可以肯定鳖灵童尸在她身上，难道说，张九红一直在骗我，她实际上和秦怡以及纯意识世界中的异族是一伙的？”我倒吸一口凉气，说道。

“如果真是那样，张九红也未免隐藏得太深了……而且这样说起来，所谓的张氏一族，有没有可能也是来自意识世界的异类？不好，叶教授很可能有危险。”敖雨泽脸色微变。

就在这个时候，敲门声响起，传来阿华沉闷的声音：“小康，快开门，有大事发生了。”

我连忙将门打开，阿华看到敖雨泽，稍微愣了一下。我想之前在黑竹沟时敖雨泽强大的战斗力给他留下了深刻的印象，而且他遵循明智轩的命令带我来这里的目的之一，是为了和敖雨泽会合然后一起前往非洲。

“张九红死了。”阿华没有废话，直接沉声说道。

“什么！”我和敖雨泽几乎异口同声地惊呼。

刚刚我们才提到张九红，甚至以为张九红很可能是一个隐藏得很深的异类。可我们怎么都没有想到，这个一直保持着神秘的中年女人，居然如此突兀地死去了。

“消息可靠吗？”我问道。

“是明少爷通过特殊渠道传来的，没有问题。而且张九红死亡的时间比铁幕首领还要早一天，只是当时叶教授被人打晕了，直到第二天传来铁幕首领的死讯，这个消息才被传出来。而铁幕更是隐瞒了这个消息，将叶教授软禁起来，直到昨天明家才从铁幕中的一枚暗子那儿得到这个消息。少爷让你们赶紧离开，短期内不要回国。”

我和敖雨泽都有些沉默。过了好半天敖雨泽才说道：“鳖灵童尸之前一直在张九红手里，如果说张九红已经死了，那么落入秦怡手中也就说得过去了。由此也可以推出，杀死张九红的人，很可能是秦怡。”

“明少爷说，杀死张九红的，是一名造型古怪的蛇侍。”阿华说道。

我顿时想起在殡仪馆的时候，旺达释比死后所化的蛇侍，它被秦怡称为蛇侍巫祭，是远比一般的蛇侍还要强大的存在。如果说普通的蛇侍只能物理攻击，那么蛇侍巫祭无疑是像旺达释比生前一样，能操控某些古怪的法术。

或许也只有如此强大的蛇侍巫祭，才能够杀死张九红。张九红作为张家这一代血脉最强的后裔，一般人根本不是她的对手，更不要说从她手里抢走鳖灵童尸了。

“秦怡以及她背后的意识世界到底想要干什么？铁幕的首领，真相派的‘大王’，还有张家的张九红。如果再算上旺达释比和已经死掉的姬巧玉和秦振豪，这个世上几乎所有能看透命运线的人都已经死了……”敖雨泽的脸上，罕有地出现了一丝惊恐。

“我之前和余叔交流过，当所有能看透命运线的人都死去，命运会陷入一片混沌。甚至他还让我亲手杀死他，彻底斩断了鱼凫和杜宇两族间的因果关联。”我说道。

“余叔不是早就死了吗？”敖雨泽疑惑地问。

我这才想起我从老家回来后，直接被铁幕关了起来，根本没有机会和敖雨泽碰面。我在老家再次见到假死逃生但受到严重反噬的余叔这件事，她根本就不知道。

我将当时的情形简单复述了一遍。敖雨泽沉默了一阵，最后说道：“我总觉得事情没有这么简单，如果说意识世界存在的基础是众多‘观察者’的存在，那么命运线这种玄妙的东西，是不是也有观察者在影响它们？而这些观察者极为苛刻，仅仅是那几个能够看透命运线的人才有资格担任，差不多是十亿分之一的概率。”

敖雨泽提出的这个设想，的确有很大的可能。观察者这个概念最初是从量子物理学中延展出来的，却适用于意识世界的存在机理，同时和命运线这种看不到摸不着的虚无之弦也有一定的关联。

其实我们都知道，要彻底消灭意识世界，只要让潜意识里知晓意识世界存在的人都消失就行了。但这个办法是绝对无法做到的，因为这意味着必须杀死包括我们和三大组织所有知情者在内的人，甚至连一些祖上是古蜀国遗民的人都不能放过。

且不说因此而死的人可能达到几百万甚至上千万这样庞大的数量，光是如何甄别哪些人的祖上和古蜀国有着关联，就是一件无法完成的任务。

古蜀国从灭亡到现在已经两千多年，这两千多年来，蜀国遗民和后来的秦人、汉人相互混血，甚至已经被汉化，加上历史上数次朝代更迭，现在不可能再区分出哪些人祖上和古蜀国有着血脉联系。

几百年前的张献忠曾妄想完成这个壮举，甚至还将这个狂妄的想法付诸行动，造成的结果就是整个四川地区十室九空，被屠杀了几百万人，可最终对消灭意识世界的威胁没有半点帮助，更因此大伤整个四川地区的元气。更多流传下来的资料和传说也因此遗失，极大地加大了后来人对抗意识世界的难度。

如果说不是因为三十年代的一个巧合发现了三星堆文明，或许关于古蜀国的秘密就更加难以被人熟知。而古蜀国后裔的血脉依然会一代代悄无声息地传递下去，时刻威胁着现实世界的纯意识世界也始终会存在，并终有一天会彻底入侵倾覆整个现实世界。

但是和杀死所有古蜀国后裔和知情者如此艰难的任务相比，只杀死所有能看透命运线的人，就简单多了，哪怕这些人都有着强大的力量，或者像铁幕的首领一样有庞大的组织和众多下属。可对于一个虎视眈眈想要入侵现实的世界来说，杀死五六个人并非无法做到。

更何况，秦怡并非单独行动，她背后很可能站着世界树组织，身边还有旺达释比的遗体所化的蛇侍巫祭。掌握神秘法器制作的秦怡，很可能是这个世界中最强大的人，甚至比之前的秦振豪还要难对付。

“雨泽，我们不去非洲了。”我想了想，最终说道。

“为什么？不是都安排好了吗？”敖雨泽似笑非笑地说。

“去非洲躲上一两年，等风声过去后，再来看看这个世界发生了什么吗？或许那个时候，我们的亲人和朋友都不在了。秦怡和她背后的纯意识世界已经开始动手了，你应该明白的，这是战争，是对整个现实世界的战争。可惜意识世界这样古怪的东西，我们完全拿不出证据证明它们存在。就算我们将这件事公之于众，有部分人对此将信将疑，可终究会湮没在信息海洋中，不会引起太大的注意。现在形形色色的谣言太多，人们早就对此免疫，没有几个人会相信虚无的生命体能够颠覆世界，所以只有我们才能阻止它们……”

“想要当英雄吗？小康，这完全不是你的作风，我以为你最希望的就是过着混吃等死的悠闲日子，拯救世界什么的，怎么都轮不到一个宅男来做啊。”敖雨泽低声说道。

我听得出来，她的语气里其实没有讽刺的意思，反而有淡淡的鼓励。

“我当然不想当什么拯救世界的英雄，只是这场灾难会让我身边的人也卷入进去，你觉得我们逃避得了吗？在非洲苟延残喘一两年，然后看到自己的亲人因此而丧生，就算我们到时候都还侥幸活着，可像猪狗一样活着，又有什么意思？如果这件事真的是靠逃避就能让我带着家人逃掉的话，我会逃得比谁都快，可如果注定逃不了，那我们为什么要逃？”我有些激动地说。

“那么，你决定了？”

“是的，我决定了。不去非洲避难，直接回国，就算和之前我们效力的铁幕对上，也不能让秦怡的行动再继续下去了。下一步还不知道她会干出什么来。”

“不，我有一个更好的主意，去另外一个地方。”敖雨泽突然说道。

我一愣，问道：“什么地方？”

“秦峰消失的地方。”敖雨泽说。

我朝东边望去，在地球的另一边，美洲的洪都拉斯科潘，是秦峰最后给我们打电话的地点。

秦峰为什么会突然出现在洪都拉斯的科潘？这一直以来也是我们心中的疑问。他到底是有意还是无意泄露自己的行踪？我有一种预感，哪怕秦峰也是和秦怡一样的异类生命，可他不完全站在他父亲那一边，而对我们所处的世界抱有极大的善意。

科潘这个号称玛雅文明中的“巴黎”的神秘之地，据说是一个极为重要的祭祀地。科潘遗址中发现的大量石碑和石阶上的玛雅文字，对于后人了解这个古老的文明发挥了巨大作用。

因为计划有变，我们在勐拉又多耽搁了两天，不过好处是阿华从他之前的佣兵朋友那里搞来了几件武器。

第三天，我们离开勐拉，乘车朝仰光港而去。用了三天时间，我们才抵达中南部的仰光。这里距离安达曼海莫塔马湾只有二十四海里，港口能够容纳万吨级的海轮，是缅甸第一商港。

在港口等待了两天，我和敖雨泽告别阿华，带着装备和武器偷偷潜入一艘路过仰光港补充淡水和物资的国际商船。这艘船会将我们带到危地马拉的圣何塞港，下船后再越边境线前往洪都拉斯，整个行程需要将近两个月。

因为是偷偷潜到商船上，并且为了方便行动我们携带的食物并不多，所以瞒过商船的巡逻人员偷窃食物，成了我们隔三岔五要干的事。好在我们两个都不是普通人，要瞒过船上的海员偷窃食物并不困难。这种万吨级的商船上，光是船员就有一百来人，每天失窃两人份的食物并不会造成多大的影响。唯一让我们觉得不爽的是，两个月内只能吃没什么味道的西餐——这让我万分怀念四川的火锅和各种麻辣美食。

在船上的第二个月，商船已经处于太平洋中心位置，我和敖雨泽差不多都饿瘦了一圈。这天发生的一件事，让我们结束了无聊的日子。

这天商船停泊了一段时间，我能够听到外面有汽笛的声响以及嘈杂的声音。应该是有另外一艘船靠近了商船，也不知两艘船之间是为了交换物资还是其他什么原因才会靠得这样近。

刚好这天轮到我去厨房偷食物。大概是这一个月来频繁发生的食物失窃事件终于让船上的人上了心，我去的时候发现厨房里多了一个监控摄像头，最关键的是当我发现这一点的时候，监控室的人已经看到我了。

我暗骂一声，慌忙拿起两个法式面包和几片火腿，准备离开。但早已埋伏在附近的船员却带着古怪的笑意围了上来。

我不禁警兆大起，按理说我的五感和灵觉远远超过一般人，这些船员不过是普通人，之前就算我再怎么大意，也不可能一点儿都没有发现。

能出现这样的变故，要么是我五感开始退化，要么是附近有着能够压制我五感的东西存在。来之前我还试验过，即使隔着一层甲板，我也能大致听清甲板上有多少人，并通过每个人踩在甲板上的不同力道大致推算出身高和体重。因此我首先排除了第一种可能。

那么就只剩下一种可能，有人用特殊的法器压制了我的五感，让我无法提前感知埋伏的船员的存在。

只不过是少了一些食物，光是在厨房的隐蔽角落里装上摄像头就已经够夸张了，现在居然还有压制我五感的东西存在，这样的道具，根本不可能是一艘普通的外国商船上能有的。

将偷到的食物扔了出去，其中一个船员下意识地偏头，我立刻朝他冲过去，一掌砍在他脖的子上。对方眼睛一翻，晕了过去。利用这个空隙，我试图冲出包围圈。

就在这时，异变陡起，一种极为危险的感觉让我后背一阵发麻。我背后的肌肉紧紧绷住，然后趁势往地下一倒，前方发现轻微的爆响，厨房的金属门被射穿。那是一枚细小的吹箭。

扎入金属门板的吹箭尾针还在不停颤动，甚至我能看到这枚吹箭带着蓝汪汪的光泽，明显是涂抹了极为可怕的毒药。

我几下打倒了围过来的两名船员，毕竟有些理亏，我并没有下杀手，只是让对方失去战斗力或者晕了过去。但这也让剩下的船员极为恼怒，有的甚至拿起厨房内的刀具向我冲过来。

“真是有趣的猎物。”一个声音传来，竟然是地道的普通话。

我回过头，看到的是一个干瘦的老头。老头的身高像十岁左右的小孩子一样，只有一米三出头，看样子应该是个侏儒症患者。

先前这个年老的侏儒就隐藏在橱柜中，我完全没有发现。

他的手腕上，挂着一串不知道什么木材雕刻的珠子，散发着淡淡的香气。我闻到这香气之后，觉得脑袋稍微晕了一下。

我顿时明白过来，在压制着我五感的，就是这串不起眼的珠子。

“你是什么人？”我问道。

“这话应该是我问你才对。”老侏儒说道。

他的手挥了一下，一股淡绿色的烟尘弥漫开来。在场站着的几个船员，眼睛渐渐泛红，全身的肌肉开始隆起，呼吸也沉重了不少。

我心中一沉，这个老侏儒似乎能通过这些烟尘控制几个船员，并且烟尘中有着疑似光爆药剂的成分。

船员很快朝我扑了过来。果然，不管是力量还是速度，都比先前至少提升了一倍。加上老侏儒时不时发射吹箭，我顿时陷入险境。

“看来没有我帮忙，你一个人连点吃的都搞不定啊。”后方传来敖雨泽的声音。我顿时大喜，接着带着消音器特有的低沉声音的枪声响起，那老侏儒灵巧地躲避着子弹，居然还有闲暇反击。

我趁机将几个快要失去自我意志的船员打倒，淡淡地对躲在橱柜后面的老侏儒说：“到底谁是猎物，还不一定呢。”

老侏儒发出呵呵的笑声，接着我感觉整个厨房剧烈晃动了一下，人差点站立不稳。

从厨房内的通风管道里，伸出一条巨大的像蛇一样的藤蔓，朝我和敖雨泽抽打过来。藤蔓的力量大得惊人，几乎和蛇侍尾巴的力道差不多。敖雨泽第一时间躲开了，我却被抽飞了三米多，跌倒在一堆锅碗瓢盆之中，又眼看着第二条藤蔓破开天花板，垂了下来。

“真是有趣的猎物，树神一定会喜欢这样的祭品。”老侏儒发出阵阵阴笑，说道。

“什么树神，不过是一段被污染的世界树根须而已。”敖雨泽淡淡地说，退下弹夹，往弹夹里塞入一颗尖端是蓝色晶体的子弹。

这是珍贵的符文子弹，是用掺和了时光之沙的晶体铸造的，具有不可思议的力量。敖雨泽居然被逼得动用这样的武器，那么这段世界树的根须，怕是没有她说的那么简单。

枪口瞄准了扭动着的藤蔓，发射之后，那条藤蔓发出刺耳到了极点的尖叫，像是被打中了七寸的蛇一样不停挣扎。被符文子弹击中的部位，不时有黄绿色的脓液流淌出来，在金属地板上发出嗤嗤的声响。

这些脓液竟然具有极高的腐蚀性，金属地板很快被腐蚀掉一层，差一点露出下一层船舱来。

另一条完好的藤蔓，突然挥舞了一圈，一下卷起被我打倒的两个船员，从藤蔓上飞速地生长出密密麻麻的根须，很快刺入两个船员的身体。两个身强力壮的船员，以肉眼可见的速度极快地干瘪了下去，短短几秒钟内，似乎全部的血肉和内脏都被吸收得一干二净，变成了一具干尸。

我看着有些眼熟的干尸，感觉胃部一阵抽搐，差点吐了出来。之前不是没有见过类似的干尸，可却从来没有眼睁睁地看到活人在我面前变成干尸的过程。

似乎是因为吸收了两个人的血肉精华，受伤的那条藤蔓被符文子弹击中的部位开始缓慢地愈合。

敖雨泽脸色一厉，在背后的背包中摸索了一下，拿出我放在她身边的那枚三十多厘米长的戮神钉。

她猛地跳起，在一台冰柜上稍稍借力，轻松跳到了天花板的高度，趁着藤蔓卷过来之前的空隙，手中的戮神钉猛然刺入藤蔓的根部。巨大的轰鸣声响起，天花板里似乎藏了一头狂暴的大象，被剧烈挣扎的藤蔓差点撑破。接着藤蔓开始萎缩干枯，最后化为朽木一样千疮百孔的模样。

而原本带着铜锈的戮神钉，上面的铜锈也掉落了不少，露出里面带着一丝青色的神秘光泽来。

第十三章

JINSHA ANCIENT SCROLLS

树神

“树神的触手……死了？怎么可能！”老侏儒呆呆地看着化为朽木的藤蔓，满脸的不可思议。

“都说了，这不过是一段被污染的世界树残枝而已，哪里来的什么树神。”敖雨泽冷笑着，拔出戮神钉后朝那老侏儒开始射击。

她的枪法极准，而且能够预判对方的躲避路线，即便那老侏儒的身手极为敏捷，最终还是被敖雨泽打中，尤其是腿上的一枪让他彻底失去了机动能力，不得不束手就擒。

“树神吗？这么说，你是世界树组织的人？”我问道。

老侏儒本来将脸扭向一边不想回答，可敖雨泽作为一名特工，身上逼供的小玩意儿也不少，在他的胳膊上注射了一支透明的药剂后，老侏儒的神情很快变得恍惚起来。

他脸上的表情像是极力想要摆脱药物的影响和控制，可最终慢慢平静下来，只是瞳孔明显没有焦点，神情也变得呆板起来。

敖雨泽先是问了几个简单的问题，老侏儒都如实回答了，得出的结论却让我和敖雨泽都感觉太过巧合了。

这艘我们随机选择的商船，所属的公司竟然和世界树组织有着千丝万缕的联系。运送货物只是表象，实际上是为了在东南亚为世界树组织搜集更多的实验素材以及树神的“食物”。这些实验素材和食物，其实就是人类。这些被“搜集”来的人都是某些战乱地区的难民，老侏儒说这些人被藏这艘商船的某个夹层里，有好几十个，基本都是被东南亚某个战乱国家的军阀秘密抓捕的难民，再转手卖给世界树组织。

这个发现让我们脸色都有些不好看。一直以来，铁幕和真相派的行事手段尽管也游走在法律边缘，可大多数时候还算是循规蹈矩的，尤其是不会针对普通人做什么恶事。世界树组织则完全不同，像上次那样直接动用武力在市区试图抢夺我和明智轩手里的象牙盒子，甚至不惜在市区引发爆炸——完全可以说是肆无忌惮。可即便如此，我们也只是觉得这个国外组织行事嚣张，没有想到对方竟然到了用人类作为喂养树神的地步。而且吃人的树神，这哪里还算是树神，说是树妖或者邪树还差不多。

我们大体能够猜到这树神的由来。像当年的巴蛇神曾在人间留下“巴蛇”这一长达数百米的肉身一样，青铜神树作为另外一个强大的神灵，也曾留下了一株参天巨树作为自己在人间的肉身。

这株巨树在东方被称为“建木”或者“扶桑神树”，在西方，又被称为“世界树”。可惜后来世界树被毁掉，只有部分残枝勉强保留着一丝活力。我原本以为在黑竹沟的时候遇到的詹姆斯手中的树根已经是唯一剩下的世界树残枝，可没有想到在这艘船上，居然还有其他残枝。

并且这些树枝明显是经过特殊手段二次培育的，培育完成后被称为树神，其实就是一个能吸收人的血肉来壮大自身的植物系怪物。

按照眼前的老侏儒的说法，这株所谓的树神几乎占据着整个船舱的底部，而那些来自东南亚的难民，因注射了药物陷入深度昏迷后，被当作树神的食物储备起来。不过还好这些难民需要某些特定的仪式才能被唤醒并被神树“吃”掉，现在暂时没有危险。

而世界树组织这么做的目的，除了喂养树神让其得以生长之外，还有个重要的原因，就是让被树神吃掉的难民的灵魂发生变异。

这些难民的精神基本都被战争摧残，处于恍惚的精神状态，因此其灵魂比起普通人来，更具有可塑性。变异后的难民灵魂，可以说是非常接近正常人类，但又在某些关键的节点上有着本质的不同。

这让我们不得不想起那些因为《古蜀密码》这个诡异的VR游戏而被占据了身体的玩家。如果说这株藏在船舱底部的树神也具有类似的能力，那么这些异类的来源，似乎不是我们之前所认为的是来自纯意识世界中的灵魂，而是由难民的灵魂变异而来。

我和敖雨泽对望一眼，虽然没有任何言语交流，可都明白我们不可能眼睁睁地看着几十条生命被如此残忍地杀死，还落得尸骨无存的境地。哪怕是最终暴露了我们的目的，甚至是追杀我们的组织又多出一个世界树来，也不能让被污染了的树神继续作恶。

不过我们心里也明白，真正作恶的不是树神本身，而是世界树组织的人和纯意识世界中的统治阶层。那一段被污染的青铜神树残肢变异而成的树神，不过是一个实现他们目的的工具而已。

“树神为什么会在这艘船上？”敖雨泽问道。

我原本以为，这应该是一个很简单的问题，可没有想到老侏儒张了张嘴，在药剂的控制下本来想要说什么，却被另外一股力量压制，一个字都说不出来。

我和敖雨泽都感觉有些不对，可已经来不及了，老侏儒的七窍，流出了紫黑色的血，就像中了某种剧毒。

敖雨泽深吸一口气，探了探老侏儒的呼吸，发现对方已经没有了生命体征。

“好厉害的毒，而且毒素是直接侵入脑子的，一旦他要透露某些设定好的关键问题，毒素就会立刻发作。”敖雨泽有些惊讶地说。

老侏儒的身体，因为死亡而变得僵硬，开始蜷缩起来，这让他看上去像是一个受了委屈的孩子。可我们都知道，这不过是表象，这个家伙已经五十多岁了，因他而死的人，数量很可能超过了三位数。

尽管这些人绝大部分来自东南亚、西亚和非洲等地的战乱或落后地区，就算没有世界树组织的介入，这些人很可能也会死于战乱或饥荒，可他们毕竟是因为世界树组织的人而死，这笔账，终究是要记在世界树组织的头上的。

“既然问不出来，那我们就自己去找出答案。有戮神钉在手，别说是一段受到污染的青铜神树残枝变异成的所谓树神，就算是青铜神树的本体，也能够重创它。”敖雨泽信心满满地说。

“也不一定，要知道当年十二世开明王为了杀死巴蛇神的肉身，可是牺牲了数千军队，最后还是在力大无穷的五丁的拼死反击下，才将其杀死。神灵都是些生命力极为强大的怪物，以我们目前的能力，要想单独杀死神灵的肉身，几乎是一个不可能完成的任务。”我苦笑道。

“那就先去船舱底部看看。毕竟只是一截残枝变异而来，既然能找到克制的办法，就没有想象中那么危险。”敖雨泽说道。

我点点头，和敖雨泽一起开始朝船舱底部潜入。一路上遇到了好几个看守的船员，因为知道了这艘船上有不为人知的诡秘，这些船员也不是完全无辜的，我们就没有再缩手缩脚地客气，而是直接将船员打伤。其中有一个因为反抗太激烈，而且手里拿着威胁很大的枪支，被敖雨泽直接杀死了。

到了最后一层甲板，我们已经能闻到空气中弥漫着一股古怪的带着甜腥气息的香味。当我们闻到这股香味时，五感开始变得迟钝。

就在我们的感知被渐渐蒙蔽时，我胸口的白色符石发出的灼热将我唤醒。我连忙拉住敖雨泽的手，让白色符石的力量传递过去。

“这株所谓的树神看来有点儿意思，居然连我们这样精神力量比常人高出好几倍的血脉传承者也会中招。”敖雨泽吐出一口浊气，说道。

我点点头，提高了警惕继续朝前走，更是握紧了手里的戮神钉。

船舱的底部到处是密密麻麻的粗大管道，有的地方还有不少线缆和杂物，一些低洼的地方甚至有带着臭气的积水，估计是海浪打在甲板上，渗透下来的。

现在我们清醒过来，能闻到这里到处都充斥着刺鼻的机油味，还有淡淡的腐臭气息夹杂其中，如果不仔细分辨，根本闻不出来。

之前老侏儒透露，树神的本体就待在十几个水密舱的其中一个里，被商船当成了诸如压舱石之类的东西。

这艘万吨级商船长近两百米，宽有二十多米，从我们先前在厨房遭遇树神延伸出的藤蔓看，这株古怪的大树藤蔓的长度很可能超过了百米。更可怕的是，这些延伸出来的藤蔓居然是可以活动的，并且在找到猎物之后，能够迅速生长出根须吸收猎物的全身血肉。

这完全是一株吃人的妖树，就是不知道世界树组织为什么将它放在这艘船上。按理说以世界树组织的实力，完全可以直接将买来的难民送回总部，那样比把妖树放在船上要安全许多，被发现的概率也要小得多。

不管怎么说，这株妖树很可能只有猎食的本能，不会真的如同一个智慧生命那样思考。

终于到了老侏儒之前提到的七号水密舱附近。舱门设置在我们脚下，如同一个下水道井盖，只是要更加结实和厚重。

我们小心地打开舱门，用电筒朝下面照射，发现下面有两米多的空隙，再往下全是水。

七号水密舱中的水呈现淡淡的红色，像是被四周的铁锈所映射出来的颜色。空气中的古怪甜腥气和腐臭味，都是从这里的水体中传来的。

七号水密舱看上去十分平静，但是锈蚀的痕迹，明显比商船的其他地方严重得多——这里的水应该具有一定的腐蚀性。

“那东西在水底吗？”敖雨泽皱眉问道。

“有可能，我感觉它就在里面，我本来以为会看到一株大树，没想到居然在水里。这么说来它的本体应该不大，这水密舱最多也不过几十平方米。”

“它毕竟是能够活动的怪物，不是真正的树木。在水中生活能够极大地减轻自身的重量，而且你不觉得这个水密舱就像一个巨大的孵化器，这些淡红色的液体其实就是如同羊水一样的营养液吗？”

“的确有点像。而且这里的水体，除了为树妖提供一些必要的营养外，似乎还隐藏着别的什么东西。我能够感觉到，这个地方阴气很重，重得远远超乎我的想象，就像这里死掉的人不是几百个，而是成千上万个，甚至更多……”我闭着眼用自身的灵觉仔细去感受七号水密舱中隐隐约约的无声呐喊，觉得这地方的气氛有些诡异。

“怪不得世界树组织的人有把握这玩意儿不会胡乱吃人，原来也做了防备。”敖雨泽突然说道。

“怎么回事？”

“你仔细看舱门。”

我朝舱门看去，顿时在舱门上看到了几个熟悉的符号。那是巴蜀图语的符号，应该是禁锢、镇压一类的意思。

而且舱壁内，也有着类似的符号，只是需要用电筒光照射，并非常专注才能发现。

这是树神的牢笼。他们知道没有自我意识的树神是个可怕的怪物，或许这也是世界树组织的人没有将树神放在基地里的原因，这玩意儿的确比较危险。

“我之前看过一些古老的传说，里面记载扶桑神树，本身就生长于大海之中。因为扶桑神树太大了，大地无法承载它的存在，而且扶桑神树需要吸收大量的海气才能维持生长，我想这也是它的残枝能够在水中生活的原因。”敖雨泽看着渐渐泛起波纹的水面，脸色凝重地说。

水花开始剧烈地泛起，像是水面下有巨兽在不停挣扎。接着十几条粗细不一的藤蔓从水中弹出，这些藤蔓上没有眼睛，可我总觉得它们在虎视眈眈地看着我们。

由于先前敖雨泽用戮神钉灭掉了两根藤蔓，这些藤蔓似乎具有生物本能，吃亏之后知道害怕，因此只是在警惕我们，却没有马上动手。

随着水花翻滚，水面上出现了一个形似人脑的东西，直径约有七八米。我们仔细看去，发现这不过是无数的根须和藤蔓相互纠缠如蛇球一样地裹在一起，让我们误以为这是类似大脑皮层的褶皱。

而在这些裹在一起的根须的藤蔓之间，挂着数十个脸盆大小的半透明茧状物。在茧状物里面，赫然是赤身裸体的人，年纪不大。

“该死的，被那老侏儒骗了，这些难民没有被锁在船舱的夹层中，而是一直被树妖看管着。”我暗骂了一声说道。

“不管怎么说，只要杀了它，这些人可能还救得回来。”敖雨泽说道。

“你想跳下去干掉它？这太危险了。”我不禁有些犹豫。

这些藤蔓的力量比巨蟒还大，而且受伤后喷出的汁液具有浓烈的腐蚀性，很不好对付。更何况，就算本体被禁锢在七号水密舱里，这里仍是树妖的主场，如果我们主动进去，面对十几条藤蔓，胜算并不大。

如同蛇球一样裹着的藤蔓，蠕动着四下散开，露出藤蔓中心包裹着的东西。那是一块巨大的被雷击中过的朽木，朽木上有新的枝条生长出来。这些枝条看上去很细嫩，但是顶端却像是突然变异，形成黄褐色且极为粗壮的藤蔓。

这看上去极不协调，就像是一个细胳膊细腿的小孩子，挥舞着千斤大铁锤。我甚至担心，这些犹如巨蟒般的藤蔓如果动作稍微大一点，连接朽木的细枝就会马上折断。

“嗯，朽木上似乎镶嵌着什么东西，像是一块石头。”我看到巨大的朽木右下方的部位，几条细枝牢牢地抓着一块不规则的石头。

确切点说，那不是一块石头，而是半块断裂的石碑。在电筒的光照到石碑上时，能依稀看到石碑上有一个殷红的繁体“杀”字。

我几乎无法相信自己的眼睛，这石碑，赫然是七杀碑带着碑文的上半截，和我们之前在江口沉银遗址水下看到的下半截能够组成完整的七杀碑。

我也终于明白过来，我为何会感觉这个地方阴气极重了。作为张献忠当年屠杀了几百万人才祭炼出来的七杀碑，其杀气和其中纠缠的因果怨念，估计古往今来没有几样东西能比得上。要知道战国时期秦国和赵国征战，被称为“杀神”的白起，也不过才坑杀了四十万赵军，可被张献忠屠杀掉的川人却多达三百余万。

尽管这个数字远比不上当年日军在华夏大地杀死的平民数量，可张献忠是集中在一个省份进行有目的的屠杀，这样造成的恶果和怨念又被刻意地引到七杀碑上，最终石碑中牵扯的因果之力，让其成为一件极为强大的法器，估计毫不逊色于我手里的戮神钉。

“我一直以为七杀碑在真相派手里，当初也是他们造出了疑似五丁血脉的山寨巨人。现在看来，我们都被黑桃J骗了，他应该是世界树组织打入真相派的内鬼，要不然七杀碑现在也不会落在世界树组织手里！”我看着似乎散发着无穷怨念的七杀碑，突然想起当初我们遇到的黑桃J，现在看来，这个人很可能早就投靠了世界树组织，更是将七杀碑作为献给世界树组织的大礼。

“怪不得连青铜神树的肉身残枝也会被污染变成邪术。七杀碑这件具有世上最大杀意和怨念的法器，面对它，就算是神灵本体都会受到一定的影响，何况只是一截残枝。”敖雨泽也恍然大悟地说。看到七杀碑之后，的确是解开了我们心中的一个疑团。

不过，世界树组织不是视古神为唯一的天父吗，为什么要利用七杀碑的力量来邪化青铜神树的残枝？而且，怎么就这么巧我和敖雨泽就上了世界树的商船？

我的眼中浮现出一个人的面孔，可我怎么都不愿意相信这是真的，那可是曾和我们并肩战斗过的战友啊。

“是阿华，他很可能和黑桃J一样，也是世界树的暗子。”敖雨泽的声音打破了我心中最后一丝幻想。当初是阿华送我们到仰光港的，关于这艘船的情报也是他提供的。虽然不排除是世界树组织知道我们的下落后故意误导阿华的可能，但这个可能性极小。

我们当时正受到铁幕和真相派的追杀，可这两个最迫切想要找到我们的组织，都没有抓到我们，并且前往美洲也是我们临时决定的，之前我们一直想要去的其实是非洲的一个矿场。

既然这件事是临时决定，世界树组织又怎么可能在这么短的时间内派出一艘船等着我们偷偷潜上来？唯一的可能就是在我们身边有一个安排我们行程的叛徒，而除了阿华外没有别人。

这样的推论让我十分难受。之前阿华虽然只是明智轩的保镖，但无论是在五妇岭下的石窟，还是在黑竹沟，都表现得极为优异。他失去一条手臂之后，我还为他难过了许久，可就是这样一个能够成为朋友的人，居然从一开始就背叛了我们？

背后突然传来尖锐的呼啸。与此同时，十几条藤蔓像是放弃了一切顾忌和恐惧，猛然间朝我们所在的位置扑过来。可我本能地感觉到背后的风向威胁更高，这个时候也顾不得许多了，拉着敖雨泽直接跳入七号水密舱内，并顺手关了舱门。

头顶的甲板传来爆炸声，整个水密舱都剧烈震动了一下。我亡魂大冒，对方竟然在密闭的船舱底部动用枪榴弹，就不怕万一炸穿了底舱，在这茫茫大海之中所有人都同归于尽吗？

但这个时候也没有多余的时间去考虑那么多了。十几条藤蔓将我们紧紧裹住，我感觉到这些藤蔓上传来的巨大吸力，还有无数细如发丝的根须，在快速生长，想要钻入我们的皮肤之中。

可是这些根须只扎入我身上几条，就慌忙退了出去，细长的根须像是抽风一样不停胡乱摆动，最后焉了下去。而对面的敖雨泽身上的根须也同样如此。

“我们的血脉对它来说无法下咽。”我马上反应过来。这毕竟是青铜神树的残枝受到七杀碑的影响变异而成的妖树，而我和敖雨泽身上都有金沙血脉，这可是最古老的神灵所拥有的血脉，对于妖树来说不仅不会增益自身，很可能还是剧性毒药。

就在这时，我背后的鬼脸蛇鳞传来阵阵刺痛，与此同时，下方的七杀碑上的几个杀字，也开始泛起诡异的红光。我的脑子中开始不停充斥着各种血腥的杀戮场面，耳边嗡嗡作响，就像有无数的人用或高或低忽男忽女的声音不停地在我耳边喊着：“杀，杀，杀……”

我的眼睛开始充血，体内的血脉潜藏的狂暴被唤醒。如果不是胸口的白色符石不停传递过来阵阵清凉的力量，让我不至于完全丧失理智，我可能会像第一次服用狂暴药剂那样，陷入暴走状态，变成没有理智的杀戮机器。

一条粗大的藤蔓将我完全缠住。穿着古代衣服的虚影从七杀碑中冒出来，在半空中悬浮了片刻，冲入我的双眼，让我头痛欲裂。最后我抵抗不住，便晕了过去。

当我再度睁开双眼的时候，却发现自己并没有在船舱中，周围也没有带着甜腥气息的臭水，而是温暖洁白的床单。

这是一间只有十一二平方米的小房间，房间干净整洁，除了一张床，一个衣柜，一个茶几和两张凳子外，几乎找不出多余的东西。

房间有一个圆形的窗户，不过看样子不能打开，只能透过窗户看到外面湛蓝的天空。我感受到房间有规律地微微起伏着，顿时明白自己还在船上。

我一下子坐了起来，呆呆地望着天花板的灯光，回想着晕过去之前所看到的古怪妖树和七杀碑，不明白这一切到底是幻象还是真实的经历。

低下头，我发现自己身上的衣服也变了样式，穿着那种蓝白相间条纹的病人衣服。

我有些茫然地捶打自己的脑袋，总觉得自己似乎忘记了很重要的事情。

敖雨泽，敖雨泽去哪里了？十几秒钟后，我才反应过来，敖雨泽不见了。

我连忙想要起床，随即发现自己的双腿被固定在了床上，而且还是被极为坚固的合金固定着。合金内侧有软垫，或许是睡了太久有些腿麻的缘故，我一时间没有发现。

我试着用手掰了一下，合金十分牢固。虽然比不上活性金属，但是强度要比钢材大多了，就算我处于血脉激发的状态，也不一定能将其完全破坏掉。

不过我并不担心。从铁幕逃出来后，我委托谭欣然将之前她为了救我送我的那一把微型活性金属丝锯子藏在了一颗人造的后槽牙中，然后伪装成智齿粘在自己的口腔中。

虽然吃东西的时候会有一点不舒服，可在关键时刻，却能救自己一命，这点小小的不方便并不算什么。

既然对方只束缚了我的双腿，肯定是有所依仗，于是我放开了灵觉仔细探查。果然，在房间的几个隐蔽角落，我发现了疑似监控摄像头的存在。

正当我准备重新躺下，准备悄悄取出那一把微型金属丝锯子时，开门声响起，大概是对方通过监控看到我醒来了。

暂时放弃了逃生的打算，我盯着门口，发现进来的是一个熟人。艾布尔·爱华德，中文名董西延的外国人，世界树组织的九大圣子之一。

“又见面了，我的朋友。”艾布尔用字正腔圆的汉语说道。不过之前在梓潼的时候我已见识过了，因此并不觉得奇怪。

“原来是你，我早该想到。这艘船上既然存在树神这样的东西，那么应该也会有一个世界树组织的大人物坐镇。”我冷笑道。

“我可不是什么大人物，在世界树内部，比我更强大的还有好几个。不过我也要感谢你，至少在黑竹沟的时候，有一个倒霉的家伙已经死掉了。”

“你是说詹姆斯？”我问道，随即想起，当时詹姆斯手中也有一小截青铜神树的残枝。

“当然是这家伙。要知道，这家伙虽然为人固执，可是对神的信仰也是最纯粹和坚定的，是下一任组织首领的有力竞争者。幸好，他已经死了。”

既然詹姆斯和艾布尔两个属于世界树组织的圣子手中各有一段源自青铜神树的残枝，那么其他圣子手里是否也有类似的东西？

这样想着，我不禁问道："是不是每个圣子的手里，都有青铜神树的残枝？"

艾布尔打了个响指，笑道："'宾果'，答对了。你应该知道，'九'这个数字在你们中国人的眼里，是一个特殊而神秘的数字，它作为个位数中最大的数字，也象征着一个极限。父亲得到的智慧果虽然没有被完全解读出来，可也因此让世界树的残枝重新分裂出九条第二代枝丫，每一个取得认可的信徒，就是圣子。"

想不到眼前的外国人不仅汉语说得流利，对中国文化的了解也不是一般的深。

"九"作为不同于一般的数字，起初是龙形（或蛇形）图腾化的文字，继而演化出"神圣"之意。九是最大的阳数，象征着天，因此天又被称为九重霄或者九天。而在地上象征天赋皇权的京城，也有九门，看守九门的官员被称为"九门提督"。

一般来说，西方的宗教体系会更倾向于"三"这个数字，比如基督教中的圣子、圣父、圣灵三位一体的说法，很少使用到"九"这个在东方有特殊意义的极数。

世界树可以说是一个极为奇葩的组织，是融汇了东西方文化建立而成的，里面的主要成员，几乎个个都是中国通，并且对古蜀文化知道得尤为详尽。

之前敖雨泽跟我提到过，世界树组织的创立者有两个，一个是和眼前的艾布尔同姓的犹太人老爱华德，另一个是一名张姓道士，而且这个道士据说曾指点了计算机之父关于二进制的理论，并且擅长卜卦。

这么说来，这个张道士很可能也是能看透命运线的人，就是不知道他现在死了没有。从年龄上算，他起码有一百多岁了，而有着特殊血脉的这一支的张家人，貌似因为血脉的缘故受到天谴，都不算长寿。

"张道士还在吗？"我问道。

"我小时候见过他一面，不过现在想想，那已经是二十世纪八十年代的事情了。他的有些做法太过激进，而且遭遇了到一个姓叶的年轻人，那年轻人没有任何特殊的血脉和法力，可是居然让张道士吃了大亏而不得不闭关退隐。最后有没有受到天谴而死，我也不知道。"艾布尔耸耸肩说道。

我的注意力，集中在了艾布尔口中那个八十年代姓叶的年轻人上。当他提到这个人时，我的脑子里第一时间冒出来的，就是叶凌菲的父亲，那个曾对挖掘古蜀文明神秘之处做出过极大贡献的叶暮然。

当年叶暮然在秦振豪的设计下，曾从黑水县的一个墓葬中带出了一个神秘的青铜箱子，谁也不知道那个青铜箱子中除了失落的《金沙古卷》外，到底还藏着什么。

叶暮然留下的笔记里说，他曾推迟了一次大灾难的到来，可也留下预言说这种推迟仅仅是为了给后来人争取时间，真正的灾祸会让整个世界随之倾覆。现在我们已经明白，他所指的让世界倾覆的灾难，很可能就是意识世界的全面入侵。

并且从最初的回归者组织开始分裂的时间看，二十世纪八十年代，是一个极为关键的时间点。那个时候的叶暮然很可能和回归者组织之间有着敌对关系，甚至回归者分裂形成后来的铁幕、真相和JS三大组织，叶暮然很可能也是其中一个关键人物。

不过最后叶暮然为了追寻真相，在九十年代末死在了五神地宫之中，他的遗骸直到两年前才被我们发现。而余叔后来的某些古怪的举动，很可能也是因为在五神地宫中发现了什么关键信息。这些信息的来源，应该是叶暮然留下的线索。

不过余叔这次是真的死掉了，就算他有再大的本事，也不可能再度假死复生。但我很怀疑余叔临死之前没有完全对我讲真话，很可能隐瞒了某些重要的信息，而这些信息是他在另一个时空让鱼凫一族继续延续的关键所在。

“用人类作为食物来培育壮大七号水密舱中的妖树，你睡觉的时候，就不会做噩梦吗？”我想起挂在朽木上的半透明茧状物，心中一痛，问道。

“这个世界一直朝着错误的深渊滑去，战争，恐怖主义，核威胁，环境污染，甚至是资本对落后地区的血腥掠夺，千万年来冤死的亡魂在世界的暗面形成的业力……这一切的一切，终究会使世界陷入彻底毁灭的境地。既然如此，我们在神的带领下重新回到正确的道路，哪怕这个过程中牺牲了小部分人，又算得了什么？因我而死的人，还比不上每年死于谋杀的人数，可他们的死却是最有价值的。”艾布尔淡淡地说，眼中更是藏着一丝危险的狂热。

“要不是知道你是世界树组织的圣子，我还以为你是真相派外围那些狂热的环保主义者。”我嘲讽道。

“实际上真相派从某种程度上说，算是世界树一个隐秘的分支，尤其是当‘大王’死去以后。”艾布尔神色诡秘地说。

我想起当初在云南时劫杀我和敖雨泽的黑桃J以及他口中的黑桃皇后，顿时明白过来：真相派中以黑桃皇后为首的一派，应该早就被世界树组织策反，甚至很可能是世界树早就打入真相派的暗子。

而且这早有征兆，之前敖雨泽曾提醒过我，黑桃皇后这个老女人，就是之前测试《古蜀密码》PC版本游戏中出现过的玩家“圣母”，而“圣母”和“天父”本来就有着莫大的关系。

“你怎么知道你们的神会带给这个世界新的秩序，让人类不再继续走错误的道路？或许那个时候已经没有人类，有的只是披着人类外壳的异类。”我冷笑道。

“你是说你们在精神病医院中发现的那些灵魂异常的游戏玩家吧？他们大部分都是出错的实验品，作为其中的执行者，这件事我比你要清楚得多。凡人的肉身终归和神使的灵魂不同，要让神国的神使们降临凡间，需要大量的实验才能得出完美契合的方案。你所见到的，只不过是一些失败的残次品而已。”

“被神使占据躯壳的凡人，那还是人吗？”我完全无法理解艾布尔的逻辑。

“那不是简单的夺舍，而是融合。难道你不觉得，人类的生命形式并不完美吗？二十年左右才能生长为成年的个体，十几年才能完成最基础的教育。当一个人终于成为社会的中坚力量，却已经开始衰老，各方面的机能都开始衰退。更不要说人性当中的诸多弱点，贪婪，嫉妒，自私，好色，暴怒，怠惰，傲慢……人是最不完美的生物，只有和神使的灵魂融合，才能让人真正地进化和升华，那个时候才是人类走向辉煌的起点……而到那个时候，我们就是整个世界的英雄。”

我呆呆地看着渐渐陷入狂热的艾布尔，终于理解了世界树组织为何会为纯意识世界中的神灵效力。这个组织的高层，竟然都认为让意识世界中的意识生命体降临不是在毁灭世界，而是在促成人类自身的进化，他们相信自己是拯救人类的伟大人物……

这就是一群疯子，而且是信念比真相派的人还要坚定的疯子。而有着如此坚定的信念以及对古神狂热信仰的疯子，无疑是这个世界上最可怕的物种。

第十四章

JINSHA ANCIENT SCROLLS

实验室

艾布尔离开之前，还将我身上那枚白色的符石没收了。接着穿着淡蓝色防护服的一男一女走了进来。我没有看错，这两个人身上的确穿着在生化实验室里的全封闭防护服，看起来像是气质和谭欣然接近的两个研究人员。

看着如此打扮的两个人走进来，我本能地开始警惕起来，身上的肌肉开始绷紧。

“放轻松，我们只是需要你配合我们做几个小实验而已。”女研究员走到床头，取下墙壁上固定钢架床位的螺栓，用尽量轻柔的语调说道。

“我想我晕过去时，这样的实验你们应该没少做。那个时候你们没有征求过我的意见吧？”我冷笑着说。

女研究员将两个五厘米宽、半厘米厚的金属镯子分别戴在我的左手和右脚上。手镯合上后，发出轻微的“咔嚓”声，接着手镯上面的指示灯亮起。

“这两个镯子里不仅有能检测你脉搏和心跳的微型传感器，还有定位追踪器和微型炸弹。如果你有过激的举动，不排除我们引爆里面的炸弹。虽然以你的体质不一定能炸死你，但是你的手脚肯定保不住了。更重要的是，如果你不配合，我们就只能去找隔壁房间的那位女士了。”旁边的男研究员满意地欣赏着我手脚上的金属镯子，将固定我双腿的脚镣取下，让我恢复了行动。

我的心一紧，就算我能做到鱼死网破，可敖雨泽在对方的手上，这对我来说是完全无从抗拒的威胁。

“你说得没错，在你醒过来之前，我们已经抽取了你身上的神奇血液做了部分研究。不得不说，你身上的血液简直是最完美的上帝之血，就连专门针对神裔血脉的活性金属制成的液态纳米机器人，也只能抑制它几个小时。不过可惜的是，你身上的血液离开你身体六个小时后，就会渐渐变成和普通人血液一样。所以我们需要你配合完成几个实验，取得一些关键的数据，这会为人类完成一步跨越式的进化奠定基础。”女研究员说道。

“我想世界树的人活捉我和我的同伴，不仅仅是要拿我们当成实验品吧？要这样做的话，艾布尔早就做了。”我注意到女研究员的情绪波动，她说这话的时候信念坚定，完全没有说谎的样子。看来这个女人已经被世界树组织的人洗脑，坚信自己做的一切，是为了人类的进化这个宏伟的目标。

我能从这坦诚的话语里听出潜藏的残酷，恐怕他们的下一步实验，是想要看看在极端的情况下，我身上血脉的具体反应。我身上的血脉很可能并非来自古蜀五神，而是来自那个强大的古神。而且通过一些蛛丝马迹，我和敖雨泽推测出这个古神很可能和神话传说中的伏羲有一定的关系。

“你无须担心你的安全。我们所有的实验，都会在一个前提下进行，那就是确保你的安全，否则圣子不会饶恕我们。”女研究员微笑着说，语气中似乎带着一丝遗憾。

我可以想象，这两个研究人员通过我身上的血脉所做的研究，和意识世界的入侵有着关联。这些和人类灵魂有着百分之九十九相似，但最关键的百分之一却截然不同的纯意识生命体要想直接夺舍人类，需要付出的代价极大，成功率也极低。

或许也正因为如此，通过《古蜀密码》这个VR游戏入侵的意识生命先驱们出现了和常人不协调的地方，很快就被铁幕和真相派的人发现并找出了灵魂状态异常的玩家。只可惜不知道是有意还是无意，这些入侵的先驱们最后都以近似自杀的方式让自身灵魂湮灭，不仅保住了关于意识世界的秘密情报，更是掐断了许多关键的命运线。

如此说来，当有一天意识世界的生命体要全面入侵，那么最为需要的是能够容纳它们灵魂的“容器”，也就是能够完美契合它们灵魂的人类肉身。

这些来自意识世界的异类灵魂，调整自身灵魂来适应人类的躯壳并不现实，那样的话它们本身和人类灵魂就没有了区别。那么调整人类的身体让其逐渐趋近它们心目中的“完美”程度，就会成为它们的目标了。

而像我和敖雨泽这样具有古神血脉的人类，无疑是最关键的人物。研究我们身上的血脉，应该真的如两个研究员所说，是为了达到让人类“进化”的目的。只是最后进化的结果，并非适合人类本身，而是更加适合这些异类的灵魂。

也就是说，如果我真的配合他们完成这项实验，很可能会吹响意识世界中的异类大规模入侵的号角。

不过我还是有几个极大的疑问，那就是不管是我还是敖雨泽，甚至是那个神秘的张姓道士，身上继承的，都很可能是来自古神的血脉。只是我和敖雨泽身上的金沙血脉，明显和张家人的血脉有区别，我们杜家的血脉是从古蜀时期的王族传承下来的，并且没有张九红所说的那些近似诅咒的后遗症。

为什么来自同一个神灵的血脉，却在表现上有诸多不同，造成这些不同是因为什么？如果世界树真正信奉的神灵是我们身上血脉来源的神秘神灵，又有什么必要研究我和敖雨泽的血液，只要直接给世界树组织改造人类血脉的方法就可以了。

这些疑问始终在我心头萦绕。我们似乎忽略了某个关键问题，或者说我们对世界树的认知，出现了某些偏差。

不过，不管我是否同意，两个研究人员想要进行的实验都不会改变，并且这明显是得到了艾布尔的默许。不然以我和敖雨泽的重要性，在没有榨干剩余价值之前，是不会轻易沦为实验品的。

很快，我被推入了一间无尘实验室内。这间实验室并不大，设备却极为齐全，其中不少设备甚至是限制国内进口的高级型号。我之所以对此有所了解，还是前阵子被谭欣然救出来的时候，闲聊时她无意中提到过希望得到这些型号的实验仪器来做下一步研究。

这些仪器大部分是医疗设备，还有三分之一和电磁学息息相关。当时我差点被谭欣然口中那一连串的专有名词绕晕，不过我的记忆力奇好，尽管不解其意，还是马上记住了她说的那些东西。

比如其中一款基于超导约瑟夫森效应和磁通量子化现象的超导量子干涉仪，是一种能够测量微弱磁信号的仪器，极其灵敏，可用来测量人体心磁，并对人体最为神秘的脑部进行脑磁测量。还有一台来自英国的细胞生物电磁学仪器，谭欣然曾提起过，这种仪器使用交变磁场和磁纳米颗粒，能够加热肿瘤和细胞，还能控制纳米磁流体运动的组织靶向性和细胞特异靶向性，进行细胞外和细胞内多重磁流体热疗分析。

如果说在其他实验室里看到类似的仪器，我可能都不会产生联想，会觉得一间高端生物实验室里有这些设备再正常不过。可眼前的实验室是世界树组织在商船上的秘密之一，并且这艘商船最重要的目的就是为世界树组织“收集”实验的素材，这些素材最终流落的地点，基本上可以确认和这个实验室有关。

对于整个古蜀文明来说，异常的磁场现象，几乎贯穿了所有的神秘事件，尤其是和意识世界相关的事件。

就算中学生也知道，在我们所处的世界，存在四大基本力，即强核力、弱核力、引力以及电磁力。其中强核力是作用于强子之间，弱核力只负责放射性现象，离普通人的生活十分遥远。引力则存在于所有具有质量的物体之间，每天上下楼梯，或是随手抛起一个苹果，就能感受到它的存在。只有电磁力，作为电荷、电流在电磁场中所受力的总称，看不见摸不着，却又实实在在地存在着，并且和我们的生活息息相关。

且不说所有的电子信息都是通过电磁信号进行转换或传播，光是在我们看来最为普遍的电能，也需要通过发电机的机械转动切割磁感应线来获得。

没有电，我们的文明至少要倒退一百多年，回到蒸汽时代。可以说，电是现代文明的基础，而电磁现象，则是这个基础最根本的东西。

地球作为一个拥有铁核的超大“磁铁”，磁场在整个地球上无处不在。大多数生物都会受到磁场的影响，大多数生物本身也都有自身的生命磁场。比如，鸟类基本是靠着磁场进行定位和迁徙。也正因为如此，鸟类在磁场异常的地方很容易迷路找不到方向。

这些磁场的异常带，比如长寿村附近的雷鸣谷，再比如黑竹沟，还有众所周知的百慕大三角区，都存在于北纬三十度附近。巧合的是，埃及文明、玛雅文明、古印度和古巴比伦以及古蜀文明，都位于这个神秘的纬度附近。

人体作为一个拥有生命磁场的特殊生物，受到磁场的影响比其他生物更大。

像传统文化中的风水学，抛开一些迷信和装神弄鬼的因素，其实大多就是利用磁场对人体的影响，来改善周围环境，进而影响一个人的情绪、健康状态甚至是神秘莫测的“命运线”。因此所谓的风水改运，只不过是改变了受术者生活的地方周围的磁场。长久来看，由于磁场的改变，的确有可能达到“改运”的效果，只是这种效果具体是怎么起作用的，就见仁见智了。

如此众多的和人体有关的电磁设备的出现，让我不得不提高了警惕。世界树在技术上的积累，比铁幕和真相派要深厚得多，就对于意识世界和磁场异常现象的认知程度而言，世界树很可能已经走到了铁幕的前列。

怪不得我们前往地磁异常的黑竹沟时，会遭遇詹姆斯和施密特这两个在世界树组织中地位极高的人物。詹姆斯是和艾布尔身份差不多的“圣子”，有九分之一的可能继承世界树组织的首领位置。当然，詹姆斯死后，其他的圣子继承世界树的可能已经升到了八分之一。

我心中微微恐慌起来，不会真的被世界树的人研究出了我身上血脉的作用原理了吧？这可是连旺达释比也只能暂时压制的古蜀国神裔血脉，总不至于最终被洋鬼子揭开了其中潜藏了几千年的秘密？

不过很快我就放心下来，尽管这个实验室的设备极为先进，可在不伤害我的前提下，两个研究人员以及他们的助手所进行的实验，说起来还算温和，最多也只是给我带来一些在忍受范围内的痛苦。

实际上我反倒觉得，两个研究人员对我背后的鬼脸蛇鳞诅咒的兴趣，要远远大于我身上的血脉力量。

鬼脸蛇鳞的出现，很可能和控制叶凌菲身体的秦怡以及世界树组织有关。可两个研究人员目前的状况，似乎并不知道这一点。

是他们身份不够，还是说我们之前的推测出了错，这件事和世界树组织本身毫无关系？我细细地盘算着，却没有任何头绪来证明这一点。

作为一个憋屈的实验品，我唯一的收获，就是明白了两个研究人员穿着全封闭防护服的原因。这并非一种职业习惯，或是怕我身上有什么致命性病毒，而是因为七号水密舱中的树神。我和敖雨泽之前沾染了水密舱中培育树神的营养液，而营养液中存在一种能够引发人体细胞变异的物质。

但是我和敖雨泽却没有出现任何变异的状况，相反，侵入我们皮肤的这些古怪的物质，最后无一例外地“死亡”了。似乎我和敖雨泽身上的血脉，是这类的物质的克星。两个研究员要研究的方向之一，就是我们身上血脉为何能克制这些物质，以及能否从我们的血脉中提炼出一些成分，获得这种物质的免疫药剂。

两个研究员在这方面的研究，因为血脉离体六小时失去活性而无法继续下去，但这反倒是激发了他们的其他兴趣，甚至切了一小段树神的藤蔓触须放入一个密闭容器，要进行活体实验。

这种实验很简单，不过是让这一段没有完全死亡的藤蔓触须刺入我手臂的血管。但无一例外的，这些触须生长出一些细小的根须想要吸收血肉作为养分，但每次都很快失去活力枯萎了。两个研究人员试着配置了不同的溶剂诱导藤蔓产生新的变异方向，依然无法改变这种情况。

不过藤蔓从刺入血管到最后枯萎的过程，每次都被仔细地记录下来，产生了大量的数据供实验室研究，进一步调整着对“树神”的培育。

在这个过程中我也了解到，树神的出现，纯粹是一个意外。世界树组织的人在得到七杀碑的上半截后，艾布尔的一个亲信，专门管理贵重物品的核心成员无意中将青铜神树的残枝靠近七杀碑。那一截残枝竟然在短时间内恢复了活力，并将七杀碑包裹起来。而促使青铜神树残枝生长的养料，就是这个倒霉的亲信。事后，开始肆无忌惮生长的青铜神树残枝，开始在这艘船上猎杀更多的猎物，一度生长到占据整艘船三分之一空间的恐怖体积。后来世界树组织中属于张姓道士一脉的某个高人亲自出手，才将这变异的树枝逼到七号水密舱中封印起来。

而被树神吃掉的人，其灵魂也会发生变异，成为树神的傀儡，就如同民间传说当中，死在千年槐树妖手下的人类灵魂会被槐树妖所禁锢驱策一样。

和民间传说不同的是，通过树神进食然后产生的变异人类灵魂，和意识世界中的纯意识生命体十分接近。从某种程度上说，两者之间犹如近亲，反而是离人类本身远了一大步。

这就让整个实验室的人产生了一种错觉，那就是人类的灵魂，是能够被转换为和纯意识生命体近似的异类灵魂的。这个发现让他们觉得，就算将来有一天意识世界降临，人类无法抵抗，其实可以选择另一条路，就是让人类自身变成那些异类生命的同类，从而获得延续。

这样的奇想不得不说让我大开眼界。可是那个时候的人类，就算其外形和现在的人类没什么不同，可失去了看起来负面的感情和性格，被塑造成绝对理智和讲究逻辑的新人类，还算真正的人类吗？那和一个没有感情的人工智能有什么区别？

甚至，我心中隐隐感觉到，意识世界中生活的意识体生命，或许一开始是人类的灵魂，只是这些灵魂通过一些原因，如同被树神吞噬的人类灵魂一样发生了变异，才发展成我们眼中的“异类”。

并且，这种变异，很可能是从古蜀国灭亡的时候开始的。当年的古蜀国被灭的背后，隐藏着太多机密，古蜀国屹立了近三千年的时间，其存在的时间跨度甚至比中原王朝还要多几百年。

这样一个掌握着先进的青铜冶炼和铸造技术，甚至发展过程中受到神灵指点拥有神秘力量的古老王朝，最终却被中原的秦国所灭。尽管这中间也有十二世开明王杜卢为了诛杀巴蛇神获取神血自己作死的缘故，可要说其中没有一点内情，也未免太小看这个延续了数千年的国度。

传说秦灭古蜀之后，古蜀国的先民只有极小一部分继续生活在巴蜀大地上，大部分古蜀国的先民，都追随自己的王而去。

最后一任蜀王是派遣五丁力士杀死巴蛇的十二世开明王杜卢。杜卢没有在秦灭蜀的战争中死去，而是通过在巴蛇神的肉身周围布置了法阵，企图通过血亲转生让自己获得神血，最终却功亏一篑死去。

也就是说，古蜀国的先民不可能在被灭国之后追随蜀王迁移到其他地方。那么有没有可能，这里所说的“追随”，其实是指古蜀国的先民们大部分殉国而死了呢？

张献忠在屠杀四川数百万人之后，通过七杀碑承载了大量的怨念，而古蜀国当年作为一个被彻底灭掉的国家，其怨念又会强大到什么程度？尽管历史上被灭掉的国家成千上万，可没有任何一个国家像古蜀国这样，对长生以及人的意识本质和时空关系有着如此深刻的认知。

这样的认知很可能造成了古蜀国先民在死后进入了历代先王“羽化”飞升之地的意识世界。史书上所说的“追随先王”而去，去的地方很可能不是一个真实的地点，而是意识世界本身。同时由于强大的怨念让古蜀国先民的意识发生扭曲，像被树神吸收了血肉和精神的难民一样，灵魂被异化成了另外一种诡秘的异类生命。

想通了这一点，接下来的实验时间，似乎也不再那么难熬。直到第七天，我见到了昏迷的敖雨泽。

刚看到敖雨泽昏迷不醒时，我能感知到体内的血脉不停奔涌，就算是这个实验室在我身上设置了多重禁制，也无法阻止血脉力量渐渐狂暴起来。

因为身上贴着好几个磁性传感器，实验室内刺耳的警报声响起——以这个实验室的技术手段，很快就察觉到我要进入狂暴的状态。

“杜先生，赶紧停下，强行通过意志唤醒身上的血脉力量，会对你的身体造成极大的负荷。而且为了制止你，我们将不得不采取一些极端手段。”女研究员脸色大变，对我说道。

“我说过，配合你们的实验，我一个人就够了，为什么要让敖雨泽也加入进来？”我深吸一口气，竭力控制着自己的情绪说道。

“请你放心，敖小姐没有任何问题，我们从来没有用她身上的血脉做实验。她身上的血脉实际上是相互纠缠的两种，一种是来自你身上的金沙血脉，另外一种是疑似蚕女的次等神灵的血脉，和青铜神树的神裔是平级的，根本起不到压制作用。”女研究员急促地说。

我将信将疑地让自身沸腾的血脉渐渐冷却下来，可这样一来我能感受到血脉燃烧后产生的极度虚弱感。

“我需要她醒过来。”顾不得全身上下汗水淋漓，我冷冷地说，“否则今后的实验休想我继续配合。”

“杜先生，实不相瞒，树神出了点问题，我们需要你去分离树神和神纹石碑，也就是你们所说的七杀碑的共生状态。”那名男研究员脸色铁青地说道。

“你们带来的那件神秘的武器，当初只伤到了树神的一根枝丫，但那股古怪的力量居然潜伏起来，渐渐侵入树神的本体。该死的，你们成功毁掉了树神，如果不采取措施的话，连神纹石碑也会被毁掉。”艾布尔出现在实验室的大门口，脸色难看地对我说道。

是戮神钉。我顿时反应过来，当时敖雨泽用戮神钉钉住了树神侵入商船厨房的一根枝丫变成的藤蔓，那根藤蔓以极快的速度枯萎死亡。当时我们以为也就这样了，要杀死树神，需要将戮神钉钉入树神的主干，没想到这枚家传的宝物居然如此给力，能够让力量潜伏起来，之后对树神造成致命的影响。

“杜小康，如果七杀碑出了问题，麻烦比你想象的还要大，敖雨泽也可能会醒不过来。”似乎看出了我的犹豫，艾布尔冷声说道。

“什么意思？”我厉声问。

“你应该也清楚，敖雨泽身上虽然有一半的金沙血脉，但那来自于你。当初的仪式是为了让你解除敖雨泽身上的时光之沙的封印，而不是让神之血脉彻底转移。通过这种方式获得的金沙血脉并不稳定，平时也没什么，可惜敖雨泽和你一样中了鬼脸蛇鳞的诅咒，而产生这种诅咒的根源在于七杀碑的下半截底座，加上树神中提纯自七杀碑中的怨念形成执念被你们两个吸收了近千分之一——这个比例听起来很少，可不要忘了，七杀碑中至少有三百万被张献忠屠杀的冤魂，千分之一的比例就是三千个。你的血脉力量或许能让这些带着执念的意识体无法马上发作，但是敖雨泽支撑不住。如果不能从变异的树神那里获得七杀碑上半截，她的自我意识会被三千人的执念冲刷干净。”

从艾布尔的语气中我能感知到他的情绪波动，他应该没有说谎。

当初我和敖雨泽在七号水密舱中遭遇树神时，的确有不少穿着古代服饰的虚影从眼睛进入我的脑子。我当时承受不住晕了过去。现在看来，这些虚影应该就是来自七杀碑的执念。

执念并非灵魂，而是一个人临死前对某件事带着的深刻的期望。即便是死亡也无法将这种期盼淡化，最后会留下一团不易消散的电磁波。

灵觉敏锐的人感知到这种电磁波的波动，往往会以为自己“见鬼”了。实际上“看到”的，不过是一段电磁波承载的特殊信息。

这和我看到的“鬼域”又有所不同。如果说这样的执念是一团散乱的没有自我意识的电磁波，那么我所看到的鬼域中的鬼魂，其实是无形无质的纯意识生命体，它们依赖于这个世界的冗余产生的意识空间存在，是一种拥有自我意识的特殊智慧生命，和人类的灵魂高度相似。

这些意识生命体时时刻刻想要入侵到现实世界中来，甚至能通过VR头盔中的虚拟画面产生各种心理暗示，通过人的眼睛侵入人类大脑，从而夺舍。

尽管第一次入侵以失败告终，可也让意识世界的纯意识生命体积累了经验。我甚至能够想象，下一次入侵很可能更加隐秘，有更高的成功率。到那个时候，或许这个世界真正的危机才会降临，那将是犹如百鬼夜行的人间地狱。

“七杀碑中除了三百万冤魂的执念之外，到底还藏着什么秘密，让你们大张旗鼓地要得到它？”我趁机问道。

“我也不知道。我只知道除非七杀碑上下两截合并，否则没有人能了解七杀碑的真正秘密。我估计你们口中的杀人魔王张献忠当年真正的目的，或许比你们想象中要诡秘得多。”艾布尔脸色阴沉地说。

“七杀碑的下半截呢？我们曾在江口沉银遗址附近的水下看到过它，可第二次下水的时候，它不见了。”

“如果不出意外的话，它应该正被运往洪都拉斯，最多十天后，你就能看到它了。”艾布尔说道。

“是谁得到了它？叶凌菲，或者说秦怡？”我问道。

“的确是她，作为意识世界的使者，她在世界树组织中享受最高级别的贵宾待遇。好了，能透露的我都说了，现在轮到你做出选择了。”

我看了一眼旁边晕过去的敖雨泽，虽然她的生命体征保持平稳，可我完全感受不到她的意识波动。这是我们血脉融合以来从来没有发生过的事。

“我答应你。”我转过头，低声对艾布尔说道。

艾布尔拍拍我的肩膀，吩咐实验室的人拿过来一个活性金属制成的箱子。打开之后，里面的绒布上摆放着旺达释比送给我的最后一枚白色符石和家族传承的戮神钉。

“这两件东西我想对你应该很重要，尤其是在面对快要失控的树神的时候。”艾布尔淡漠地说，似乎并没有将这两件宝物放在心上。

我点点头，将白色符石重新戴在脖子上，然后拿起戮神钉。和最初看到戮神钉的时候相比，它上面的铜锈掉落得差不多了，渐渐露出锋芒。

我被带到了船舱底部的七号水密舱跟前，这里的戒备比起一周多前有了极大的改变——三步一岗，十步一哨。当初如果这里有这么多看守的人员，我和敖雨泽绝对无法接触到水密舱中的树神。

不过这些看守人员防备的，明显不是外来的闯入者，而是七号水密舱里面的树神——那段变异的青铜神树残枝。他们身上都穿着全封闭的防护服，看来树神释放的甜腥气息对人体有极大的危害。

不过我身上的血脉能够克制树神，因此那股气息对我没什么影响，这也是艾布尔拜托我来分离树神和七杀碑上半截的原因。

水密舱的舱门被打开，我深吸一口气，跳了下去。上方的舱门很快就被关上，大概是害怕水密舱中的藤蔓趁机逃出来。听艾布尔说，之前容纳这些藤蔓通过的管道也已被封死，现在的树神被完全禁锢在了水密舱中。

跳下水密舱后，我感觉到下方的营养液比之前浅了一些，但更为黏稠，这让我觉得很不舒服。

大概是感受到我的到来，水花沸腾起来，数十根藤蔓从水底探出，虎视眈眈地观察着我。这些藤蔓或者说树根上没有眼睛，可我却有被观察的感觉，似乎这些藤蔓表面的皮肤有感知的能力。

和上次相比，藤蔓已经失去了大量的活力，有的藤蔓不仅有气无力，许多地方甚至已经腐烂，流出绿色的脓液。

其中一根藤蔓犹豫着伸过来。我正要用戮神钉扎上去，这根藤蔓却灵巧地避开了，然后快速缠上我的脑袋。

无数根须生长出来，刚一刺入我的皮肤，就被我体内的血脉溶解。可藤蔓没有像上一次那样马上放弃，源源不断的根须继续生长出来。

不远处的几十根藤蔓，当即有五六根完全枯死，掉入水中，应该是被抽取了生命力用到了生长的根须之中。

就在我趁机将戮神钉刺入眼前的藤蔓时，一幅幅图像不停地通过根须传递到我的脑子里，我顿时停下了手中的动作。

这些图像如同立体的影像，而我可以用上帝视角从任何角度观看。无数百姓被古代士兵像猪狗一样屠杀，血液汇聚成溪流，被引入一个巨大的天坑中。在天坑的底部，浸泡着一块黝黑的陨石，在吸收了海量的血液之后，这块陨石开始崩裂，露出中间疑似石碑模样的内核来。

接着陨石的内核被工匠雕刻成霸下驮碑的模样。一名戴着黄金面具，看不清面容，全身上下裹在黑袍中的巫祭，用青铜工具在石碑上刻画着巴蜀图语。每一个字符刻成时，无数血液蠕动着，像小蛇一样缠绕上去，将字符完全填满。

等巫祭刻画的巴蜀图语全部完成，像是受到天谴一样，巫祭整个人开始快速地衰老腐朽，最后瘫倒在血海之中。不仅是身躯，他身上的衣物都很快溶解，只剩下黄金制成的面具在血海中隐隐若现。

一个须发怒张，身穿铠甲，面色狰恶的将领走上前，从另一名巫师捧着的铜箱子中取出一件物品——是我之前见到过的巴蛇神的尾骨。

以巴蛇神尾骨为笔，死人头发为笔尖，血海中的血为墨，似乎连灵魂都戴着杀念的将领在石碑的其中一面，写下杀气冲天的七个血色大字“杀杀杀杀杀杀杀”。

这是三百多年前七杀碑诞生的情形，眼前的将领，自然就是历史上的杀人魔王张献忠。接着画面一转，这块石碑随着张献忠四处征战。或许是摄于七杀碑的威力，战场上张献忠带领的士兵如同被神鬼附身，悍不畏死，就算被敌军砍伤，也要手脚并用在敌人身上咬下一块肉，为同伴创造机会，这让张献忠的军队几乎无往不利。

更多的无辜者被杀死，所有亡者的执念被七杀碑吸收，让七杀碑上聚集的执念越来越强烈。终于，张献忠这样的杀人魔王无法承受七杀碑的力量，最后因为反噬严重，在西充凤凰山被清军的流矢击中死亡。

他的亲卫从战场上抢出了断成两截的七杀碑下半截，和大西国搜刮的全部宝藏一起，沉入岷江河堤，形成流传了三百多年的江口沉银宝藏。

而上半截石碑，被一个在张献忠身边效力的道士偷偷带走，从此隐匿起来。直到不久前我们在蛇神殿中面对巴蛇神本体的时候，才被世界树组织偷偷跟着我们的人从黑竹沟中找到。

第十五章

JINSHA ANCIENT SCROLLS

羽蛇神庙

所有的幻象开始退却，缠绕在我脑袋上的藤蔓也软绵绵地失去了力量，垂落到水中。

原本多达三十几根的藤蔓，仅仅片刻，只剩下了七八根，其余的全都枯死了。

我呆呆地看着眼前残存的藤蔓，有些下不去手。它们似乎没有伤害我的意思，反而像是想要竭力向我透露一些关键的信息——关于七杀碑的信息。

唯一的例外，是关于它自身的。先前那根藤蔓缠住我的脑袋的时候，我能从中感知到它身上的痛苦以及快要得到解脱的快意。

它的本体源自青铜神树。青铜神树和其他神灵不一样，相比之下对人类保持着更大的善意。这或许与其本体是植物有关，这让它有着其他神灵所不具备的沟通人类意识的能力，如同电影《阿凡达》中链接一切生命体的神树。

正因为如此，树神受到七杀碑上的怨念污染后，变异产生的能力能够转换人类的灵魂，这本身就是其沟通人类意识的能力之一。

青铜神树作为一个与金属和植物相关联的神灵，原本就能以生物血肉作为养分，让自身成长。之前在五神地宫的时候，从无数尸骸中生长出来的青铜之花盛开出血肉铜种，曾帮助我们粉碎了余叔的阴谋，这也让我和青铜神树之间，有了一点隐秘的联系。

之前我们推测，我、敖雨泽、秦峰、明智轩以及叶凌菲五个人，分别对应着古蜀五神其中一种神灵的血脉，其中我自己所对应的血脉，疑似属于青铜神树。

当时我们对此没有太大的怀疑，可后来的种种迹象却表明，我身上的金沙血脉是来自比五神更高级一些的古神。也就是说我身上的血脉和青铜神树无关，唯一和青铜神树的联系，就是体内曾植入的血肉铜种。

也正是这点联系，让陷入死地的树神残枝将残留的一点信任给了我，让我得以看到除七杀碑的来源之外，一个极为关键的消息。

这个消息和古神有着莫大的关联，或许是将来我们打败古神的关键所在。可现在的我却不敢透露丝毫，毕竟世界树组织是以青铜神树所象征的建木神树为名，可实际上信奉的神灵，却是神秘的古神。

青铜神树在这个组织眼里，或许只是一种前期的象征物。不知道从什么时候开始，世界树组织的高层，对于青铜神树没有了任何的敬畏。

树神携裹着七杀碑的上半截，渐渐浮出水面。几十个昏迷过去的年轻人被包裹在半透明的茧状物中，也浮了上来。只是里面的年轻人都陷入沉睡，我无法分辨他们的灵魂是否还属于人类。

带着一丝怜悯和沉痛，我将戮神钉刺入了树神最核心的那块朽木中。

和上次敖雨泽使用戮神钉那粗暴的方式不同，我在刺入戮神钉的瞬间开始念诵那拗口的咒文。

随着这些咒文被低吟出来，戮神钉上发出刺眼的青色光亮。被光亮照到的树神，不管是核心的朽木，还是周围的藤蔓枝丫，都开始化为灰黑的粉末快速崩塌，很快溶入水中，一丝痕迹都没有留下。

戮神钉上携带的力量完全发挥出来，先前看似厉害的树神，没有怎么费力就被彻底杀死。但我知道这是因为它在主动求死，它要是拼尽全力和我对抗，到头来鹿死谁手犹未可知。

就算只是青铜神树的一段残枝，也具有一定程度的自我认知能力。它被戮神钉所伤，尽管力量大减，却反而恢复了部分理智和意识。

作为神灵留在人间的一小截分身，它不可能允许自己失去理智后被冤死者的执念所污染，成为吞吃人类血肉和转化人类灵魂的工具，这或许是它主动求死的原因之一。

而另外一个原因，就涉及它所透露的秘密了。我要验证这个秘密的真实性，就必须要深入美洲丛林之中，去另一个古老的文明那里探索。

我按照和艾布尔的约定，发出了信号。其实就算不这样做，布置在水密舱中的监视器，也已经将里面的画面传递到监控室去了。

很快，水密舱的大门打开了，一根绳子垂了下来。我将它绑在腰间，摇晃了一下，上面立刻将我拉了上去。

我出去后，几个穿着潜水衣的护卫人员顺着溜索滑入水密舱，在水底找到七杀碑后绑缚在绳子上，让人拉了上去。而漂浮在水面上的数十个半透明的茧状物，也被一一找到拉了上去，送入了船上的实验室内。

看着被送走的茧状物，我的心情有些沉痛。这些难民尽管属于另外一些战乱国家，并非我的同胞，可几十条鲜活的生命可能永远醒不过来，这样的事情发生在我眼前，还是让心底的愤怒不停升腾，但又被我强行压制下去。

七杀碑上半截以巴蜀图语写成的字迹已经有些模糊了，而另一面血色的七个繁体“杀”字依然醒目。不知道为什么，我总觉得这块石碑和我的血脉之间，有着说不清道不明的关系。

尽管先前在水密舱中发生的一切，被里面安装的监控设备拍摄下来，可我在幻象中看到的，监控却无论如何也拍摄不下来。

我的手脚上还有两个防止我逃跑的微型炸弹和定位装置。我怀疑以世界树组织的技术，这两个拥有众多传感器的装置，很可能能通过我的脉搏、心跳以及血流的速度，感知到我的情绪以及是否在说谎。

这并非太高深的技术，目前那种一百多块一个的烂大街的智能手环，都能勉强做到这一点，就更不用说是世界树组织的装置了。

好在我的血脉能力解封之后，对于身体机能的控制已经到了远超常人的水平，我的情绪波动能被很好地隐藏起来。光是通过传感器的监控，反而让我有欺骗对方的机会，艾布尔等人也不可能通过传感器得知我的内心所想，最多就是能看到我当时的血流速度加快了，并不知道我所经历的一切。

石碑被重新搬回实验室。我换了一身干净的衣服，没有理会正在仔细观察石碑的艾布尔，而是走向了敖雨泽所在的隔离室。

隔离室就在实验室旁边，窗户镶嵌的是防弹玻璃。透过防弹玻璃，我可以看到敖雨泽静静地躺在病床上，规律地微微起伏的胸口证明了她目前应该没有大碍，只是暂时昏迷。

可这昏迷已经持续了一周多了，我无法想象时间再加长的话，她会不会有事。

“她什么时候能够醒来？”我问道。

“应该快了，树神已经彻底死去，它留下的影响不可能一直持续。”艾布尔的眼睛一直盯着七杀碑，似乎一点儿不把树神的死放在心上。

我估计七杀碑中藏着的怨念，应该被树神洗刷了不少。

当年的张献忠为什么会选择屠杀数百万川人在七杀碑中留下无尽的怨念，真的是为了拯救这个世界而不得不牺牲这些人，还是说其中藏着更深的隐秘？

估计只有七杀碑的上下两截再度合二为一，藏着的秘密才能曝光，树神在临死之前刻印在我脑子里的画面，才会被真正解读出来。

艾布尔这次没有骗我，五六个小时之后，敖雨泽醒了过来。不过她的手脚，和我享受着同样的待遇，各佩戴了一只藏有定位装置和微型炸弹的镯子。

几天之后，商船终于靠岸。我和敖雨泽坐上了世界树组织派来的直升机，朝洪都拉斯首都特古西加尔巴西北部的科潘省飞去。

飞行的时间不长。洪都拉斯在一条狭长的连接带上，从靠近太平洋的特万特佩克湾一侧飞到靠近大西洋墨西哥湾一侧，陆地上也不过一两百公里的距离。

到了科潘省，我们只做了短暂的停留，被软禁在一座修建于二十世纪三十年代的老房子当中。让我感到欣慰的是，我身上的符石和戮神钉，并没有被没收，哪怕艾布尔基本明白了它们的重要用途。

这让我十分奇怪，却不好主动提起。万一提醒了对方，也是一桩麻烦。

在科潘待了三天，艾布尔等的七杀碑下半截终于运到了，不过秦怡并没有跟着前来，来的居然是在缅甸和我们分开的阿华。

阿华看向我和敖雨泽的眼神隐隐有些愧疚，毕竟作为曾经一起战斗的同伴，他却最终出卖了我们。

“为什么？”好半天后，我才吐出这三个字。

“今后你会明白的。请相信我，我做的这一切，都有正当的理由。”阿华诚恳地说。

我摇摇头，这样的出卖，我怎么都不会再信任对方了。尽管我和敖雨泽要来洪都拉斯的决定是我们自己做出的，可最终找到那艘商船的人是阿华。而且他现在出现在这里，还押送着七杀碑的下半截，很显然就算他不是世界树组织的人，也肯定和秦怡脱不了关系。

“明智轩知道吗？”我问道。

“少爷他什么都不知道，这是我个人行为。”阿华立刻回答道。

我点点头，稍微松了一口气。如果说这件事和明智轩也有关的话，那对我的打击就更大了。

“是因为Five吗？”敖雨泽突然问道。

阿华犹豫了一下，没有回答，可这犹豫已经出卖了他的想法。

“Five已经死了，不可能复活，就算是神灵也无法做到在时间长河里复生一个泯灭的灵魂。”我叹了一口气说。

“不，有办法的，它们答应过我，只要那件事发生了，Five就有复生的可能。”阿华的情绪终于出现了一丝波动。

我和敖雨泽相对无言，摇了摇头，没有继续追问，想来阿华这个时候也不可能透露更多的消息。

只是，秦怡到底是给阿华灌了什么迷药，才让他深信在蛇神殿死去的Five能够复活？Five死的时候是形神俱灭，没有任何力量能让她复生。

如果是普通人，或许还奢望神灵能够造就奇迹，可我们都是对神灵的本质有所了解的人，明白神灵不过是高级一点的意识生命，在这个世界上受到的限制比普通人还要大，根本没有办法能做到像神话故事中那样，轻轻松松地呼风唤雨、点石成金，乃至让死人复活。

两截石碑被重新组合在一起，除了边缘有少量残缺，可以看到石碑基本上是一个整体了。

下方是形似乌龟的龙之九子的“霸下”，上方是一米四五高的石碑。因为在水中浸泡了数百年，尽管清理了青苔水草，做了些修复，可石碑上面刻着的符文，还是有不少有些模糊。

“现在只差一件东西了，只要对照《坛中书》的翻译，就能破解出石碑的秘密。”艾布尔爱不释手地抚摩着拼合完好的石碑边缘，带着一丝狂热说道。

“艾布尔先生，飞机已经准备好了，我们需要在半个小时内出发。”一个有着亚麻色头发的混血女性走进来说道。

我扭过头看了一眼，认出她是实验室中的女研究员安德莉亚。在商船的实验室里，安德莉亚为了安抚我因为实验有些暴躁的情绪，偶尔会讲一些自己的事，我不仅知道了她的名字，还知道了她是印第安人和美籍白人的混血儿。

混血儿的身份，加上父亲早死，她的童年不算幸福。直到被世界树组织看中，她才摆脱常酗酒有家庭暴力倾向的继父。

“很好，杜先生，敖小姐，你们将和我一起，见证奇迹。”艾布尔点点头对我们说道。

我耸耸肩，不置可否。艾布尔以及他背后的世界树，这次终于要图穷匕见了，免得我们多加担心。

上了直升机，一直朝北方飞行，最后竟然越过边境进入墨西哥境内。几个小时后，我们被带到墨西哥犹加敦半岛北端丛林之中的一处巨大的庄园当中。

在直升机降落前我观察了一眼这个庄园，估计园子有两三百亩大小，造价不菲。

进入庄园内，我和敖雨泽发现这里到处充斥着疑似玛雅文明的石雕或装饰，偶尔还能看到一些和古蜀文明的纵目人像风格相似的仿制雕塑。奇怪的是，这些雕塑和玛雅时期的雕塑放在一起，竟然没有什么违和感，就像两者本来就出自同一批雕塑大师之手。

毫无疑问，这里很可能是世界树组织的一处重要基地，甚至有可能是世界树组织的总部。

而在这庄园中住着的，很可能是世界树组织的首领老爱华德——一个年龄很可能超过一百二十岁的老怪物。

“有件事需要向你们说明下，现在世界树组织内负责的人是我哥哥，克罗克特·爱华德，因为我的父亲和那个张姓道士一样，沉迷于神灵构筑的幻象天堂之中，已经不怎么理会具体事务了。而我哥哥的脾气，可不像我一样好，因此你们在他面前，要保持足够的谦卑和克制。”进入庄园之后不久，艾布尔对我和敖雨泽说道。

“克罗克特，这个名字挺耳熟的，好像在什么地方听到过。”我喃喃地说。

“那是为了纪念我父亲当年的一个老朋友，芝加哥大学宗教心理学硕士、人类学博士大卫·克罗克特·葛维汉先生。”艾布尔说道。

听他提到葛维汉这个名字，我顿时想起来了克罗克特是谁。李老也曾提到过这个人，他父亲当年曾和董笃宜、葛维汉一起发现了七杀碑，只是后来因为七杀碑中的怨念造成了探险队不小的伤亡，最后不得不将它重新抛回江中。

在铁幕组织的资料库中，葛维汉绝对是一个无法回避的和古蜀文明相关的外国学者，关于葛维汉的资料至少有数百万字。

葛维汉是一九一三年来到四川的，直到一九四八年才退休回到美国，在四川待了整整三十六年，还曾担任过华西协和大学古物博物馆（今四川大学博物馆的前身）的馆长。

作为传教士和学者，葛维汉曾多次赴川藏地区考察，留下了众多颇有价值的学术资料。但他最大的成就，是与中国学者林名均一起，在一九三三年主持了广汉三星堆遗址的首次发掘，揭开了古蜀三星堆的发现与研究序幕。

葛维汉还曾造访了首个发现三星堆文物的广汉农民燕道诚的儿子燕青保，更是从中得知，燕家父子在挖掘三星堆文物后，都得了一场大病，差点死去。据说当年幸好燕家父子及时住手，否则附近的村落定会暴发一场瘟疫。从这也可以看出，三星堆等古蜀文明的挖掘过程，藏着不少凶险。

此后，葛维汉将大量三星堆的出土文物与河南渑池仰韶村、河南安阳殷墟的出土文物进行比较研究，整理出历史上第一份有关广汉三星堆遗址的考古发掘报告——《汉州发掘简报》，对后世研究古蜀文明产生了重大而积极的影响。

也正是葛维汉先生的前期研究，在二十世纪三十年代发现三星堆之后，以葛维汉和董笃宜为首的西方传教士，明白了三星堆及古蜀文明的独特性和重要性。尤其是其中一些涉及古蜀时期宗教神权的部分，为了不惊世骇俗，很多资料都被封存下来。

听艾布尔的口气，他的父亲老爱华德也认识葛维汉。想来老爱华德当年正是从葛维汉那里了解到古蜀文明的神秘之处，最后更是从董笃宜的助手那里购买了包括智慧果、青铜神树枝丫以及《坛中书》在内的几件珍贵文物，建立了世界树组织。

我们没有进入庄园内豪华的会客厅，而是绕路来到一所不起眼的木头房子前，估计是庄园的仆人居住的。

正当我和敖雨泽以为这是对方故意想要给我们一个下马威时，艾布尔却指挥两个身高体壮的仆人推开了木屋内的壁炉，露出一条黝黑的地下通道来。

不过，说是仆人，这两人身材健壮，行走之间有一股令行禁止的彪悍气质，很可能是国外的特种部队退役的铁血士兵，战斗力不在任何正规军之下。

我和敖雨泽对望一眼，想不通为什么会将地下通道设置在这样偏僻的地方。如果这里真是世界树组织的老巢，似乎没有必要如此小心。

“这条通道是上世纪三十年代末我父亲建立世界树组织后开始修建的，一直修了三十多年才完工。如果不是这条通道，世界树组织在前期发展的速度还要更快。”艾布尔淡淡地说。

“修建了三十多年的通道……它通向哪里？”我大为吃惊。

“通道长度大概有六公里，一直通向库库尔坎神庙下方，即卡斯蒂略金字塔。可能这个名字你们比较陌生，它还有一个名字叫作‘羽蛇神庙’。库库尔坎的原意是‘舞蹈唱歌的地方’，也可以被翻译成‘带有羽毛的蛇神’，也就是大名鼎鼎的羽蛇神。”艾布尔说道。

我当然知道羽蛇神。

这是中部美洲文明普遍信奉的神，一般被描绘为长羽毛的蛇形象，主宰着晨星，发明了书籍、立法，给人类带来了玉米，还代表着死亡和重生，是祭司们的保护神。

羽蛇神被视为古典玛雅艺术中的幻象蛇（Vision Serpent）——所谓“幻象蛇”，是玛雅人通过放血仪式而产生的幻象，该幻象的形态为一条蛇。玛雅人相信透过这幻象蛇可跨越不同的宇宙空间，帮助他们与众神或祖先沟通。

这样的解释放在其他地方，就是一种普通的土著神灵，我们不会太过在意。可这是对羽蛇神的释义，还加上了幻象空间、沟通众神和祖灵等等我无比熟悉的词汇，几乎不用多做联想，我也能猜到，羽蛇神分明就是古蜀文明中的巴蛇神的另一个化身。

玛雅文明中的羽蛇神就是巴蛇，这种说法由来已久。不仅古蜀国青铜人像诡异的造型及金杖上神秘的符号和图案和玛雅文明极为相似，而且玛雅文字和古蜀时期的巴蜀图语一样，都是一种集象形、会意和形声于一体的可以被立体解读的图形文字，只是玛雅文字的造型更为复杂。

还有一个诡异的地方，就是公元前三一六年秦灭古蜀，正好是玛雅文明刚刚走出前古典期的蒙昧，开始真正兴盛的时间。因此史学界有一种猜测，就是古蜀国在灭亡之后，残留的古蜀人曾跨海前往美洲，然后帮助美洲的印第安土著建立了玛雅文明。

不过这种说法有两个破绽，一是当时的古蜀国是否掌握了跨越大洋航海的技术，二是古蜀国最为精湛和先进的技术是青铜器铸造，可是在玛雅文明当中，别说是青铜器，连金属都十分罕见，似乎这个文明天生厌恶“金属”这种东西。

当然也有学者解释说，古蜀国的灭亡被当时的蜀人认为是获罪于天，因此逃亡前焚烧、砸毁了所有的青铜祭器，这和从三星堆祭祀坑中挖出来的青铜祭器有焚烧痕迹是一致的。也正因为如此，逃亡到美洲的古蜀人完全放弃了金属这种会使上天发怒的东西，所以玛雅文明才没有掌握任何金属的冶炼和铸造技术，反而在天文历法和数学等方面，几乎点满了科技树。

此外最为重要的是，余叔在临死前曾提醒过我，世界树组织的核心信仰其实不是青铜神树，世界树这个名字，是一种欺骗。他们真正信仰的，应该是羽蛇神。

如果说羽蛇神和巴蛇神是同一个神灵在不同国度的化身，难道说世界树组织的核心信仰是巴蛇神？可是在梓潼五妇岭下的地下石窟中，世界树组织曾设局，让我利用巴蛇神的头颅救出被时光之沙封印的敖雨泽。对于一个具备信仰的组织而言，若真的以巴蛇神为信仰，那么当时的巴蛇遗骸，是最重要的圣物，绝对不可能将之当成可以利用的工具。因此，这样看，世界树组织的信仰核心不可能是巴蛇神。

不过现在我也已经知道，在古蜀五神之外，还存在一个更加古老的神灵，这个神灵很可能就是传说当中的“伏羲”，具有和女娲以及巴蛇神的神躯相似的人首蛇身的特征。而世界树的核心信仰，很可能是古神伏羲。

真要说起来，整个中原文明在后世之所以以龙作为图腾，也是受到了伏羲、女娲这两个传说中的上古神灵的人首蛇身形象的影响。以蛇为基本原型，通过部落战争兼并其他部落的图腾，最后加工创造了龙的形象。

进入通道里面，我们才发现这条通道并不像我们想象中那样阴冷潮湿，反而通风良好，十分干燥，只是灰白色的混凝土墙壁让人觉得微微压抑。通道的顶部有不少管道，大概是因为工程量太大，这些管道直接暴露在外面，并没有做修整和装饰。

乘坐电梯一直下行，我感觉大概到了地下三十多米，电梯才停下来。在二十世纪三十年代末开始这样的工程，的确不太容易。

电梯抵达的是一处巨大的地下工事，有不少类似避难所的房屋，只是房屋没有窗户，看不清里面到底是什么。

在地下工事里的一间防守严密的大厅里，我们见到了艾布尔的哥哥克罗克特·爱华德，目前世界树组织的临时负责人。不过从老爱华德的年龄看，估计过不了几年，临时这两个字就要去掉了。

和我想象中不同的是，这是一个坐在轮椅上的老人，看上去至少有七十岁，脸上以及裸露在袖子外的手臂上能看到些许老年斑。

不过想想老爱华德差不多一百二十岁的高龄，这也完全说得过去。克罗克特出生的时候，老爱华德很可能四十多岁了。

“来自东方的朋友，欢迎你们。”克罗克特微笑着说，表面上并没有艾布尔说的坏脾气，并且他和艾布尔一样，汉语说得极标准。这也不奇怪，身为一个致力于研究古蜀神秘现象的组织负责人，对中国文化的了解可能还在多数中国人之上，是名副其实的中国通。

“我想没有人会这样对待自己的朋友。”我将左手的袖子挽起一点，露出手腕上带有定位装置和遥控炸弹的手镯。

“这只是一点让大家彼此放心的小措施，毕竟你以及你身边这位美丽女士的本领，我们早就见识过了。”克罗克特说道。

“你千方百计让我们过来，不是为了说这些废话的吧？”我冷笑道。

“当然不是，你应该明白，如果我们要伤害你们，早就做了。哪怕是需要你配合我亲爱的弟弟管辖的实验室，也只是一些无关痛痒的实验，并没有将你当成真正的实验品。”

“这么说我们应该感谢阁下了？”我嘲讽道。

“当然应该，陌客。”克罗克特突然叫出了我在那个诡异游戏中的代号。

“果然是你们，那个诡异的游戏是你们在背后搞的鬼，或者说虽然游戏的代码是从意识世界传递到秦峰脑子里的，可这件事在现实世界的具体操作者，就是你们。”

克罗克特没有否认，而是说道：“我知道你有许多疑问，可在你们完成我需要你们做的那件事之前，我暂时不会解答这些疑问。”

“你需要我们做什么？我们又凭什么要听你的？”敖雨泽冷声说道。

“死亡的威胁是微不足道的，或许，你们可以先问问你们的同伴。”

听到同伴两个字，我想起之前和我们通电话的秦峰，当时他的通话记录显示，他正在洪都拉斯。只可惜在洪都拉斯的时候，我们并没有见到他，没想到他也来到了墨西哥这座庄园里。

大厅的侧门被打开，一个熟悉的人影被簇拥着走进来。他的头顶戴着可笑的印第安风格的头饰，上面插满了长长的羽毛。

不过他的神情，却没有半点被簇拥的惊喜，反而带着淡淡的疲倦。

“秦峰，我们又见面了。”看着秦峰缓缓走过来，我沉默了一下，最后还是干涩地说。

“是啊，好久不见。”

“你决定……回去了？”我问道。这里的回去，不是说他要回到来的地方，而是回到原本属于他的群体的一边，也就是意识空间中的“异族”。

“一个人再怎么不愿意，他的出身终究无法改变。就如同网上的愤青再怎么觉得社会不公，也改变不了他是这个国家子民的事实。”秦峰淡淡地说。

我点点头，或许之前我们和秦峰之间的确建立了深厚的友谊，可彼此的立场不同，身份不同，连所属的世界和种族都彻底不一样，这就决定了我们终究会站在敌对的位置。

之前因为秦峰的叔叔秦振豪的关系，秦峰暂时站在我们这一边，毕竟秦振豪有自己的私心，并没有一门心思地为了意识世界的大计考虑。可现在，站在意识世界背后的是秦峰的从灵魂上讲的父亲。还有，他的妹妹秦怡也在为意识世界的彻底入侵运作，甚至杀死了铁幕和真相派这两个最大对手的头目。

只是，不知道为什么，当秦峰说出这话时，我心中还是觉得心痛。我能够想象，当挚友反目，彼此拿起刀剑厮杀，比对单纯的敌人下手要更狠，而这一天对我们来说或许不会太遥远。

“我们需要你们身上的血脉，确切地说，我们需要完整的金沙血脉构成的神血来唤醒真正的神灵。在它面前，所谓的古蜀五神，除了巴蛇神外其实都不过是些不起眼的角色。”克罗克特说道。

“为什么巴蛇神要例外？是因为它和羽蛇神是同一个神灵？”我问道。

“你以为印第安人为什么要戴这样一顶看上去可笑的帽子？”秦峰指了指自己的头顶说。

“羽毛……羽蛇，印第安人的这种羽毛装饰的帽子，本身就象征着羽蛇神？”我喃喃地说。

“不仅如此，其实在古蜀文明，甚至整个华夏文明中，还有一个专有名词解释这种看似可笑的象征，我想你对这种说法不会陌生。”秦峰说道。

“羽化成仙。”敖雨泽说道，“在整个华夏文明的道家思想里，羽化代表着成仙。甚至有传说一些埋葬在上好的龙气汇聚之地的帝王尸体，历经千年后，尸体上会长出羽毛，等待合适的时机完全羽化，破空而去。”

“在玛雅人的观念中，羽蛇神是可以被召唤的，召唤的原料就是自身的血液。玛雅人会用锐器穿刺身体，让血液流入特殊的容器，然后羽蛇神就会现身——我想你们也能猜出了，这是濒死体验的一种。当人失血过多，意识会陷入模糊产生幻觉，这在医学上并不是什么怪事。可一般来说，濒死时产生的幻觉千奇百怪，可古怪的是，玛雅人产生的幻觉却只有羽蛇神一种。如果说普通的玛雅人的血召唤来的只是羽蛇神的幻象，那么换成是拥有神之血脉的你们呢？这也是余仁贵还有我叔叔一直希望用你们来进行血祭的真正原因。”秦峰缓缓说道。

我心中感觉到阵阵寒意，玛雅人的这种通过放血产生濒死体验的幻觉，很可能沟通了意识空间。而这样的方式，之前只有古蜀人掌握过，似乎这也证明了古蜀人和玛雅人的关系。

当然还存在一种可能，那就是古蜀国灭亡之后，古蜀人不太可能前往遥远的美洲，可是作为纯意识状态的神灵却可以。

意识世界中的神灵，或者确切点说就是巴蛇神，在肉身被十二世开明王灭掉后，沿着北纬三十度这条特殊的磁场通道前往了美洲，化身为羽蛇神。

甚至还有一种可能，就是伏羲、巴蛇神、羽蛇神三者之间，本身就有某种联系，不然世界树组织为何会将驻扎基地选在墨西哥的羽蛇神庙附近？

这个推论我之前和敖雨泽讨论过，巴蛇神的力量，在古蜀五神中占据着绝对的主导地位，而且它的形态继承自古神伏羲。

我和敖雨泽都觉得，巴蛇神很可能是古神伏羲的一个化身，只是后来有了自己的独立意识，才想要彻底离开本体。只可惜伏羲作为强大的古神，自然不可能容忍自己的化身如此胆大妄为，最后才设计让古蜀十二世开明王杜卢联合五丁一起，杀死了巴蛇神留在人间的肉身。

甚至，之前我们在黑竹沟顺利进入蛇神殿后发现，最终巴蛇神留在蛇神殿中的一道意念，也被秦峰、秦怡兄妹的父亲直接消灭。这后面未尝没有其他的深沉原因。

第十六章 ➤

JINSHA ANCIENT SCROLLS

大西国

第二天，完整的七杀碑被运进了地下基地，然后我们一起乘坐两辆有轨电车，沿着通道朝一个方向行驶而去。

克罗克特给我和敖雨泽提出的赎回自由的交换条件是，我们需要和秦峰、艾布尔一起进入一个地方，利用我们的血脉解读七杀碑中藏着的秘密。而这个地方就在羽蛇神庙下方数百米深的地下空间里。

这让我大为惊讶，七杀碑是三百年前的张献忠命令蜀地的巫祭雕刻的，他亲手写下了七个血色杀字，要说里面藏着什么秘密，也应该是回四川地区寻找，为何反而要来到地球另一面的美洲？

不知道是不是错觉，我正要问其中的原因时，秦峰却朝我打了个手势。

我和秦峰的交情可以说非常深厚，彼此都有救过对方性命的经历，而且我们一起经历过几次探险，在默契上也不会差，他暗中朝我打的手势基本避开了所有人，只有我用眼角的余光依稀看到了一点。换成其他人的话，大概只会以为他的手没有规律地轻微抖动了一下，不会觉得这是在传递什么消息。可我却知道，这是他在让我答应这件事。

出于对秦峰的最后一丝信任，我只稍稍犹豫，就答应了克罗克特，没有多问其中的原因。

我能够感觉到，我答应了这件事后，不仅仅是秦峰，连旁边的艾布尔似乎也松了一口气。

当我们离开克罗克特所在的房间，艾布尔见我欲言又止的样子，终于低声说道：“幸好你答应了，不然我亲爱的哥哥的另一个人格苏醒，你的下场恐怕不太妙。”

“另一个人格？克罗克特有双重人格？”我吃惊的程度不下于先前听到要在美洲解读七杀碑的秘密这件事。

“是的，不要看先前克罗克特对你们十分客气，可你们真要违拗他的意志，他另外一重暴虐的人格就会苏醒，到时候有什么结果谁都说不清。那就是个充满暴虐情绪的疯子。”秦峰在一旁叹气说道。

“以你的身份，他也不买账？”我微微嘲讽道。

“我是父亲眼里最不听话的孩子，地位甚至比不上我妹妹。在克罗克特另外一重人格眼里，我不过是他和我父亲合作的一个质子，这或许是我目前最大的作用。”秦峰苦笑道。

“你大概早就想到事情会发展到这个地步了吧？”我冷笑道。

秦峰沉默了一阵，说道：“是的，在梓潼五妇岭的地下石窟中我遇到了世界树的人，从他们口中得知了部分真相。而你之所以能够从时光之沙的封印中救出敖雨泽，也是他们在暗中推动。”

我点点头，当时连我自己都没有料到事情会那么顺利。现在看来，如果不是世界树组织的帮助，那个时候的我恐怕还不知道要多久才能找到解救敖雨泽的方法。

这么看来，我似乎还欠世界树组织一个不小的人情，尽管他们这么做的目的，也是为了后续的计划。而我们进入黑竹沟杀死秦振豪以及被秦振豪复生的神躯，大概只是这个计划中微不足道的一小部分。

这个计划真正启动，应该需要意识世界中秦峰父亲的配合，而双方共同的目的，大概和意识世界入侵现实有关。

面对这样的“大义”，秦峰在某种程度上也算是背叛了我们，尽管他心中还是会有一丝摇摆。

“他们手里有让廖含沙苏醒的方法，我验证过了，尽管很危险，可这是救廖含沙唯一的办法。”秦峰略带愧疚地看了我一眼，说道。

我理解地点点头，没有多说。如果是为了救自己心爱的人，有的人或许就算和全世界为敌也会不顾一切吧。从某种程度上说，我和秦峰一样，如果认定了一个人，当她有危险时，就算要伤害更多的人，也会不惜代价去救她。

可是，认同和理解，并不代表原谅。这件事过后，不管生死，我和秦峰再也不可能回到以前那种毫无芥蒂的挚友关系了。

“七杀碑的秘密，为何要在羽蛇神庙来解读？”敖雨泽问出了我先前的疑问。老实说，我对这个问题也极感兴趣。

“其实换成古埃及金字塔，巴比伦的空中花园，或者四川地区消失的伊甸中的古羌圣山，效果都一样。所不同的是空中花园已经消失在历史长河中，古羌圣山也一直未曾找到具体位置，金字塔尽管还在，却已经成为热门的旅游景点，就算是世界树组织也不可能将七杀碑完整送进去进行仪式。库库尔坎金字塔尽管也有不少游人，但真正汇聚神秘的‘金字塔能’的地点，是在金字塔下三十多米深的地下。最为关键的是，世界树组织早在上世纪三十年代末就在挖掘这样一条通往库库尔坎金字塔的隧道。”艾布尔解释道。

“你刚才说的几个地方，都有一个共同点，这些古文明都位于北纬三十度附近，这个特殊的纬度到底有什么神奇之处？”我问道。

“关于这个纬度，我们知道的并不比你更多。我唯一能告知你们的，就是解读七杀碑真正需要的不是玛雅金字塔本身，而是这种建筑能够汇聚这个特殊纬度中藏着的神秘力量，从而唤醒七杀碑中的隐秘。其实你如果能在四川找到古羌圣山，那么我们也不用这么辛苦将七杀碑不远万里运送到美洲来了。”艾布尔说道。

我点点头，算是认可了这种说法，更是将古羌圣山这个名字牢牢地记在心底。或许有一天我们返回四川后，总会找到这座或许并不存在于现实中的圣山，因为我心中隐隐有一种感觉，或许艾布尔口中的古羌圣山，就是中国神话传说中真正的“昆仑”。

毕竟，之前已经有不少学者考证出，神话中的昆仑山并非位于新疆的昆仑，而是指中华文明源头的岷山山脉。岷山是羌族的发源地，治水的大禹就是羌族人，作为古羌族的圣山，很可能就藏在岷山山脉的某个位置，只是有极大的可能像蛇神殿一样，位于两个世界的夹缝之中，平时无法看到。

这次一同前往库库尔坎金字塔底部的，除了我、敖雨泽、秦峰和艾布尔之外，还有九名世界树组织的精锐。精锐中领头的是一个印第安人，名叫米克特兰。这个名字在印第安语中意为“冥界”，很少有印第安人敢用这样的名字。我能够感觉到，米克特兰的身上萦绕着一股强大的力量，这种力量或许比不上金沙血脉完全爆发出来的状态，可也不会差太多。只是这股力量中藏着一丝死气，也就是人们常说的阴性能量，因此米克特兰尽管看似强大，估计寿命不会太长。

这和金沙血脉比就落了下乘。金沙血脉并不以力量著称，而是属于长生的血脉。真要论纯粹的力量和破坏力，估计还比不上杀死巴蛇神的五丁血脉。当然，五丁血脉有一个后遗症是身体会巨大化，成为高度达到三米以上的巨人，看上去是另一个非人的种族。

有轨电车大概走了有四五公里，通道变得越发狭窄，前方的地面明显更加潮湿，石壁上偶尔有水迹浸出，电车轨道因此无法继续修建。

我们从电车中下来，除领头外，四名世界树组织的精锐负责背负大部分装备，另外四名则抬着完整的七杀碑。

这让我和敖雨泽都心惊不已。七杀碑下方是一个巨大的“霸下”的形象，加上上半截的石碑，总重量就算没有一吨，也有八九百公斤的样子。就算是四个人分担整座石碑的重量，每个人也要承担至少两百公斤以上的重量。尽管四个人看上去有些吃力，可并不像全力而为的样子。这样的力量，已经稳稳超过了世界举重冠军，达到了人体的极限。即便是我自己，在普通状态下，纯粹的力量也不会比他们中任何一个人强太多。我曾在铁幕中做过测试，普通状态下我最多能举起三四百公斤的重量。至于彻底激发血脉力量后的暴走状态，按照当初能够手撕巴蛇神复制体时的力量计算，估计应该有好几吨，但具体的数值无法测算。

这就有些意思了，这几名属于世界树组织的精锐，应该不可能拥有和我类似的血脉力量，那么最大的可能就是他们是通过特殊的生物技术改造过的，否则无法解释。能够承担这样的护送任务，可见这些人在世界树组织当中属于可以信任且能力出众的核心人员，而世界树和国内的三大神秘组织一样，继承了部分来自古蜀时期的技术，在人体改造上不会落后。真相派能山寨出五丁那样的巨人血脉，铁幕也有类似Five那样的血脉改造者，那么世界树组织中有类似的手段，就不足为奇了。

往前走了约有两公里，中间休息了一次，我们来到了一个巨大的空旷大厅当中。

这处大厅和基地中的其他建筑不同，并非由钢筋混凝土建造，而是在一个自然形成的溶洞中，又人为地使用了大量的石材。不过从石材上斑驳的痕迹看，这些石材并非世界树组织在三四十年代运送过来的，而是在这个大厅中存在了至少一两千年。

我能看出有的石材重达好几吨甚至十几吨。一两千年前要修建这样一个大厅，耗费的财力和资源十分庞大，更不用说这个大厅还是修建在地下数十米深的地方。

真要说起来，这个大厅更像是一个巨大的祭祀厅，而且呈倒金字塔结构。最底部的中心位置，有一处直径三米左右的圆形高台，被修补完整的七杀碑就被放置在了圆形高台的正中央。

大厅周围向上倾斜的墙壁上刻有粗糙的壁画，大部分壁画看上去十分古老，看风格分明是当年的玛雅人留下的。

抛开这些壁画不谈，我能看到在圆形高台的四周，有十二条呈放射状的纹路，这些纹路汇合的中心点摆放着完整的七杀碑。纹路的周围，刻着复杂的象形文字，应该是玛雅文字。

十二条放射状纹路，代表的应该是黄道十二宫，也可能是十二个月，总之和时间以及空间有些联系。

七杀碑放在中间之后，艾布尔就开始忙碌起来。他用一把刻刀，在七杀碑底座的霸下雕像的背部，雕刻着一些看不懂的符文。

这些符文既有玛雅文字的复杂度，又有与巴蜀图语差不多的神秘弧度，似乎是一种混合型的文字。

“这是神文的一种，你可以将它看作是一种转换的中性文字，只有通过它才能让七杀碑上刻着的巴蜀图语中的藏着的信息，被这个倒金字塔大厅中的神秘能量激活。毕竟，七杀碑和玛雅金字塔，分别属于两个不同的文明。”秦峰在一旁解释道。

“那么，需要我们干什么呢？”我问道。

“你们应该知道，玛雅人召唤羽蛇神的方法是通过放血产生幻觉，你们需要做的，就是在这里召唤羽蛇神的幻象。当然，作为金沙血脉的后裔，你们无须像玛雅人一样放血到濒死状态，实际上只需要一点血液覆盖住新刻画的神文就行。之后就是放开精神迎接羽蛇神的到来。”艾布尔一边继续雕刻着那种古怪的文字，一边说道。

“这么简单？”我质疑地问。

“当然不只这么简单，实际上你们做这一切的时候，也存在一点危险，那就是会陷入幻境中去，确切地说，是会被七杀碑中数百万冤魂的执念所干扰。如果稍有不慎，可能会被数百万人的执念汇聚成的意识集合体冲击成白痴。”艾布尔说道。

“这叫‘一点危险’？”我翻了翻白眼，这完全不是一般的危险。

“想要获得自由，总要付出一点代价才行。更何况，现在的你们也没有选择的余地。”艾布尔淡淡地威胁道。

我耸耸肩，在脑子里对敖雨泽说道：“你觉得我们现在突然暴起，有几成把握能干掉他们？我相信秦峰就算站在我们的对立面，也不会直接出手对付我们。”

“不到一成。”敖雨泽说道。

“这么低？不至于吧？”我大为吃惊。

“别小看这几个人，他们随时都在关注我们的举动，而且米克特兰的力量不会比我们差太远。更何况我们手脚上还有微型炸弹，除非一开始就阻止他们引爆，否则连一成的成功率都没有。”

“没有别的办法了吗？”

“有，但是也要等到解开七杀碑的秘密后才能实施。”敖雨泽犹豫了一下，在脑子中说道。

“世界树这个做事没有下限的组织，他们的话并不可信。我就怕万一我们找出七杀碑中藏着的秘密，没有了利用价值，他们反而会提前动手。”

“之前或许没有把握，可是你在那艘商船的水密舱底部杀死树神的时候，不是得到部分树神的馈赠吗？这就是我们的机会，或许我们可以在他们没有察觉的情况下找到七杀碑的秘密。”

我想起青铜神树的残枝变异而来的树神。它当时受到七杀碑中无数冤魂的执念影响，变成没有理智只知道捕食人类作为养分的怪物，甚至还能吸收年轻人类的灵魂，转化为和意识生命体接近的异类。最后那些难民还是没能救过来，世界树组织的人不以为意，似乎这样的事情已经司空见惯。

也正是世界树组织对待这些异国难民的态度，才让他们不管说什么话，我都不敢全然相信。这个组织和三大与古蜀文明相关的组织不同，从某种程度上说是反人类的。

随着艾布尔手头的工作逐渐完成，我硬着头皮走到七杀碑前，然后逐渐调匀呼吸，放松紧绷的精神，让大脑处于一片空白的状态。

最后，我用一柄小刀割开手指，将带有金沙血脉的血液滴落在艾布尔新刻成的古怪文字上。

这些文字并不多，一共也就十二个，不过由于是一种立体的图形文字，其表达的含义大概相当于数百个汉字的组合。

这种状况不是第一次了，之前我们在解读巴蜀图语的时候，就发现巴蜀图语也有类似的特征——单独一个符号所表达的意义不过才相当于几个字，但是组合的字符越多，意义就越复杂，几乎呈指数倍提升。

也正因为如此，我们见过最长的以巴蜀图语写成的文章就是《金沙古卷》，每一卷大概都有上千个字符写在古老的羊皮纸上，其组合的意义怕是不下于一本数十万字的专著。

血液滴落在石碑新刻的字符上，很快被石碑吸收，新刻出来的文字也变成了淡淡的红色。血液像是会自己流动一样，很快铺满了每个字的所有笔画。

不过一分多钟，十二个字符都被鲜血覆盖。艾布尔激动地点点头，示意敖雨泽继续上前。

敖雨泽接过我手中的小刀，也将自己的血液滴在这十二个字符上。当两个人的血液将十二个字符覆盖了一遍，石碑之上，竟然发出一层诡异的红光。

艾布尔带着几分虔诚，从背包里拿出一截青铜铸造的树枝。这截树枝有三十多厘米长，最为显眼的，是树枝的尖端，结着一个淡金色的果实。

我深吸一口气，马上明白过来这个淡金色的果实，很可能是西方传说中的金苹果或者智慧果。但在东方，这枚果实只是看上去像果实而已，实则真正代表的是太阳。

这一截带着果实的青铜树枝，赫然是青铜神树遗失的尖端部分，代表着古蜀人对于太阳的崇拜。在古蜀人的信仰和祭祀体系中，最高的神灵并非古蜀五神甚至疑似伏羲的那名古神，而是太阳本身。这也是大多数古文明的一个重要特征，从古埃及到玛雅人，莫不如此。

而这青铜树枝的来历，自然不言而喻，是二十世纪三十年代，世界树组织的首领从董笃宜的助理那里收购来的。除了它之外，还有几张《金沙古卷》残卷。

正这样想着，艾布尔已经将两张古老的羊皮纸放在身前。我斜眼看到上面的字迹，赫然是熟悉的巴蜀图语，加上羊皮卷熟悉的制式，基本可以肯定这就是当年董笃宜的助手从三星堆挖掘现场偷窃出来的《金沙古卷》。

艾布尔照着羊皮卷上的巴蜀图语文字，不停地念诵着拗口的语言，这应该是某种召唤神灵的咒语。米克特兰听到这些语言之后，带着八名精锐，虔诚地对着青铜树枝跪拜下去，口中也呢喃似的跟着一起念诵。

接着，艾布尔和九名世界树组织的精锐一起，划破了自己的手腕，让手腕上流出的血滴落在青铜树枝上。十个人流出的血量，很快超过了两千毫升。滴落到青铜树枝上后，这些血液很快被吸收消失，而青铜树枝尖端的金色果实，也变得越发诱人。

随着血液的流出，十个人的精神，似乎变得恍惚起来。可所有人的脸上都露出沉醉愉悦的表情，脸上也绽放出一丝诡异的微笑。

他们自身却没有发觉，十个人的眼球开始微微朝外鼓出，似乎有什么东西要通过眼睛冲出去一样。

好在这种异象只持续了片刻就停止了，空气中产生了某种诡异的波动。我感觉脑袋微微一晕，接着，自虚无之中，一条巨大的半透明蛇形虚影渐渐浮现出来，金色的竖瞳贪婪地盯着七杀碑。

这条蛇形生物的虚影，身上覆盖着厚厚的羽毛，赫然就是印第安神话中的羽蛇神。在玛雅文明的君权神授的观念中，羽蛇神向统治者授予神圣的权力，使他们的政权合法化。

而七杀碑中泛起的红色光芒，也和智慧果上金色光芒连成一片，似乎两者之间存在共鸣和交流。

“果然，巴蛇神不可能那么轻易地死掉，在几千年前，巴蛇神就曾分出一部分意识，通过北纬三十度的特殊磁场通道来到美洲，然后引导了美洲的文明。而它在美洲也有了一个新的名字，羽蛇神！”敖雨泽在我脑子里喃喃说道。

“恐怕还不只这么简单，我越来越觉得，巴蛇神、羽蛇神和伏羲之间，有特殊的关联，很可能这两个来自不同文明的蛇神，都是伏羲古神的一个分身而已。”我回应道。

就在这个时候，七杀碑中的七个巨大的杀字，绽放出浓稠的血光。接着无数的人形虚影从石碑中涌出，朝羽蛇神扑了过去。

羽蛇神身上的羽毛，几乎在瞬间立了起来，更是产生了巨大的吸引力。从七杀碑中冲出的人形虚影逐渐缩小，然后各自找到一片羽毛依附了上去，随后在羽蛇神的羽毛之上，多出一张张带着诡异笑容的人脸。

看着这些人脸，我的脸色有些发白，这人脸的形象，与我和敖雨泽身上的鬼脸蛇鳞诅咒，几乎完全一致。

我们也开始明白过来，为何我们身上会出现细长的蛇鳞状斑点，这实际上并非蛇鳞，而是类似羽蛇神的羽毛。在玛雅人的文明当中，羽蛇神作为一名几乎全能的神祇，代表着死亡和重生，这和东方传说中将巴蛇神误认为烛龙，代表着白天和黑夜的交替以及时空变幻似乎有着某种程度的对应。

生死，黑白，时空……我渐渐明白过来，羽蛇神的蛇形可能只是一个象征，它真正代表着的，就犹如西方神话中的衔尾蛇一样，是不同对立面的往复循环。在伏羲所创造的八卦之中，同样用“阴阳”来代表事物的两个对立面，和羽蛇神所象征的含义有着异曲同工之妙。

这个时候，我和敖雨泽身上的鬼脸蛇鳞诅咒，似乎也被七杀碑的中的执念激活，我能够感觉到鬼脸蛇鳞里的人脸虚影，似乎要挣扎着奔向半空中悬浮的半透明羽蛇神。

挣扎的人影身上似乎有无数根透明的线条，线条通过背上的蛇鳞斑点一直延伸到血肉之中，因此它们每一次挣扎，都带给我无穷痛苦。一旁的敖雨泽小腿也是不停颤抖，她的鬼脸蛇鳞是在小腿上，想来情况和我差不多。

我强忍着痛苦，看到七杀碑的碑体上，开始出现细密的裂纹。这些裂纹以七个杀字为中心，不停地朝四周延伸，很快整块石碑都被裂纹覆盖。似乎只要轻轻一碰，这块留存了三百多年的石碑，就会碎裂成一地的小石块。而半空中的羽蛇神虚影，在吸收了七杀碑中源源不断的虚影之后，更多的“羽毛”生长出来，整个虚影也变得更加凝实。

接着羽蛇神的眼睛中，金色的竖瞳开始不停转动。我的目光不由自主地被吸引了过去，整个人似乎变得轻飘飘的。周围的空间像是出现了一条带着流光的通道，而我就处于这通道之中，明明心底知道好像有什么不对劲的地方，可身体却不由自主地朝着通道的另一头走去。

脑子晕了一下，当我醒来的时候，却无法“看到”自己的身体，整个人像是隐形了一样飘浮在半空中。我先是吓了一跳，随即反应过来，自己应该是处于没有实体的灵魂状态，只是不知道这地方是哪里。不过，我很快就明白了。天空中有一个深邃的旋涡，旋涡周围围绕着七个巨大的杀字，整个天空都是灰蒙蒙的，却又隐隐有血色的云层在翻滚。天空更是布满了龟裂状的裂缝，裂缝中似乎有闪电不停生灭，并且不时地变换着位置。

在我的周围，有无数的灰白色光团，这些光团想要冲入天空顶端的旋涡，可大多数被七个血色杀字发出的红色闪电击中，完全湮灭。也有部分灰白色光团似乎想要挤入天空的裂缝中，却被变换位置的裂缝挤压分割成碎片，然后消散。

这些灰白色的光团中，不时有人脸闪烁，还间接夹杂着凄厉的哭号声。我顿时明白过来，这些光团其实就是当年被禁锢在七杀碑中的冤魂留下的执念。

它们并非传统意义上的鬼魂，而是当年被无辜杀害后，因为七杀碑的存在无法超脱而留下的一段信息。七杀碑就像一台存储信息的电脑，将这些信息储存下来，现在又全部被羽蛇神的虚影引导出来吸收掉。不过在这个过程中，大量的执念被七杀碑消磨掉，估计最后能逃出去的只有大约三分之一。

目前我的意识所处的空间，实际上就是七杀碑内部；天空中的旋涡就是执念的出口；而无数的裂缝，就是七杀碑本体上的裂纹。

在数不清的灰白光团中，我看到了一个比周围的光团明显大了好几倍的光团。当我把自身的意识凝聚成细线延伸过去时，才发现这个光团无比熟悉，这是敖雨泽的意识。

敖雨泽似乎也发现了我，朝我靠拢过来。两个人的意志彼此交汇，我们两人心中的默契成倍地提升。意识代表的光团也发生了质变，成为淡淡的金色，先前那股时刻会被旋涡吸走的感觉也随之消失。

“怪不得艾布尔说可以在这里找到七杀碑中藏着的秘密，原来是要利用召唤的羽蛇神意志，来吸收这数百万当年被屠杀的蜀人执念。失去了全部执念的七杀碑，最终会完全崩溃掉。而那股被召唤来的羽蛇神意志，却能解析这些执念中隐藏的信息，那代表着数百万古蜀国生灵最固执最深沉的念头。这股执念合在一起，能够从量变引起质变，不仅仅会扭曲已经固定的命运线，更有可能引起纯意识生命真正具现化。”在七杀碑中，因为和敖雨泽的意识融为一体，我自身的感知也极大地扩张，能够清晰地感受到周围光团所代表的不同执念。

这些执念彼此交织，形成一股宏大的意念，其中的共同点终于让我明白克罗克特和艾布尔想要从七杀碑中找出的秘密到底是什么。那是能够让意识具现化的强大力量，而力量的来源正是数百万汇聚的执念。

张献忠当年屠杀数百万川人，除了想要一举消灭意识世界存在的“观察者”基础外，真正想要做的，是借助数百万人的执念，让他所建立的大西国在被清洗干净的意识世界中成型，从而形成意识世界的神国和人间的帝国双重国度，而他自身就是沟通双重国度的唯一君王。

意识世界的意识生命体一直想着要入侵现实世界，当年的张献忠却反其道而行之，不仅想要消灭意识世界存在的基础，更是试图借助数百万人的怨念，在意识世界中形成一个新的大西国。

张献忠之所以选择“大西”这两个字作为自己所建政权的国号，并非因为四川地区处于华夏西南部，也不是随意为之，而是因为在这个世界上，一万多年前曾存在过一个叫作“大西”的国度，并且这个国度很可能是几大古文明共同膜拜的宗教和文化的中心。

这个历史上出现过的“大西国”最早由柏拉图提出，它位于大西洋的一座岛屿上，又名大西洲，后人称之为亚特兰蒂斯。

约一万两千年前，亚特兰蒂斯沉入海底，这个辉煌的史前文明也随之消失。可它终究还是留下了一些存在的痕迹，也影响到了位于北纬三十度附近的几大文明古国。在华夏区域，被大西国的文明所影响的，就是同样位于北纬三十度的古蜀文明。

由于文明高度发达，大西国被当时还处于新石器时代的其他文明认为是神之国度。在这个国度彻底消失后，大部分文明的记载中没有了他们想象中的来自大西国的“神”的痕迹，只有在古蜀国的巫祭之中有口耳相传的只言片语。

而在四川建立了人类史上第二个“大西国”的张献忠，正是在攻入四川后获得了部分关于古蜀国的文物和资料，更是由于张献忠是那一支有着古神血脉诅咒的“张家”后裔，因此抽丝剥茧地发现了历史上真正的“大西国”的存在，并试图通过屠杀造成的数百万冤魂的执念，在意识世界中构筑出新的神之国度。

因此，张献忠在四川建立的“大西国”，其实只是一个和历史上的亚特兰蒂斯同名的国度。对于这个国度能够延续多久，他一点儿也不在乎，因此毫不体恤民力，在统治期间完全以暴力作为统治基础，更是屠杀了数百万人来打造他心目中的神国——只存在于意识世界中的真正的“大西国”。

抛开这个过程的血腥残暴不谈，这其实是个很有意思的现象。

意识世界中的生灵希望来到现实世界拥有肉身，而现实世界中如张献忠这样的统治者，试图反过来入侵意识世界，建立永恒不灭的神之国度。哪怕这个国度没有实体，只有纯粹的意识生命体，和民间传说中的阴间鬼国没有太大区别。

我渐渐感觉到，或许我们要阻止意识世界的彻底入侵，光是在现实世界被动防守，是没有太大用处的，只有真正对意识世界自身的存在造成实质性的威胁，才有可能真正斩断它们的念头，让它们彻底安静下来。

正因为领悟到七杀碑的真正作用以及张献忠当年屠杀四川的真相，最后一丝关于这件事的执念被放下了，我和敖雨泽的意识开始朝着旋涡的方向上升，最后进入旋涡当中。

当我再度放开意识感知周围的一切时，发现没有在七杀碑世界中那样随意，整个世界像是沉浸在黏稠的胶水当中，意识离开身体几十厘米，就感觉再也无法前进，而且伴随着阵阵的疲倦感。

我心中一动，知道自己已经回到现实世界自己的身体之中，现实世界的物理规则让精神无法直接离体。我连忙让发散的感知开始收缩，睁开了紧闭的双眼。

果然，我依然处于现实世界中。那块七杀碑中涌出的人的虚影越来越多地陷入羽蛇神的双瞳中，七杀碑上的裂纹渐渐扩大，最后轰然倒塌，碎裂为一地的细小石块。

石碑下方的霸下雕塑碎裂后，中心位置出现了一个盘子大小的完整龟壳，龟壳看上去很有点年头，上面新出现了大量裂纹。

龟壳占卜，这是一种极为古老的占卜方式，源自还没有国家建立的部落时代。可我怎么也没有想到，在七杀碑下方的霸下雕塑中，竟然藏着一枚灵龟壳。

周围由于石碑的碎裂产生了阵阵旋风，七杀碑碎裂的石块被这旋风一卷，竟然完全化为齑粉，再也看不出当初的样子。

我突然感觉背上一轻，最后几根透明的线条离开了身体，背上的人脸虚影没入半空中羽蛇神的金色双瞳中。鬼脸蛇鳞的诅咒，在七杀碑碎裂后解除了，想来敖雨泽小腿上鬼脸蛇鳞也一样消失了。

已经凝固了接近一半的羽蛇神满足地打了个饱嗝，新长出的数十万片羽毛轻轻抖动着，金色的双瞳饶有深意地盯了我一眼，随后羽蛇神缓缓地消失了在半空中。

艾布尔一下站了起来，神色激动地望着眼前有不少裂纹的龟壳，如获至宝地将其捧起，脸上露出极为狂热的神色。

第十七章

JINSHA ANCIENT SCROLLS

冥界通道

“鬼脸蛇鳞的诅咒……解除了？”敖雨泽有些不可置信地喃喃道。

我反手摸了摸后背，那里不再有宛如人脸的凸起。这曾让我们担心不已的古怪诅咒，真的如余叔所说，因为七杀碑被破坏而解除了。可不知道为什么，我的心中却涌起一阵隐隐的不安。尽管我和敖雨泽都解除了诅咒，可我总觉得还有更大的危机在等着我们。

或许印证了心中的不安，七杀碑被毁掉后几分钟内，整个石制大厅里，传来雷鸣般的轰响。

艾布尔从兴奋中回过神来，转过头来看着米克特兰，问道：“怎么回事？”

米克特兰的脸上出现了一丝惶恐，突然朝着中间的祭台跪了下去，嘴里不停念叨着什么。我猜测应该是印第安语的祈祷词。

过了片刻，大厅中的石头轻微晃动起来，石缝之中，更是有水花溅射出来。这些水花的力道很足，应该是周围有着极深的地下水湖泊，水压很强。

“这个地方应该要塌陷了，赶紧离开。”秦峰也发现了不对，对我们大吼道。

艾布尔闻言马上收拾东西离开，没有忘记带上七杀碑碎裂后露出的灵龟壳。米克特兰也从地上起来，带着世界树组织的精锐人员一起护住了他。

趁着大厅没有完全坍塌，我们开始慌乱地撤离。大厅上方不停有石块掉落，我们不得不一边躲避，一边朝着前来的通道口跑过去。

就在我们离通道口还有十几米的时候，更大的轰鸣声响起，头顶出现了巨大的阴影。一块直径约有四五米的巨石，从上方掉落下来。

我敢打赌，即使我和敖雨泽身上有强大的金沙血脉，被这样一块巨石砸中，也不得不死。

好在我们基本的反应还在，慌忙朝旁边滚了过去。石头砸在地上，溅起大量的碎石和水花，碎石打在身上，我甚至因为侥幸捡回一命没有感到太过疼痛。

两名精锐人员却没有这么幸运了，被掉落的巨石砸成了肉酱，殷红的血水从石缝中涌出，又被地面四处流淌的水流稀释。

这两人放在任何一个国家的军队之中，都是相当优秀的兵王级人物，可惜在这样的伟力面前，半点本事都没有发挥出来，死得不明不白。

巨石砸死两人后，有些不稳，然后朝前方滚动了一下，正好将我们来时的通道口堵得严严实实的。这块石头的重量估计不低于二十吨，就算我处于血脉爆发的全盛状态，也不可能移动巨石分毫。

从巨石滚落的位置，大量的地下湖水倾泻而下。按照水流下的速度，估计最多十几分钟，这个大厅就会被湖水灌满。

“上面不是羽蛇神庙吗，怎么会有这么多水？”敖雨泽嘀咕了一句，开始沿着大厅的石壁四下寻找新的出路。这个位置相对安全点，毕竟石壁本身提供了一些支撑，靠近石壁的大厅顶部，并没有石块掉下来。

我跟在敖雨泽后面，却明白羽蛇神庙下方有水这件事毫不奇怪。

我之前了解过玛雅文明，曾在一份铁幕的内部资料中看到过，在羽蛇神庙的下方，有一个神秘而巨大的坑洞。这个坑洞属于自然形成，延伸大约三十四米，深度约为二十米。这个坑洞可连接到其他洞穴或者地下湖泊，同时具有未知的宗教意义，在玛雅文明中拥有极为特殊的地位和含义。

世界树组织早在二十世纪三十年代末就开始修建通向羽蛇神庙底部的通道，还连接了目前我们所处的这个石头大厅。不出意外的话，这个大厅以及世界树组织修建的通道，应该就在羽蛇神金字塔下方的天然坑洞下面十几米的地方。也就是说，这个大厅的上面还有一个巨大的地下湖泊。现在石缝中渗透出来的水，很可能是先前的仪式召唤来了羽蛇神的英灵，触动了某个机关打开了地下湖泊的闸门，让地下湖泊水开始朝下方的大厅渗透。

羽蛇神庙本身就是玛雅人用来供奉神祇羽蛇神的宗教场所，这座神庙之所以建立在一个巨大的天然深坑上，是因为玛雅人相信，建立在深坑顶部的建筑是宗教信仰的一部分。

在玛雅人朴素的信仰之中，蛇神也需要水，因此神殿下方是填满水的深坑，水流的运行由北向南。

玛雅人认为，神将宇宙垂直分为三个层面（天界、人间和冥界，和中土神话中天地人三界的划分类似），将地平面以上划分出基本方向，它们的界限象征着世界的尽头或边角，特奥蒂瓦坎城就是这种创世神迹的化身。而羽蛇神庙，就和太阳金字塔、月亮金字塔以及黄泉大道一样，是玛雅人的圣城特奥蒂瓦坎城的一部分。对玛雅人而言，这座城市就是他们宇宙观的具体表现。其中的羽蛇神庙有着特殊含义，在玛雅人的文化中代表着“圣山”。圣山不仅仅是世界之轴，还是宇宙三个层面间及地球各个方向之间交流的轴心。同时，它是从原始生命海洋中升起的“初始之山”，标志着神话时代的开始，纪年和历法的开端。

因此神庙下方蓄满水的深坑，实际上在玛雅人的宗教中代表的是原始的生命海洋。

这个时候，倾泻而下的地下湖水，已经淹没到了我们的膝盖位置。如果再继续下去，没有携带潜水设备的我们，一定会被淹死。

“能炸开堵住通道的石头吗？”艾布尔脸色阴沉地问身旁的米克特兰。

“不可能，这么大的石头，需要在石头上开一个至少一米深的孔，埋入一公斤的炸药才能保证完全炸开。高爆炸药我们不缺，可是没时间在短时间内开这么深一个孔。”米克特兰急促地说道。

“这个地方我们已经打通了几十年，难道就没有其他可以出去的通道？”

“很遗憾，艾布尔先生，为了避免被羽蛇神庙的考古人员发现，通道修建完成后，就没有继续施工。不过我们曾对这个大厅做了细致的考察，如果能炸开大厅顶部的某个位置，有可能会通向十几年前发现的‘冥界通道’。”米克特兰说道。

他的英语带着一些墨西哥地方口音，我听得并不是很清楚，只能连猜带蒙分析出其中的意思。

“冥界通道？”艾布尔的眼神明显闪烁了一下，很显然他听说过这个通道。

听到这个通道的名字，我想起来，在羽蛇神庙这座“圣山”下方，玛雅人还修建了一条一百二十米长的人工通道，东连羽蛇神庙，西达大广场的中心。

这条玛雅人修建的人工通道，据说最早建成于公元二五〇至九〇〇年间。而古玛雅文明是在公元九〇〇年左右突然消失的，因此有西方学者指出，古玛雅人很可能是从这条地下通道转移消失的。

直到二〇〇三年，这条通道才因为一场大雨被考古人员发现。二〇一〇年基本通过探地雷达确定了大致的方位和长度，而通道所连接的地下迷宫和无数纵横交错的地下水道，至今没有完全探明。

根据一些西方学者的研究，这条人工通道一方面有着神圣的属性，里面充满财富和繁茂的种子，居住着神明和创造性力量，维持着宇宙的秩序。另一方面，它的西侧是通往冥界的入口，是冥界的代表符号，因此被称为“冥界通道”。

不同于其他文明中对于地狱的描述是负面的，在玛雅人的宇宙观里，冥界本身有其自身神圣的一面，冥界对于玛雅人来说天然带着一种朴素的辩证观。

“往西边方向走，然后炸开上面的穹顶。”艾布尔当机立断。

我们所有人都跟在艾布尔和米克特兰的后面，朝大厅西边移动。

根据玛雅文明的神话传说，西方本身象征着死亡，因此如果这条冥界通道真的存在，最大的可能是在西边。

两名世界树的精锐，在米克特兰的吩咐下，用带来的唯一的单兵火箭筒，朝着他指向的位置轰了过去。

一连发射了三枚RPG（火箭助推榴弹发射器）火箭弹，才将那处穹顶炸开一个口子。被炸开的口子后果然露出黑漆漆的通道，通道里面没有水流出来。

“等水将大厅全部淹没后，我们从这个口子钻进去。至于到底能否逃出去，就要看主是否保佑我们了。”艾布尔看着被炸开的口子，还有已经齐腰的大水，发狠说道。

我们没有任何其他选择，只能扔掉身上的累赘物品，等待水面一点点上涨。

单兵火箭筒也被抛弃，穹顶离地面至少有十几米，要想让水涨起来让我们从穹顶的洞窟中钻进去，带着这玩意儿估计没人能一直保持上浮。

大概两分钟后，水面已经到了人的脖子，我们不得不一边攀附着石壁，一边踩着水让自己浮起来保持正常的呼吸。

又过了五六分钟，随着水势越来越大，整个大厅已经有三分之二浸泡在水中。可就在这个时候，穹顶上的坑洞中，跟着水流一起，掉下来一个身材细长、有着灰褐色粗糙皮肤的古怪生物。这个生物长约一米三，大厅中的光线昏暗，我只能勉强看清这个生物的皮肤像蜥蜴一样粗糙，没有毛，呈灰褐色。它的后肢粗壮，拖着长长的尾巴，前肢短小但带着利爪，耳朵又尖又长，嘴狭长，满口利齿。最引人瞩目的是它上腭的两枚突出的獠牙，露出嘴巴的长度有五六厘米，一看就极不好惹。

“小心点，水里有东西！”我提醒道。

“卓柏卡布拉，是卓柏卡布拉！”随着电筒光照射过去，米克特兰也看见了那怪物的样子，声音颤抖着说。

“这是什么东西？”我一愣，问道。

“卓柏卡布拉，拉丁文是Chupacabra，意思是吸食山羊血的怪物，又叫莫卡吸血鬼，是一种能够四肢着地奔跑，也能短时间直立行走，且跳跃力极强的怪物。这种怪物喜欢吸食家畜血液，在北美和墨西哥都有发现。不过这么大个头的还是比较少见，一般这种吸血怪物不会超过一米长。”秦峰说道。

这个时候，更多的卓柏卡布拉顺着穹顶的大口子潜入下来，数量至少有三十多只。这些并不太强壮的怪物十分灵活，而且会潜水，这对我们的威胁又大了一些。

“卓柏卡布拉在玛雅文明中还有另外一个身份，就是守护冥界的地狱犬。实际上，这种生物在一九九五年被人发现过，二〇〇八年美国德州的一名警察，还曾经拍到这种怪物的形象——从照片上看，本身就像得了皮肤病掉光了毛的野狗。”米克特兰说道。

“虽然听起来挺厉害的，但只要是生物就好办，至少说明这玩意儿能够被杀死。”我冷笑道，然后对艾布尔说，“给我们武器，这个时候我们应该同舟共济。”

艾布尔犹豫了一下，见秦峰点了点头，最后还是吩咐身边的世界树精锐递过来两把枪，连带着几个弹夹及两把战术匕首。由此看得出艾布尔对卓柏卡布拉这种生物，还是比较紧张的。不过他事先征询秦峰意见的神态让我有些诧异，秦峰在世界树组织中似乎有不低的地位，这大概得益于他的父亲和妹妹。

敖雨泽接过一把枪，随手放在背包中，拿着匕首做了次深呼吸后潜入水底。

很快，在四溅的水花中，大量乌黑的血水弥漫开来。我前方不远处水花绽开，露出敖雨泽的脸。接着两具一米多长的怪物尸体浮上水面，在它们的脖子和心脏部位，都有被匕首划开的口子。

我注意到敖雨泽的手臂上也有几条血痕，显然是在水中和怪物搏斗时被抓伤了。

“这些怪物的皮十分坚韧，有些不好对付。”敖雨泽说道。

话音刚落，两名世界树精锐的惨叫和呼喝声传来。一个人被力量极大的怪物拖入水底，水花四下翻滚，他旁边的同伴一头扎入水中帮忙，可最终两个人都没有再浮上来，水中的红色血迹弥漫得到处都是，充满了血腥味。

好在这个时候，随着水面不停上涨，我们已经能勉强够到通往“冥界通道”的穹顶口子。艾布尔犹豫了一下，在米克特兰的帮助下先钻了进去。

接着是秦峰，他在钻进去之前，朝我招了招手，示意我也赶紧进去。

这个时候我感觉右侧有水纹波动，马上朝那个位置开了几枪。只可惜子弹射入水面后动能大减，而且卓柏卡布拉在水中的灵活度极高，根本没有被射中。

我深吸一口气，拿着匕首扎入水中，刚入水就发现一双血红色的眼睛正狠狠地瞪着我。

这个时候我不得不感谢自己敏锐的五感，要不然在水中根本看不清对手的样子。现在，所有的照明都是靠着大厅中荧光石发出的微弱光芒以及我们携带的防水手电。好在手电就放在头盔右侧，不用单独拿着，而我脑袋旁边的电筒光照射到水下的怪物眼睛时，这种常年待在地底的怪物明显出现了短暂的眼盲。

这也给了我机会，手中的匕首毫不犹豫地朝着怪物的左侧胸口捅了过去。果然如敖雨泽所说，这怪物的皮十分坚韧，比一般的老牛皮还要坚韧得多，以我的力量，匕首也只捅进去一半多。

疼痛让怪物恼怒起来，手脚胡乱挥舞着，尖利的前爪在水中也能感受到足够的威胁。我一边躲避着怪物的利爪，一边将匕首抽离出来，然后一下刺入它的右眼。

眼睛几乎是所有生物的致命弱点，匕首轻易地刺入怪物的眼睛，一直抵达脑部。我咬着牙旋转着匕首，让匕首刀刃在它脑子里狠狠地搅动，只片刻的工夫，怪物就停止了挣扎。

就在这时，另外两只怪物也袭击了上来，要同时应付两只就明显吃力了一些。在水中应付怪物，比在陆地上应付蛇侍还要困难。

等我将这两只怪物都解决掉，身上也像敖雨泽一样，出现了好几处抓伤。我重新浮出水面，目前水面离穹顶只有不到半米的距离，无须任何人帮助，我从穹顶的被炸开的口子钻进去。

进入口子之后，我借力朝上攀登了一米多，发现旁边还有一条能让人勉强通过的洞穴。弯着腰钻进去后，我发现这洞穴后面三米多远，竟然是一条宽和高都有两米多的人工通道。通道周围的石头修葺得十分整齐，偶尔还能看到玉石饰品和变形的金银器物。

我记得看过的资料中曾提到，玛雅人的统治阶层为展示权力的合法性，曾长期在所谓的“神道”中举行各类授予神权的仪式。

这条通道如果真如米克特兰所说，是玛雅人所修建的“冥界通道”，按照玛雅人神界和冥界共通的独特信仰，通道内的物品很可能是当年的祭祀仪式所使用的贡品和礼器。

艾布尔和米克特兰已经在前方十几米远的地方，和他们一起的除了秦峰外，还有仅剩的四名精锐人员。

可是没有看见敖雨泽。

我心头一沉，想要回过头去找，身后却出现了一只卓柏卡布拉凶残的面孔。

我没有使用匕首，而是举起了手枪，这把枪内还有四发子弹。枪口直接喂进了卓柏卡布拉带着腥臭的大口，卓柏卡布拉的獠牙割破了我的手背皮肤。我能够感觉到它的獠牙是中空的，我手背的血液，正被它吸食。

或许是身上的金沙血脉的确隐藏着巨大的力量，卓柏卡布拉身上干瘦的筋肉，竟然像充气般鼓胀起来，而它的面孔也变得更加狰狞可怕，血红的双眼中充满了贪婪。

手指在扳机上连续扣动，卓柏卡布拉的脑浆混着鲜血从后脑炸开，它眼中贪婪的神色渐渐消散，最后变为一片死灰。

“该死，差点打中我。”卓柏卡布拉后面，传来敖雨泽愤怒的声音。

我一愣，随即带着喜悦推开卓柏卡布拉的尸体，果然露出了敖雨泽带着一丝不满的面孔。

“那啥，不知道你在后面……”我尴尬地说。

敖雨泽冷哼一声，推着我朝艾布尔他们所在的位置追了过去。

我们沿着通道走了约一百米，就到了尽头，按照之前的资料，这里应该是通向神庙的大广场。

可是我们没有看到向上的出口，或者说向上的出口早已经被堵住了，现在我们前方只有一个圆形的通道，朝下方通向不知道多深的地底。

“该死，这条通道根本不是直线，而是一个闭环。”艾布尔恼怒地说。

“不，这里是位于通道西侧的冥界入口，被玛雅人称为托拉洛肯（Tlalocan），实际上它还有一个名字，和我的名字几乎一样，叫作米克特兰堤库特里（Mictlantecutli），即‘死亡地域’。这条通道是连接现实的地道和玛雅人心中的冥界的通道。”米克特兰声音颤抖地说。

“你可不像你的名字一样胆大。”我嘲讽道。

“在神面前，凡人需要保持敬畏，这是好事。”米克特兰轻声说道。

我冷笑一声，或许这个世上对神最没有敬畏的，就是我和敖雨泽这样知晓神灵本质的人了吧。在我们看来，所谓的“神灵”，从根本上说不过是一些精神十分强大的意识生命体，和神话传说中无所不能的神是两种截然不同的生命。

“这个新出现的入口通往哪里？总不可能真的通向所谓的冥界吧？”敖雨泽歪着头问。

“当年玛雅人在羽蛇神庙的地下水位以下打通地道，很可能是为了重现他们想象中的‘冥界’的水文状况。其实不光是玛雅人，在其他文明中也对冥界或者地狱有相似的描述，都认为冥界之中存在一条河流，这条河流在东方被称为‘阴河’或者‘忘川’，在西方被称为‘冥河’。”秦峰说道。

“如果玛雅人的传说没有错，这个圆洞的深度大概有三十米，里面很可能储存着代表冥界的‘圣水’。根据玛雅人流传的神话，冥界之中存在一块神圣的乐土，在那里，河流、湖泊与海连通，还有山脉、天空，以及满天繁星。”米克特兰似乎恢复了些精神，低声说道。不过他的口音依然是个不小的问题，对于我这样英文本来就是半吊子的人来说听得无比痛苦，最后还需要艾布尔翻译。

“如果说羽蛇神庙象征圣山，是宇宙各层面和区域的纽带和联合体，羽蛇神庙下方的自然地下的空间和创世神话有关，那么羽蛇神庙下面的地道代表前往‘冥界’的通道——一个黑暗、阴冷、潮湿的地方，也是统治者接受和传递权力的地方。那么这条通道真正通向的地方，会不会是真正的‘冥界’？”我问道。

“根据传说，玛雅人曾经在我们所处的宗教场景中通过祭祀、牺牲、杀殉等活动，打开通往冥界之门，也就是说，我们如果向这个圆洞下方投入足够的祭品，的确有可能打开那扇门。”艾布尔说道。

作为一个在现代教育熏陶下长大的理想青年，尽管我知道这世上有不少科学无法完全解释的超自然现象，可我怎么也不相信这世上有冥界这样的地方存在。

那么，唯一的可能就是，玛雅人的神话传说中所谓的“冥界”，和古蜀文明中提到过的纯意识世界是一回事。

这也和我之前的遭遇类似。最开始我以为自己误闯入鬼域，后来才明白那所谓的鬼域，也是意识世界的一部分，仅仅是因为我血脉特殊，才能在头脑中生成别人看不到的幻象。

这些幻象或许对于意识世界的生命来说是真实不虚的存在，可毕竟不是现实。

在磁场异常的雷鸣谷、黑竹沟之中，我曾进入过意识世界，尤其是在雷鸣谷中，进入到长生之源的井壁，最后和秦峰在一个封闭的小意识空间内相会。眼前的这个圆形洞窟的入口，和当时的井口说起来十分相似。如果说我们能通过这个井口进入某个和玛雅人相关的意识世界，也就是他们口中的冥界，也并非不可能。

秦峰似乎也想明白了这一点，对我们说道：“在玛雅文明中，统治者的权力由羽蛇神亲自授予，在城市的中心圣殿里举行仪式和政治活动代表了宇宙轴心的地位，那么这个洞窟所通向的冥界，其神圣性来源很可能就是羽蛇神本身。召唤羽蛇神的仪式，需要大量的人血，这也是原始时期的神灵贪恋血食的表现。如果我们能向这个洞窟中投下足够数量的血食作为祭品，打开这里的意识空间，也并非不可能。”

“可是，我们从哪里找这么多血食作为祭品？并且，打开冥界的大门，对我们有什么好处？”我问道。

“卓柏卡布拉，这些吸血怪物虽然被誉为‘冥界的守护犬’，可毕竟是现实中的生物，它们能够被当成是祭品。”艾布尔狠声说道。

“不错，这些怪物总数量有三十多只，我们杀死的不过是一小部分，现在起码还剩下二十多只。”敖雨泽赞同道。

“更重要的是，就算我们不杀它们，它们也不会放过我们。”秦峰侧耳倾听着远处的声响，叹了口气说。

我也听到有大群的动物脚步声在接近，声音很小。这些怪物行动的时候，像是小心翼翼的猫，几乎完全不发出声响，即便是我也直到现在才听到那细微的声响。

不过，秦峰居然比我还先发现它们，这是怎么回事？按理说在身上的金沙血脉的影响下，我五感的敏锐程度远远超过普通人，即使秦峰不算普通人，可他只有精神比常人强大，五感却不如我。

秦峰对我笑了笑，也不解释，只是握紧了手里的一把不到三尺长的短弓。

我从来没有见过秦峰使用弓箭这样的武器，而且还是那种传统的牛角弓，并非现代文明制造出来的复合弓或者弩枪。

不过很快，随着嗖的一声弦响，一只刚刚出现在众人眼前的卓柏卡布拉的眼窝就中了一支利箭，随后一头栽倒在地。

来不及惊叹秦峰惊人的弓术，敖雨泽手中的枪声接连响起，两只吸血怪物还来不及拖走同伴的尸体，就被打爆了头颅。

几名世界树组织的精锐也终于反应过来，朝着冲锋的十几只卓柏卡布拉狂射弹药。得益于通道中没有遮挡物作掩护，只是短短的一两分钟，这些怪物就死了大半，剩下的发出嗷呜的叫声，飞快地转身逃走。

正当我们松了一口气的时候，从我们头顶突然扑下一只个子比其他卓柏卡布拉小一半的怪物。先前它藏在阴影中，沿着通道的石壁缓缓爬过来，我们都没有发现它。

这只小了一大圈的卓柏卡布拉的目标，赫然是艾布尔手中的龟壳。不知道这龟壳为何会吸引对方。

好在艾布尔身边的米克特兰早已恢复了正常，发挥出强大的实力，手中的匕首一下扎入这只怪物的脖子，狠狠一拉，怪物的脖子几乎被砍了大半，喷溅的鲜血淋了艾布尔一脸。

其余的怪物不见了踪影。我们将杀死的十几只卓柏卡布拉尸体拖了过来，将伤口朝着圆形洞窟，让怪物的血液顺着石壁流下去。

等十几只怪物的血液几乎流光后，我们将尸体踢到一边，圆形洞窟里面，发出了巨大的水声。

“我感觉似乎没有那么简单，里面像有着什么古怪，并非直接通往所谓的冥界。”秦峰侧耳倾听了一阵，说道。

艾布尔将怀里的龟壳取出，仔细查看上面的裂纹，最后说道：“我们下去，一定要下去，这里面有可能让我们解开那个巨大的秘密。”

“什么秘密？”我警惕地问道。

“关于《金沙古卷》真正隐瞒的秘密，或者说，是解读《伏羲秘卦》的方法。”秦峰淡淡地说。

“这个秘密大概还关系到你所在的意识世界，到底要如何彻底入侵现实世界吧？”我冷哼道。

秦峰犹豫了一下，最后点头说：“是的，如果能找到这个秘密，我父亲有可能带着族人彻底入侵现实世界。但同样的，你也有机会彻底消除意识世界的威胁。这个秘密是一把双刃剑，杜小康，你敢赌吗？”

我一下愣住了，不明白为何秦峰要将这个消息告诉我们。他完全可以隐瞒其中的真相，自行找到里面的秘密，完成他父亲给他的任务。

可现在，他却还要防备着我和敖雨泽先找到这个秘密，给他的故乡带来不可逆转的伤害。

“但是机会应该只有一次吧？意识世界彻底入侵的瞬间，如果我们失败，这个世界被颠覆的结局就不会改变；如果我们胜利了，意识世界有可能彻底消亡。这的确是一场赌局，赌注是两个世界的死活。”敖雨泽说道。

见秦峰没有回答，她继续说道：“如果我没有猜错的话，这个秘密和命运线有关，要不然你妹妹也不会处心积虑地杀死所有能看到命运线的人。你们前些日子故意暴露众多通过VR游戏入侵失败的同类，也是为了斩断部分命运线。”

秦峰诧异地盯着敖雨泽，最后点头说道：“他们果然还是小看了你，敖雨泽。你说得不错，意识世界的入侵计划，根本不是通过什么VR设备直接入侵，而是和命运线有莫大的关系。遗憾的是，其中的内情我这个做儿子的也不太清楚，知道整个完整计划的，估计只有我父亲本人了。就连我妹妹秦怡，对这件事也只知晓一部分。”

圆形洞窟中的响动这时更加激烈了。原本洞口处残留的血迹，像是受到牵引一样，蠕动着朝下方流淌。最终洞口干净得丝毫看不出血迹，像被生物舔舐得干干净净一样。

我心中微动，划开自己的手指，滴了一滴自己的血液进入圆形洞窟之中。

空气似乎一下变得燥热起来，洞窟中发出的水声更加响亮，我甚至能够感觉到里面某个强大的生物正贪婪地吸收着我血液中的神秘力量。

接着一条犹如水桶粗的巨蟒从水中扑了出来。因为洞窟太深看不到底部，我无法看清这怪物的具体长度，粗略估计了一下，这怪物的长度不小于三十米。

说是巨蟒，这怪物却没有头部，除了中间部位有一张长满利齿的大嘴外，看不到其他器官。怪物口中的利齿层层叠叠，张口的大嘴比身体还大，随着它蹿上来，无数利齿在不停地缓缓旋转。

我能够想象，任何生物只要落在这家伙的巨口之中，都会被旋转的利齿给撕成碎片。

敖雨泽一把把我拉来，然后闷哼一声，从一名世界树组织成员的腰间飞速取下一枚手雷，拉开拉环，直接丢入那怪物张开的大口之中。三秒钟后，沉闷的爆炸声响起，怪物的头部被炸得稀烂，蓝色的血液混合着肉块四处飞溅。幸好敖雨泽拉了我一把，要不然我会被蹦飞的弹片给伤着。

“这是什么鬼东西？”那怪物发出巨大的闷哼，大概是没有发声器官的缘故。可即使头部被炸烂，它却没有死去，只是重新潜入了水中。

“是一种巨大的蚓螈的变异种，巨型蚯蚓，一般生活在南美丛林中。不过普通的蚓螈只有两米长，口部没有利齿，这鬼地方怎么会有几十米长的蚓螈？”艾布尔有些瞠目结舌地说道。

“怪不得手雷都炸不死，蚯蚓就算断成几截，只是会从一条变成几条。这玩意儿有些难对付，我们真要下去的话，能不能发现冥界入口还不一定，我们自己先见冥王去了。”敖雨泽皱眉说道，毫不理会被她抢了一枚手雷的精锐人员的怒目而视。

艾布尔探过头看了看黝黑的洞窟，咬牙说道：“我们必须下去，从七杀碑中得到的灵龟启示，如果我们不能在最近找到藏着的秘密的话，或许就永远没有办法了。”

“正好啊，这样一来，你们所信奉的神，就无法降临这个世界了。”我笑着说。

“不，旧的命运线已经被斩断，如果没有符合命运本身规律的新命运线产生的话，就算意识世界入侵的危机解除了，这个世界最终会完全走向没有任何命运的混乱和毁灭。”秦峰轻声说道。

“你妹妹杀死几个能看透命运线的人，就能让世界走向毁灭？我觉得现实世界没有这么脆弱。”

“本来的确如此，现实世界物理规则的坚固程度远在我们的想象之上。可越是坚固的堡垒，最强的一点也是最大的弱点，而这个弱点早就被我父亲所找到。世界的运行，总会存在错误，之前这些错误拥有一个存放冗余的地方，就是意识世界，意识世界即现实世界的暗面。如果缺少了暗面，现实世界运转所产生的错误和冗余无法存放，你觉得会发生什么？当年叶凌菲的父亲叶暮然，正是找到了其中的关键所在，才让世界被毁灭的时间推迟了十年，可也仅仅是推迟而已。那几个能看透命运线的人死亡只是将这个过程稍微加快了一点，他们的死不是事情的关键，但至少是一个引子。”秦峰沉声说道。

“是的，他说得没错，这件事已经停不下来了，如果停下，这个世界必定会在几十年后走向彻底的死亡。可如果我们沿着这条路继续前进，有可能带来新的希望。那么我亲爱的对手们，你们到底会如何选择呢？是让这个世界继续苟延残喘几十年，然后灭亡，还是跟我们一起，赌这一把？”艾布尔带着疯狂的笑容说道。

秦峰没有说话，只是点了点头，示意他赞同艾布尔的话。

我和敖雨泽对视一眼，看出对方眼中的焦虑和惊恐。

这是赤裸裸的阴谋，不管是艾布尔，还是似乎对现实世界抱有好感的秦峰，并没有给我们太多的选择余地。甚至，我们连验证他们说法真假的时间和机会都没有，这个时候不得不按他们所说，和他们一起，先找出解开《伏羲秘卦》的方法，才能去谈到底是拯救还是毁灭这个世界。

“可这样直接下去无疑是送死。”我反对道。

“所以我们可以试试先杀死那头怪物，它再厉害，也不过是一头可能连大脑都没有的畜生。我觉得我们需要一个香喷喷的鱼饵，这样就能轻易钓起这条大鱼了。”艾布尔微笑着说道。

我无奈地苦笑一声，所谓的鱼饵，除了我也没有其他人了。毕竟，先前那头巨大的变异蚓螈，是闻着我的鲜血味道才扑出来的，也算是我自己活该。

第十八章

JINSHA ANCIENT SCROLLS

远古隧道

“小心一点。”我被绑上绳子吊下洞窟入口，敖雨泽在一旁提醒道。

我点点头，没有说话，握紧了手中的戮神钉。这件神器不一定能对付下面的变异蚓螈，可有这玩意儿在手，我心里能多一些安慰。

登山绳很结实，我身上还有一个坚固的金属扣，如果遇到什么危险需要快速逃离，我还可以快速解开这个金属扣。

为了防止万一掉下水，我头上还带着潜水用的便携式呼吸器。艾布尔等人似乎早就料到会进入有水的地方，竟然准备了好几个这种轻便的呼吸器，里面储存的氧气能供大约十分钟的呼吸，虽然比不上正式的氧气瓶，也聊胜于无。

几枚主要材料是镁粉的燃烧棒在我进入洞口的第一时间就被扔了下去。这些燃烧棒在水中也能保持燃烧，能勉强让我看清楚周围的环境。

下降的速度很慢，借着燃烧棒发出的光芒，我发现随着我深入到洞窟中，下方的空间越来越大，而洞口离地下河水面约有十多米。

燃烧棒漂浮在水面上，看样子还能坚持一分钟左右。这个时候我已经接近到了水面，能看到所处的位置是一条地下暗河。

这条暗河的宽度约十来米，水流并不太急。在燃烧棒的照耀下，我能勉强看清暗河边缘的石壁上，有不少壁画和文字。

或许是在水中浸泡了上千年的时光，这些壁画侵蚀严重，在这样的亮度下，很难看清具体的样子。我只能看出有几幅壁画似乎画着类似独木舟的船，开向一团模糊的大门，而在那大门周围，有类似卓柏卡布拉形象的地狱犬在看守。

我猜测这大门就是玛雅人想象中的冥界之门，而现在我所处的这条水道，就是玛雅人所认为的冥河。只是这冥河中为何会有长达三十米的巨大蚓螈，是一件十分奇怪的事情。蚓螈在美洲的丛林中是一种较为常见的生物，外形看起来和放大了上百倍的蚯蚓差不多，一般不会超过两米。三十米长的蚓螈，光是想想就让人头皮发麻。

接着米克特兰带着两个世界树组织的精锐也下来了，他们手中都拿着枪械，米克特兰更是带着榴弹枪。这样的武器，只要对方是有血有肉的生物，哪怕是长度三十米的怪物，也能造成致命伤。

我按照事先的计划，再次划开手指，往水中滴了几滴血液。很快，水面下出现一条长长的黑影。随着水花的翻滚，两名精锐手中的自动步枪不停开火，可是变异蚓螈的外皮既坚韧又湿滑，子弹打在它身上，只出现一个拳头大小的凹陷，随后就被弹开了。

那条蚓螈似乎忘记了先前的痛楚，跃出水面，直接朝我所在的方位飞扑过来。

借着还没有燃尽的燃烧棒，我发现它先前被手雷炸伤的部位断开了两米长的一截，可伤口已经开始收拢，新的利齿正从收拢的创口位置生长出来，此时已经小有规模。

这头怪物果然继承了蚯蚓的不死特性，而且再生能力比蚯蚓要高上几十倍。仅仅是十几分钟，新的口器和利齿就要完全生长出来。

“去死吧，畜生！”米克特兰咬牙切齿地大喊道，狠狠扣下扳机。榴弹枪准确地击中了变异蚓螈的还没有生长齐全的头部，然后猛烈炸开。

榴弹枪的威力比自动步枪大了许多，终于让变异蚓螈受伤。米克特兰的枪法极好，后面的两枚榴弹准确地钻入第一枚榴弹炸开的碗口大的创口，将创口一下子扩展到了脸盆般大。变异蚓螈更是发出了极为刺耳的高频声音。

一连三枚榴弹击中了变异蚓螈，蓝色的血液和粉色的肉块四处绽开。可对于蚓螈长达三十米的躯体来说，这点伤势还能够承受。它最多只损失了十分之一的身体，谈不上致命的威胁。

不过这仅仅是开始。随着蚓螈受伤，一支利箭钉入榴弹爆炸留下的创口，接着中空的利箭内附带的液体自动注入蚓螈体内。

那是世界树组织开发的一种生物毒素，是从变异的树神中提炼出来的。只要对方是生物，都有极高的致死率。这样的箭支，就算是秦峰手里也不多，如果不是目前我们被这条巨大的变异蚓螈阻拦，秦峰也不会用出这样的武器。

很快，毒素起作用了，变异蚓螈开始疯狂地挣扎，大团的水花溅得到处都是，就像一条生命力顽强的鱼在锅里不停挣扎。

上面的人开始收拢绳子，让我们几个离开水面，免得被波及。就在变异蚓螈的挣扎缓慢下来，大家都以为已经搞定它的时候，变异蚓螈突然朝上蹿起，像是认准我一样，朝我所在的位置卷了过来。

变异蚓螈的直径，起码有四五十厘米。如果被它卷中，只需要两三圈就能让我全身动弹不得，更不要说这怪物堪比巨蟒的力量，很可能连我身上的血脉之力也无法与之抗衡。

关键时刻，我看到变异蚓螈卷过来的巨大身体上，有好几个茶杯大小的斑点。这些斑点在它身体背面的正中间，每隔一米多就有一个颜色更深的斑点。

几乎是没有任何犹豫，我拿着戮神钉的右手高高扬起，在变异蚓螈缠住我的刹那，扎入离我最近的一个斑点。除了手腕握着戮神钉的部分，整根戮神钉三十多厘米的长度，都刺入了变异蚓螈后背。

变异蚓螈剧烈地抖动了一下。接着我感觉到戮神钉上传来阵阵灼热，急速升高的温度让我几乎要松开手掌，却本能地感觉到会失去千载难逢的机会，于是更加用力地握紧戮神钉。直到那股灼热渐渐消散，缠住我的变异蚓螈像失去了全部的生命和力量，死蛇一样松开，掉入水中沉了下去。

与此同时，戮神钉离开了变异蚓螈的身躯，上面的铜锈又掉落了部分，露出让人心悸的锋芒来。

我的心微微一颤，总觉得这件帮了我好几次的古蜀神器，似乎也藏着什么秘密。只是，这戮神钉是父亲亲手交给我的，再怎么古怪，我想父亲不可能害我。

“干掉它了？”洞窟口传来敖雨泽惊喜的声音。

“干得漂亮，我还以为那种毒素能够杀死它，没想到它临死反击居然如此犀利。幸好你找到了它的弱点。”秦峰在上方不远处说道。他手中拿着那柄小巧的短弓，先前那支利箭就是他射出的。

“你运气不错，蚓螈属于裸蛇目的两栖纲脊椎动物，即使变异让体型变大了数百倍，基本的生物特性还是保留了。这种生物的大脑极小，眼睛隐藏在皮肤下方，全靠眼睛到鼻子之间的一条感知触须来感知外界的一切。变异蚓螈要控制如此庞大的身躯，我估计光是靠它的脑部肯定不够，应该主要是靠脊椎中密布的神经线。而这些神经线彼此连接的关键节点，外在就表现为你刺入戮神钉的斑点。”敖雨泽下来后，看了一眼我手中的戮神钉，有些感触地说。

我喘着气点点头，先前的确是有些运气成分，那处茶杯大小的斑点，刚好是这头变异蚓螈的弱点。如果是换了其他部位，就算我手持戮神钉，也未必能够一击杀死这么大一头变异怪物。

接着，其他人开始沿着固定好的绳子下来，再次确认变异蚓螈已经死掉后，大家都松了一口气。

艾布尔举着防水电筒看了看水道周围的壁画，说道：“沿着这条水道朝前，我们就能够到达冥界之门。”

“就这样游过去？”我皱眉问道。

这条地下暗河的深度至少有七八米，不可能直接蹚过去。艾布尔所说的冥界之门又不知道到底有多远，真要选择游过去的话，我怕还没有到达就没了力气。

更何况，这里是当年玛雅人所修建的羽蛇神庙下方的秘密通道，谁也不知道所谓的冥界之门到底通向哪里，除了卓柏卡布拉和变异蚓螈外，是否还有其他怪物在守护。

“龟壳会指引我们前进，它会带领我们找到冥界的入口。其实我想你们应该也明白，这个世上怎么可能有真正的‘冥界’？所谓的冥界，不过是意识世界的另外一个叫法，要不然来自三百年前四川地区的石碑中藏着的龟壳，凭什么指引我们找到千年前的玛雅文明藏着的秘密？”艾布尔笑着说。

这个问题的确是我之前一直觉得古怪的，传闻中是张献忠铸造了七杀碑，而且我之前通过变异树神获得的信息，也证明了这一点。我们猜测张献忠当年这样做一方面是为了彻底解决意识世界的入侵，另外一方面是希望自己能够集众生怨念成为活着的神祇。可不管怎么说，当年的张献忠绝对不可能知晓在离四川万里之外的美洲地区，还存在一个和古蜀同样失落的玛雅文明，除非在张献忠当年获得的某些隐秘消息之中包括了对这个文明的描述，从侧面反推出古蜀人的最终消失和玛雅文明的兴盛有着关系，并且还将玛雅文明兴起的消息重新传递回了四川地区还残留的族人那里。张献忠所处的年代，欧洲人已经发现了美洲（哥伦布在一四九二年发现美洲大陆），可是以当时的信息传递条件，他是不太可能从欧洲人那里得知关于玛雅文明的信息的。那么就只存在一种可能，古蜀人消失后，真的靠着巴蛇神的力量引导了玛雅文明。那么引导玛雅人文明进程后，肯定存在一种方式，能够将信息传递回古蜀所在的四川地区。

之前我曾推测过，几大文明古国都发源于北纬三十度这条神秘的纬度线附近，古蜀文明和玛雅文明也不例外，而且这条纬度附近，存在一些磁场异常的现象，那么有没有可能，古蜀人在引导了玛雅文明后，是通过这些特殊的磁场来传递消息的呢？只是这种信息传递不可能像现在打个越洋电话那么方便，条件应该十分苛刻，而且也不太完整，以至于有了不少偏差。

张献忠不知道从什么地方获得了这部分消息，大概想要继承古蜀人在玛雅留下的遗产，于是在巫祭的帮助下，将一枚灵龟壳封存在了七杀碑中，借着被屠杀的数百万冤魂的信念之力，获得自己想要的信息。只是他在四川的大肆屠杀，让当地经济迅速衰败，所创建的大西国失去大量人丁和统治基础，导致了后来被清军迅速击败。别说是七杀碑，连搜刮的财物也来不及运走，最终被沉入岷江之中。

在艾布尔的带领下，我们沿着地下暗黑的方向奋力游去。还好是顺着水流的方向，并不是太费力气。

我能感觉到地下暗河一直朝西流淌，并且是以一个微小的角度一直朝下。我们在水中游了约莫半小时，手脚因为在水中泡得太久渐渐冰凉时，终于看到了前方出现的可上岸的溶洞。

我计算了一下我们游过的距离，还有地下暗河向下倾斜的角度，最后得出一个让人惊奇不已的结论：现在的我们，差不多已经位于地下两百四十到两百六十米的深度了。最为诡异的是，按照常理，这样深的地下，氧气含量应该极低才对，可我们除了感觉呼吸稍微困难了一点，并没有感觉到氧气含量有太大变化。

我们先发现的溶洞有五六米高，极为宽敞，宽度接近二十米，地下暗河只占据了其中一半，剩下的一半是被冲刷得十分光滑的岩石。想来不知道多少年前，这里曾完全被地下暗河占据，后来暗河水量变小，才露出两侧的岩壁来。

我们颤抖着上了岸，稍微休整了一下，吃了点东西，也不等衣服干透，就继续朝着溶洞前方走去。

大概十多分钟后，我们沿着溶洞走到了尽头。前方只有几条仅容一人通过的缝隙。

艾布尔手中拿着龟壳，露出极为肃穆的神情，目不转睛地盯着龟壳上的裂纹，似乎能从中看出我们不明白的信息。他的手指不停地掐算着，脚步下意识地挪动，似乎依照某种神秘的韵律在两三个平方米的范围内反复走着。

我的瞳孔一下缩了起来。这个步伐我并不陌生，之前我曾看过旺达释比走过类似的步伐。当时旺达释比向我解释说，这是释比传人之中极为古老的“禹步”，是当年大禹治水后传下来的。

不仅仅是释比的传人，就连不少巫祭，甚至正统的道家学派当中，都有关于“禹步”的记载。这种步伐一般用于祷神礼仪之中，其步法依北斗七星排列的位置而行步转折，宛如踏在罡星斗宿之上，因此又被称为“步罡踏斗”，是道法极为高深的真人才懂得的步伐。

我曾经试图跟旺达释比学习这种步伐，可最终因太过困难，只学会了一点皮毛。我怎么也没有想到，在一个西方人身上，居然能看到正宗禹步。

艾布尔踏着的禹步猛然停止，此时他对着的方向，是左边第二条缝隙的位置。

“走这条路。”艾布尔长长地嘘出一口气说道。肉眼能看到一条水汽凝结的白线凝而不散，两三秒后才缓缓消失不见。

“这家伙不是普通人，放在古代，至少是能够通过龟壳占卜、预测祸福吉凶的大祭司。而且这家伙的禹步如此正宗，没有道门高人手把手地教，是绝对学不会的。”敖雨泽在我耳边低声说道。

“废话，如果是普通人，怎么可能成为世界树组织的九大圣子之一？而且你不要忘记，世界树组织最初的创立者，除了艾布尔的父亲老爱华德外，还有一个张姓道士。”我说道。

几乎不用多做猜测，艾布尔所会的正宗禹步，很可能就是从那个张姓道士那里学来的。而张道士的来历，几乎可以肯定和张家人的血脉传承有关。

我犹豫了一下，最终还是带头钻了进去。我之所以打头阵，一方面是艾布尔的要求，而更多的是因为我五感敏锐，万一有什么危险，也能第一时间发现。其实敖雨泽的探险经验远比我丰富，可在她面前，我不想再像以前那样老是跟在她后面。她似乎也明白这一点，这个时候也并不和我争抢。都说女人应该笨一点才好，可有时候聪明的女人反而让人省心。

这条石缝十分狭窄，我磕磕碰碰地通过后，身上有好几处擦伤。还好这些伤口不久后就自动愈合了，因此我完全没有放在心上。

米克特兰算是比较倒霉的，比起其他人来，他的身体非常强壮健硕，因此受到的伤也最重，身上甚至被磨掉了一层肉，看上去整个人血淋淋的。最后为了不影响行动，不得不使用了一支珍贵的治愈药剂。

等所有人都过来后，我们才有空打量这条狭窄的石缝所通向的空间。这明显是一条人工隧道，四周的墙壁经过仔细地打磨和抛光。时间是一个伟大的艺术家，这些曾经光滑的石壁，在时间的侵蚀下，出现了如同蜂窝状的凹陷。

在我们的头顶，是一条呈九十度角向上的通道，而我们前方的隧道，只能看到一片黝黑。谁也不知道这条隧道有多长，又通向哪里。

“这是玛雅古隧道——科学家一直想要证实，可是从来没有真正找到过的古隧道。根据传说，这条隧道离地面有二百五十米深，可能有数百公里长。最不可思议的是，它很可能至少有五万年的历史。”米克特兰轻轻抚摩着石壁，喃喃地说道。

“五万年前？那个时候的人类还是早期智人，大概才学会穿兽皮衣服和使用粗陋打磨的石器吧？”我不禁冷笑道。

不过想想也是，如果说当年神秘的玛雅人修建了这样一条古隧道，还勉强情有可原，毕竟连古蜀人都曾创造出极为辉煌的青铜文明。在天文和历法上比古蜀人更进一步的玛雅人，建造这样一条古隧道，虽然听起来不可思议，可总比这条隧道存在于几万年前听起来要靠谱得多。

“不，这条隧道，可能真的存在于五万年前，甚至，更加久远……”敖雨泽轻轻说道。

我一怔，敖雨泽没有骗我的必要，难道她发现了什么？

“玛雅古隧道在很多研究玛雅文明的西方学者的研究记录中，都有过猜测，认为是玛雅人消失时通向地心世界的通道。外界甚至一度认为在上世纪七十年代就发现了古隧道，可事后都被证明是谣传。”秦峰在一旁说道。

“五万年前的隧道，有上百公里长，怎么想都觉得不可思议……”我苦笑着说，“最重要的是，我们不会要沿着这条隧道走上数百公里吧？”

“上百公里当然不可能，如果不出意外的话，我们大概需要走……一万八千九百八十步，按照成年人一步大概零点六米算，需要走不到十二公里。”艾布尔盯着眼前龟壳上的裂纹说道。

“为什么是如此精确的数字？”我奇怪地问。

“一万八千九百八十在玛雅文明中有着特殊的含义。大家都知道玛雅人在天文和历法上成就巨大，测算出来太阳历一年的天数为三百六十五点二四二天，与现代天文学计算出的三百六十五点二四二三天几乎一致。并且玛雅人根据宗教、农事活动和记事的需要，制定出了多种历法，主要有三种：神历、阿布历和轮回历。神历的一年为二百六十天，主卜未来，有二十个神灵轮流主司这二百六十天。用这二十个神灵与十三个数字（一至十三的玛雅数字）相配合轮转，决定某神主司的日期，二百六十天正好一轮。阿布历三百六十五天，与现代通行的‘阳历’相似，但分十九个月，前十八个月各二十天，最后一个月五天，这五天被视为不祥的日子。轮回历为神历二百六十天与阿布历三百六十五天的组合，两者相配轮转，一万八千九百八十天为一个轮回。按照太阳历一年三百六十五天，一万八千九百八十天正好是五十二年。玛雅人认为五十二年为一个轮回，以示天地之复始。这块灵龟壳上的卦象显示，需要一个轮回的步数，所以哪怕这条古隧道有上百公里长，我们也只需要前进一万八千九百八十步而已。”艾布尔解释道。

听到艾布尔的解释，除了惊叹玛雅人在历法上的成就外，我突然想起国内的一个少数民族，和中华古文明息息相关的彝族。彝族所采用的历法也是十八月历制，每个月二十天，一年一共十八个月，另加五天“祭祀日”，全年总共三百六十五天。这样的纪年历法，和玛雅人的阿布历几乎一模一样。而我们在黑竹沟的时候，也曾见到不少当地的彝族同胞。两个相隔万里的民族，居然在一种历法上完全一致，要说这是巧合，未免也太巧了点。

一直以来有一种说法，是说古蜀国并非单一民族的国家，毕竟几千年前，“民族”这个概念是十分模糊的，更多的是以国家或者部族来做种群的区分。

当时的古蜀国，主体民族是冉族和羌族合化的蜀族，间或有巴族及其他尊奉古蜀国为宗主国的部落。比如存在于郪江流域的古郪国，虽然和古蜀国都是上古时期的诸侯国，但从某种程度上说，算是古蜀国的附庸国，是古蜀文明的一部分。

而彝族的历史，可以追溯到七千年前，和治水的大禹出生的羌族一样，是一个古老的民族。不少历史学家和语言学家通过研究发现，古彝文与巴蜀图语有诸多相似之处，甚至有学者坚定地认为巴蜀图语本身就是古彝文的一个变种。

这些都说明了彝族在几千年前，很可能是古蜀王国的一部分，至少参与了古蜀王朝的建设，是古蜀国的一个重要组成部分。而玛雅人所创建的文明，很可能受到了消失的古蜀文明的影响，尽管我们都不知道古蜀文明是通过哪种手段影响玛雅人的。如果说彝族和古蜀文明也有关联，那么其历法被玛雅人所继承，也完全说得过去。

按照艾布尔说的数字，我们开始数着步子朝古隧道的前方走去。接近十二公里的距离，以我们的速度，走了接近三小时才到。不过龟壳显示的步行距离，毕竟是一个十分笼统的数字，走了有一万八千多步后，我们开始一边走一边搜索附近是否有新的出口。等到了指定的步数，依然没有发现任何特殊的痕迹。

又朝前走了两百步左右，石壁上的壁画突然多了起来。壁画上大多是一些十分粗陋的小人，代表着人类聚集在一起，围着一条巨大的蛇形物顶礼膜拜。这条蛇形物的身上，明显覆盖着疑似羽毛的线条，而且双目凸出，画风十分诡异。几乎不用多想，就能肯定这蛇形物是玛雅人所崇拜的羽蛇神。

很快，我们发现了在羽蛇神的背后，有一个看上去十分眼熟的画面。那是一对人首蛇身的男女，蛇尾彼此交缠在一起，形状犹如DNA结构的双螺旋。而两人的手上，共同托举着一个有线条作为光芒的圆形物，看上去像是太阳的造型。

最为关键的是，这两个人首蛇身的神祇形象，头部是竖立的发髻。这种发髻造型从未在玛雅文明中出现过，反而在中国古代极为常见。而且两个神祇身穿的衣服样式，甚至衣服上粗糙的纹路，都是古蜀时期的锦祥纹的样式。

“这是伏羲和女娲！”我呆呆地盯着石壁上的壁画，不敢相信地说。

“的确，而且和我们在江口沉银遗址水下的沉船中看到的伏羲女娲交尾人面像石雕，几乎一模一样。”敖雨泽深吸一口气说道，似乎也感觉这事情太过诡异。

“如此看来，玛雅文明很可能真的受到过古蜀文明影响。简直太不可思议了。”秦峰也是脸色古怪地说道。

“我觉得最不可思议的是，这幅图存在的年代。”艾布尔过来看了一眼后说道。

我的心猛地一跳，想起这条古隧道存在的年代，很可能是五万年前。

五万年前，别说是古蜀国，世界上任何一个文明都不存在。那时的地球上，只有茹毛饮血的原始国度。

“我觉得我们已经渐渐触碰到了关于羽蛇神的真相，而且我总感觉这件事，似乎是和伏羲女娲有莫大的关系。”我看着壁画上看似简单的线条，苦笑着对敖雨泽说。

“之前我们不是就有过推测吗，伏羲很可能就是那个极为强大的初始神灵，唯一的古神。不过现在看来，或许初始时期的神灵应该有两个，只是不知道为何后来只剩下了伏羲，难道是因为女娲真的如同神话中所说，在补天的过程中死去了？”敖雨泽说道。

在上古神话中，伏羲和女娲是兄妹，也是人间第一对夫妻。类似组合在世界各国的神话中也存在，比如日本神话中的伊邪那岐和伊邪那美，也是一对夫妻组合的兄妹。大家认可的女娲，最大的功绩一是造人，二是补天，而伏羲最大的功绩是创造了八卦，发明了文字、礼乐以及耕种捕猎的方法，是中华文明的人文始祖。在神话故事的背后，似乎还隐藏着更深的秘密，比如女娲创造了人类，伏羲引导了文明，但是它们又是怎么来的？

这实在是一个无法深思的问题，只能将之当成是神话人物去理解。可如果这世上真的存在一个名为伏羲的隐藏古神，这件事就更诡异了，哪怕这个所谓的古神没有实体，是一个抛弃了肉身但无比强大的纯意识生命。

从这些壁画中多次出现伏羲女娲交尾形象这一点来看，除了伏羲之外，女娲也存在过，只是如神话所说，在“补天”这件神迹中死去了。

我们都知道，所谓的天，是我们所看到的大气层，而女娲所补的“天”，另有借指。结合意识世界这个特殊的存在，所谓天空出现的漏洞，很可能是指意识世界和现实世界的通道打开了。女娲补上了两个世界的通道，隔绝彼此的直接交流，才让人类文明真正有了发展的可能。

之后我们所处的现实世界，最多只是受到意识世界中其他神灵神降之类的影响，没有被直接干涉。

那种神降的条件也极为苛刻，很多是基于一种意识模糊的濒死体验才能偶尔感知到，就像玛雅人通过放血到意识模糊的状态，才能和羽蛇神“沟通”一样。

沿着壁画所示的线条，我们终于找到了一处极不明显的机关，那是伏羲女娲共同托举的那块代表太阳的凸起的石头。这块石头能够沿着发出的线条的方向轻微旋转，只是由于时间太过久远，石头几乎与周围的石壁完全融为一体，如果不是仔细查看，根本看不出它是可以活动的。

将石头周围的粉尘清理了一下后，艾布尔将这块石头旋转了十八下，又轻轻在石头上叩击了五下。这代表着玛雅人阿布历中一年的十八个月以及五个不祥日。

很快，石壁中传来沉闷的响声，伏羲和女娲交尾的壁画，像是活过来一样，两条蛇尾解开纠缠的状态，朝两边缓缓分开。

一道新的石门出现在我们面前，石门中带着深沉的寒意，就像真的通往阴冷的冥界。

“我有一个大胆的猜测，在玛雅文明当中，人类所存在的文明纪元一共分为五个，有没有可能，伏羲女娲其实是上一个文明纪元的人类，只有他们两个残存下来，因为保留了上个文明纪元的核心文明，所以才能引导我们人类的文明？”看着黑黝黝的洞口，我说出了心头一直萦绕的一个猜测。

“这个可能不是没有，对于几千年前的古人来说，如果是一个高度发达文明的个体，都有可能被当成神祇来膜拜，更别说是伏羲女娲这样非人的生命体了。”敖雨泽叹了口气说道。

“不，你们错了，神的威能，根本不是你们能够想象的。它们不只是引导了人类的文明，这个世界之所以会存在，也是因为神的恩赐。”艾布尔看了敖雨泽一眼，带着一丝狂热说道。

“我也很期待能看到这样全知全能的神灵，不过可惜，在我看来，它们可能只是意志和精神力无比强大的生命体而已。”敖雨泽不卑不亢地说。

我没有插话，在我看来，没有必要和一个狂热信徒在涉及信仰的问题上交流，哪怕对方所信仰的神灵，可能跟我们所公认的人文始祖是同一个。

沿着台阶进入新出现的螺旋形岔道，一直朝下走了大约十几分钟，我们来到一个庞大的地下空间。

这个地下空间长宽至少有一两千米，高度也不低于两百米，里面修建了数千间气势恢宏的石头房屋，房屋呈放射状拱卫着中心一栋高大的金字形建筑。所有石头房屋层层叠叠地彼此相连，这完全是一座功能完善的古代城市。唯一让人觉得诡异的是，这座城市中没有任何人气，似乎静静地在这几百米深的地下待了数千年。

城市中心的高大建筑是一座方形塔体，底大顶小的平顶金字塔，带着浓郁的玛雅文明的风格。金字塔的旁边守护着两座巨大的石头雕像。这些雕像最引人瞩目的地方，是其极度凸出的双眼以及宽宽的嘴唇和接近方形的大耳朵，这样的造型让人想起古蜀文明中的青铜立人像。

在金字塔塔身的中轴线上，有一条起伏不定的长着羽毛的巨蛇雕像。巨蛇的头颅出现在塔顶的平台上，微微张着嘴，露出长长的信子作为石阶通道，看上去带着一丝神秘而诡异的气息。

在这地下空间中，不仅流淌着地下河流，四面更是有巨大的洞穴通往其他地方。谁也不知道沿着这些洞穴，是否会进入其他恢宏的地下空间。

最令人惊奇的，是地下空间的顶端，生长着发出淡蓝色荧光的藻类，使得我们能够居高临下地看清整座地下城市的全貌。

这样的藻类，我之前在梓潼五妇岭地下石窟中也看到过。当时以为那是五妇岭特殊的地下环境所产生的藻类，没想到在万里之外的地下空间里，也存在着类似藻类。这样的巧合更加让我感觉到，这些藻类可能并非天然生长，而是人为“移植”的。

“我想，我们应该发现了玛雅人最终的去向。他们真的如同传说中说的一样，进入了地下世界，躲避即将到来的巨大灾难。”我看着眼前气势恢宏的地下城市，喃喃说道。

“玛雅文明在公元一一〇〇年左右消失，如果说这地下城是玛雅人所建立，那么是什么原因促使他们放弃地面转入地下？公元一一〇〇年，似乎没有发生什么了不得的大事。”敖雨泽疑惑地问道。

“这座城市和玛雅人无关，因为它们修建的年代，比玛雅文明存在的年代还要古老。这里，是神为自己的子民所准备的降临地之一，只是后来因为意外而废弃了。”艾布尔看着地下城中心位置的金字塔说道。

与此同时，我们的到来似乎惊醒了这里存在的某些东西，伴随着烟尘的弥漫和巨大的轰鸣声，危险的感觉随之而来。

第十九章

JINSHA ANCIENT SCROLLS

巨石像

烟尘渐渐散去，我们终于发现了隐藏在烟尘中的东西。

那是两座巨大的石像，每一座有七八米高，看上去重量在三十吨以上。这些石像有着典型的玛雅人风格，头上戴着高高的羽冠，高鼻阔嘴大耳，唯一的区别就是眼睛，更接近于古蜀时期雕像的纵目状态，额头的位置还多出一只处于半闭合状态的眼睛。

这两座石像，赫然就是地下城中心的金字塔的两座守护石像。

它们明明是石像，可这个时候居高临下地看着我们，给了我们一种对方犹如神祇般俯视的感觉。尤其让我们感到惊恐的是，这两座石像原本在金字塔的下方，至少有三分之一的部分是埋入地下的，当时看上去只有五六米高。可现在，这两座石像竟然全都离开了先前的位置，到了离我们只有几十米的地方。

“这些石像……会动？”艾布尔也似乎有些惊讶。这大大超出了我们的认知，我们之前所遇到的巨大变异蚂蟥已经够不可思议了，可比起会动的石像来，那就不算什么了。就算是蚕丛墓中巨大的青铜之城，也是靠着地热以及远超时代水平的机关来驱动里面的青铜机械，虽然我们弄不懂其中的原理，可好歹是有一个合理的解释。但眼前的两座巨大石像，却让我们升起一股发自心底的寒意。这些石像的雕刻手法其实十分粗犷，而且完全看不出手脚等位置有活动机关的迹象，那么它们是如何移动到我们附近的？

两座石像的背后，留下了巨大的脚印和无数碎石，显然它们走过来的时候，铺满石板的街道和部分石头房屋都严重受损，也因此产生了巨大的烟尘，让我们先前没有看清这一切。

我们紧紧地盯着石像，石像却一动不动，像是本来就在我们身前几十米一样。

“怎么回事？它们又不动了？”秦峰皱眉问道。

“似乎有些不对劲，要不然我们绕过去。”艾布尔看着城市中心的金字塔，很明显他想要进入其中。这才是此行的目的地，里面或许藏着世界树组织一直在寻找的东西。

“不弄清楚这些巨石像为什么会动的话，我估计要想绕过去有些困难。”我说道。

“只要确定是石像，我就不信无法消灭它们。”艾布尔狠声说道，然后吩咐米克特兰带着两个人和大量的塑胶炸药，走近巨石像。这个过程中所有人眼睛一眨不眨地盯着巨石像，生怕它们突然又动起来。还好，米克特兰三人已经接近第一座巨石像，这两个大家伙依然没有要再动弹的迹象。

米克特兰将塑胶炸药安装在巨石像的膝盖位置，固定好起爆器，然后带着两个手下缓缓退开。等退到一定距离，三人转过身快速离开，看来是想到安全的位置再遥控引爆炸药。

我们也找了一块大石头躲起来，防止爆炸的时候被弹片或者蹦飞的石块伤到。

可就在我们集体转身的刹那，轰隆隆的声音再度响起，接着是一声撕心裂肺而短暂的惨叫。我们脸色煞白地探出头去，看到离米克特兰最近的一座巨石像已经变换了一个姿势再度停下。

这座巨石像离原来的位置又前进了十几米，在它左脚的脚底，有一团模糊的血肉，鲜血夹杂着内脏碎片流得到处都是。那是米克特兰带着的其中一名精锐。

面对重达三四十吨的巨石像，这个手下尽管有超越精锐士兵的身体素质，还是连躲闪都来不及就被踩成了肉酱。

而米克特兰和另一名精锐，此时正一脸惊恐地看着上方两米多高的位置，巨石像另外一条已经高高举起却又突然停住的右脚。巨石像就像被定身术给定住了一样，保持着这个姿势，这一脚没有真正踩下来。

不过这也证实了一点，这些巨石像是会动的，而且杀人的时候毫不留情，显然是这座地下城的守护者，任何外来者都会被毫不留情地灭杀。

只是，先前它明明有机会将米克特兰连同另一名精锐一起杀死，为何关键时刻又停止了？

这个时候我们注意到另外一座巨石像，也改变了先前的姿势，朝前迈出了一步。它的一步，有四五米的样子，因此改变的位置和凝固的姿势，一眼就能看出来。不过它也和杀死了一个人的巨石像一样，再度回到一动不动的状态，像千百年来一直保持着这个姿势一样。

“快回来。”艾布尔朝米克特兰喊道。米克特兰答应了一声，带着精锐，小心地从巨石像脚边爬起来，盯着对方缓缓地后退。

“视线，只要它们在我们视线范围内，就不会动。”敖雨泽突然喊道。

我闻言想起之前看过的一部英剧《神秘博士》。在这部剧的第三季中提到了哭泣天使(The Weeping Angels)，那是一种古老的能够偷窃时间的外星生物。

它们是量子锁定的，被任何生物看到时，都会变成雕塑，但当你转头，眨眼，只要视线离开它们，它们就可以动。在一般情况下，哭泣天使的“杀人”方式就是在碰到人之后把人送到过去的某个时间地点，所以它们并不是真正意义上的杀人，而是把人们带离它们所在的时间线。

而眼前的这两座巨石像，和哭泣天使有些类似。当我们之中有人盯着巨石像时，它就一动不动，可当所有人的视线离开它们，它们马上就变成了高效率的杀人机器。只是和哭泣天使不同的是，这两座巨石像杀人的方式并非将人送到其他时间线，而是用自身重达数十吨的重量，简单粗暴地从肉体上消灭入侵者。

“大家都躲到安全的位置，然后我们做一个实验。但在此之前，需要保证至少有一个人的视线不会离开巨石像。”我朝其他人快速喊道。

大概是都领悟到巨石像突然停止动作的原因，这个时候谁也没有完全躲起来让视线离开巨石像，而是都瞪大了眼睛看着凝固的巨石像，生怕眨眼的时候巨石像突然动了。

以这两座巨石像的体型和力量，就算是我身上的金沙血脉，也完全无法与之对抗。不过幸好，它们有极大的劣势，只要有人盯着它们，就动弹不了分毫。不过我相信这和哭泣天使还是有所不同，这世上不太可能存在什么处于量子锁定状态的古老生物，这两座巨石像之所以会因为视线而凝固，应该是有其他的缘故。

等米克特兰带着那名精锐跑过来，我们才稍微松了一口气，但负责盯着巨石像的人却是半点不敢松懈。

米克特兰喘息着说：“魔鬼，这是被根达亚封印的魔鬼！”

根达亚？这个词语似乎有点熟悉。很快我反应过来，这是指玛雅人划分的人类文明纪元的第一个文明，根达亚文明。传说这是一个超能力文明，存在于地球上的第一个太阳纪，这个文明的男性有翡翠般绿色的第三只眼，位于额头中心的位置。这只眼平时是闭合着的，只有在发挥超能力的时候才会打开。听起来有点像国内神话传说中的天眼通，比如神话人物二郎神，就有第三只眼。因为全部的能力来源于第三只眼，因此根达亚文明对于眼球有着超乎寻常的崇拜。因此当米克特兰说出这两座会移动的石像是被根达亚封印的魔鬼时，我顿时明白过来为什么用眼睛盯着石像，它们就不会动弹。

很显然，根达亚人封印石像的方法，就是“视线”，哪怕是普通人的视线，只要盯着这两具石像，它们就失去了移动的能力，变得和真正的石像别无二致。

作为一个和古蜀人一样崇拜眼球的史前文明，用这样的方式来封印它们心中的“恶魔”，也说得过去，就是不知道这两座石像最初是从哪里来的。

从石像的造型上看，除了眼球位置更加突出外，很符合玛雅人的审美，也就是说这两座石像是玛雅人的先祖所雕刻。那么玛雅人为什么要雕刻这些具有移动能力的石像，难道仅仅是为了守护神秘的地下金字塔吗？

等所有人都做好了准备，我们数着一二三，集体闭上了眼睛，在一秒钟后又马上睁开。果然，在这短短的一秒钟内，两座巨石像的位置再度发生了改变。先前差点踩死米克特兰的那只右脚，这时已经轰的一声踩在了地面上，以那只长度超过一米的巨大右脚为中心，地面石板出现了无数蜘蛛网一样的裂纹。但巨石像的动作，也到此为止，一秒钟的时间，还不足以让它做出更多改变。

“不管是不是根达亚文明封印的恶魔，至少可以证明一点，视线能够停止这两个大家伙的行动。”我苦笑着说。

“其实停止它们行动的应该不只是视线，准确地说应该是精神力。”秦峰犹豫了一下，说道。

“为什么这么说？如果说你、我和敖雨泽因为血脉的缘故具有一定的精神力还说得过去，可其他人的视线似乎也有用。”

“不，每个智慧生命都具有精神力，只是强弱不同，我们几个人的精神力只能说比常人的要高得多。精神力作为一种看不见摸不着的玄妙力量，普通人无法驾驭，甚至无法感觉它们的存在。但这并不意味着普通人就没有精神力，他们只是自身无法察觉到。眼睛作为一个人心灵的窗户，是通过神经线直接连通大脑和人的意识器官，是精神力输出的天然通道，因此哪怕是普通人盯着巨石像，微弱到可以忽略不计的精神力依然可以让巨石像停止移动。”秦峰解释道。

我点点头，如果说当初玛雅人制造了这些古怪的石像之后，设置了某种限制，普通人的视线所蕴含的微弱精神力也能让对方停止移动，那么这一切就说得过去了。

“相传根达亚文明是距今七十六万年前的史前文明，而这座地下城的年代最多不过几万年，尽管这是人类文明史的奇迹，可这两座石像，应该和根达亚文明关系不大，最多是这个地下的古文明继承了部分根达亚文明中关于精神力量的运用方法。”敖雨泽紧盯着两座巨石像，叹了口气说道。

“不错，更何况根达亚这样的史前文明到底是否存在都没有定论，玛雅人当初也不过是在自身的预言书中记载了这个古老的文明形态，并没有找到切实的证据。可眼前这个存在于几万年前的地下城却是实实在在的，这个未知的古文明很可能涉及玛雅人的消失之谜，甚至玛雅人那些超越了时代的数学和天文学知识，很可能和这几万年前的古文明有关。”我说道，同样是看着两座巨石像，不敢移开目光。

“我们总不至于一直盯着这两个大家伙吧？如果要保证随时有人盯着它们，至少需要三个人。”艾布尔有些郁闷地说。

“暂时只有如此了。不过在此之前，我们可以试试炸药是否能炸碎它们。”我看其他人都紧张地盯着巨石像，转过头看了看米特克兰手中的遥控起爆器，对他点了点头。

大家保持着盯向巨石像的姿势，同时捂住了耳朵。巨石像以及它们腿部的塑胶炸药离我们只有几十米，这个距离以好几公斤塑胶炸药的威力，就算不去管弹片，在这半封闭的空间里，光是声音就足以让我们耳膜受伤。

米特克兰狠狠地按下了手中的起爆器按钮，一两秒钟后，巨大的爆炸声响起。随着四处飞溅的石块，那座巨石像从膝盖位置被炸断，轰然倒塌，砸碎了旁边一栋石头房屋。石像的一只手臂被炸断，胸腹位置也缺了很大一块。

而另外一座巨石像，尽管没有被直接炸伤，但巨大的冲击力让它仰天倒了下去。因为自身自重的缘故，一条手臂直接断裂。

等烟尘渐渐散尽，巨石像没有任何动弹的样子。

“闭眼，默数三个数字后睁开。”我大声喊道。

所有人迅速闭上眼睛，又在三个数字后猛地睁开。随着轰隆的声响，受损较轻的巨石像已经挣扎着站了起来，被炸断了双腿的那座巨石像竟然用仅剩的一只手臂做支撑，从倒塌的石头房屋那儿朝我们所在的方位爬过来，这时仍保持着爬行的姿势。

“该死的，这样也没炸死它。还剩多少炸药，这次放在它们头上。”艾布尔脸色难看地说。

“还剩不到五公斤炸药。不过如果没有找到进入金字塔的方法，这些炸药是我们炸开大门唯一能用到的了。”米特克兰苦笑着说。

艾布尔暗骂了一句，考虑到要进入金字塔，这些炸药的确不敢乱用了。

“你们三个，给我盯死这两座石像，直到我们回来。”艾布尔转过身对除了米特克兰外最后三名精锐说道。

这三个人脸色苍白地点了点头，彼此商量了一下，然后两人分别盯着石像，一人休息，轮流换班。

现在剩下能够前往金字塔的，就只有艾布尔、米特克兰、秦峰、我和敖雨泽五个人了。

艾布尔看了看手中带着裂纹的龟壳，没有丝毫的犹豫，带头朝金字塔走过去。

米特克兰带上剩下的炸药和唯一的榴弹枪，和我们一起跟在艾布尔身后。

路过两座巨石像时，所有人变得小心翼翼起来，一边盯着它们，一边缓缓后退，生怕万一留下的三个人一时疏忽，我们就会被恢复移动的巨石像压成肉饼。

我走在队伍最末，就在我绕过巨石像，倒退着离开时，突然发现了那座只剩下一只手臂的巨石像胸口破损的部位，有东西在闪光。

我犹豫了一下，通知了敖雨泽一声，然后和敖雨泽一起小心翼翼地走过去，爬上巨石像高大的身子，站在它肩膀上弯下腰仔细查看胸口破损处闪光的地方。

那是一块类似石英石的半透明椭圆形晶体，约有人的脑袋那么大。无数细如毛发的晶丝，从晶体上延伸出去，从巨石像破损的地方看开，这些半透明的晶丝似乎散布在巨石像全身。

“这应该是控制巨石像移动的关键，这么说来中间这块椭圆形的晶石，就是巨石像的神经中枢，甚至还有可能是其动力来源。不然一座三四十吨重的石像，光是要移动它所消耗的能量就不小。”敖雨泽饶有兴趣地看着晶石和延伸出去的晶丝，说道。

我们两人的动作，也让艾布尔等人停下了脚步。大概是听到了我们的对话，艾布尔等人返回过来，当他们看到巨石像中藏着的晶体和遍布全身的晶丝时，眼睛明显亮了一下。

“只要破坏掉晶体上晶丝和全身的连接，这玩意儿就是一堆笨重的石块而已。”秦峰爬上来仔细观察了一阵，肯定地说。

“表面的晶丝当然可以破坏，可隐藏在晶石下方的呢？”我反问道。

“这简单，连晶石一起炸掉就行了。要彻底炸毁巨石像或许几公斤的炸药都不够，可如果要炸掉一块露出大半的晶石，只需要一百来克炸药就够了。”米特克兰很是肯定地说。

艾布尔犹豫了一下，最后点了点头，原本的计划也不得不改变。为保险起见，米特克兰在巨石像胸口的晶石位置，放置了大约两百克的塑胶炸药，然后我们远远退开。

炸药引爆后，随着巨大的爆炸声，巨石像的胸口位置弥漫起白色的光芒，持续了十几秒。等这阵光芒散开后，我们发现巨石像胸口位置的椭圆形晶体已经四分五裂，不停流淌出胶水一样的透明黏液。

大部分晶丝都已经断裂，但是附着在晶石上的晶丝部分，竟然像是有生命一样不停抽搐着，时不时还挥舞一下。

“这……这竟然是一种未知的生命体，根本不是什么晶石。”我目瞪口呆地说。

艾布尔从背包中掏出一个仪器，在晶石以及流淌出的透明黏液上检测了一阵，脸色古怪地说：“这不是碳基生命，它的主要成分是硅。”

我们更加惊讶了，这世上所有的生命，几乎都是碳基生命，核酸和蛋白质是构成生命的基础，连最小的病毒也不例外。或许有的生命体含水率非常低，可是主要成分也是以碳原子为主的有机物质，从来没有听说有生命的主要成分是硅。

很快，随着透明黏液完全流干净，浸入巨石像炸裂的石缝中，晶石上挥舞着的晶丝停止了扭动，变得毫无生机。

原本半透明的白色晶石，飞快地变为灰黑色，和计算机所采用的硅晶片的颜色也更为接近。这似乎也从侧面证实了，晶石的确是一种以硅为主要成分的硅基生命。

不过这个时候我们也顾不得那么多了，开始在另外一座巨石像的胸口同样位置埋入炸药。因为这座巨石像的胸口受损并不严重，因此这次埋入的炸药分量有一公斤左右。这样我们还剩下四公斤炸药，应该能够勉强炸开金字塔的大门。

躲起来引爆炸药后，我们再度围拢到了巨石像周围，发现炸药的分量稍微多了一点，巨石像胸口位置的椭圆形晶石完全被炸碎，只剩下镶嵌在底部的一块拳头大小的碎块。

毕竟这是一种完全不同于地球上碳基生物的新生命体，虽然感觉十分可惜，为了保证大家的安全，也只有不得已而为之了。

“你们感觉这种球形的硅基生物，看上去像什么东西？”秦峰突然问道。

“我觉得像一个眼球的形状，而且里面还有类似眼球的玻璃体的胶状物质……”我说道。

“在古蜀时期，对于眼球同样有崇拜现象，因此衍生出了纵目的特殊人像的造型。而玛雅人神话中的第一个人类纪元，同样以眼球崇拜为主，甚至当时的人们都有拥有超能力的第三只眼，那么有没有可能，这所谓的第三只眼并非天生，而是一种来自于后天的……芯片？”秦峰说道。

我一呆，随即想到这并非不可能。一个星球上的生命的进化轨迹，肯定有内在的规律，不可能在近乎百分百都是碳基生物的星球上，突然出现某种硅基生物。

真要出现了，这种硅基生物要么是来自于其他星球，要么就是人造的。能够横跨太空来到地球的硅基生命，其强大程度恐怕不是现代人能够用语言来描述的了，绝对不太可能被一点炸药轻易炸死。

因此这两个藏在巨石像中的硅基生命体，很有可能是“人造物”，制造它们的人可能是更加久远的史前文明。这比它们是来自太空的外星文明的说法，要靠谱得多。

根达亚文明作为玛雅人传说中的第一个人类纪元，很可能在某些技术上超越了现代文明，制造出这样的眼球状的硅基生物也没有那么难以理解。因为以目前人类的技术，也已经开发出和人体神经相结合，通过意念来控制的芯片，这些芯片都是硅晶片制造的。尽管目前这些芯片的功能有限，远远达不到大规模普及的地步，可这毕竟已经开了一个头。在不遥远的将来，智能芯片作为人类生活的辅助，或许并不只是一个科幻构想。

那么在古老的根达亚文明，将硅材料的芯片制造为自身的“第三只眼”，并使其具有不可思议的特殊能力，现在看来也并非完全不可能。如果再结合我们此行，艾布尔是为了找寻传说中的《伏羲秘卦》，这座金字塔本身可能和伏羲有某种联系，而伏羲所传下的太极八卦的二进制数学原理最终催生了现代意义上的计算机，那么这件事就有点细思极恐的味道了。

只可惜现在两个硅基生命体已经彻底死亡，就算带出去研究也没有太大的作用，只能遗憾地放弃了。

离开已经毫无生命迹象的巨石像，三个原本打算留守的世界树组织成员，这个时候也得以结束原来的使命，和我们一起朝地下城中心位置的金字塔走去。

整个地下城的直径约有两千米，也就是说原本在地下城边缘的我们离中心位置的金字塔差不多有一千米的距离。

没有了会移动的巨石像干扰，这样的距离对我们这一行人来说不算什么，十多分钟后就到了目的地。

只有到了金字塔下方，我们才能深切感受到，比起埃及金字塔的宏大，这座金字塔要精巧许多。不过不知道是不是错觉，明明这座金字塔的高度还赶不上现代都市里的高层建筑，可我感觉在金字塔下面，自身如同一只渺小的蚂蚁。

整座金字塔共分为九层，全部由石头筑成，高度只有三十米左右，周长二百五十米左右。最高一层建有一座六米高的方形坛庙，四周环绕九十一级台阶，加起来一共三百六十四级台阶，再加上塔顶的方形坛庙，共有三百六十五阶，象征了一年的三百六十五天。

这样的规格，和地面的库库尔坎金字塔，也就是羽蛇神庙，几乎完全一致。所不同的是羽蛇神庙是用土筑成，外围堆砌石头，而眼前的地底金字塔完全由石头构成。或者说，比起两千多年前修建的库库尔坎金字塔，眼前的这座地底金字塔，才是正品，库库尔坎金字塔不过是玛雅人后来修建的仿制品。

这座地底金字塔的两侧有宽一米的边墙，北边墙下端，有一个带羽毛的大蛇头石刻，蛇头比库库尔坎金字塔上的蛇头雕塑还要大得多。按照蛇头雕塑的比例，这条蛇的长度可能有一百多米。

从蛇头雕塑的嘴里吐出一条信子，沿着地下城主干道的台阶朝下延伸，我们从上而下走来，如同走近这条巨蛇的嘴里。

不过这只是错觉，我们绕开蛇头后，开始朝金字塔顶端攀登。九十一级台阶并不算高，仅用了三分多钟，我们就到了最顶端的方形坛庙。

和库库尔坎金字塔不同的是，这座方形坛庙外面的壁画，并非羽蛇神本身，而是一种人首蛇身的生物。其实我们对这种生物的形态并不陌生，不管是神话传说中的女娲伏羲，还是之前我们曾遇到过的蛇侍，都有相似的结构。

壁画上，这种人首蛇身的生物，正在接受这座地下城市中美洲原始土著的膜拜。之所以说壁画上膜拜的人是原始土著，从上面简单几笔刻画出的腰间兽皮以及脖子上的骨饰就能看出一二，而被膜拜的人首蛇身的生物，却明显穿着衣服，只露出一截蛇尾。衣服或许不能说明一切，可有时候却是文明和蒙昧的分界线。

“看来巴蛇神，或者说羽蛇神本来的面目，比我们预计中隐藏得还要深。这个神灵在几万年前曾经……统治着当时的人类。”敖雨泽看着壁画上表达的含义，极为震惊地说。

“我想当时真正统治人类的应该不是一两个神灵，很可能是一个种族。这个种族在中国的历史上也有一星半点的传言，那就是伏羲部落。伏羲这个名字，应该是这个部落初始首领的名字。后来引导了当时文明的事，是后世对伏羲部落所取得的成就的一个总结，然后全部集合到了伏羲这个具体的历史人物身上而已。”我说道。

“其实这一点在意识世界中早就被发现了，伏羲或许一开始是一个特定的人，可后来实际上代表的是一个部族。这个部族消亡之后，在虚无的意识世界深处，伏羲复活了，这就是我主的来历。”艾布尔突然说道。

“也就是说，世界树组织所真正尊崇的神灵，的确是伏羲本身，也就是在意识世界深处复活的这个上古时期的神灵。”我说道。尽管这个猜测早就有了，可听艾布尔这个世界树组织的高层亲自说出来，意义还是不一样。

“那是因为这个世界的人们从来没有忘记我主，所以它才能在意识世界中复活，哪怕这个时候我主所在的部族已经全部消亡。”艾布尔带着一丝狂热说道。

我想起在《神秘博士》这部英剧中，虽然人们盯着哭泣天使时，它们会变为石头。但倘若盯着它们的眼睛，时间长了，哭泣天使就会像投影一样印在人的视网膜上，存在于大脑里，最后慢慢改变人的身体与灵魂，使之也变成一个哭泣天使。

虽然这是科幻影视中的一种设定，但是在宗教典籍中，的确有一种说法，即只要还有人对神灵念念不忘，这个神灵就不会彻底消散。在这种宗教观念中，即便是陨落的邪神，也不会彻底死亡。只要还有人记得它们，哪怕是恐惧它们曾经的存在，甚至念诵这个神灵的名字次数多了，邪神也有可能借助人们的意识投射而复活。也正因为如此，在西方文化中，对于某个被杀死的邪神或恶魔，后世一般会以代称来描述或称呼其原本的名字，就是担心当念诵这个名字，会让对方复活。

此外，在印度神话中，认为世界是梵天的一场梦，如果梵天被吵醒，世界就会跟着崩溃消失。“我们”存在的依据，是因为梵天在梦里梦见了我们，如果它醒过来忘记了这个梦，我们也会随之消失掉。

先不说这个神话仅仅是一个有趣的假说，光是这种“存在”本身是由其他意识生命体的意志决定的认知，就有着深刻的哲学思想。反过来说，某个神灵本身是否存在，或许也依赖于信徒们是否知晓或者“记得”它们。

之前在国内的时候，张九红等人在提到那个比古蜀五神存在的年代还要久远的古神时，一直没有说出古神的名字。现在看来，这不仅是因为畏惧，更多的是害怕念出对方的名字次数太多，会增加它的力量，甚至惊醒沉睡的它。我们大概能够猜出来，这个所谓的古神就是“伏羲”本身。甚至作为从意识世界中复活的上古神灵，它有可能没有真正死亡，而是沉睡在意识世界深处，等待合适的时机苏醒。比起古蜀五神来，伏羲古神无疑是更强大的存在，因为它所代表的，或许是上古时期某个曾经统治了人类的特殊种族。

在中国的神话传说当中，有相当长的一段时间，人类曾被一种被称为“妖族”的种族所统治，甚至在上古神话里，无论是补天的女娲，传承文明的伏羲，还是最初的天帝东皇太一，都有着人首蛇身的造型和“妖族”的身份；那么当年统治人类的所谓“妖族”到底是什么种族，就更值得怀疑了。

那很可能是上古时期真实存在的一个拥有人首蛇身的种族，甚至就是传说中的伏羲部落的原型。

更有意思的是作为华夏族的民族图腾的龙的来历。

华夏族最初的图腾形象极有可能是一条巨蛇，而当时将蛇作为部族图腾的也正是伏羲部落。

随着继承了伏羲部落遗产的炎黄部落逐渐征服了附近的小部落，将那些部落图腾的特征慢慢融入以蛇作为主体的图腾图案当中，这才有了具有蛇身、鹿角、牛耳、鱼鳞、鹰爪等形象综合体的“龙”。毕竟龙是现实中不存在的生物，而远古时期的部落图腾尽管五花八门，无一不是真实存在的动物，因此所谓的龙图腾，很可能最初是从蛇图腾演化而来的。而蛇在许多神话故事中，是一种阴毒甚至邪恶的生物，比如西方神话中的蛇，就是引诱亚当夏娃偷吃禁果的存在。可从另一个角度来看，正是蛇引导人类始祖偷吃了智慧果，才有了后来的人类文明。在西方宗教上看似带着恶意的蛇，从某种程度上的确帮助并引导了人类从蒙昧走向文明。

而华夏族最初始的民族图腾是蛇这一点，很可能是受到了伏羲部落的影响。在一些古老的神话典籍当中，就连开天辟地的盘古，在《广博物志》中也有“盘古之君，龙首蛇身，嘘为风雨，吹为雷电，开目为昼，闭目为夜”的记载。后来，盘古“开目为昼，闭目为夜”的能力，又被赋予了人首蛇身的烛龙“烛九阴”，也就是历史上巴蛇神的原型。

开天辟地的盘古，造人补天的女娲，引导文明的伏羲都有着共同点——“蛇身”。在这样的文化环境下，若说最初的华夏图腾不是从一条蛇开始，反而会显得奇怪。

蛇作为龙最初始的图腾原型，在整个华夏民族的文化和宗教传承上，有着极为特殊的含义。而人首蛇身这样的特征，虽然看上去恐怖异常，犹如妖物，可从某种程度上说却是具有神圣的象征意义，这或许才是“神躯”的真正形态。

第二十章

JINSHA ANCIENT SCROLLS

蛇盘图

“这道门，如果按照我们之前的计划使用炸药的话，或许会带来极为严重的后果。”敖雨泽看着方形坛庙的大门，轻声说道。

这道石头大门并不高大，高度约三米，我推测石门的厚度不会超过三十厘米。以我们剩下的炸药分量，只需要使用五分之一就能轻松将之炸开。

只是炸开这道大门之后，或许进入金字塔还有其他机关，需要留一些余量。

可现在，敖雨泽却说我们不能直接炸开它，难道她发现了什么秘密？这道大门根本没有钥匙孔或者其他开启的机关，我想不出除了炸开它，还有什么手段能够打开它。

“你们看这道大门中间的图形。”敖雨泽指着大门说道。

在大门的中心位置，是一个黑色的圆盘，圆盘上盘旋着一条白色的蛇（见图1）。这图案看上去十分粗陋，却别有一股神秘古朴的味道。

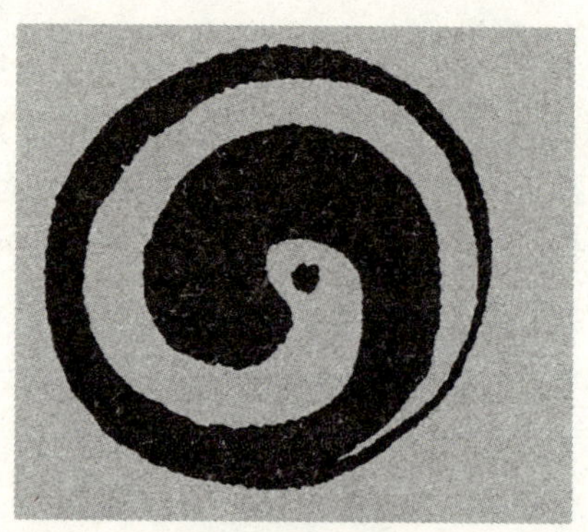

图1

玛雅人一直以羽蛇神作为至高神灵之一，地面上的库库尔坎金字塔本身就被称为羽蛇神庙，因此之前我们登上金字塔顶端，在石门发现一个蛇形的图案时，并没有察觉到不对劲的地方。这个时候经过敖雨泽提醒，我仔细去看这个图案，发现这图案十分眼熟，总觉得在哪里看到过，但一时间又想不起来。

“很眼熟的图案。”秦峰看着这幅图脸色也有些古怪地说道。

“你们有没有发现，我们三个来自中国的人都觉得这幅图眼熟，而其他人并没有这样的感觉。”敖雨泽说道。

我和秦峰都不约而同地点了点头。的确，不管是艾布尔还是米特克兰，对这幅图都没有像我们一样，表现出十分眼熟但想不起在哪见过的样子。

敖雨泽盯着这幅图看了好一阵，突然用手环住整幅图的边缘位置，只露出中间部分，说道：“现在你们看这幅图，像什么？”

我和秦峰顿时恍然大悟，几乎异口同声地说：“太极！”

是的，这幅古老的蛇盘图，遮住边缘的位置，稍加变形，看上去就和我们所熟悉的阴阳鱼太极图几乎一模一样，所缺的不过是黑色的“阴鱼”部分，少了一个白色的点作为“鱼眼”。

作为中国人，不会对太极图感到陌生，可因为这幅图让我们先入为主地认为是画的一条蛇盘旋在黑色背景上，所以没有往那个方向去想，只是本能地觉得熟悉。

现在看来，这幅图很可能是太极图最原始的版本。

“不过我先前让你们看这幅图，不是因为我发现它和太极图很像，而是之前我曾在国内的少数民族地区，看到过类似的图案。”敖雨泽说道。

我大吃一惊，这样的图案出现在玛雅人库库尔坎金字塔下方几百米深的地底，说起来应该是无比神秘才对，敖雨泽怎么可能在国内的少数民族那里看到过？

“这是我国西南地区的彝族中世代相传的图案，除了代表一条作为图腾的蛇之外，更是古人记录的天象图。这幅图中心的点所代表的不仅仅是蛇眼，还指代北极点；盘卧的‘蛇身’意喻四象星辰围着北极点盘旋。可我怎么也没有想到，在遥远的美洲地下数百米深处，竟然也能看到类似的图形。”敖雨泽说道。

彝族是和塑造了三星堆和金沙等古蜀文明的冉族一样古老的民族，至今依然保留着一些古老的风俗。此外彝族的古文字是最接近巴蜀图语的文字，甚至有不少学者怀疑当年古蜀国的建立者除了公认的冉族和羌族外，很可能还有彝族。

如果说这幅形似太极的蛇盘图是从上古时期传承下来的，在彝族这个古老民族中有过传承，也并非不可能。

和彝族、羌族等依然保持着部分古老传统的少数民族相比，今天的汉族很可能是远古文化异化最严重的民族。汉族本身就有兼容并蓄的特征，从发展的眼光看，这是一种优秀的民族品质，可真要从考证远古时期的文化构成来看，汉族反而不如那些少数民族那样保留了最本源的文化传承。虽然汉族继承了太极八卦这一重要的文化精髓，可太极图古老的起源和演变的过程，却已经遗失在数千年的历史之中。

再比如在传统的数理文化中，和太极八卦一样占据着重要地位的《河图》、《洛书》（见图2），其来历也一直成谜。关于《河图》《洛书》最近的出处，比较靠谱的说法是由伏羲根据黄河中浮出的龙马身上的图案所创造的，后来失传，直到南宋大儒朱熹的弟子蔡季通深入蜀地，从蜀地隐士陈伯敷手中拿回了两幅图，才被朱熹收录记载在《周易本义》上。

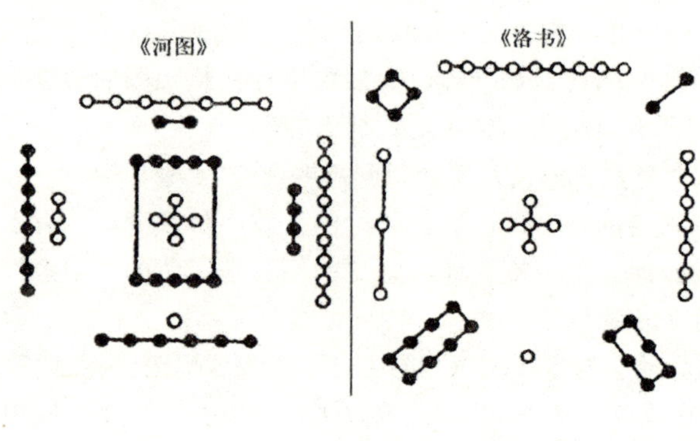

图 2

但还有一个说法是当年蔡季通在蜀地其实找到了三幅图，给了老师朱熹两张，自己留下最关键的一张作为传家宝。直到元末明初，著名文字学家赵㧑谦在编纂的《六书本义》中揭露出来，将之称为“天地自然河图”（见图3）。

图 3

相传这幅图有“太极含阴阳，阴阳含八卦之妙”，是常见的太极八卦图的原型。

从最初底色为黑，上面有一条盘旋的白蛇，到后来形成相对的两条龙蛇，一黑一白，形成一阴一阳的意思。再后来，相对的龙蛇演变为阴阳鱼，看上去越发精致，渐渐规范为我们今天所熟悉的太极阴阳图。

只可惜先入为主，在主流的史学界和文化界，《河图》《洛书》依然还是指朱熹所收录的那两幅图。可从《河图》以及太极的演变来看，怕是赵㧑谦收录在《六书本义》中的《天地自然河图》，更接近于真实的《河图》形象。

此外还有一种说法，就是《河图》里的“河”并非指地面的黄河，而是银河、星河的意思。因此《河图》的本质并非一种高深神秘的数学思想，而是代指天象。

从彝族中一直传承的蛇盘黑底的图案所代表的天文学的含义，似乎也印证了这一点。

此外，在河南安阳出土的殷商蟠龙纹盘，中心是一个菱形，表示北极星，一条龙绕着中心点盘旋，表示星辰绕着北极星运转。围绕北极星的蛇之所以变成龙，一方面是因为龙更适合表示天象，另一方面是表现北极星所代表的神灵创造万物的思想。

传说伏羲创造太极八卦时，就是从众星辰绕着北极星运转的天象里悟出了易理，推演出八卦，从而推演世间万物的规律。再经过后人不断的推演和总结，最终形成了今天我们看到的《易经》。所以太极八卦初始版本的《天地自然河图》真正隐藏的秘密，有极大的可能是星象图。

而我们眼前的石门上，这幅蛇盘图形象和彝族古老相传的图案几乎完全一致，只是把绕着北极星盘的星辰旋异成了蛇的盘卧。

甚至我还极度怀疑，这幅图出现在这里，是否意味着伏羲的来历和玛雅人预言中的第三个文明纪元的穆里亚文明有关？

从时间上推算，穆里亚文明很可能存在于几万年前，那么在地底绵延数百公里的古隧道，还有这座地下城，以及地下城上方的石壁上提供光照和氧气的神奇植物蓝藻，似乎都有了一个合理的出处。

这座地下城，本身就是伏羲一族所在的第三纪元穆里亚文明所创造的，而伏羲很可能是得到了整个文明的支持才创造出太极和八卦。也正因为如此，伏羲所留下的太极八卦最初的形态，才可能和我们看到的石门上的蛇盘图如出一辙。

“敖小姐说得不错，我们不能破坏这道门。”艾布尔突然开口说道，将我发散的思绪拉了回来。

“你也发现了什么不对劲的地方？”我问道。

“是的，这道大门上有我主留下的封印，需要解开蛇盘图所蕴含的秘密才能得到我主的认可。否则就算我们强行用炸药炸开大门，我主留下的宝藏也会消失。那样一来，这个世界逐渐走向毁灭几乎会成为定局。”艾布尔十分郑重地说。

“可这只是一幅很简单的图案，除了是象征围绕北极星旋转的星河外，还隐藏着什么秘密？”我有些崩溃地说。

“这就是我们必须要你和敖雨泽跟随我们一起来的目的，因为只有你们两个人身上的金沙血脉，才能揭开蛇盘图的隐秘。”秦峰突然说道。

“什么意思？你似乎知道很多东西……”我警惕地问。

“毕竟，我是意识世界中他的儿子。之前我的大部分记忆都被封存在潜意识深处，可现在，这部分记忆已经苏醒了。”秦峰淡淡地说。

“这也就是你最终选择背叛我们的理由吧……或者说，这根本谈不上背叛，你只是选择回到自己的族群，因为从灵魂本质上说，你根本就不是我们这个世界的人。”

“每个人总归有一些身不由己的事要做。有时候我感觉自己就像一只蝙蝠，说是兽类吧，又有翅膀能飞，说是禽类吧，却又是胎生的哺乳动物。”秦峰有些感慨地说。

我顿时沉默了，秦峰在这个世界至少生存了十几年，而且是以一个正常人类的身份生活的。我估计这样的情况下，他多少对这个世界有些感情，心中对自我身份的认知产生迷茫，也情有可原。

“打开蛇盘图，的确需要你们两人身上的金沙血脉。难道你们没有发现，金沙血脉作为最为珍贵的原始神血，本身只能同时被两个人继承，并且还必须是一男一女吗？”艾布尔脸上浮现出神秘的笑容，说道。

“也就是说，金沙血脉实际上对应的是伏羲和女娲？可是我记得在蛇神殿的时候，秦峰和叶凌菲被神血污染，也是显出人首蛇身的形态。最关键的是，秦峰和占据叶凌菲身体的秦怡，在意识世界当中，本身就和伏羲女娲一样，是一对兄妹吧？”我想起之前看到的伏羲女娲交尾图，冷冷地说道。

“小康，你难道没有发现吗，世间万物皆分阴阳，现实世界是阳面，意识世界是阴面，也就是神话传说中的冥界。可真正的意识世界并非人死后灵魂去的地方，而是现实世界的一个投影，所以在那里也有山川河水，有万事万物，只是全都是虚幻。这种投影更多的是针对有意识的智慧生命，所以从本质上来说，我们两个人应该是同一个人的不同面，甚至如果你将我当成是你精神分裂后多出的一个人格，也未尝不可，只是这个人格后来有了能够操控的躯壳而已。”秦峰淡淡地说。

我觉得整个脑子都懵了，秦峰的灵魂从本质上说是我的另外一个人格，那么他的妹妹秦怡呢？

似乎发现了我的疑问，秦峰接着说道：“你没有猜错，秦怡的人格所对应的是敖雨泽，所以她行事远比我果断凌厉。当她降临到现实世界后，加快推动了我父亲的计划。而我们两个都一样，会因为感情而在一些事情上犹豫不决，以至于我父亲也难以忍受。”

“我早就怀疑这一点了，占据叶凌菲身躯的秦怡，很多行事风格和我十分像，我几乎都以为那是我的克隆体。现在看来，这算是意识的复制。”敖雨泽冷笑道。

“所以我和秦怡虽然在灵魂本质上对应的是伏羲和女娲，实际上是这两个上古时期神灵的一缕精神残念补全而来的。而你们两人却不一样，你们继承了这两个神灵在现实层面的神血，这是我和秦怡所不具备的。”

“可敖雨泽身上本来并没有金沙血脉啊，那只是一个意外……”我无力地反驳说，声音越来越低。因为我很快反应过来，在梓潼地下石窟中所经历的一切，本身就是世界树组织的一个局，要不然我当初不可能轻易地将敖雨泽从时光之沙的封印中解救出来。

“在《周易》里面，创生天地的源头称为‘太极’。今天的太极图分为阴阳两部分，也就是所谓的太极生两仪，阴阳鱼在某种程度上说代指男女。而‘太极’这个名字本身，从字面意思讲是指‘太一天极’。太极图从本质上说是天象图，古代的天极星即北极星，也是人格化的天神上帝。在古代天文学的认知中，北极星是唯一居中不动的星辰，太一神是至上唯一的主宰神灵，其核心意象在于唯一、不变。对于一切都在变动中发展的生生不息的世界，这不动不变的唯一存在，就是宇宙的中心。”

我想起在华夏传统文化中，北极星也叫勾陈一，而勾陈所代表的神灵是著名的勾陈大帝。勾陈大帝全称叫勾陈上宫天皇大帝，也叫太极天皇（注：和日本的天皇完全是两回事，指天界的皇帝），在中华文明的文化中，应现为伏羲天皇，是天地群妖之首。从某种程度说，蟠龙纹盘以及蛇盘图中心点所象征的北极星，实际上膜拜的正是伏羲本身。

此外勾陈大帝有一个极出名的手下，名为“腾蛇”。《易冒》中提到腾蛇时说：“腾蛇之将，职附勾陈，游巡于前，权司己日。”

而腾蛇的形象，是一条长着羽翅的巨蛇。这样的形象和玛雅人所供奉的羽蛇神，几乎毫无二致。这似乎也从侧面印证着伏羲的存在很可能和玛雅人所预言的第三纪的穆里亚文明有着密切的关系，并且极大地影响了玛雅人的文明。

只是后来不知道是伏羲沉睡的时间太久还是怎么，巴蛇神连同其他四个古蜀神灵一起背叛了伏羲，这才让伏羲在古蜀国末期，利用五丁将其留在现实世界的肉身斩杀。

五丁属于同样具有神血的巨人种族，这和伏羲本身也有关系。

根据《帝王世纪》载："燧人之世，有巨人迹，出于雷泽，华胥以足履之，有娠，生伏羲于成纪，蛇身人首，有圣德。"根据神话传说，伏羲是其母华胥感巨人足迹而生，和历史上消亡的巨人种族本身有某些关系，而所谓的巨人种族，很可能代指玛雅人所预言的第二个文明纪的美索不达米亚文明。

如此说来，伏羲在神话时代，应该有多个化身，一方面是教导人类文明的"人皇"，另一方面在神灵体系中先后化身为太一、勾陈等至高神灵。这种统治三界众生的意象，一直伴随着伏羲，只是后世能从浩瀚的典籍中找出几者共同点来的，寥寥无几。

并且伏羲有一个很重要的手下——腾蛇。在美洲，腾蛇化身为羽蛇神，但在古蜀时期，化身为巴蛇神，因此巴蛇神和玛雅人供奉的羽蛇神，应该是同一个神灵。

其实早在先秦时代，伏羲所化的"太一"已经是一种兼有星、神和终极物三重含义的概念。此外在道家体系中，太一的"一"化为"三"，即三清，也暗合易中"道生一，一生二，二生三，三生万物"的易理。

作为东方世界的至高神灵，和西方宗教中的唯一神"上帝"是对应的。巧合的是，西方文化中的上帝也是圣子、圣父、圣灵三位一体的，而世界树这个半宗教的组织所真正祭祀的神灵明明是东方的伏羲，可因为深受西方文化影响，内部对于继承者的称呼是具有西方色彩的"圣子"。

太一作为北极星之神明和最高天帝，最早的记载出自先秦时期，此外汉代墓葬中出土的艺术品中出现了一些关于太一的图像，因此对太一的信仰在两千年前曾影响到了整个汉族，只是在后续的历史演变中被新的神灵玉皇大帝所替代。不过太一作为文明初期最重要的神灵，在所有的神话体系中依然具有举足轻重的地位。

"意识世界本身就是现实世界的暗面，也正因为我和妹妹是你和敖雨泽的精神暗面，我们之间才拥有无法斩断的命运线。哪怕没有我们经历的一切，命运的力量依然会让我们汇聚到一起，然后完成……他的布局。"秦峰声音有些干涩地说。

"你说的他，是古神伏羲，还是你的父亲？"我问道。

"当然是我的父亲。伏羲是这个世上最古老的神灵，存在的时间可能比神话时代都早，它很可能属于一个未知的史前文明。这个文明应该是以蛇身人首作为特征，看上去如同妖物。因此说上古时代是被妖族所统治，也说得过去。而这样的神灵，哪里还需要布局。依靠自身的实力直接碾压过来，我们这些随波逐流的小人物，又怎么可能抗衡？"秦峰唏嘘道。

"我主依然在沉睡，只是偶尔降下神谕，而秦先生的父亲虽然没有信奉我主，但在我主的神谕之中，将是世界树极为重要的合作伙伴。"艾布尔说道。

我恍然大悟，怪不得我一直觉得秦峰和艾布尔的关系有点奇怪。尽管在表面看来秦峰在世界树组织中的身份极高，却总和这个组织存在一些难以言说的隔阂，原来他父亲和这个组织只是合作关系，并非能够直接控制世界树。

真正控制世界树的，是依然陷入沉睡的古神伏羲。不过作为神灵，这种控制仅仅是信仰上的，估计沉睡的神灵也没有兴趣去管信众建立的组织中的杂事。

世界树和秦峰的父亲，也就是意识世界中的文明首领，并非完全属于同一阵营，仅仅是合作的关系。我隐隐感觉到其中有可以利用的地方，只是一时间想不到要如何利用这一点。

两者并非一个阵营，那么利益诉求肯定不一致。听艾布尔的口气，他们绝对不希望这个世界走向毁灭，而秦峰的父亲却想着能够让意识世界中的生命体入侵现实世界。

可当这件事发生了，世界在物理层面上尽管没有任何毁灭的迹象，可对人类本身来说，这和世界末日没有任何区别。毕竟人类到时候可能连自身的身体都无法控制，只能被抹除意识成为容纳那些意识生命体的躯壳。

世界树组织的诉求，很可能是让所信奉的神灵伏羲从沉睡中醒来。这个诉求应该和意识世界的精神体文明有冲突的地方，或许这就是我们一直寻找的契机。

“那么，开始吧，或许在这座地下金字塔内部，有我们想要的东西。我有一种预感，我主很可能在下方给我们留下了丰盛的礼物。”艾布尔说道。

我和敖雨泽对视一眼，心情略微沉重地划开了手指，将冒出的血珠涂在了蛇盘图的眼睛位置，也就是这幅图所代表的北极星。

很快，我们的血液交融在一起，然后渗入这条看上去很粗陋的蛇的眼睛，让原本黑色的蛇眼，变得鲜红起来。

蛇盘图上的白色蛇影，缓缓旋转起来。随着金字塔下方不停响起巨大的机关运转的轰鸣，我们几人所在的整个平台，开始朝地下陷落。

巨大的变故让我们差点站不稳，扶住了周围的石头栏杆。过了好一阵，平台才停止下降，这个时候我们应该已经处于金字塔内部和塔基平行的位置了。

“幸好没有使用炸药，想不到进来的方式是这样。如果使用炸药的话，很可能会炸毁机关，那么我们永远也找不到进入此地的方法了。”艾布尔唏嘘道。

我没有理他，而是看向黑漆漆的四周。这里周围没有发光蓝藻，因此几乎没有光线，在这样的情况下我通常敏锐的视觉并不会比常人更强。不过这样一来，我的听觉似乎更加灵敏了，隐隐听到远处似乎有翅膀扑闪的声音传来，并且这声音越来越近。

“小心，有什么东西飞过来了。”我提醒道，然后打开了手电筒。

其他人携带的手电也相继亮起，这个时候一名精锐突然哎哟了一声，手使劲在身上扑打。我们将电筒光移过去，发现他身上正趴着一只造型古怪的鸟类，翼展约有一米。

我们看不到这只怪鸟的头和身子，只能看到长长的覆盖着羽毛的尾巴，约有五六十厘米长。

很快我们反应过来，这并不全是尾巴，这本身就是怪鸟的身体。因为它的身体，和一条长满羽毛的蛇没什么两样。

“是羽蛇！”米特克兰张口喊道，语气中带着一丝恐惧。

我们吃了一惊。一直以来，我们都以为羽蛇是在玛雅人的神话中出现的生物，就像巴蛇神一样，虽然存在过，但现在不可能再度出现，顶多就是其意识会在血祭中降临。

可现在，却有一条真正的羽蛇出现，还攻击了我们。尽管这羽蛇比传说中的羽蛇神小了千百倍，可是其形态的确是羽蛇。

而且从空气中传来的越来越近的翅膀扑扇声音来看，这样的长度不到一米的羽蛇，怕是数量不菲。这完全是一个生长于地下世界的未知生物群落。

这个时候，被羽蛇咬中的世界树成员，捂着伤口倒了下去。而那条羽蛇，更是凶悍地在他的伤口位置不停撕咬，最后除了翅膀外，身体的前半截竟然都钻了进去。

而这名倒霉的世界树成员，身上露在衣服外的皮肤，开始有灰白色的羽毛生长出来。在短短的一两分钟内，他就被体内生长出来的羽毛包裹，尸体蜷缩成一个球形，这让他看上去就像一个长满羽毛的大怪物。

“这就是所谓的羽化？看来羽化并不是成仙，而是成为羽蛇繁殖的温床。”敖雨泽看了一眼长满羽毛的尸球，冷声说道。

“飞过来的羽蛇很多，大家小心。”我深吸一口气，将戮神钉拿在了手上。

“这应该是穆里亚文明消失前留下的防护手段，只有羽蛇神真正的传人，才可能避开羽蛇的攻击。”艾布尔大声吼叫道。

这个时候，飞过来的羽蛇已经铺天盖地地布满了周围的空间，数量至少有上千条。面对如此数量的羽蛇，所有人的脸色都开始变了。

“先撤退。”敖雨泽一边用短刀砍断了两条扑过来的羽蛇，一边冷静地说。

“羽蛇的毒素虽然厉害，但是身体并不强韧，普通人用刀也能杀死。唯一可怕的是，这些东西数量太多了。”我也杀死了一条羽蛇，发现这些家伙并没有想象中难缠，当然前提是不被它咬中。

不过我估计，如果我和敖雨泽身上的血脉真的来自古神伏羲，而羽蛇的老祖宗羽蛇神又是伏羲的手下腾蛇的化身，那么这些羽蛇的毒素对我们两个应该不起作用。

不过，我们都不打算亲自尝试这一点。

只是艾布尔看向我们的眼神，似乎跃跃欲试。我连忙和敖雨泽一起，朝空旷的金字塔其中一个有风的方向跑去。秦峰和艾布尔等人也立刻跟在我们身后。

一路上被我们杀死的羽蛇至少有几十条，不过这数量比起庞大的羽蛇群来还是微不足道。沿着有风的方向，我们到了一道敞开了一条缝隙的石头大门外。这个时候我们才看见，在金字塔内部的石壁上，倒挂着无数人头大小的球体，这些球体表面都覆满羽毛，显然，这些球体就是翅膀蜷缩成一团的羽蛇。

这些羽蛇暂时还没有苏醒。我们试着挪动石头大门，但大门却像卡住了一样，无法挪动分毫。

“炸开它。”艾布尔说道。

“可这样一来，这里所有的羽蛇都有可能被惊醒。”米特克兰一边用手中锋利的砍刀杀死飞扑过来的羽蛇，一边急促地说道。

“不炸开它离开这鬼地方，我们还能坚持多久？”艾布尔摇头说道，然后接替了米特克兰的位置，让米特克兰腾出手去安放塑胶炸药。

半分钟后，我们在米特克兰的提醒下，朝两边分散。找到大厅内的掩体藏好后，米特克兰按下了起爆器的按钮。

巨大的爆炸声在金字塔内响起，因为内部结构独特，爆炸产生的回声持续了好一阵才缓缓散开，所有人的耳朵都轰鸣不已。至于五感敏锐的我，耳鸣的感觉就更深了，总觉得耳边有什么细小的声音在萦绕，其他人说话也听不怎么清楚。

不过意外的惊喜是，得益于金字塔内部的锥形空间结构，爆炸产生的音爆让将近三分之一的羽蛇跌落在地，不停抽搐，其余悬浮在空中的羽蛇也飞行得摇摇晃晃，像喝醉了酒一样。

哪怕是寥寥可数的几条没有什么事的羽蛇，这个时候也显得十分茫然，并没有马上扑过来。

而先前阻挡我们的石头大门，被炸塌了一半。当然代价是我们仅剩不到一公斤的炸药了。

钻入大门后，我们发现这是一个向下的螺旋斜坡。沿着斜坡走了很长一段距离，我们进入一个地宫，里面遍布着石头走廊和石头房间。

这个地宫的墙壁上，刻画着不少疑似玛雅人人头侧面的图案，一时间看不出这些图案代表着什么。

“这是一处迷宫。”只朝前面走了二十几米，我们就明白过来。这个地方尽管没有什么古怪生物出现，可四通八达的通道和几乎一模一样的房间，都说明了要想走出去并没那么容易。

正当我们想要退出去时，迷宫当中传来地震般的震动，我们身后的通道裂开了一道缝隙，飞快地朝后退了七八米。接着，旁边的房屋移动过来，将后面的道路堵得严严实实。前方的道路也出现了一些变化，和我们之前看到的样子大相径庭。

我们目瞪口呆地看着这一切在一两分钟内发生。如果说这里只是一座迷宫，我们还有一定把握走出去。可这座迷宫居然能移动和变换位置，在没有找到迷宫移动的规律之前，就算是武侯再生，也不敢说能轻易找到出口。

先不说是什么力量导致了这一切，这种移动多久时间会发生一次，每次变化后是否还有其他机关或者怪物出现，这一切都让我们几个人感到头疼。

“这些玛雅人的侧面头像，应该是数字。”艾布尔研究了一阵石头房屋上的人头像，突然说道。

“数字？玛雅人的数字，可是够复杂的。”我看着造型和线条极为繁复的玛雅人侧面头像，感慨地说。

“其实玛雅人也有比较简易的计数方式，就是用三个符号来组成所有数字。三个符号，一个贝壳代表零，一点代表一，一杠代表五。古玛雅人用这三个原始符号就能演变出零到十九的二十个递增数字。”艾布尔解释道。

“最大的数字是十九，那二十以后的数字怎么办？”我好奇地问。

“玛雅数字是二十进阶，也就是二十进制，和我们所采用的十进制以及计算机语言的二级制都不同，但是这种进制在天文学上有相当大的作用。最初玛雅人以卵石进行计数，他们会在一位堆中放入十九颗卵石，当加入第二十颗卵石时，就抹去一位堆，在二位堆中放入一颗卵石。一位堆中的一颗卵石代表一个单位，二位堆中的一颗卵石代表二十个单位，三位堆中的一颗卵石代表四百个单位(20×20=400)，以此类推。正如我们最常使用的十进制是以十的幂次进行排序的，玛雅所采用的二十进制是以二十的幂次来排列的。”艾布尔显示出对玛雅文化的深刻了解，看来世界树组织的总部修建在库库尔坎金字塔附近，也不是毫无道理的。

“那么有没有可能，这些玛雅人侧面像代表的数字，就是这个移动迷宫的规律，只要解开这些数字中隐藏的规律，我们就能找到走出迷宫的方法。”敖雨泽侧过头问道。

“很有可能是这样，不过首先我们得找出这些数字到底意味着什么。这样，我将玛雅人的侧面头像所代表的数字告诉大家，然后大家分头行动，将所有房间外面的数字记录下来。”艾布尔说道。

敖雨泽当即反对：“不行，这里是迷宫，如果分头行动，我们怎么会合？总有人会在迷宫中迷失方向，更不要说我们没有摸清迷宫移动的时间规律，就这样分开，风险太大了。”

我和秦峰也点点头，表示反对艾布尔的提议。至于米特克兰则是不置可否，毕竟以他在世界树中的身份，还是得听艾布尔这个圣子的。

艾布尔耸耸肩，只能和我们一起，用最笨的办法：大家一起行动，记录我们视线范围内能够找到的石头房间外墙上的玛雅人侧头像，然后将其代表的数字记录下来。

很快我们发现，这里的房间数量并没有我们想象中那么多，只有六十四个。

这个数字顿时让我想起中华文明中一个重要的文化特征——八卦。再加上之前的蛇盘图本身是太极图的原始版本，那么这个迷宫中六十四个房间所代表的数字，很可能就是八八六四十个卦象。

在遥远的美洲大陆，数百米深的地下，很可能修建于五万年前的地下迷宫，其房间数量所代表的，竟然是蕴含着中华文明最深智慧的八卦卦象！

第二十一章

JINSHA ANCIENT SCROLLS

圣数之谜

等了大约两个小时，迷宫中各个房间的位置再次发生变动。不过这一次我们已经有所准备，所以并没有太过惊讶，也没有人跟丢了大部队。

“在中国古代是将一天划分为十二份，以‘时辰’作为计时单位，一个时辰等于两个小时。不出意外的话，这个迷宫每次变动的时间间隔应该就是两个小时。”我对大家说道。

“这个可能性非常大，不过我估计要等下一次迷宫移动，才能完全确定这个推论。”敖雨泽说道。

“但是就算确定了每次变动的间隔是两个小时，对我们来说，要解开这些墙面上的数字之谜，也没有太大的帮助。”艾布尔皱眉说道。

“不，帮助还是有的，至少说明了一点，这里的计时是按照中国古代的时辰制。而时辰制对应的是天干地支中的十二地支，那么在计算迷宫变量的时候，就可以考虑这个因素。”我强调道。

“这倒是奇怪了，如果这迷宫是玛雅人留下的，还可以说玛雅文明继承了古蜀文明，因此在玛雅文化中发现了不少和古蜀文明相关或相似的东西。可这处地下遗迹，明明几万年前就存在，而古蜀国最久远的历史也不过在四五千年前，怎么会影响到数万年前的地下古城？”

“或许这正说明了一点，不管是玛雅文明，还是古蜀文明，他们继承的或许是同一个文明，而这个文明有可能来自几万年前？这恐怕也是这两个古文明能够在某些领域超出当时文明水平的原因，因为他们都得到过这个史前文明的部分遗产。”秦峰郑重地说。

“我想这话你不会只是随便说说的吧？”我问道。

秦峰沉默了片刻，最后说道：“我小时候的记忆在慢慢恢复，虽然只是一些记忆碎片，但我也渐渐意识到，或许事情的真相，远远超出了我们的预料。”

“那么你觉得要解开这个迷宫中藏着的数字谜题，应该从哪里着手？”

“我曾经在一本老皇历上看到过几句口诀：‘甲己还加甲，乙庚丙作初。丙辛从戊起，丁壬庚子居。戊癸何方发？壬子是真途。’不知道你听过没有？”秦峰没有回答我的问题，而是反问道。

我一愣，回忆了一下之前在铁幕资料库中的研究所得，说道：“这些口诀有点像排八字时用的口诀，具体说是排时辰的天干用的。一天的十二个时辰以地支计算，而十个天干就各有不同，古人总结出按八字的日天干来排时辰天干的一系列规律，比如按照第二句‘乙庚丙作初’，大概意思就是逢日干是乙或庚的日子，子时的时干从丙上起。”

秦峰点点头说道：“还记得你们在梓潼地下石窟中遇到的巨型太岁吗？在那个地方，你们也应该猜到，巴蛇神的遗骸，和某个星象也有关系。”

在梓潼地下石窟时，敖雨泽在最后时刻才醒过来，而知道里面秘密的就只有我和叶凌菲、阿华等人。那个时候秦峰突兀地消失不见了，现在看来，在那个时候，他已经和世界树组织的人接上头了，甚至连最初他遭遇世界树组织的绑架，也有可能是设计好的。

不过现在也不是追寻这些细节真相的时候，至少秦峰有一点没有说错，那便是在梓潼地下石窟中的时候，我们的确发现了一些和星象相关的东西。

我仔细回忆了一下当时的情形，说道：“当时我们在梓潼的地下石窟中遇到的巨型太岁，很可能是巴蛇神的肉身腐朽后，精气不灭最后滋生出来的。后来我们发现，这和一种古老的纪年法——岁星纪年法有关。岁星纪年法所对应的十二个星次，同时也对应地面的十二个分野。莫非你的意思是，时间这个因素其实不仅控制着迷宫的移动，还可能暗示应该将这个迷宫分成十二份，每一份都表示岁星纪年法所对应的地面分野？”

“不仅如此，我记得我们进入这地下世界之前，在羽蛇神庙下方的祭祀厅圆形高台周围，同样也有着十二条放射状的纹路。”敖雨泽补充道。

我也想起当时刚从世界树挖掘的通道进入那座祭祀厅的时候，的确在高台上看到了十二条纹路。当时还以为这些纹路只是代表着一年的十二个月或者起装饰作用，现在看来，这十二条纹路很可能还有其他的含义。

“我觉得应该和十二分野没有太多关系，反而是和星野对应的干支有关。”敖雨泽提醒道。

“谁记得八卦所对应的天干地支表？”我默默地计算着当前的时间段所对应的十二地支。只可惜在这个地方，似乎磁场有别于正常环境，我们携带的大部分电子设备都无法使用，连机械表也不太准确，无法准确地确定当前的时间。

“天干分别是甲、乙、丙、丁、戊、己、庚、辛、壬、癸十个，十二地支则是子、丑、寅、卯、辰、巳、午、未、申、酉、戌、亥。天干地支相互配合成六十甲子，是古代用来纪年最常用的手段。在实际运用中，并非所有的地支都和所有的天干相配，按照上面的配法，第一年是甲子，然后是乙丑，丙寅……第二轮，甲直接配寅，因此不可能会有甲丑这种年份出现。以此类推，每次都是空一个向后，向后推六次之后，第七次又回到甲子，开始另一个六十甲子的循环。因此天干和地支实际上是古代的六十进位法，并且天干和地支有各自的五行属性。以一个天干和一个地支相配，排列起来，天干在前，地支在后，天干由甲起，地支由子起，阳干对阳支，阴干对阴支(阳干不配阴支，阴干不配阳支)，得到六十年一周期的甲子回圈。如果要和八卦结合起来，相当于每个卦象对应不同的天干或者地支的分野。”艾布尔一边说，一边随手捡了一块小石头，在地面上画下了两个图形（见图4），这两个图形分别对应八卦的天干分野图和地支分野图。

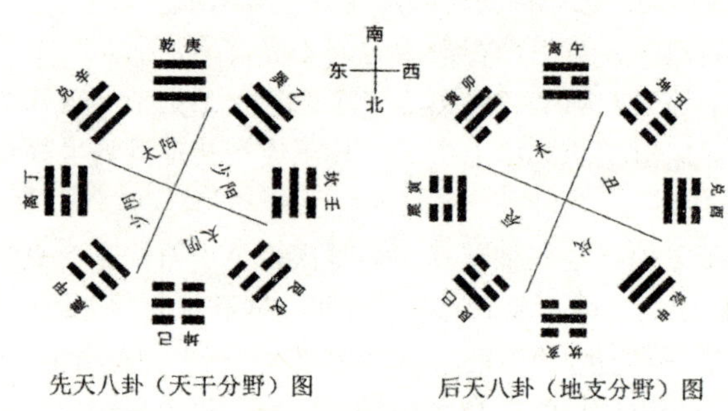

先天八卦（天干分野）图　　后天八卦（地支分野）图

图 4

让我怎么都没有想到的是，对十二天干地支的来历和八卦的分析了解得如此透彻的人，居然是一个金发碧眼的外国人。

这多少让我和敖雨泽都有些汗颜。敖雨泽作为铁幕的战斗人员还好一点，像我一向自诩对古文化有不少了解，关键时刻居然没有一个外国佬顶用。

我老脸一红，决定绞尽脑汁也要抖出一点干货，免得被一个老外比了下去，于是干咳两声说道：“虽然我们的钟表已经不能用了，但从进入地下城的时间看，现在的时间大概是晚上八点左右，也就是戌时。在天干分野中，戌属于太阴分野，所对应的是艮卦，艮卦在八卦中表示各种变化的可能性，卦象是山，对应的数字是七，属于易经六十四卦中第五十二卦。按照这些信息推算，我们需要找到这六十四间房屋中五十二号区域所对应的七号房间。从方位看，艮卦应该位于西北方，我们找到西北方位的第七间房屋，很可能就是目前这个时间段整个迷宫对应的关键位置的房屋。”

除了敖雨泽和艾布尔以及秦峰外，其他人都听得一头雾水。不过我也不管这些人到底如何想，只是静静地看着艾布尔。毕竟以艾布尔对中国文化的了解，我这些看似高深莫测的话哄哄外行还成，绝对瞒不过这个中国通。

艾布尔微微一笑，点头说道："杜先生分析得很有道理，我们可以试着去西北方位找到艮卦所对应的七号房屋。"

大家开始行动，要在这个迷宫中区分出方位并不简单，毕竟带来的不少装备此时都不能用了。在数百米深的地底，更无法像在地面一样可以通过夜观星象来分辨方位。

最后我们花了很多的工夫，终于在下一次迷宫移动之前勉强确认了方位，来到整个迷宫的西北方。这一片区域一共有十二间房屋，我们数到第七间，也就是很可能对应艮卦的房间，可房间的门却怎么也打不开。

"好像不对，方位我们已经确认过了，应该没有太大的问题，是不是时间记错了？"艾布尔皱眉说道。

大家分析了一阵没有结果，眼看着迷宫要再一次发生移动，到时候找准的方位和所有房间的位置会发生变动，而这一个多小时所记下的房屋编号很可能被打乱，工夫完全白费，需要从头开始。

后来还是秦峰说道："如果我没有猜错，这里不仅仅是需要天干地支和八卦的对应，还需要和星象联系起来。"

我心中一震，顿时发现我们都忽略了一个问题，岁星由西向东运行，和人们所熟悉的十二时辰的方向正好相反，所以岁星纪年法在实际生活中应用起来很不方便。为此，古代的天文学家设想出一个假岁星叫"太岁"，让它和真岁星背道而驰，这样就和十二时辰的方向顺序相一致。

现在所处的时辰是戌时，在岁星纪年法中十二分野所对应的是"降娄"。可如果按照真实的岁星所在的位置，实际上应该反过来，这个时辰对应的岁星位置在"鹑尾"。

若是以"鹑尾"反推所对应的时辰，就应该是巳时，对应的卦象其实应该是"坤卦"，坤卦在天干分野中代表的方位是正北方。

并且坤卦所代表的卦象是当前关系是静止状态，变化较少。整个迷宫每两个小时会发生一次改变，但每次改变会以其中一个房间为中心，这个房间就是变化中唯一的不变，也符合坤卦的特征。

在六十四卦中，坤卦代号是八，属于第二卦，因此我们真正应该去的方位是正北方第二排的八号房间。

想透了这一点，我连忙将自己的看法说出来，然后带着大家朝正北方飞奔而去。

不是我不想悠哉一点过去，而是从时间上看，迷宫再次变动的时刻又快到了，等到下次我们研究透彻迷宫的变动规律，怕是又要耽搁不少时间。

在我们接近正北方第八间房屋前十几秒，迷宫果然开始变化。落在最后面的一名世界树组织的精锐因为携带了不少物资，所以跑得比我们都慢。在我们进入第八个房间之前，他被地面突然裂开的缝隙吞噬，发出凄厉的惨叫。

惨叫声很快戛然而止，然后一声沉闷的撞击声混杂在地下机关的轰隆声响中。我和敖雨泽当先冲入正北方的八号房屋，其他人也在最后时刻赶了进来。

外面的轰鸣渐渐结束，沉默的秦峰突然说道："从他跌落到撞击到底部，时间大概是一点六秒，如果地下世界的重力加速度和地面一样是九点八米每二次方秒，那条裂缝的深度大概在十五六米。"

艾布尔脸色阴沉，毕竟世界树的成员又少了一个，最为关键的是，少的那个人所携带的物资对我们此行十分重要，我们携带的大部分食物都在他身上。

"我们出不去了。"敖雨泽推了推关闭的石门，说道。

"没事，我们还剩下少量炸药，先前你们不肯让我直接炸开房屋的大门，否则我们早就能随便找一个房子进去。"米特克兰耸耸肩说道。

"要破坏这些房屋很容易，可是要解开这些房屋中刻着的数字，就困难了。"艾布尔瞪了他一眼，说道。

"但是我们进这间所谓的静止房屋，又有什么意义？"仅剩的精锐嘀咕了一句。

"大家找一下这个房间，如果说整个八卦形状的迷宫，每个时辰都有一个静止的房间，那么这个房间至少在这段时间内是安全的，并且很可能藏着解开这个迷宫秘密的关键线索。"艾布尔吩咐道。

我打着电筒看了看四周，发现这个石头房间的长宽高都是十二米左右，我们几个人在里面并不显得拥挤。

让人惊讶的是，如此大的房间，中间竟然没有任何柱子。并且房间的屋顶，居然全是石头挤着石头搭建起来的，没有要掉落的样子，看起来其原理应该和国内古代的石拱桥类似。

"真是叹为观止的建造艺术，当年修建这座地下城的上古文明，或许没有达到现代文明的高度，但也相差不远了。"艾布尔感叹道。

"你们有没有发现，房屋的屋顶上，似乎也刻着一些东西？"我毕竟五感敏锐，当即说道。

"似乎是一些小的圆点和横条组合成的，这代表什么？"敖雨泽朝头顶望了一眼，说道。

"应该也是数字。玛雅人用来表达数字的方法有两种，一种是我们之前在房屋外面看到的侧面人头像，一种就是这样的圆点加横条的组合。"艾布尔回答道。

我看着这些圆点和短线，总觉得无比熟悉。很快我想起先前艾布尔在地上画的八卦图形，顿时反应过来，用圆点和短线来表示数字的方法，从图形上看，和表示八卦的阴爻、阳爻极为相似。

众所周知，八卦具有两个基本符号，一个是代表阳爻的“—”；另一个是代表阴爻的“--”。

阴爻和阳爻相互组合，就形成不同的卦象，比如我们之前选定这个房间时所确定的“坤卦”，用八卦基本符号来表示就是三个重叠的阴爻“--”来展现，而坤卦所对应的乾卦则是用三个重叠的阳爻“—”符号来表示。

实际上八卦有两种符号形式，一是代表八个方位由三画卦组成的八经卦；一是由六画卦组成拥有更多变化，一共有八八六十四种组合，这才是完整的八卦。

艾布尔见我正沉浸在思考当中，继续说道：“我刚才提到过，玛雅人用两种方法书写数字，一种是像之前我们看到的那样，用二十个头像来表示零到十九这二十个数字，因为玛雅数学的基础就是二十进制。另一种是用贝壳符号代表数字零，用圆点加横条的办法，代表一至十九。在玛雅人的数学中，一个圆点代表数字一，两个代表数字二，依次类推，直到数字五则用一根横条表示。此后数字每成为五的倍数，则增加一根横条，所以二十以下的玛雅数字是逢五进阶。”

艾布尔一边说着，一边在房间内的石桌上画下一幅玛雅数字和阿拉伯数字对照的图。虽然他说得十分抽象，可这幅图一画出来，我们就大致明白了玛雅数字的构成（见图5）。

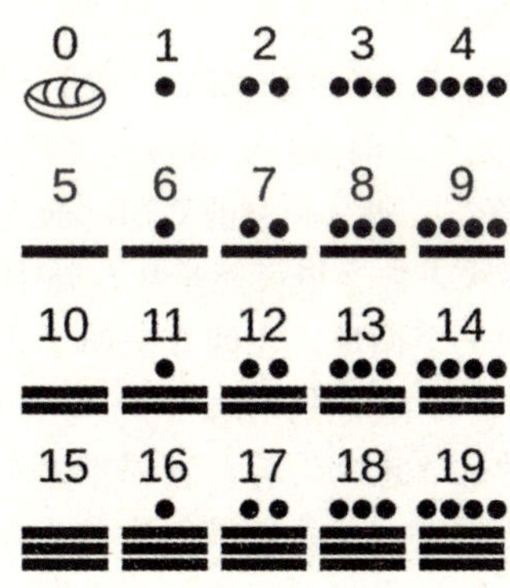

图 5

不过说起来，这幅图一画出来，我更感觉玛雅数字和八卦的阳爻、阴爻的组合十分相似了。

“如果数字超过二十怎么办？总不能一直添加横条吧？”秦峰好奇地问道。

“当然不可能，对于大于等于二十的数，玛雅人通过将横条和圆点分层摆放来表示，我们的数字都是水平地横着写，而玛雅人的数字却是垂直着写。最底下的一层表示小于二十的数字，它的上一层表示有多少个‘二十’，再往上的一层就表示有多少个‘四百’，第四层表示有多少个‘八千’，一共有九个数量级。当然，按照二十进制的计算方法，最后一个数量级简直是天文数字。这些数字哪一级没有数，就用贝壳符号写成零，因此也可以说古玛雅人数字二十为‘贝壳进阶’。”艾布尔回答道。

“你们都没有觉得，玛雅数字和八卦的阴阳爻十分像吗？”我提醒道。

艾布尔沉默了一阵，最后叹了口气说道：“古玛雅人的数字表面看是二十进制，其内涵是‘四进阶五进制’，与你们中国珠算的精髓倒是十分相似。在玛雅纪年九个数量级中，第五个数量等级最初被现代学者称为‘循环’，也就是周期。其实西方学者很早就已经意识到了玛雅数字的奥妙在于五进制和‘周期’。可是没有人和中国的八卦联系起来，最终只认为玛雅数字是二十进制。”

想不到艾布尔也同意我对玛雅数字与伏羲八卦关系的分析，如果真的能够确定这一点，那么在古玛雅人数字中，“贝壳”所代表的零很可能意味着“道”，也就是“太极”；一点是“太阳”，两点是少阴，三点是少阳，四点是太阴。

在伏羲八卦当中，“太极生两仪，两仪生四象”是基础，这在古玛雅人的数字中得到了充分的体现与完整的继承。

在古玛雅的数字中为什么没有出现五个点？又为什么没有出现“四杠”？这就涉及五进制这个独特的进制。在中国，“五”也是一个极为特殊的数字，尤其是五行，往往和太极八卦联系起来。

此外，不管是《易经》也好，后世发现的《河图》《洛书》也罢，其数理精髓都讲究“藏五中居，似有似无”，而八卦更是讲究“三爻一卦”，这里“卦”的深沉内涵就是“周期”与“循环”。循环往复的周期，这才是玛雅数字的核心。

从某种程度来说，古玛雅人数字很可能是从八卦中来。“八卦”从数中来，数字又从“八卦”中来，构成一个循环，也间接证明了古玛雅人所创立的文明，的确和伏羲这个神秘至极的古神有着某种关系。

从对“零”的运用和数的“进制”看，古玛雅人对于易理的解读，怕是不会比中国古人差。在中国的传说中，伏羲最早创造了八卦，根据八卦的精髓，夏代的《连山》、商代的《归藏》及周代的《周易》合在一起，组成了后世解读伏羲八卦的圣典《易经》，只是其中《连山》和《归藏》大部分都失传了，传承到现在的《易经》，其实以《周易》为主。

不管是伏羲八卦本身，还是后世的《易经》，都具有一定程度的预测功能。玛雅文化中最为重要的部分除了天文、历法和数学外，就是举世皆知的“玛雅预言”。这种预言现在看来很可能也和伏羲八卦的预测功能有深切的联系。

玛雅的数字从“八卦”演变出来，并有其完整的体系，直到玛雅文明最后神秘消失。玛雅数字的核心不仅仅是二十进制，而是“零”和“周期”。古玛雅人对四、九、十三等数字的“运用”和“崇拜”都源自从伏羲八卦领悟到的精髓。

人类文字从记数的“点与画”开始，“点”多了有“画”，“画”多了自然刻出“符号”。有了“点与画”才有刻出的“符号”，有刻出的“符号”之后，才不断优化形成我们今天的两大类文字——象形文字和字母文字，而后又形成两大语系——汉藏语系和印欧语系。可以说数字是人类文字的起源，对数的理解是人类原始文明的起源。

而玛雅人的文字，和中国的汉字一样，属于象形文字。不管是玛雅数字，还是代表着伏羲八卦精髓的阳爻阴爻，其实都是最初的“点与画”的组合，这是一个文明长期对数及其内涵体会后的浓缩，也是不断观察体验天地万物后的沉淀。

这样的沉淀，不可能是还处于原始状态的远古人类完成的，这只能属于一个相对完善成熟的未知古文明。

“我已经将屋顶上的玛雅数字，翻译成了阿拉伯数字，你们来看看。”艾布尔突然出声打断了我的沉思。

他在满是灰尘的石桌上，写了一个长长的数字，1366560。

“1366560？这个数字是什么意思？”敖雨泽皱眉问道。

“如果我没有记错，这应该是玛雅文化中的圣数。”艾布尔深深地喘了口气，双眼放光地说道。

“圣数？”我一愣，却没有从这个数字中看到特别的地方。

“我好像也有点儿印象，我曾经在一份资料中看过，说是玛雅人灭绝之际，开始在所有文物里不断重复一个神秘的数字，1366560。后来有学者将这个关键的数字称为‘圣数’。”敖雨泽说道。

“这个数字代表着什么？我有种预感，如果能解开这个数字所代表的含义，或许我们此行的目的，就完成了大半。”我说道。

艾布尔说道：“所谓‘圣数’，是古玛雅人从原始天文历法周期、祭祀历法和数的进制得来的，玛雅人使用的两种记数系统，除了我们先前提到的二十进制外，还有一种具有宗教意义的，采用二十的倍数和三百六十的倍数的组合来表示。英国有一名叫摩利斯·科特罗的作家提出了著名的圣数公式，1366560＝（144000＋7200＋360＋260＋20）×9，你们能从中看出什么吗？”

“7200和360是刚才你提到的具有宗教意义的数字360的整数倍，20是玛雅人的二十进制，最后的9应该是和《易经》中认为的九是所有数的极数有关，至于144000和260这两个数字，我暂时想不到代表什么。”敖雨泽说道。

“144000同样可以看作是360的整数倍，并且刚好是四百倍。四百不仅在玛雅数字中是第三级20×20得到的数字，而且可以拆分成20×4×5＝400，巧合的是，二十、四、五都是玛雅数字的进阶或进制，与先天八卦的个数八有周期关系。所以，144000也被认为是一个在玛雅数字中的循环数。至于260，古玛雅人使用三百六十五天和二百六十天两种历法，前者叫太阳历（从天体来），后者叫少阳历（从数字来），如果使用圣数1366560除以260，会得到一个数字5256。而这个数字，再除以关键的数字9，刚好是金星历的天数584。”艾布尔解释道。

“144000这个数字在西方还有其他的含义。《启示录》中曾记载，有一支由十四万四千人组成的庞大军队，他们与信仰主的羔羊有着特殊的关系，他们都受了印记并有特殊的名字，他们也都唱一首特殊的歌，他们在最后的日子负有最伟大的使命，就是预备世人迎接主的再临。”秦峰淡淡地说道。

“如果说这世上真的有神灵的话，那么藏在意识世界深处的古神或许是最强大的那个。它的降临，似乎和《启示录》的这个预言有异曲同工之妙。那么，那十四万四千个和羔羊有着特殊关系的战士，我想你们应该已经准备好了吧？”敖雨泽感叹道。

秦峰微微沉默，最后说道：“是的，这个数字很精确，十四万四千个，这是意识世界真正入侵现实的数字，也是已经准备被抛弃的祭品。连我自己都不明白，为何这件事会被玛雅人在几千年前准确预言。当然，除了入侵的时间。”

我看着秦峰脸上略显苦涩的笑容，突然明白过来他似乎并没有那么愿意帮助自己的父亲入侵现实世界，或许，他真的有不得已的苦衷？

“我主早就颁布神谕，和你父亲达成一致，这十四万四千名用来血祭的意识世界战士，会成为我主降临的阶梯。”艾布尔的眼神中，带着一丝狂热。

我没有理会他眼中的热切，皱眉说道：“不管怎么说，你刚才提到的这个所谓的圣数公式其实很牵强，而且对我们目前的处境也似乎没有太大的帮助。”

“的确如此，所以在研究玛雅圣数的时候，还有一个更加简单直接的公式，那就是直接用这个数去除以一年的天数365，最后会得到一个简单的四位数3740。”艾布尔脸色的狂热消散了一些，说道。

“这个数字似乎在哪里听到过，大概是前几年的样子……”我说道。

“3740，在二〇一二年的时候，玛雅末日预言被炒得最火的一年。的确曾有人提到过，说是按照玛雅文献的记载，世界每隔三千七百四十年就会被毁灭一次，而地球生命在过去曾被毁灭了四次。”

“简直是胡说八道，光是我国有信史可查的年代，就有四五千年，而且古埃及和古巴比伦，都存在于四五千年前，一个文明周期怎么可能才三千多年？这样的言论，估计也只有骗玛雅人自己。”我冷笑着说。

“其实玛雅人留下的年代记载最完整的，算是‘克奥第特兰年代记’。里面认为第五太阳纪开始于公元前三一一年。在经历玛雅大周期的五千一百二十五年后，第五太阳纪将终结。与现在的公元历对照，这个终结日的时间点就是公元二〇一二年十二月二十二日前后，也就是人们说的二〇一二年世界末日。”

“问题是现在都差不多二〇一七年初了啊，玛雅人所预言的世界末日，不是什么事也没有发生吗？”我沉声说道。

很多人都有末日情结，尤其是玛雅人所预言的二〇一二年世界末日，更是曾让许多人津津乐道，哪怕他们内心深处其实半点都不相信。

只可惜这个预言似乎没有任何科学依据，五年前的十二月二十二日，什么事都没有发生，只是火了好几部以此为题材的好莱坞灾难片。

我还记得当时提到3740这个数字的时候，有人煞有介事地说这个数字刚好是太阳磁极每隔三千七百四十年就会对调一次的年数。由于地球的磁场受到太阳磁场很大的牵制，有人推论当太阳磁通量极逆转之际，地球南北磁极也会随之互换，所有生物会因此灭绝。

当然，事情最后的发展大家都知道，当那一天真正到来，什么事情都没发生，世界照常运转。

“我想，如果玛雅预言没有错的话，或许这件事因为一个人而改变了。”艾布尔突然说道。

我顿时想起小叶子的父亲叶暮然。我记得在他临死前留下的笔记当中，曾提到过他把一场足以毁灭世界的灾难推迟了至少十年。

由于他当时进入黑水县的那座神秘古墓带出青铜箱子的时间是一九九八年，之前我们一直以为，他所阻止的是那场灾难，是指发生在汶川地区的大地震。现在看来，他所指的并非那件事。

最大的可能是，他所指的这件事并不是发生在一九九八年的，而是在十四年后的二〇一二年。如果按照这个时间点计算，那么真正发生世界末日的时间，很可能是二〇一二年的十年后，也就是二〇二二年，距现在还有五年。

这似乎和艾布尔一直在强调的，这个世界正在走向灭亡的论调，是一致的。不过对于这一点，我暂时无法证实，或许只有叶暮然复生，才能解释他在笔记里留下的这段话，到底是什么意思。

“等一等，放在屋子中间的石桌，似乎并不是桌子。”敖雨泽突然叫道。

我们朝石桌望过去，原本石桌上有一层厚厚的灰烬，先前艾布尔还在这层灰烬上画出玛雅数字和阿拉伯数字的对照表。

可就连艾布尔自己都没有发现，在厚厚的灰烬下面，并非我们想的那样是普通的石头桌面，而更像是一个圆形石碑。随着灰烬被清扫干净，石碑的本体渐渐暴露出来，上面繁复的花纹以及古朴的雕刻手法，无一不在说明这个石碑远不是我们所想的那么简单。

很快我们发现，这是一块刻有玛雅历法的石碑，而且看起来和太极八卦图有几分相似。只是石碑上的图案结构，中间部分不是太极图，而是五行图，这与《洛书》《河图》的结构几乎一致。

这块历法石碑上，每一个月都有名称，并且用象形文字代表。石碑的中心区域又分为五种颜色，东红、南蓝、西白，北黑、中绿，看上去怎么都像与“五行”相配，排列上也与伏羲八卦的位次相同。

这块历法石碑的整体为圆形，象征着天圆；天脐内四日居方形，象征着地方。石碑中央，应该是以象征太阳神的光体为中心的五日，并共同组成“天脐”。光体之外是象征八方八节的太阳八芒，分别代表大四方（内）、小四方（外），为一个完整的八芒太阳纹。

而下方的垂幔图、左右以手捧心应该是血祭图，名示一方，共得九方。

其实，不管是五行、八卦，还是《河图》《洛书》，它们的核心都是太极图。用文字表示是阴阳，用数字表示是零和一，用图形表示是阴爻和阳爻。

在伏羲八卦中，乾代表阳，坤代表阴，乾到坤交替出现。而玛雅历法的起始是“五”（按照一年三百六十五天，每个月二十天，一共十八个月，会多出五天禁忌日），坤到乾交替出现，先阴后阳，和伏羲八卦正好相反。

因此，当我们将这玛雅历法石碑全部清扫干净后，立刻觉得这和伏羲八卦几乎如出一辙，除了某些方位刚好相反。

考虑到这个地方按照经纬度计算，差不多正好是地球上古蜀国的另一面，是否因为地理位置的不同，磁场也有所不同，才会造成这样乾坤交替的局面？

“石碑可以活动！”敖雨泽试着搬了一下石碑的边缘，石碑外侧的一圈轻微移动了几毫米。

“看上去像是石头做成的大号八卦罗盘。”秦峰在一旁提醒道。

我仔细一看，果然如此，这玛雅历法石碑，如果是完整一块还不觉得，当它可以旋转移动时，看起来和道士用的八卦罗盘几乎一模一样。

“伏羲八卦本身是穷尽天地奥秘的高深数理，真要说起来，八卦罗盘本身就是天然的密码锁。只要按照需要的卦象设定好罗盘上的不同区域，解开这密码就必须要按照卦象来。”我眼睛一亮，说道。

“鬼知道要按照什么卦象。我唯一能够肯定的是，这里所处的方位是整个迷宫的坤卦，也符合玛雅人历法石碑相当于八卦中由坤到乾的逆向演变的假设。”敖雨泽说道。

“你们都忘记了，我们之所以来此，本身就是要来解开一个或许比伏羲八卦更加古老的龟壳占卜的卦象的。”艾布尔自信满满地说。

接着他拿出那片龟壳来，龟壳上有不少看上去玄妙的裂纹。这是先前从七杀碑中取出来的灵龟壳，里面更是不知道凝聚了多少当年被张献忠所杀的冤魂执念。

第二十二章

JINSHA ANCIENT SCROLLS

伏羲来历

在中国古代，龟壳占卜是一种古老而神秘的占卜方式，从数万年前的原始部落时代一直延续到一九四九年前。只是在现代，能够真正看懂经过火烤后龟壳上出现的裂纹所代表的卦象的人寥寥无几。

眼前的艾布尔，作为一个外国人，无疑掌握了这门几乎失传的技艺。在我见过的人中，估计只有旺达释比能够在这方面与之相比。

龟壳之所以成为古人占卜的工具，一方面是龟纹中央有三格，代表天地人三才；三才旁边有二十四格，则代表二十四山（风水罗盘一般以八卦作为宫位名，每个宫位又细分为三个小方位，每个方位占十五度，即为二十四山）。也有的龟壳只有十格的，代表十天干；龟壳底部一般有十二格，代表十二地支。

此外，代表着伏羲八卦传承的《洛书》，相传也是刻在一只神龟的背上。古人一直认为龟壳包含着无尽的奥妙，和八卦的天地人三才、占卜理论中的天干地支相对应，因此龟壳在古代是最为重要的占卜工具。

“根据神启，这块龟壳虽然是在三百多年前被张献忠藏进七杀碑的，但它真实存在的时间，实际上已有数万年之久。”艾布尔看着手中的龟壳，眼中露出无比虔诚的神色。

“你是说这是一块数万年前的龟壳，只是被张献忠得到后，放入了七杀碑中吸纳冤魂？”我问道。

“这块龟壳大有来历，它是当年伏羲在洛水中看到的神龟，然后从龟背上的卦象悟出《洛书》，结合《河图》形成了流传后世的伏羲八卦。”艾布尔郑重地说道。

看着这不过盘子大小的龟壳，我不禁大为惊讶，这就是当年伏羲领悟八卦的神龟龟壳？真要说来，这东西比当初掉在牛顿头顶的苹果，要重要多了。

就是不知道这块龟壳为何会落入张献忠手里，不过只要想想当年张献忠几乎将蜀人屠杀了个遍，真从哪个隐士手里得到这块珍贵无比的龟壳，也不是没可能。

当年的张献忠也是张家传人之一，对于上古时期、意识世界以及古蜀的内情，知道得远比一般的草头王要清楚得多。这块龟壳或许在其他人眼里不值一文，但只要落入张献忠这样的张家人手里，肯定能第一时间知晓其价值。

何况流传至今的《河图》《洛书》，都是南宋的蔡季通从蜀地发现的，这龟壳在伏羲之后流落到蜀地，也似乎说得过去。

“如果这龟壳真是当年伏羲遇到的神龟所留下的，那么是不是可以说，伏羲在最开始的确是人不是神？”我反问道。

“在神话传说中，伏羲本来就是其母华胥氏感巨人遗迹而生，并且上古时期也的确有一个名叫伏羲的部落，这个部落是燧人部落的一个分支。而从时间上看，燧人部落在距今约五万年前开始使用‘钻木取火’，继而又使用‘燧石取火’，燧人部落的名字也由此而来。”敖雨泽补充道。

“相传燧人部落在距今约四万年前在昆仑山顶观察天象以明‘天道’，始为山川百物命名而有‘地道’。以风姓为人类命名，对人的婚姻交配有了血缘上的限制，产生早期的伦理道德，也就是‘人道’。其中有意思的是，为什么当年的燧人部落选择了风姓？”艾布尔带着神秘笑容说。

“这个姓氏有什么特殊的地方吗？”我问道。

“风字在你们中国人的文字中又通‘凤’，燧人部落时期将风姓作为第一个姓，一方面风姓始于结绳记事，始于信风历的发明；另一方面则是由于当时的龙凤崇拜，龙凤是风姓所属的两大支系，而‘凤’代表女性，燧人部落所处的母系氏族时期，以代表女性的‘凤’为尊，因此第一个姓氏才确定是‘风’，而不是其他字。玛雅文明当中所尊崇的羽蛇神，蛇形本来就是龙形的前身，而带羽翼则象征着凤，因此玛雅人崇拜的羽蛇神，本身也和远古中原地区的龙凤崇拜一脉相承。更何况羽蛇神在玛雅人心目中带来雨季，是与播种、收获、五谷丰登有关的神祇，这本身也和龙凤崇拜中渴望风调雨顺的神职差不多。”艾布尔解释道。

“也就是说，我们基本可以确认，羽蛇神就是伏羲最得力的手下腾蛇的化身？”我说道。

“可以这样认为，毕竟腾蛇和巴蛇神，本身就是同一个神祇，只是后来巴蛇神似乎趁着伏羲古神陷入沉睡而背叛了主神，在华夏的西南之地培植新的代理人，这恐怕也是当年的古蜀国得以建立的原因。只可惜后来巴蛇神的肉身被伏羲古神略施小计被五丁斩杀，因此巴蛇神后来通过北纬三十度的特殊磁场通道前来南美洲的玛雅地区，更是化名为羽蛇神重新收集信仰。”艾布尔说道。

“既然如此，巴蛇神化身羽蛇神是两千多年前的事，为何这个几万年前修建的鬼地方，和伏羲及其创造的八卦又息息相关？”

“这就涉及伏羲的真正身份了。伏羲到底是什么？一个生活在古华夏地区的部族，一个真正的智者，还是一个神话中的神灵？”

“按照你们的信仰，我想你要回答的是最后一个吧。要不然世界树组织的信仰，早就崩塌了。”我冷笑道。

艾布尔似乎没有介意我对他信仰的不敬，而是淡淡地说道：“是的，在我们的信仰当中，伏羲是唯一的、真正的神灵，但是我们的信仰从来不认为神灵是天生并且全知全能的。相反，在世界树组织的信仰体系中，神从一开始并不是神，而是和我们一样的人。只是神的国度受到毁灭性的打击，而他获得了神国的全部文明遗产，引导了后续的文明，这才在数万年的传说当中，升华为新文明的‘神’。”

“中国的神话传说中，也有不少原本是人，后来被当成神来崇拜的例子。比如关二爷，一开始是三国时期的武将，因为代表了符合统治阶级需要的忠义，后来被历朝历代的皇帝册封，民间的香火也十分旺盛，成为拥有一长串神名的‘三界伏魔大帝神威远震天尊关圣帝君’。因此，这种由人到神的转变，有时候不过是统治阶级的需要而已。”

“但伏羲古神是不同的，因为它最早发现了世界的错误，从而找到了意识世界的秘密。”艾布尔诡笑道。

“因为八卦？伏羲通过八卦算出了世界错误的根源？”

“可以这么说。不过真要说起来，伏羲所获得的关于八卦的知识，并非它独自创造的，而是来源于它所处的文明。只可惜这个文明因为世界的错误彻底消亡，侥幸逃过一劫的伏羲却从中发现了世界运转的秘密。因此，伏羲自神龟龟壳悟通八卦不过是一个美丽的传说，真相是它继承了一个文明最顶级的智慧，然后在一副龟壳上留下了它参透世界运转的天地至理的一道秘卦，是为伏羲秘卦。这秘卦需要特定的罗盘进行解码，我原本以为解码的工具是结合二十四山法的枣罗盘，可现在看来，这解码工具更大的可能是玛雅人先祖留下的历法石碑。”艾布尔感慨地说。

我看着眼前能够转动的圆形石碑，明白过来艾布尔所指的历法石碑，应该就是眼前这个了。

“当然，说这是玛雅人先祖留下来的还不一定正确，毕竟玛雅人的许多文明和科技，也只是获得了这个文明的部分遗产而已。确切地说，第三个文明纪元的穆里亚文明，也就是生物能文明，同时也有很大的可能是伏羲女娲所在的文明，只是各个地区的人称呼不同而已。玛雅人认为这是穆里亚文明，但在你们中国，对此还有另外一个称呼——昆仑！”艾布尔继续说道。

“昆仑！”我不由自主地念出这个词。昆仑是中华文明的源头，根据多方考证，古人所指的昆仑，并非今天新疆境内的昆仑山，而指的是岷山山脉。

从人种迁徙演变的路径图看，非洲产生的现代智人第一个线粒体夏娃经过数万年时间迁徙到世界各地，其中属于亚洲蒙古人种的一支，也是沿着岷山山脉才进入中原地区，再扩散到其他地方的。

因此，整个中华文明最早的发源地，其实并非今天普遍认为的中原地区，而是西南的岷山山脉，也就是传说中的“昆仑”。

但岷山是实体的昆仑，还有一个更为神秘的所谓的“仙道昆仑”，被认为是神仙居住的地方，一直没有被找到。当然现在我们早已明白过来，所谓的仙道昆仑，同时也可以说是天国或者冥界，实际上所指的都是“意识世界”——它本身就是这个世界的所有意识体，在集体无意识的前提下所产生的纯精神世界投影。

可我怎么也没有想到，传说中有着神人居住的昆仑，竟然除了特指一个神秘的地方之外，也代表着一个上古时期的文明。

“名字不过是符号，比如你叫杜小康，杜小康是你，可如果有人叫你阿杜、小康，或者念你的身份证号，这都是指的你。不管是穆里亚也好，昆仑也好，这都不过是一个名字，只要你明白它的实质是指这个存在于数万年前的文明就行了。这个能够大规模利用生物能的文明，对于生物技术的掌握程度足以让任何现代生物学家羞愧。哪怕用我们今天的眼光看，那也是一个有着神秘力量的文明。也正是这样的文明，能够调制出具有神秘力量的各种怪兽，能够让人长生，能够轻松地让受伤的人瞬间复原。这些技术放在今天都可能觉得十分科幻，在古代，那更是无可辩驳的神仙手段。”

我不得不承认艾布尔说得很有道理，这样的技术，放在古代就会被认为是神仙手段。而在神话中，西王母就居住在昆仑山，手里掌握着长生不死药。现在看来，这神话不会无的放矢，很可能长生不死的方法，实际上掌握在穆里亚文明手中。

只可惜即使掌握了长生的方法，在面对文明的纪元大劫时，这个文明还是无法逃脱，最终只有一对兄妹勉强存活下来，也就是伏羲和女娲。甚至到后来，女娲也很可能因为“补天”这件事死去了，只留下伏羲的意识，还沉睡在意识世界当中。

甚至我回过头去看铁幕和真相派，甚至是JS组织，这几个神秘组织所继承自古蜀国的某些技术，基本上都是现代科技没有掌握的生物技术，比如长生，比如快速恢复伤势的药剂，再比如改造人体获得巨大潜力的方法等。

而且真相派的手里，还有着将人在短时间内变为巨人的方法，这方法无疑和当年古蜀国末期的十二世开明王利用神灵血脉制造“五丁力士”的方法十分接近。

现在看来，这些技术基本上不太可能是古蜀国自身能够发明的，很可能是和第三纪的穆里亚文明有关，要说没有巴蛇神的帮助和指引，反而说不过去了。

古蜀五神中，除了巴蛇神，其他的太阳神鸟、蚕女神、纵目神和扶桑神树，都和各种不同形态的生物有关，分别代表着鸟类、虫类、异体器官和植物，有极大的可能都是被伏羲古神所“制造”出来的。

只是其中的巴蛇神，很可能直接参考了伏羲自身的形态，用它自身的血脉制造出来，因此，力量位居古蜀五神之首，是最为接近伏羲古神的。

想通了这一点，我也不再犹豫，开始配合着艾布尔，让他将龟壳上的卦象所代表的含义翻译出来，然后和其他人一起推动用玛雅历法石碑制成的罗盘。

这枚龟壳是典型的二十四山格局的龟壳，自中间三块代表“三才”的最大的格子开始皲裂，一共分出十二条主要的裂纹，每条裂纹又有着三到九条不等的分支裂纹，所有的裂纹加起来一共是六十四条，正好对应八八六十四卦。

每条裂纹的长度、大小都不一样，所经过的大小格子也不同，由此代表的含义可以说是千差万别。换成我，是无法从这些裂纹和代表的格子中计算出其中深藏的含义的。

如果艾布尔所说的没有问题，当年伏羲古神应该是继承了整个穆里亚文明的最高智慧，最终提炼出了伏羲八卦这一穷究天地至理的推算方式。即便像尸鬼婆婆等能够看透命运线的人，说到底还是依托于伏羲八卦的推算能力。只是这些人天生对于命格十分敏感，很多推算过程可能连他们自身都没有反应过来就完成了，可以直接得出结果，因此看上去十分神奇，但说到底也是一种计算。

这种计算要引入无数的变量，毕竟一个人一生要遭遇无数的人和事，或许对方的一个念头转变，就可能影响到一个人接下来的命运，在蝴蝶效应的影响下，所产生的变数足以影响人的一生。

举例来说，混职场的人某天偶遇公司高层，或许因为高层今天心情不错，这人又恰好做了某件小事引起高层注意，很可能获得高层赏识，加薪升职。

或许这只是一个偶发事件，可再小的概率，也有可能使这个人在公司里获得较高的职位，甚至影响到他的求职履历，从而获得在原本的时间线不可能有的机遇。

长此以往，几十年后，与一开始注定的命运相比，这个人的命运很可能已经发生了质的改变。而这样的变数，对于最初的那名高层来说，或许不过是头脑一热。

从另一方面说，这人能否顺利活到几十年后命运改变，也是一个未知数。这期间他有可能遭遇病痛、车祸，甚至有可能被从天而降的花盆砸死。更极端的是，或许他会在某次空难中死去，而按照他原本的命运轨迹，如果他没有升职，就不会乘坐这一个航班。

所以命运这东西所涉及的变数和计算量，就算将全球的电脑集中在一起，也未必能够算清。

但伏羲八卦却不同，从普通的八卦到复杂的六十四卦，看上去不过是增加了一个数量级，却能够将某件事算出一个大致的概率或方向。

这其中就涉及某种深奥的“算法”了。从字面意义上说，算法是解决问题的一系列清晰指令，代表着用系统的方法描述解决问题的策略机制。比如现在十分热门的人工智能或者区块链，都需要各种程序上的“算法”来实现。

实际上伏羲八卦，很可能也代表着某种“算法”。掌握了这门算法，就拥有了某种优异的策略机制，能够自动摈弃百分之九十九点九九的无效信息，只从最根本上去计算一个人或者一件事最大概率遇到的变量以及变量的影响。

用道家的话来说，这是把握住了“遁去的一”，是从源头抓住了事物的本质。掌握了“太极”这个最混沌、最初始的量，不管后续如何变化，卦象如何复杂，都能以不变应万变，计算出事物的大致走向。

艾布尔的嘴不停地默念着什么，手指时不时微微弯曲，眼睛一眨不眨地盯着眼前的龟壳。我知道他已经开始计算着龟壳上的裂纹所代表的含义，然后给出相应的指令。

我和敖雨泽、秦峰等人，按照艾布尔给出的指令，开始旋转历法石碑上可旋转的圈层。艾布尔的每一次命令，都被严格地执行。

很快，历法石碑上的图案，和一开始已经有了极大的区别，不时有新的变量加入，上下移动着代表五行、九宫和八卦的不同石碑圈层以及内部的模块，复杂程度远超我们之前的想象。

艾布尔的头上，早已经密布汗水，很明显这样的计算量也大大超出了他的预料。但他大概也知道，这个时候绝对不能停下，否则只会功亏一篑。

也不知道过了多久，艾布尔已经累得差点瘫倒在地，所有的计算总算完成，伏羲在龟壳中留下的第一道秘卦终于解开了。我们眼前的历法石碑和最开始的时候相比有了极大的变化，在中间的位置，出现了一个两厘米见方的孔洞。

“需要钥匙。”艾布尔抹了抹头上的汗水，十分虚弱地说。很明显，先前的计算，几乎耗尽了他的体力和脑力。

颤抖着从怀里摸出一支淡绿色的药剂，艾布尔一仰头喝下。他闭着眼睛休息了两三分钟，脸色终于恢复了一丝血色，看上去不是那副随时要晕过去的样子了。

“可是我们没有其他钥匙……”秦峰嘀咕了一句。

艾布尔看着我，轻声说道：“不，我们有钥匙。”

我看着历法石碑中间的孔洞，突然想起我手上的确有一件东西，大小和这个孔洞相差无几。

那是父亲给我的戮神钉，相传是能杀死神灵的神秘武器，当年杜宇王朝几乎倾尽举国之力所打造出来的神器，一共只有三枚。前两枚戮神钉都在对抗纵目神和巴蛇神的过程中使用掉了，这是世上剩下的唯一一枚。

“我想，这才是你们一定要带上我的原因吧？因为只有杜家后人的血脉，才能使用戮神钉。只是，戮神钉是三千多年前的杜宇王朝打造的，为什么它能够打开几万年前的穆里亚文明留下的历法石碑？”

“我想你对古蜀国的许多神秘事件应该都有所了解，这个古文明的某些技术完全超越了时代，即便在今天都十分先进，某些技术现代科学都不一定能达到。那么你觉得，这枚武器是当时的人能够设计出来的吗？它看上去不过是几枚青铜长钉而已，为什么需要杜宇王朝用举国之力打造？杜宇王朝在青铜器上的造诣，要打造几万枚这种长钉都没问题。”艾布尔反问道。

我看了看手里的戮神钉，脸色阴晴不定。艾布尔说得不错，这枚长钉既然需要杜宇王朝花费举国之力打造，那么除了屠戮神灵之外，肯定还有其不凡的地方。并且能够设计出这种武器的人，不可能是凡人。

“实际上戮神钉的设计者，你应该多少也猜到了，就是伏羲古神本人。当它的代理人不再听话，那么借助凡人的手杀死它们，也未尝不是一个绝妙的选择。”艾布尔说道。

我长长嘘出一口气。果然，这样的武器，本来就不该是凡人能掌握的。它的设计者是伏羲古神，那么它能够屠杀古蜀五神这个级别的神灵，也就说得过去了。毕竟古蜀五神或许本来就是伏羲古神创造出来的“助手”，是穆里亚文明中的生物实验品。

并且，如果伏羲古神真的是出自穆里亚文明，那么它设计的这枚戮神钉，有作为历法石碑钥匙的功能，也就不足为怪了。

我将戮神钉放入历法石碑中间的孔洞中，戮神钉刺入了一尺有余才最终见底。

艾布尔盯着我和敖雨泽，轻声说道：“现在还差一样东西。”

我和敖雨泽相视苦笑，立刻明白过来他说的差什么东西，那是我们身上的金沙血脉。

用小刀划破食指，我们相续将鲜血滴到戮神钉上。带着细不可查的金色沙粒的血液沿着戮神钉渗入小孔之中，沿着历法石碑上面的纹路，渐渐在石碑上形成薄薄的一层血膜。

“还不够。”艾布尔有气无力地说，但语气中透着坚决。我一狠心，将伤口又扩大了几分，血流出的速度明显加快了不少。

古怪的是，我的血和敖雨泽的血这次并没有融合在一起，而是分别朝着两个不同方向蜿蜒流动。并且我的血液中带着微弱光芒的金色沙粒明显多一些，而敖雨泽的血液中沙粒的色泽，则偏向银色。

最终，血液在历法石碑上方完全平铺开来，牢牢占据石碑中心直径大约二十厘米的圆形区域。我们两人的血液中间，被一个大写的“S”形纹路作为边界区分开，这让历法石碑中心原本象征着五行的五个色块，这时看上去更像一个血色的太极。

艾布尔强撑着站起来，双手握住戮神钉的尾部，狠狠朝下方一按。伴随着轰鸣声，整个石头房间开始剧烈摇晃起来。我们生怕屋顶有石头掉落，好在这石头房屋的结实程度远超我们的想象，尽管尘土和石屑不停掉落，大屋顶的石头却稳如泰山。

好一阵后，摇晃停止。我们灰头土脸地看了看房屋中间的石碑，发现石碑表面的石头已经碎裂，露出内部青绿色的色泽来。

我原本以为石碑内部是青铜，可用手掀开表面裂开的石头后，发现内部青绿色的东西，竟然更像是木质的。

艾布尔带着一丝狂热抚摩着青绿色的木材，喃喃地说："世界树，这是真正的世界树……"

掀开表层的石头，我们才发现，这个石头桌子，乃至表面的石碑，都不过是伪装，里面竟然是一个需要两人环抱的木桩。

木桩明显是可以活动的，和表面的石材一样，上面印刻着熟悉的玛雅历法图。这历法图看上去像是天然生成的一样，看不到人工痕迹。

而戮神钉，就插在这树桩的中心，因为都是青绿色的，所以看上去像生长在上面一样。

正当我要将戮神钉拔出来时，戮神钉表面突然"咔嚓"一声，出现了一条裂纹。还不等我心疼，裂纹边缘又出现了更多细小的裂纹。整个戮神钉的表面，很快被裂纹覆盖。

我的手指颤抖着碰触了戮神钉一下，戮神钉表层顿时像脆弱的蛋壳一样崩裂，半毫米厚的青铜外壳散落得到处都是，露出中间一根手指粗细的青绿色树枝来。

我顿时目瞪口呆。我怎么都没有想到，戮神钉的内部，居然藏着一截树枝，还保持着翠绿的色泽。按照父亲的说法，戮神钉是杜宇王朝时期制造的，距今差不多有三千年。

"我早该想到，能作为世界树制成的罗盘钥匙，怎么可能是金属制品！"艾布尔也愣了一下，继而恍然大悟地说。

"为什么不能是金属制品？"我脸色古怪地问。

"在玛雅文明中，你什么时候见过金属制品的工具或武器？"艾布尔反问道。

我一呆，仔细一想的确如此。玛雅文明最终消失的时间是一千多年前，那个时候世界各国都已经进入铁器时代，可是玛雅文明除了少量金银作为饰品和宗教祭器外，从来没有发现任何金属制作的工具和武器。

这和玛雅人在天文历法以及数学上取得的成就是极为不相符的。要知道每个文明的进程，虽然发展的细节各自不同，但大体上还是有着一定的规律的，都循序渐进地经历了旧石器时代、新石器时代、青铜器时代、铁器时代。

玛雅文明在制造工具上虽然停留在新石器时代，可在其他方面创造了连现代科技都要为之惊叹的成就。用一句时髦的话说，玛雅文明就像是点歪了科技树，这在文明发展中属于小概率的重大失误。

“这是真正的世界树的枝丫，不是我们之前得到的半死的枯枝。怪不得你手中的戮神钉能够杀死变异的树神，原来它才是真正的世界树。所谓的树神，大概只是世界树死亡后的残余的细胞组织变异而来的。”

“其实我一直有一个疑问，你们既然以伏羲作为信仰的源泉和神灵，为何会将组织取名为世界树？而且你们组织对于世界树的了解，说起来也符合本身的名字，这又和你们崇拜的伏羲古神有什么关系？”我问出了一个在心头横亘了许久的问题。

“我们对外宣称是因为我父亲早年得到过一截世界树的枝丫，你们应该也清楚，这不过是一个借口，我们得到的仅仅是世界树的一小截死亡的枯枝。我主并非单一存在的神灵，它们曾有一个庞大的族群，这个族群统治了人类数万年之久。想必你们现在也知道了，我主所在的族群在玛雅人划分的文明纪元中属于第三纪的穆里亚文明，也就是生物能文明或植物文明，即依靠植物的能量生存和发展——世界树本身就是我主的族群制造出来的能够提取植物能量的附属神。我主所在的族群消失后，这个族群的全部精神意识聚合形成了我主的核心意识，并影响了后续几乎所有位于北纬三十度附近的古文明。”艾布尔说道。

我深吸了一口气，这个谜题终于解开了。虽然之前我对此有所怀疑，可亲耳听到艾布尔说出古神伏羲和穆里亚文明的联系，还是让我的精神为之一振。

那并非不可战胜的神灵，仅仅是上上个文明纪元的史前人类的唯一后裔。

“我很奇怪，为什么属于第四纪的亚特兰蒂斯文明几乎没有留下任何痕迹，反而属于第三纪的穆里亚文明居然产生了意识聚合体形成的神灵。”敖雨泽突然问道。

“亚特兰蒂斯属于第四纪的光能文明。遗憾的是，这个文明虽然也一度十分发达，但是并没有参透这个世界的本质。当世界运转带来的纪元大劫到来，彻底覆灭也在情理之中。”

“你所谓的世界的本质是……”

“在伏羲对八卦的认知当中，除了作为混沌初始的太极，最为重要的就是阴阳的对立和统一。世界万事万物皆可分阴阳，世界本身也是如此。我们所处的物质世界属于阳面，意识世界属于阴面。光能文明在阳面的发展极为昌盛，但对阴面没有任何认知，自然逃不过最终的劫难。但是我们所属的第五纪情感文明不同，尤其是北纬三十度附近的文明，在建立初期，就得到过我主的指引，率先知道意识世界的存在并加以利用，走的是阴阳相合的道路。”

我看着几乎和青绿色树桩融为一体的戮神钉，对于伏羲古神的目的感到更加不安了。

如果说巴蛇神是伏羲古神曾经的下属腾蛇，扶桑神树也是伏羲所在的穆里亚文明中植物能量的来源，那么伏羲古神所谋划的，到底是什么？

现在的伏羲，根本没有实体，甚至不是穆里亚文明的后裔，而是这个已经消失的古文明最后残存的族裔的意识聚合体，它就算强大到如同神灵的地步，也未必能让自己的族群重新复活。

并且伏羲的精神，似乎也受到过重创，这么多年来一直在意识世界的深处休养沉睡，不然也不会有后来的巴蛇神背叛它的事情发生。

而我和敖雨泽身上的金沙血脉，严格地说应该是伏羲一族中的黄金血脉。以伏羲偶尔清醒时向世界树组织颁布的神谕来看，在我和敖雨泽身上，应该有它想要的东西，这东西很可能不是血脉这么简单。

秦峰和秦怡两兄妹，从精神本质上说是我和敖雨泽在意识世界的平行投影，也可以看作另外一重彻底独立的人格，只是精神本质处于同一个频率。那么伏羲古神在这对兄妹身上肯定还有不为人知的布局，这个局甚至有可能一开始就是它和秦峰、秦怡的父亲一起设下的。

我想起在蛇神殿的时候，秦峰的父亲表现出的在意识空间中近乎神灵的强大力量，这个男人想要的，似乎并不仅仅是入侵现实世界那么简单。

“按照玛雅人的末世预言，第五纪的情感文明之后，是纯精神的文明。所有人都以为最终被精神文明彻底取代，走向终结的情感文明，是世界末日，其实人们都错了，第五纪的终结不是彻底的毁灭，而是升华，升华为层次更高的精神文明。而那一天，就是我主降临现世的日子。而违背了注定的规律，这个世界走向彻底的覆灭，那是历史线的改变，到时候别说是人类文明，就连时间和空间都有可能发生逆转，那才是真正的末日。”艾布尔沉声说道。

我沉默了一阵，最后缓缓说道：“所以在你们眼里，迎接伏羲降临现世，其实是在拯救世界吧？”

艾布尔没有回答，而是郑重地点头。我有些无语，这个人的信仰极为虔诚，他真的是这样想的。

“所谓的从情感文明升华为精神文明，其实可以换一种说法，就是让人类的情感部分被彻底阉割，只剩下绝对的理智和逻辑，从而让文明获得更快的发展。那个时候的人类，再也不会诞生诸如仇恨、嫉妒、暴戾、贪欲等负面情绪，整个人会冷冰冰的，没有一丝情感，只剩下一个从大局来考虑所有事情都的极为功利的躯壳，这和一个冷冰冰的电脑程序有什么区别？”敖雨泽冷笑道。

“当然有所区别，因为到那个时候，所有人的精神力量都会大幅增长。一个人的自我认知分为自我、本我和超我。‘本我’为本能，‘超我’为理智，‘自我’为超我与本我交互作用下产生的外在表现。情感是本能之中除了生存和繁衍外最重要的部分，只有阉割人类的情感，剩下的‘超我’才能承载和控制超量增长的精神力，完成文明向第六纪的升华和蜕变。”

“我终于明白之前那些通过VR头盔被催眠并替换掉意识的人，他们的灵魂为何会和人类的绝大部分相同，却有一点本质的区别了。这些实验品就是被阉割了意识中的情感部分，只剩下所谓的绝对理智的‘超我’。”我看着艾布尔说道。

“就像伏羲八卦中藏着的无穷变化的卦象，要想精确地解读所有的卦象，就不能带着丝毫的自我情绪，那会干扰卦象的准确性。所以在你们国家，任何能算卦的人，都绝对算不准自己以及身边亲近之人的未来，因为情感会影响卦象的准确性。世界一直在走向毁灭的道路上，比起这个最坏的结果来，完成人类的升华或者说进化，是最好的选择。”艾布尔说道。

“不，我们还有一个选择。”我盯着艾布尔，眼中闪过旺达释比临死前殷切的目光，带着伤口的右手不由自主地握紧了胸口的白色符石。

第二十三章

JINSHA ANCIENT SCROLLS

创造之穴

“就算有其他选择，也来不及了。”艾布尔看着插在青绿色木桩上的戮神钉说道。当然，现在的戮神钉脱去了表层的青铜外壳，只剩下一根笔直的树枝。

木桩和树枝的连接部分，正在生长为一体。无数细小根须在连接处生长，让树枝和戮神钉连为一个整体。

接着树枝以肉眼可见的速度开始生长，新的分叉生长出来，还有细小的叶片从分叉尖端绽放。在短短半分钟内，原本三十多厘米长的树枝，已经长为一株高约一米的小树了。

只是小树下方的青绿色木桩，像是为小树供应了养分，已经不复先前的翠绿，有枯萎的迹象。

接着青绿色的光芒以木桩为中心，向四面八方延伸。这些光芒竟然可以无视石头房屋的墙壁，轻松地穿墙而过。而我们的目光，竟然也能顺着绿色的光芒一起，穿透墙壁，看到石头房屋外面，无数绿色光芒正形成一个巨大的网格，我们所处的房屋，就在网格的中心。

这些网格以每一个房屋为连接点，一共六十四个。连接点都以朝圣般的姿态，沿着绿色的光芒铺设的通道，不停地输送类似养分的东西过来。

树枝开始猛长，很快长到了碗口粗细。这个时候树枝顶端到了屋顶的位置，轻松穿透屋顶，然后整个屋顶开始崩塌。

我们脸色铁青地四处躲避，还好繁茂的树枝为我们挡住了不少石头。看出这一点后，我们本能地聚集在树干周围，也让我们最大程度地不被掉落的石头伤害。

“这些绿色的通道，有点像是隐藏在地下的树根网络。”敖雨泽低声提醒道。

暗绿色的物质沿着绿色光芒不停地涌过来，每过来一点，已经成长的小树就又粗壮了一分。在短短几分钟内，这一截原本不起眼的树枝，已经生长到了需要两三人合抱的粗细，远远超过了先前的树桩直径，高度更是达到了上百米，长到了地下迷宫的顶端，甚至一头扎入了岩层当中。

在六十四个房间的树桩节点都被吸收干净后，绿色的光芒渐渐暗淡下来。我们被飞速生长的大树挤到了房间边缘，还好这个时候已经不用担心有石头掉落，如云的树冠覆盖了迷宫的大部分区域。

除了主干外，这株新长的巨树有九根巨大的分支，分为三层，每层三根。

这样的形态，和当初我们在三星堆博物馆中看到过的青铜神树的造型，几乎完全一致，而且从树叶的样式看，像是放大了好几倍的桑叶。

“扶桑神树，或者说……建木！”我看着眼前巨大的桑树，实在无法相信片刻之前，它只是我手里的一枚铜钉。

“它还有一个更为普遍的称呼——世界树。这可不是当初你们在船上看到的变异神树那么简单，这是由真正的世界树的主干树心生长而成的，是我主所在的族群所掌握的力量来源……”艾布尔看着眼前的巨树，狂热地说道。

“你花费了这么多精力，就是为了让我带着戮神钉进入这里，然后唤醒扶桑神树？可是我有一点不明白，如果我们没有找到这个时间点所对应的卦象，也就无法进入这个房间，那么扶桑神树岂不是没有办法复活？”我问道。

“其实不管我们进入六十四个房间的哪一个，只要时间和卦象能对应，都能让你手里的戮神钉放入树桩中复活。戮神钉不仅仅是钥匙，它本身就是世界树的幼苗。这个迷宫中的不同房间，在不同时间段，只要符合卦象，都能成为八卦迷宫的中心，而其他树桩，只能成为世界树生长所需的能量提供者。”艾布尔回答道。

“这么说起来，这些树桩，实际上更像是……电池？”

“要这么说也可以。只是这些树桩所储存的不是电能，而是比电能高级的植物能。这也是穆里亚文明存在的基础。这是我主在沉寂之前为自己留的后路，只有继承了我主血脉的人，带着世界树的幼苗来此，才能让世界树幼苗吸收这些储存了数万年的植物能，从而复活。”艾布尔说道。

“既然你们口中的世界树，就是东方神话传说中的扶桑神树或者说建木、通天神树，那么也肯定有共同的特点，那就是能够沟通人神两界？”敖雨泽冷笑道。

“要让我主降临，单是复活世界树自然不够。复活世界树的目的，仅仅是为了沟通神界——当然，我们都知道这世上不存在真正的‘神界’，有的只是‘意识世界’。意识世界里尽管有着众多普通的纯精神生命体，可我主的灵体和本源意识，也在意识世界之中沉睡，因此将意识世界称为神界或者说天界，也无不可。”

“所以复活的世界树，像地磁异常点一样，能够让人进入意识世界当中。确切地说，是直接进入意识世界的深处，而不是像我们上次在黑竹沟中一样，只是去了两个世界夹缝所在的蛇神殿。”我恍然大悟地说。原来这才是艾布尔以及世界树组织一直以来的谋划，也怪不得他们要将自己所在的组织起如此古怪并看似和伏羲古神没有多少联系的名字，原来复活世界树，是伏羲古神降临的关键。

“世界树的本质，是它的根系能够扎入大地深处，吸收大地的能量然后储存起来——用我们今天的科技知识看，世界树的根系应该能直接吸收地热能量；而世界树繁茂的枝叶，能够破入虚空，在虚空中沟通所谓的‘天界’。我主当然不可能直接降临现世，只有通过世界树这一特殊的通道，才能让它从意识世界中携带足够的精神力量完整降临。当然，前提是我们需要唤醒我主。”

艾布尔说完，走近了已经生长到直径三米多的世界树附近，口中念诵着未知的咒语，似乎在向世界树祈祷着什么。

最后，艾布尔用小刀割开了自己的手腕，将鲜血浇灌在世界树暴露出来的根须上。鲜血很快被世界树吸收，接着被鲜血浇灌的根须开始朝内收缩，露出一个人头大小的洞口。艾布尔用布条缠住伤口，然后将龟壳扔到了新出现的洞口当中。

说来也怪，龟壳刚扔进去，世界树竟然发出了一声满意到极点的呻吟，出现的洞口像是有生命一样蠕动挤压，很快重新合拢，一丝痕迹都没有留下。

这个时候，在大概一人高的树干位置，出现了八个排列成圆环的凸起，每一个都有巴掌大小。仔细看去，能依稀看到每个凸起上，都有着一个天然生成的字符。

这些字符和巴蜀图语十分接近，其中有四五个我认识，我认出这几个字符和伏羲八卦的八个卦象相关。由此推算，其他几个不认识的字符，应该代表着八个卦象中的其他几种。

“龟壳被它吸收了？”我看着眼前的八卦卦象，将之和心中认识的几个卦象一一对应，从认识的卦象的方位开始计算，将不认识的字符所代表的卦象推算并标注出来。

“这是一个古老的密码盘，我们只要按动上面八个卦象所代表的字符，就能够获得这株世界树的某些权限了。”艾布尔看着似乎是天然生成的木头八卦盘，缓缓说道。

我没有说话，因为不知道密码，尽管我心中隐隐猜到了解决的办法。

我想起了在东方的神话中，有共工怒触不周山，导致天崩地裂，后来引申出女娲炼石补天的故事。

不周山沟通人间和天界的功能，和传说中的圣树建木几乎一致。而神话传说中怒触不周山的水神“共工”，也是人面蛇身的外形。

巧合的是，“圣树”在汉语中的发音，和“圣数”是一致的。玛雅文明中强调的圣数，很有可能暗指“圣树”，也就是支撑着“天界”不会崩塌的“世界树”，或者说是扶桑神树、建木。在久远的神话中，圣树建木在东方世界被异化为支撑天界不至于崩塌的天柱“不周山”。

古人所谓的“天”，从外形上讲是大气层，自然不需要什么天柱来支撑。因此，建木和不周山真正支撑的，其实是被古人误认为是“天界”的意识世界。建木作为穆里亚文明中最为重要的圣树，本身就有着沟通天地的作用，而这里的“天”，就是意识世界。

不管圣树的真正名字是什么，基本上可以确定，它的形态，肯定是一棵无比庞大的树木，并且内部储存着庞大的植物能，也就是眼前这棵巨树曾经的本体。

当然，眼前的世界树尽管有上百米高，可在现代世界的树木中，都不算是最高大的。在美国的加利福尼亚州，有一种被当地人称为“世界爷”的巨树，已知最高大的有一百四十二米高，直径超过十米。

因此，真正代表着世界树不凡之处的，还是其内部蕴含的庞大的植物能以及沟通意识世界的能力，这是整个穆里亚文明的精华所在。

既然“圣数”和“圣树”有可能指的是同一个象征物，那么解开圣树的密码，很可能和玛雅文明中的圣数有关。而玛雅文明中圣数是1366560，迷宫中的石头房屋外墙上不停循环出现的数字，也证实了这一点。

实际上，要真正理解这个数字，不仅要将其分别解码，更重要的是要在八卦中找到对应的卦象。

通常认为，先天八卦的卦象对应的数字是乾一、兑二、离三、震四、巽五、坎六、艮七、坤八，若是按照这个规律理解圣数，表面上得到的对应卦象是“乾离坎坎巽坎0”。

很显然，这里欠缺一个卦象，即圣数最后一位的数字“0”，因此这种解法是有问题的。

“0”在玛雅人的数学概念中用单独的贝壳符号来表达，在八卦中是所有卦象的起点。目前我们所处的迷宫卦象是坤卦，那么在运用时，应该按照坤卦为“0”来进行解码。而如果“坤”代表的是最小的数“0”，那么“乾”所代表的数字就应该是在这个体系中最大的数字“7”。也正因为圣数和八卦有着密切的联系，玛雅圣数中的每个单独的数字，都不会大于数字7。

因此，在玛雅数学的表达中，八卦所代表的数字其实应该是坤零、艮一、坎二、巽三、乾七、兑六、离五、震四（见图6）。

图6

将伏羲八卦和圣数一一对应，玛雅圣数翻译过来就是“艮巽兑兑离兑坤”。

艾布尔不愧是一个中国通，而且对于伏羲八卦的了解，还在我们之上，因此很快就想明白了其中的关键之处，最后得出的结论和我心中默念的一样。

艾布尔按照这个顺序按下了树干上的卦象，等待了一阵后，巨树开始出现巨大的晃动，原本出现卦象的凸起开始急速生长，最后化为几根枝丫低垂下来，落在我们眼前。

这些枝丫的尽头，原本是卦象的地方，此时生长为比人的脑袋略大的花骨朵。

我们看着这巨大的花骨朵，不明白这棵复活的世界树到底是什么意思。这个时候，原本卦象的中间，出现了一个脸盘大小的圆圈，圆圈中间出现S形的裂纹，让圆圈看起来像一个巨大的太极。

“看来还要再验证一次，才能进入世界树内部。这是太极的符号，或许古人理解起来有些麻烦，可在今天看来代表的就是二进制。我们只需要按照太极的阴阳面来输入二进制的圣数代码就行。”艾布尔沉吟了片刻，就反应过来。

好在十进制到二进制的计算，对于现代人来说并不十分困难，更何况我们几个人都有一定的计算机基础。

经过计算，我们得出圣数1366560对应的二进制数字应该是101001101101000100000，于是按照1代表阳，0代表阴，在太极形状的圆形两边将二进制的圣数输了一遍。

输入了二进制的圣数后，那几个花骨朵在我们面前瞬间飞快地盛开，花瓣变为半透明，变成头盔的模样，能看到里面有几条微微颤动的花蕊。

“看起来我们似乎需要……戴上这些头盔一样的花朵？这玩意儿会不会像食人花一样，将我们脑袋腐蚀掉？”我看着颤动的花朵，目瞪口呆地说。

艾布尔微笑着走到一个花朵头盔之下，看了看之后，吩咐还剩下的一名世界树组织精锐成员走过来，将脑袋伸入花朵中。

很快，花朵开始闭合，我甚至能看到在半透明的花瓣中，有两条花蕊飞速生长，从那名精锐的鼻孔伸进去，估计直接伸到了此人的脑部。

这让我脸色大变，打定主意如果等会儿艾布尔逼迫我也这样做，就和他提前翻脸。

那名精锐的身体软软地瘫倒，带着巨大花朵的枝丫像是有生命一样能够感受到他位置的改变，竟然跟随他瘫倒的方向延伸了一截，并没有脱离他的脑袋。

这时艾布尔从背包中取出一个二十多厘米高的东西，这件东西用黑布层层包裹，看得出来黑色布匹上还有不少暗红色的血迹写成的符文。

他将黑布打开，露出了一尊熟悉的雕像。这雕像是两具人首蛇身的东方造型的人像相互缠绕而成，蛇尾交缠的部分，和人类的DNA结构极为类似。

“伏羲女娲人面蛇身交尾像！”我和敖雨泽不禁低呼说道。

伏羲女娲可能是这个世界上最著名的兄妹夫妻，相传中国古代新娘蒙红盖头的习俗，最早并非为了喜庆，而是伏羲女娲碍于兄妹身份遮羞所用。

在日本，同样是兄妹夫妻的伊邪那岐和伊邪那美被传为日本众神始祖。西方国家虽然没有人类始祖是兄妹的说法，但夏娃源自亚当的肋骨这一点，也说明了两者之间有血亲联系。

“你们所在的华夏地区，是世界最幸运的地方，我主最早给你们的先祖带来了真正的文明，也留下了无数的神话传说。我主在最开始时本身就是一对兄妹结为的夫妻。当第三纪人类文明的大劫到来时，穆里亚文明最重要的通天神树被毁掉，意识世界和现实世界之间出现了巨大的裂缝，被毁灭的穆里亚文明无力修复这个缺口，那是这个世界最危险的时候。直到数万年后，女娲牺牲了自己修补了裂缝，人类才得以繁衍生息，这个过程在你们的神话中，被称为女娲炼石补天。”艾布尔说道，同时将伏羲女娲人面蛇身交尾像放在了世界树前方。

他以虔诚的姿态匍匐在地，开始念诵祈祷词。这是我和敖雨泽第二次见到具有“神力”的神像。第一次还是我们刚见面不久，在金沙遗址附近的地下祭祀地，两个为了召唤神灵而死去的外国人留下的。

不过那尊神像是单独的人面蛇身像，和眼前的伏羲女娲交尾像有区别，并且不管是材质还是散发的无形威压，当初的神像都不能和艾布尔拿出来的神像相比。

“即便是神灵，也不能直接干涉现实，只有寄托了神灵和万千生灵信仰的意念的神像，才能让神灵的本源意识短暂降临。艾布尔手里的这尊神像，很可能是当年的伏羲女娲留下的，比起其他神像来，能容纳的神力更巨大。”敖雨泽在我耳边低声说道。

这话还是被一旁的秦峰听到了，对我们说道：“不只如此，实际上这一尊神像中，还藏着当年的伏羲女娲蛇尾的一片蛇鳞，这是它们脱离物质躯体后，在血脉之外留下的唯一实体。”

听到“蛇鳞”两个字，不知道为什么，我突然想起鬼脸蛇鳞的诅咒。当初我和敖雨泽中诅咒的时候，是在岷江河段江口沉银遗址的水下。在沉船之中，我们不仅看到了七杀碑的一截残破的碑体，还发现了和眼前的神像造型一致的伏羲女娲交尾石雕，只是那石雕比眼前的神像要大好几倍。

似乎看出了我心中所想，秦峰继续说道：“这尊神像，就是从你们当初在水底看到的石雕中取出来的。石雕是为了保护神像本身按照它的造型重新雕刻的，神像就藏在里面。”

我恍然大悟。这才对。既然完整的七杀碑都落在世界树组织的手里，那么和七杀碑一起放置的伏羲女娲交尾石雕像，也不会被放过。

当初我和敖雨泽会中鬼脸蛇鳞的诅咒，除了受到七杀碑中的怨念影响外，还有这尊藏在石雕中的神像起的作用，确切地说，是里面藏着的伏羲女娲留下的蛇鳞造成的。

幸好我们身上的诅咒已经解除了，甚至我在船舱底部杀死变异树神的时候，还得到了树神遗留的记忆馈赠，对当年张献忠屠川的真相，有了更多了解。

从变异树神反馈的记忆来看，它本身是世界树的一根枝丫所化，尽管不是世界树本体留下的幼苗，但也具备世界树的部分能力，比如沟通人类的意识。当初树神是用几根枝丫勉强缠绕在我头上和我沟通，和眼前的世界树直接化出一个头盔模样的花朵，明显差了不少。

脑子里的记忆被触动，我对眼前的世界树少了几分畏惧，多了一点亲切。古蜀五神中，可能只剩下唯一的植物类神灵扶桑神树对人类保持着最大程度的善意了，哪怕它原本是穆里亚文明中汲取和储存植物能的工具。

我走到世界树跟前，对敖雨泽传去一道“没有危险”的意念，敖雨泽顿时明白过来，眼前的世界树对我们来说并没有想象中那么可怕。

“你胆子挺大……那么，另一个世界见。”艾布尔抱起伏羲女娲人面蛇身交尾像，将一个头盔模样的花骨朵套在头顶，对我们说道。

“你也一样。”我回敬道。

我也戴上头盔，心中微微激动。这一次，我们会真正进入意识世界当中，和上次在黑竹沟时进入两个世界的夹缝有着本质的区别。

在头盔中，两条触须一样的花蕊，伸入我的鼻孔。不过这个过程并没有想象的那么痛苦，只是鼻孔微微发痒，并没有不适的感觉。

眼前的光亮渐渐暗淡下去，我开始感觉不到身体所在，连移动一下手指都无比困难。

也不知道过了多久，我终于恢复了些许知觉。前方出现了一条五彩缤纷的通道，我沿着通道一直向前，通道的最前方是完全的白色，因此我看不清有什么景致。

到了通道尽头，如同从漆黑的隧道里钻出，我进到阳光耀眼的宽敞道路中，视觉出现了短暂的停顿，过了好一阵才恢复过来。

这个时候我才发现，自己竟然在半空中。一棵奇大无比的巨树，在天空中倒立着向大地垂下，而我就站在巨树的一根枝丫上。在我身后，是一个高四五米的树洞，树洞在巨树之上，就像一个不起眼的小伤疤。

我低头看了看自己的身体，发现和进入意识世界之前没有半点区别，就连胸口挂着的白色符石也和现实世界一模一样。

脚下巨树的大小，远远超出我的想象。我估计它的主干直径起码有几百米，整棵巨树的高度，怕是有上万米。巨树的根系并非扎根在大地，而是刺入天空，被层层叠叠的云层所遮挡。我只能看见占据了数平方公里的巨大树冠，倒着向大地伸展，可离地面还是有几千米之遥。

我顿时明白过来，这个世界，和现实世界截然不同。

现实世界中，世界树的根系扎入大地汲取地热能量，树冠向天。而这个世界的巨树完全相反，呈现出犹如梦境般完全不符合现实世界物理规则的奇异景象，并且巨树的大小，也比现实世界中的大了数千倍。

巨树自天际倒垂而下，树冠所指向的下方，是一望无际的大海。

我站在巨树的一根不起眼的枝丫上，有一种海天倒悬的错觉。脚下的大海和现实中的海洋相比，最大的区别是这海洋是绿色而非蓝色。

身后传来轻微的脚步声，我转过头看了一眼，秦峰正从我身后的树洞中走出来。

“这里就是神灵所居住的天国，你真正的故乡意识世界吗？真是壮阔，这样的场景，在现实世界中无论如何都不可能出现。”我看着秦峰，感慨地说道。

“老实说，对于小时候的记忆，我能记起的并不多。”秦峰慢悠悠地说，然后抬起手，在空中挥舞了几下，带起细小的风。

“你看，这地方我们能看到和感受自己的身躯，甚至能感受到每一个动作在空气中带起的气体分子的运动。如果是一个一直生活在这个世界的生命体，他们是否会认为自己存活于一个虚拟的纯意识世界当中？”秦峰问道。

我想了想，说道：“不会，任何智慧生命的认知都有限制，他们只会根据自己固有的经验和知识去判断事物的真假。这就犹如井底之蛙，以为天空不过是井口大小，只有真正跳出去，才会明白真正的天空，无限壮阔。”

“是啊，需要跳出去。如果是一只一直生活在井底的小青蛙，没有外人告诉它井外还有更加广袤的世界，这只青蛙可能一直都很满足和快乐。可一旦它明白了自己所处的世界再美好，也不过是一个牢笼，并没有窥见真正的‘真实’，那么你觉得它会怎么办？”

我有些沉默，明白秦峰所比喻的小青蛙，说的是意识世界中的纯意识生命体。这些生命体和人类一样有着智慧，甚至和人类的灵魂相似程度高达百分之九十九，只在情感上有轻微的不同。可正是这点不同，让意识世界中的生命体更加理智和冷酷，能够为了族群的发展，做出人类无法理解的决策。

他们考虑问题像人类创造的人工智能程序一样，只会从逻辑本身出发，不会和人一样考虑感情因素，也不会受到感情的影响，这是两个文明最大的区别。

可即便如此，和人类灵魂高度相似的纯意识生命体，在人类世界生活的时间久了，还是会被人类同化，产生在意识空间内部不存在的“感情”。比如眼前的秦峰，尽管他的逻辑思维比一般人强大，可是由于失去了十岁之前的记忆，后来一直在人类社会中长大，便拥有了纯意识生命体所没有的感情。估计这也是他明白自己的真实身份后，一直感到困惑和痛苦的地方。

这个时候，敖雨泽、艾布尔和米特克兰相继从树洞中走出来。艾布尔手中依然抱着伏羲女娲交尾神像，只是这神像比起现实世界中的小了好几圈，从二十多厘米变成了只有七八厘米大小。

“詹米尔呢？”米特克兰问道。

詹米尔应该就是那名精锐，米特克兰带领的最后一名世界树组织的战斗成员。他是第一个进入意识世界的，可我从出来到现在，并没有看见这个人。

“他的灵魂和我们不一样，如果我没有猜错的话，他可能已经提前一步到了创造之穴。”艾布尔悠然说道，然后沿着树枝朝下方走去。

“创造之穴？那是什么地方？”我第一次听到这个新词语，和其他人一起跟在艾布尔的身后，一脸疑惑地问。

艾布尔看向秦峰，似笑非笑地说：“我想，对这个词语，你不会陌生吧？”

“当然。在玛雅文明的传说中，穆里亚文明存在的目的之一，就是建造‘创造之穴’，相传需要三千五百万个灵魂的能量镶嵌它。”秦峰声音低沉地说道。

“不仅如此，在穆里亚文明的历史里，只有少数人拥有前世可以进行转生，这些人的灵魂是穆里亚的核心成员，大部分是科学家和资深学者，具体数量是十四万四千。这十几万强大的灵魂个体，在穆里亚文明后被称为‘众神’，实际上伏羲古神，就是穆里亚文明覆灭后，这十几万强大的灵魂个体聚合在一起形成的。而其余的人，只活了一世就融入创造之穴的晶体中了。”艾布尔说道。

“一直到穆里亚文明结束，这些灵魂将会在地球上播撒下灵性的种子，让新的文明纪元得以到来，并增进创造之穴的水晶价值。”秦峰补充道。

“只是可惜，当年被称为神之文明的穆里亚文明并没有得以延续，甚至他们的文明在破灭前夕也没有完成创造之穴的建造。最后还是聚合了十几万个强大灵魂的伏羲古神，将创造之穴带到了意识世界深处，自己占据了其核心陷入沉睡，将创造之穴的其余部分遗留在了意识世界之中。”艾布尔深吸一口气，看着远方波澜不兴的平静海面说道。

在巨树的枝丫上行走了约一个小时，我们到了巨树的顶端——或者说到了世界树的最下方，毕竟意识世界中的世界树是倒悬在天空中的。

艾布尔将神像高高举起，嘴里念诵着我们听不懂的咒文，然后将神像朝下方的大海抛去。

世界树的顶端距离海面，大概有两三千米的距离，神像很快变成了一个小黑点，然后消失不见。过了大约三分钟，像炸雷一样的轰鸣声传来，绿色的海面上出现了一个巨大的浪花，如同陨石自天空坠落在海里。

出现浪花的海面，围绕着神像掉落的位置，形成一道庞大的海龙卷，就像天空中有东西在吸引无穷无尽的海水。

海水不停地旋转、上升，几分钟后就到了我们能够低头触摸的位置。我们的鼻子能够闻到浓烈的海腥味，尽管这味道本身并非真实，仅仅是在意识中的投射。

可这个时候我们无从分辨这是真实还是虚幻，身处这个空间，对于我们的感官来说，一切都是真实的。

因为距离太远，海龙卷起初看着还不算大，等到了我们脚下，我们才发现海龙卷的顶端，直径也有二十来米。

海龙卷似乎对于倒悬于天空中的世界树有着畏惧，在离我们脚下最顶端的一根枝丫还有几米的时候，硬生生地停住了。

“你不会是想让我们跳下去吧？”我侧过头问艾布尔。

艾布尔诡秘地一笑，淡淡地说：“不用，很快就有一个老朋友来接我们。”

就在这时，自海龙卷的顶端，出现了一小片略带弧度的陆地。陆地不断升腾，能看清上面有格子状的花纹，这些花纹充满了玄奥的味道，似乎蕴含着天地至理。

等这片陆地接触到树枝，我们才反应过来，这哪是从海龙卷中生长出来的陆地，分明是一只巨大无比的海龟，光是背上的龟壳，就有约十米长，七八米宽，看上去和一片小巧的陆地差不多。

“怎么可能有这么大的海龟……从比例上讲，这海龟差不多相当于巴蛇神的本体对比一般的蟒蛇了。”我惊叹道。

“实际上你见过它。如果不是它的话，我们根本找不到穆里亚文明几万年前留在地底的迷宫。所以我才说这是一个老朋友。”艾布尔说道。

我顿时反应过来，迟疑了一下，问道：“这是先前你从七杀碑中得到的龟壳？那具龟壳没有死？”

“不，在现实世界，龟壳原本的肉身当然已经死了。但这毕竟是背负《河图》《洛书》的神龟，就算死去了，其本源意识还是会回归到意识世界中，并不像普通生命死亡后意识直接消散了。”艾布尔说道。

“在现实世界，神龟会受到生物的生长限制，但这里是意识世界——一个只要意识强度足够，就能无限生长的世界，所以这神龟的体型，你也不用太惊讶。”秦峰补充说道，然后首先跳到龟背上。

龟背已经触到树枝尖端，离我们才几十厘米，因此我们其他人都没有犹豫，一起跳到了龟背上。

海龙卷缓缓下降，我们在龟背上甚至感觉不到一丝震动，这神龟对于海水的控制力，简直令人咋舌。

几分钟后，海龙卷完全融入大海之中，而我们所乘坐的神龟，居然还在下潜。正当我们觉得要被海水淹没的时候，龟壳上泛起一个巨大的气泡，将海水隔绝在外。

神龟下潜了大约上千米，我们能隐隐看到原本漆黑的海底，开始出现光亮。这些光亮像无数的萤火虫汇聚在一起，将绿色的海水映照得如同发光的翡翠。

很快，我们就发现，发出光亮的是无数犹如水晶的晶体，数不清的水晶交错丛生，形成一个巨大的椭圆形宫殿，如同一个庞大的水晶蛋壳。

第二十四章

JINSHA ANCIENT SCROLLS

意识投射

“难道说，这就是传说中的龙王居住的水晶宫？”我问道。

“可以这样说。实际上龙王的水晶宫，也不过是先民根据对于创造之穴一星半点的描述，想象出来的。而巴蛇神从某种程度上说也是龙神，因此将创造之穴看作龙王的水晶宫，也无不可。”秦峰说道。

“也就是说，这座位于海底的宫殿，就是你们口中的创造之穴？穆里亚文明当初留下的遗迹？”我看着这蛋形的巨大水晶宫殿，没有找到传说中的龙宫那种如同瑶宫贝阙的样子。

“那些水晶中犹如萤火一样的光点，其实是……人的灵魂吧？”敖雨泽突然问道。

艾布尔明显犹豫了一下，最后还是答道：“是的，不过不是现代人类的灵魂，大部分都是穆里亚文明的普通人灵魂，还有少数，是古蜀人的灵魂。”

我望着巨大无比的蛋形宫殿，神龟带着我们一直下降，最终到了宫殿的正上方。

原本平滑的宫殿上方开了一个口子。这个口子和整个宫殿相比就如同一条细小的裂缝，可对我们来说，这已经是一扇宽敞的大门。

神龟载着我们进入这条裂缝，无数晶体瞬间生长，将裂缝修补完整。

在创造之穴内部，并没有海水，我们能够自由地呼吸。只是抬头望去，能看到数以千万计的晶体中闪耀着的灵魂之火。

“这里的灵魂之火的数量，到底有多少？一千万还是两千万？”我不禁问道。

“确切地说，是三千六百万个。其中三千五百万来自穆里亚文明，还有一百万左右来自当年的古蜀国。”艾布尔回答道。

“如果说大部分灵魂之火来自已经覆灭的穆里亚文明，我还可以理解，但是古蜀国的人大部分在秦灭蜀的战争中死掉，他们的灵魂，怎么会和穆里亚文明的数万年前的灵魂一起汇聚在这里？两个文明的时间间隔，有数万年之久。”我不解地问。

“你可以自己问问它们。”艾布尔神情诡秘地说。

“自己问……它们？”我一愣，不明白艾布尔的话是什么意思。

“你可以试着和它们沟通。这里是意识世界，我们通过世界树进入这个地方的，也仅仅是我们的意识，不是实体。从本质上讲，意识和灵魂没有什么区别，唯一的不同是所谓的灵魂要多一点本源灵性。”艾布尔说道。

我闭上眼，静下心来，尝试着让感知朝四周延伸。如果是在现实世界，我绝对做不到这一点，感知并不能离开自己的躯体太远。可诚如艾布尔所说，这里是意识世界，一切都可能发生。

超越五感的感知，像看不见的波段朝四周蔓延。数不清的光点出现在感知中，每一个光点，代表着一个穆里亚文明或者古蜀时期人的灵魂。

这些灵魂有的带着强烈的情绪波动，有的狂躁不安，有的对外来的感知感到好奇，但更多的，是一种毫无波动的麻木不仁，似乎在这个地方待久了，磨平了全部的棱角。

大部分麻木的灵魂，应该是属于穆里亚文明的，毕竟这个文明已经毁灭了数万年之久。

而仅仅占据了三十六分之一的古蜀人的灵魂，则带着深刻的执念，那是对神灵的控诉，是家国被毁的愤怒，最让我动容的，是对故乡的眷恋。

或许是这些灵魂，感知到我本体血脉中潜藏的意识深处的力量，来自杜宇王朝的血脉后裔的精神波动对它们而言，带着几分熟悉，很快就有数以千百计的古蜀人灵魂光点主动汇聚过来。

周围出现闪烁的微光，那是灵魂之火在述说它们的经历。

在这些微光中，没有任何语言，仅仅是意识间的直接交流，我几乎片刻就明白了这上百万属于古蜀人灵魂的来历。

那是两千三百多年前，在纵横家张仪的主持下，秦国先后以金牛、美女贿赂蜀国最后一任国王十二世开明王杜卢，让其修通了天堑蜀道。

蜀道的修建，后来的确方便了秦军入侵，可站在杜卢的角度，这条蜀道也是能让他带着蜀军进军中原的通道。

只是杜卢的性格刚愎自用，加上从王室机密中得知这世上潜藏着神灵的力量能助他长生，最后他不顾蜀国王族巫祭和重臣反对，策划了针对巴蛇神的屠神计划，甚至不惜出动了蜀国花费了巨大代价从真神那里获得的具有超凡力量的五丁力士。

至于那赐给五丁力士血脉力量的真神，现在看来就是隐藏在幕后的伏羲古神，它需要和人间的统治者一起合力讨伐巴蛇神这个叛徒。

虽然巴蛇神如愿以偿地被杀死，杜卢也在梓潼五妇岭下布置了汲取巴蛇神血脉力量的法阵，可失去了五丁、巴蛇等超凡力量的蜀国，却不再是秦国对手，最终被秦国大将司马错带领大军轻松灭掉。

这个时候的十二世开明王，已经封闭了梓潼五妇岭的地宫入口，等待着血脉转生，以便获得巴蛇神的神力。然而他没有想到，这不过是伏羲古神用来对付巴蛇神的阴谋，而汲取神血的过程长达数千年这一点，被故意隐瞒下来。

五丁力士与巴蛇神同归于尽后，作为蜀国王都的金沙王宫很快陷落，数十万蜀人死于战乱，传承了数千年之久的古蜀国被一朝覆灭。

在战乱中侥幸逃生的古蜀巫祭和王室的残余成员，开始策划一场史无前例的逃亡计划。为了这项计划，无数关于上古时期五神的资料被彻底隐藏，带不走的重要的青铜祭器，也在逃亡前被匆匆毁掉，以免被秦国找到其中的秘密。

这是被后世称为“意识投射”的文明重建计划，本质是利用古蜀国覆灭时蜀国巫祭还掌握着的最后一点超自然力量，沿着北纬三十度这条特殊的磁场通道，通过扶桑神树所连接的意识世界作为中转，将古蜀国残余族人的灵魂意识，投射到世界的另外一面去。

那个时候的古蜀国巫祭，并不知道世界的另外一面到底是什么地方，只是隐约从真神的诱导中得知，他们能够占据当地脑波契合的土著人身体，建立一个新的蜀国。

因此，当年的古蜀国是真的“消失”了，可在当时的技术条件下，他们也不可能在现实世界跨海建立一个新的文明和王国，只是让部分人的意识前往中美洲“传道”而已。

古蜀人对于意识和灵魂的理解，恐怕远在现代人之上。当时被逼入绝境的他们，并不在意这个行为是否不妥，认为灵魂才是人的本质，身体不过是一具可以抛弃的皮囊而已。

用今天的眼光看，我们自然明白，对应古蜀国的世界另外一面，就是南美洲北部地区，所谓的当地土著，就是玛雅人。

为了这项庞大的文明迁徙和重建计划，在世界另一面留下古蜀文明的种子，残余的古蜀国几乎耗尽了最后一点元气。

这项意识投射计划也有不小的难度，比如举行特殊的传送仪式时，金属的存在会影响北纬三十度神秘区域的特殊磁力通道。为了保证磁力通道不受到金属材料影响，后续古蜀人的意识能够继续降临，古蜀人不仅忍痛放弃了在雷鸣谷地底的据点青铜之城，更销毁了大量青铜器，决定向玛雅人隐瞒各种关于金属冶炼铸造的知识。

可这个原本堪称完美的计划，中途还是出了岔子。大量的古蜀国族人的灵魂意识并没有降临到玛雅人脑子中，反而是被困在原本打算作为中转站的意识世界里。

只有一些记忆碎片被少数玛雅人接收，从而影响了玛雅文化。玛雅文化中出现了和三星堆类似的文化特征——比如太阳崇拜，比如羽蛇神，比如为了意识传送顺利，对金属的抗拒。

更重要的，是让玛雅人通过这些记忆碎片，发现了更古老的文明遗迹，也就是穆里亚文明在数万年前留下的地下城市，玛雅人在此之上的地面建立了羽蛇神神庙。

只是获得了部分记忆碎片的玛雅人，分不清伏羲古神和巴蛇神的区别，将之混为一谈。

而设计杀死巴蛇神肉身的伏羲古神，似乎也再度站到了幕后，并没有纠正这个并不算严重的错误。

穆里亚作为一个统治了整个世界一个纪元的史前文明，曾在世界各地都留下了文明记录，比如印度古代史诗《摩诃婆罗多》就记载了一次发生在数万年前的核大战。

因此，我们在现实世界发现的羽蛇神神庙下的古隧道和地下城，不过是穆里亚文明留下的痕迹之一，并不代表当时的穆里亚文明，而只局限于美洲玛雅人生活的区域。

从某种程度上说，玛雅人对于史前文明的了解，并不比古蜀人多，他们不过是享受了古蜀人传送过来的部分记忆的遗泽。

大部分古蜀国族人的意识，至今在意识世界中，或者确切地说在创造之穴里，是意识世界里新文明的始祖。

原本的意识世界一片荒芜，除了穆里亚文明留下的创造之穴外，几乎没有任何意识生命的痕迹，直到古蜀国族人的意识进来。

这些完全自由的意识，通过绿色的意识海进入轮回，在短时间内孕育出意识生命，开始像地球上的现实世界的先祖一样，在荒野当中播下文明的火种。

最终，因为在意识世界中可以违背大部分现实世界的物理规则，新生的意识生命很快创造了一个全新的文明国度。

到今天，这个国度在某些方面甚至已经远远超越了现实世界，只是他们所获得的成就，因为两个世界规则的不同，无法在现实世界展示或者复刻。

和古蜀人的灵魂交流耗费太多精力，我感觉一阵阵疲倦传来，赶紧退出了这种意识交流的状态。

这个时候我才发现，刚才尽管我感觉经历了数年的时光，可换成真实的时间，可能才几秒钟而已。

“创造之穴，可能是意识世界最神秘的地方，存在于意识海深处。被抹去记忆的新的意识，会通过创造之穴的转化，在意识海中生成，然后经过轮回进入意识世界新诞生的精神生命体中。但是穆里亚人的灵魂无法轮回，因为能够参与轮回的灵魂已经聚合成为伏羲古神。”秦峰在一旁说道。

“也就是说，意识世界中的所有智慧精神生命，都是古蜀人灵魂的后裔；这个世界建立起来的文明，和古蜀人有着不可磨灭的联系。并且我们头顶的海洋，并不是真实的海洋，而是整个世界的意识汇聚成的意识海？”我揉了揉有些发疼的眉心，说道。

“可以这么说，在意识世界当中，许多事不能以现实世界的眼光来衡量。这是一个充满了奇迹的地方，你甚至能在这个世界中体会到神灵般的力量，前提是你的意识足够强大。”秦峰带着一丝伤感说道。

“就如同你的父亲吗？”我问道。

“是的，我父亲的意志，恐怕快要赶上古蜀五神那个级别。他背负的东西太多，如果意志不够强大，可能早就崩溃了。”秦峰说道。

神龟带着我们来到创造之穴中央，这里是一个用水晶搭建而成的祭台。祭台之上，有一副五彩水晶棺材，长约四米，宽和高分别有一米五。

在五彩水晶棺材中，躺着一个五官比例几乎毫无瑕疵的女性。她身上没有任何饰品，只以不知名的兽皮遮住身体的关键部位。

如果不是她腰部以下是蛇尾的话，我几乎要以为躺在水晶棺中的，是天国中的仙女。

人首蛇身造型女性蛇侍，这还是我第一次看见……可敖雨泽略带惊恐的目光，让我很快反应过来，躺在五彩水晶棺中的不是什么蛇侍，很可能是传说中的大地之母女娲，神话里创造了人类以及炼石补天的上古圣人之一。

“这是女娲？怎么可能真的有女娲存在？”我有些紧张地说。

“可以说是，也可以说不是。毕竟，不管是伏羲还是女娲，其实早在数万年前就已经死去，在意识世界留下的，也不过是一点沉睡的真灵而已。只是，在意识世界当中，哪怕是没有实体的意识真灵，也可以具现化。”艾布尔唏嘘道。

我稍微放下心来，这里是纯意识世界，整个地球运转存放冗余的地方，就算有不合理之处，也是在这个世界内部不合理，并不会干涉现实。要接受它的神奇之处，比想象中还是要容易一点。

在这副水晶棺旁边，还有一副空着的棺材，棺材的盖子已经破碎，只留下棺材躺在祭台上。

几乎不用猜测，我也能明白，这副水晶棺中原本躺着的，应该是伏羲古神，这个有史以来最神秘的神灵。

在神话传说中，伏羲本身是一个引导了人类文明的人文始祖，这一点从伏羲古神所做的事也能证明一二。可神话里的伏羲并不是天上地下独一无二的至高神灵，神话里比伏羲强大的神灵比比皆是。

可实际上，伏羲古神很可能是这世上唯一的真神，就连古蜀五神，也不过是它的手下，其中又以巴蛇神为首。

像扶桑神树，本身也是伏羲所在的穆里亚文明中的最高生物技术的结晶，能在意识世界中具现化为神灵，也说得过去。

至于剩下的纵目神、蚕女神和太阳神鸟，相比之下要弱小许多，至少和巴蛇神以及扶桑神树相比，不在一个层次，因此存在感也更弱。

我从神龟背上跳下来，因为神龟的高度超过四米，我朝前冲出了两步才将惯性卸掉。

这也让我对意识世界感到更加惊讶，这个世界尽管是虚幻的，可对于现实世界一些规则的模拟，却到了以假乱真的地步，并且几乎完美地将我的体质力量投射到了意识世界当中，我并不能发挥比现实世界更强的力量。

按照秦峰的说法，除非我的潜意识认为自己能发挥出更强的力量，否则我的力量上限和现实世界基本一致，并不会因为身处意识世界，依靠意志力而获得超凡的力量。

其他人也从神龟背上跳下来。神龟在我们头顶盘旋了一圈，然后无声地朝上游动。这完全违背了现实世界中的重力规则，毕竟创造之穴内部并没有海水，是一个空荡荡的水晶大厅。

很快，神龟的身影渐渐变得透明，最后隐没在空气中，不知道是消失了还是到了其他地方。

“你所信仰的神不在了，你又要如何唤醒它？”我对艾布尔说道。

“神失去的只是自己的一副躯壳。我早就说过，它在创造之穴的深处沉睡，而这里，不过是创造之穴的表层而已。”

我看了看空荡荡的四周，这里除了中间的水晶祭台和两副水晶棺材外，唯一剩下的，只有周围晶壁上不时闪动的灵魂之火。

有不少灵魂之火，显得非常虚弱，似乎随时会熄灭。而这些灵魂之火所在的水晶，远不如其他水晶晶莹剔透，因此整个创造之穴内部，仔细看上去其实有不少斑驳的地方。

艾布尔盯着我说道：“你觉得，我们一直希望你来到此地，只是为了让你参观创造之穴的吗？”

“当然不是。”我和敖雨泽对视一眼，淡然说道，“我知道我和敖雨泽存在的意义，就是容器吧？神灵的意识容器。神创造了我们体内的金沙血脉，但是神哪里需要像凡人一样让自身的血脉繁衍生息？它们真正需要的，是在合适的时候，能够多一个容纳神灵意志的躯壳。”

“想不到你想得如此清楚。神灵的本源意识，就算降临现实世界，能起到的作用也十分有限。不管神灵在意识世界中如何强大，可光是凭意识的力量，破坏力还不如一枚子弹。因此神灵如果要降临的话，同样需要一具物质躯壳，但是神灵的意志毕竟和其他意识生物有本质的区别，除非是当年它留下的血脉后裔，否则躯壳无法承受神灵的强大意识，脑袋会第一时间爆掉。”

“其实对于这一点，很早之前我就和旺达释比讨论过了。世上没有平白无故的赠予，我们一直在怀疑，当初神灵赐给古蜀国的先祖如此强大同时还能长生的血脉，到底是为了什么？最后得出的结论只有一个，那就是在关键时刻，作为神灵降临的躯壳。”我冷笑道。

艾布尔似乎有些意外，盯着我看了一阵，缓缓说道：“看来旺达释比果然是一个极大的不稳定因素，不过幸好，他已经死了。”

想到已经化为蛇侍巫祭的旺达释比，我心中有怒气在升腾，最后又被生生压制下去，说道：“不过可惜，我身上的血脉在最初爆发的时候，就被抑制过一次，现在淡薄得并不比其他神灵的血脉更强。如此稀薄的血脉力量，你觉得真的能够容纳伏羲古神这样强大的神灵意志吗？”

“或许，我主最后根本用不上你的躯壳，毕竟我主的威能不是凡人能够想象的。它其实有更好的选择，直接降临到血脉后裔之上，不过这是我主降临现实最后的手段，是一种在不得已情况下的备选。”

“我还是不明白，穆里亚文明建造创造之穴的目的到底是什么。是想要将这里打造成文明的避难所，还是想要让整个文明得以升华？”敖雨泽问道。

“不知道你们有没有听说过一个名字，阿卡西记录……”艾布尔没有直接回答，而是反问道。

“阿卡西记录，又称为阿克夏记录（Akashic Records），是由梵语Akashic音译而来，意译为‘空间’或‘以太’、‘太虚’。它是一种不可知形态讯息的集合体，被编码储存在以太之中。换言之，就是一种非物理层次的存在，无法被知觉或体验。”敖雨泽说道，同时不解地问，“为什么突然提这个特殊记录，难道说，你认为阿卡西记录和意识世界也有关系？”

“阿卡西记录被认为是存在于一切存在被创造之前。我们的知识系统早就被记录在其中，被编码为一种共通的语言，只有少数能够进入超验状态的人才能加以捕捉。而这些能够进入超验状态的人，在现实世界有一个特定的称呼——通灵者，这样的人存在于宗教中，又被称为‘神使’，因为它们能够聆听‘神谕’。”艾布尔说道。

我心中微动，看着周围的晶壁，还有晶壁上闪烁的灵魂之火，说道：“凡是发展出高度哲学观的文明，如印度、中国，还有玛雅人、埃及人，都更加容易接受阿卡西记录，只是各自的名字不同而已。在中国，这种记录被称为‘无字天书’。穆里亚文明显然也是一个拥有高度哲学观的文明，他们肯定也知道阿卡西记录的本质，可他们没有找到这个记录到底在哪里，所以，他们想要创造一个类似的记录，而使用的手段，就是数以千万计的穆里亚人灵魂……这才是创造之穴的真相——穆里亚想要创造出属于自己文明的阿卡西记录！”

“真是敏锐到极点的思绪，我不过是提了一点，就能分析出这么多东西。实际上除了穆里亚文明之外，开创古蜀国的蚕丛王，在伏羲的帮助下，也曾试图用作为神文的巴蜀图语写出一本类似阿卡西记录这样包罗万象的神书来。这本书分为三个部分，被传承到杜宇王朝时期，杜宇王朝又是以金沙作为王宫所在，这本书在首次面世后被称为《金沙古卷》，实际上其成书的年代，远远早于鱼凫、杜宇等金沙王朝，确切地说应该叫《伏羲古卷》，或者说……《伏羲秘卦》！”艾布尔说道。

“阿卡西记录也被称为‘生命之书’，而穆里亚文明又是以生物技术见长，看来这个文明还真的和阿卡西记录有着某种剪不断的联系。《金沙古卷》中记载着不少关于长生的秘密，看来也和穆里亚文明的生物能知识分不开。”我感慨道。

“其实一直以来，你们都陷入了一个误区，认为我主的目的，是想要复活并降临现实。实际上，我主之所以会选择在穆里亚文明留下的创造之穴作为休眠之所，还有更重要的原因，那就是只有无尽的意识，才能保护我主不受时间侵蚀。”艾布尔突然说道。

“意识能够对抗时间？按照你的说法，这里有三千六百万灵魂之火，也就代表着有至少三千六百万不同的智慧生命意识。真要说起来，量变引起质变，或许这创造之穴真的会因此发生什么改变……”我说道。

创造之穴的本质，是穆里亚文明一直试图建造的文明避难所。从某种程度上说，穆里亚文明也算是成功了，毕竟穆里亚文明没有像前两个和第四个纪元的文明那样被彻底毁灭，反而留下了少量传承，更诞生了伏羲这样聚合了十几万穆里亚文明精英意识的神灵。

“其实当年的穆里亚文明在建造创造之穴之前，还掌握着一门技术——让全部的族人通过掌握植物能的通天神树的无形网络，使彼此的意识联系在一起，从而让整个文明获得升华。通天神树对于穆里亚文明来说，不仅仅是生物能的获得或储存那么简单，也是意识和信息的连接枢纽。后来伏羲古神的诞生，也和通天神树有密切的联系。”艾布尔说道。

“也就是说，是先有通天神树，后来才有伏羲古神的，只是伏羲在聚合了十几万穆里亚精英意识成为神灵之后，反过来‘点化’通天神树成为五神之一？”我不可置信地问。

“的确如此，穆里亚文明对植物能量的运用，超过了任何一个文明，而通天神树的存在，是整个穆里亚文明的基础。也正是因为通天神树被毁，穆里亚文明才会彻底崩溃，最后孤注一掷，十四万四千穆里亚文明的精英意识通过残破的通天神树连接在一起，放弃了自我和本我甚至全部的个体记忆，聚合升华为一个巨大的新意识生命体，也就是后来的伏羲古神。它是这个世界所有智慧生灵最伟大的存在，甚至有望让所有智慧生灵回归意识海后，实现真正的永生。”艾布尔对我们解释道。

我却有点不寒而栗。人之所以是人，除了智慧，更重要的是具有情感和行为准则。如果所有人都放弃了自我以及形成意识的基础记忆，那么剩下的，就只是一点本源的意识，这样的本源意识和一个智能程序相比也没有本质区别。

这样的永生，未免太过无聊了点，更是带着某种难以言说的冰冷和残酷。

其实在最开始的时候，不管是现实世界，还是意识世界，都是没有神灵的。古人的原始崇拜所信仰的只是规律或者说天道本身，而非真实客观的存在。神灵只是神话故事里拟人化的虚构形象，只是纯粹的图腾崇拜或精神投影，直到伏羲古神这个特例出现。

作为穆里亚文明十几万精英成员的意识聚合体，从伏羲古神诞生的那一刻起，由量变引起的质变，已经让它成为这个世界唯一或者说天生的神灵，哪怕它真正的威能，只能在意识世界之中显现。

可能正因为它的力量超过了这个世界容纳的极限，伏羲古神反而无法在世间直接降临，只能创造出五个低一阶的下位神作为其代言，也就是古蜀时期的五个神灵。

某些未知的特殊因素，让伏羲古神在上万年前，受到不可逆转的伤害，最后不得不选择在创造之穴的核心深处沉睡。

或许是它沉睡的时间太长，它创造的以巴蛇神为首的五个下位神，选择了背叛它。

不过伏羲古神的力量远不是古蜀五神能够小觑的。哪怕陷入沉睡，它也通过各种方法影响着古蜀国的文明进程，甚至帮助当时的蜀人建立起华夏历史上第一个正式的国家——蚕丛王朝，并留下了影响后世的《金沙古卷》。这个王朝的建立时间，比夏朝还要早一千多年。

“我能够感觉到，她要来了。”秦峰突然说道。

“谁？”我一愣，问道。

“我妹妹。我和她在这个世界中有血脉关系，哪怕这个世界本身是虚拟出来的，可我依然能够感觉到她在接近这里。”

“也是时候见一见我主选定的合作者了。没有她的帮助，我主很难从沉睡中苏醒。”艾布尔似乎并不担心，悠然说道。

似乎为了印证秦峰的话，很快，创造之穴的顶端，再次裂开一条缝隙，一个相貌和秦峰有几分相似的女孩，带着一个手持金色法杖的蛇侍，自创造之穴的穹顶缓缓飘落而下。

如果不是这个女孩身上的服装看着有几分现代的意味，这一幕几乎犹如仙人从天而降。

看着这个相貌和秦峰很像的女孩子，我感觉她的身上，有几分小叶子的影子，或许是她的意识在叶凌菲的身体中待了太久的缘故。

“秦怡？”我问道。

对方看了我一眼，微微点头。

“叶凌菲怎么样了？”

“放心，尽管是暂时和她在现实世界共用一具肉身，可如果她出了什么事，我就回不去现实世界了。”秦怡淡淡地说。

我稍稍放下心来，看到她背后站立着的蛇侍，猛然间想起，这蛇侍的样子，和当初旺达释比死后所化的蛇侍巫祭，几乎一模一样。

“旺达释比……”我轻声喊道，可对方没有任何反应。

“你还没搞清楚古蜀国巫祭的本质吗？他们身上本来就有蛇侍的血脉，你在意识空间中看到的，是旺达释比死后灵魂的本质形态。只是可惜，他给我们的计划造成了太多变数，将他的意志禁锢在蛇侍之躯中，也是对他的惩罚。”秦怡冷声说道。

我脸色微变，情不自禁地摸了摸胸口挂着的白色符石。从材质上讲，这枚符石或许只是普通的石头，真正让它具有神秘力量的是上面的细小红色符文。

符文是用巴蜀图语刻画成的，我如今认识的巴蜀图语字符已经有好几百个，对于石头上刻画的符文也有了一定的理解。

对于旺达释比临死前留给我的礼物，我曾无数次试图用自己的力量窥探符石隐藏的力量。尽管进展不大，我前段时间还是明白了符石的一些秘密，也对符石上刻着的字符代表的含义有了初步的猜测。

如果我没有理解错，这枚符石上的字符所代表的含义应该和时间有关。

巴蜀图语是一种神之文字，很可能是伏羲古神留下的属于穆里亚文明的文字变种。而作为一种象形的同时又有着立体意味的文字，每一个字符所代表的含义，远远超过单个汉字或者词组。

这也是目前的学者从普通的象形文字的角度去理解，无论如何也无法解读巴蜀图语的原因，也导致用巴蜀图语写成的《金沙古卷》迟迟没有被破译出来。

巴蜀图语中的字符，就像今天常见的二维码，表面看上去是无数杂乱无章的小方块和线条的组合，实际上很可能包含着数千字节的信息。

而旺达释比给我留下的这枚符石上的字符，除了代表最基本的“时间”概念外，还对时间本身做出了详细的阐述。

看着对我的呼唤完全没有反应的蛇侍巫祭，我怀疑动手杀死铁幕和真相派两大组织的首脑的，除了秦怡本人，还有眼前的蛇侍巫祭。

以旺达释比强大的巫祭身份来看，哪怕他死了，所拥有的力量也不是常人能比拟的。

不过他或许早就料到了这一点，在临死前，将他所拥有的最重要的一枚符石留给了我。

按照我的理解，旺达释比曾经拥有三枚符石，暗合羌族传说中天神留下三枚白色神石化为三座圣山镇压戈基魔兵的传说。

这里的“三”，也代表着三生万物的太极八卦的朴素哲学，同时每一枚符石也分别代表着不同的力量。

如果我的猜测没错，三枚符石很可能分别代表着时间、空间和物质。其中最重要也是仅存的一枚，就是我手中的这枚代表时间的符石。

这可能是古蜀文明中对于时间理解的最高成就，甚至比我祖上传下来的能够杀死神灵的戮神钉还要珍贵。

旺达释比的祖上，本来就是当年的古蜀国杜宇王朝的王族巫祭，知晓的秘密甚至比古蜀国的历任王族还要多，有这样的宝物传下来，也似乎说得过去。

我身上拥有古蜀国杜宇王朝的血脉，因为这血脉的缘故，我可能是除了旺达释比这一支巫祭传人外，唯一能够运用符石的人。叶凌菲作为旺达释比所在的巫祭家族最后的血脉后裔，很可能也有运用这枚符石的力量。来自意识世界的秦怡之所以选定叶凌菲作为降临的躯壳，恐怕也是和她的血脉来源有莫大的关系。

我看着秦怡冷漠的面孔，果然，自小在意识世界中长大的纯精神生命，根本没有人类的情感，不管做什么事情，都是从最理智的角度出发。

第二十五章

JINSHA ANCIENT SCROLLS

时间铁幕

“他还有恢复的可能吗？”我带着一丝希望问道。

“从他死后转化为蛇侍巫祭的那一刻开始，就没有了任何恢复的可能。”秦怡没有丝毫感情地说。

我的心无止境地沉下去。似乎看出了我心情不好，敖雨泽握住了我的手说道：“在现实世界死去的人，意识本身就会在短短几分钟内彻底消散。除非杀死他们的是特殊的能够吞噬灵魂的法器，比如当年张献忠就是用七杀碑中藏着的神龟壳来吸收被杀者的灵魂。所以就算她没有将旺达释比转化为蛇侍巫祭，他也不可能还保留清醒的灵魂进入意识世界中。”

我点了点头，敖雨泽所说没错，如果是正常死亡，人的意识和灵魂都会很快消散。旺达释比的生命本就走到了尽头，如果他的灵魂没有受到无尽的折磨，那么死亡对他来说未必不是一种解脱。

“你们的图谋，终于到了最后的时刻了吗？你舍弃了叶凌菲的躯壳，重新回到意识世界当中，也就是说，你在现实世界的事情已经办完了？”我问道。

秦怡淡淡一笑，冷漠地说：“可以这么说，所有关键人物的命运线都已经斩断。而你作为古蜀国王族最后的血脉后裔来到这里，我再继续待在现实世界，也不会有更大的收获。”

我的心微微一沉，这么说来，让我进入到意识世界之中，本身就是秦怡以及世界树组织计划中的一环。

“既然如此，你们让我和敖雨泽来到这里，到底想要我们做什么？”我问道。

“这里是意识世界，你的血脉起不到作用，但是所有的精神，是由物质决定的，你之所以是你，依然和你的血脉遗传有莫大的关系。我们的计划必须要你和敖雨泽参与，是因为其中一个很神圣的仪式，需要古蜀国王族的后裔来主持。”

“如果我们拒绝呢？对我们来说最可怕的结果无非是死亡，如果我们两个人的死，能够换回现实世界的安定，我也不介意当一回救世主什么的。”我冷笑道。

“你想得太天真了。”秦怡毫不在意地说道，“先不说在意识世界中你们是否能够自杀，就算你们马上死掉，也不会对计划本身有太大的影响，最多就是让那件事的到来稍微推迟几个月而已。两千年我们都等了，难道会在乎多等几个月吗？”

我盯着秦怡毫无感情波动的眼睛，尽管从她的眼睛里看不出任何情绪，但我还是能够判断她没有说谎。就算我和敖雨泽真的死去，对他们的图谋也不会有太大的改变。

“但终归能让现实世界多出几个月时间吧？”我不死心地说。

“恰恰相反，作为一个关键的‘观察者’，如果你死在意识世界当中，或许会加速现实世界的灭亡。我所说的浪费我们几个月时间，是指我们要多花几个月时间让现实世界恢复到可以让智慧生命生存的地步。”

“我的死亡会加速世界的灭亡？开什么玩笑……”我干笑道。

“她没有骗你。”秦峰带着一丝不自然说道。和他的妹妹秦怡相比，在现实世界生活了十几年的秦峰，明显要多一些感情。

“什么意思？”

“我想，你一定不知道你和敖雨泽所在的组织‘铁幕’这个名字的由来吧？”秦峰说道。

“铁幕，不就是希望关于古蜀国以及意识世界的秘密不被世人发现，从而引起不必要的麻烦，甚至影响到命运线和时间轴才以此得名的吗？”我说道。这在铁幕内部并不是太大的机密，大家都知道铁幕存在的目的就是掩盖住世界的真相，而和铁幕相反的真相派组织，一直致力于揭开世界的真相从而彻底消除隐患。

秦峰看向敖雨泽，淡淡地说：“你也这样认为吗？”

敖雨泽犹豫了一下，最后说道：“小康说的只是铁幕的目的之一。其实铁幕这个名字的真正由来，是因为时间铁幕，或者换一个说法，叫作‘时间壁障’。”

“时间铁幕？这是什么东西……”我好奇地问。

“时间铁幕是历史的惯性和因果相互纠缠组成的无形之‘墙’，因此也被称为时间壁障。从理论上说，时间壁障坚不可摧，是时间和空间的本源共同组成的全新物质。这种物质在现实世界是可见的，你也曾见到过它，那就是时光之沙。如果是在神话传说中，这东西还有一个名字，叫作‘混沌’。”

听到时光之沙这个熟悉的名字，我顿时想起当时将敖雨泽封印的古怪物质。当时我就奇怪，世界上怎么会有没有重量但是坚不可摧，同时能够凝固时间的东西，想不到这东西的来头，竟然是和世界起源有关的混沌。

“其实我们所处的世界，是无比脆弱的。作为宇宙中犹如一粒灰尘的地球，只要宇宙打个喷嚏，就有可能被瞬间毁灭。而时间铁幕的存在，从某种程度上说是在保护我们所处的世界，让这个世界的走向，始终在正常的范围内。如果世界的走向出现了偏差，尤其是这个世界中智慧生命带来的偏差，那么时间铁幕会自动纠正，形成一场浩大的文明劫难，让世界文明回到原点重新开始。”秦峰缓缓说道。

“也就是说，时间铁幕不仅仅是一种物质化的时间壁障，更可以看作是这个世界应该遵循的运行规律。用中国传统文化中的说法来说，时间铁幕就是源自混沌，代表着‘天道法则’本身，是中国传统文化中最为尊崇，连神灵也要尊崇敬畏的真正的‘天’。也正因为如此，时间铁幕一旦被打破，那么现实历史将发生不可逆转的剧变。这种剧变不会影响其他非智慧生命，但对智慧生命来说，却是一场史无前例的大灾难。而地球上的智慧生命只有一种，就是人类。”艾布尔补充说道。

我看向敖雨泽，见敖雨泽也微微点头，就明白秦峰和艾布尔没有必要在这个问题上撒谎。

原来所谓的“铁幕”，不仅是要封锁古蜀文明中涉及的世界真相，还代表着这个世界运转的正确方向和规律。

从本质上说，作为天道化身的世界运转法则，即便是神灵，面对它的时候，也会力不从心。

我终于明白过来为什么会有纯意识世界这样没有实体的精神空间存在了。

世界的错误冗余不断堆积，从物理层面上表现，地热的累积会产生地震火山海啸，将多余的能量通过破坏性的灾难释放出来。

在世界的精神层面，同样需要一个纯精神的空间来容纳错误。可这个纯精神的空间，总有一天会面临暗面的精神信息“溢出”的危险。如果只是单纯地“加固”这个精神世界，也只是如同治水采取“堵”的方法一样，会让这个世界在将来更加危险。

时间铁幕的存在，并非完全是物理层面的，所以在现实世界，看不到时间铁幕，最多只能看到用时光之沙凝聚的没有重量却坚不可摧的透明晶体。

而且即便将来人类的技术发展到一定程度，走出地球飞向宇宙，也不可能碰触时间铁幕的边界。因为时间铁幕本身就是没有边界的，人类这种智慧生命能达到的地方，就是它的边界。

对于这个世界的人类文明来说，时间铁幕的存在，是对文明的最大保护，同时也是文明发展的桎梏。因为文明发展有其特征，谁也不知道哪一天发展的方向就偏离了世界既定的“规律”，从而引发了时间铁幕的自我纠正机制，让文明陷入纪元大劫。

我想，在人类出现之前的前四次智慧文明，多多少少都对时间铁幕有一些了解，可能它们也一度想要摆脱世界铁幕的影响，可最后反而更快速地走向了灭亡。

这样的情况，已经重复了四次。而能够利用时间铁幕的规则漏洞的，恐怕只有第三个文明纪元的穆里亚文明。

他们所想到的办法，是在意识世界中建造“创造之穴”，试图以此来保存自身文明。

在意识世界内部，因为创造之穴的存在，让数以千万计的智慧生命的灵魂意识产生了聚合效应，让创造之穴更加稳定，从而得以存在更长的时间。

可能连穆里亚文明自身都没有想到，它们当中最优秀的十四万四千个个体的意识，最终也重新聚合，诞生了两个无比强大的意识生命——伏羲和女娲。

只是后来，女娲为了“补天”而死去，只剩下古神伏羲，并且伏羲本身也因为某件事受到极为沉重的伤害。

在意识世界中逐步完善的创造之穴，对于受伤的伏羲来说，或许是唯一能够让它安全栖身的地方，否则以它自身强大的意识力量，就连意识世界也未必能够容纳。直接在意识世界中养伤的话，很可能让整个意识世界加速崩溃。

意识世界存在的最重要的基石之一，就是有“观察者”的存在。如果这世上所有的观察者全部死亡，那么意识世界的生命周期也就走到尽头，会像文明的纪元一样，开启又一次循环。

和现实世界是智慧生命遭遇劫难不同，在意识世界，新的循环意味着意识世界的一切将被重置，整个意识世界将重新归于混沌状态。

这样的劫难是已经产生的纯精神生命无论如何都不能接受的，因此“观察者”的存在，对于意识世界里的精神生命来说是必需的条件。

观察者分为内外两种，外部观察者即存在于现实世界的智慧生命，比如知道意识世界存在的人类。而内部观察者，则处于意识世界当中，但自身不能是意识世界中土生土长的精神生命，只能来自外界。

对于这一点，意识世界中的纯精神生命体在伏羲古神影响下，应该无比清楚。外部的观察者他们无法完全掌控，而意识世界内部的观察者的来源，最早被盯上的是戈基人。

在伏羲古神的帮助下，利用戈基人处于智慧开化初期，介于人类和兽类之间的智力程度这一点，引导它们结成上古时期的“魔兵”，留下无数关于魔兵讨伐当时人类部族的传说。

戈基人后来在历史中彻底消失，历史学者都觉得是《羌戈大战》中所描述的那样，是被羌人灭族。作为一个曾给远古人类造成巨大破坏的战斗种族，即便消失了也不可能不留下痕迹。最大的可能，就是戈基人被灭绝后，意识或者说灵魂被集体吸纳进意识世界当中，被当成了秘密的“观察者”圈养起来。

但这些在史书中不会有任何记载。

人们永远不可能知道真正的历史，因为历史总是隐藏在铁幕之后。一代又一代的文明堆积，会让前一代的历史变得模糊。历史的书写者会改写前代历史美化自身，仅仅是一个表面的原因，更深沉的原因是，胜利者们或多或少知晓一个秘密——当所有人的潜意识都认为当初的历史就是如此的时候，那么，由于智慧生命的集体意识相互纠缠，最后有可能扭曲了时间线，当时的历史或许会变得就是如此……

这些书写的改变让一代又一代人对历史的认知出现了偏差。通过几千年的时间积累，产生了这样的果，所以才有当时的因，因和果由于这种群体潜意识的改变而出现微妙的变化。我们可以理解为这是某种基于群体性潜在认知的量子纠缠态，当无数种历史的可能支线汇聚到一起时，形成了沉淀下来的真正历史，而历史的真相却隐藏在时间铁幕之后。

时间铁幕不容掀开，因为一旦出现这样的情况，历史就有可能被改变，进而影响到现在的世界。

“我的生死和时间铁幕有关？是因为我当初解开敖雨泽的时光之沙封印的时候，我的血脉融入了时间铁幕当中？”我想起在梓潼五妇岭地下石窟中经历的一切，脸色一变，终于明白为什么我一个拥有金沙血脉，其他地方都非常普通的人的生死，会影响到那场对人类来说无比重大的劫难的到来了。

“是的，这个局在我们得知敖雨泽被时光之沙封印的时候，就开始布置。也正是那个时候，世界树组织才会不惜暴露自身的存在，出现在你们面前。不过幸好，到目前为止，一切都很完美。”艾布尔微笑着说道。

“时光之沙是古蜀人利用伏羲古神留下的方法，所窃取的一点微不足道的时间铁幕的碎片。当你的血脉融入时光之沙中，从某种程度上说你的血脉就成为时间铁幕的一部分。如果你现在死去或者失去意识，时间铁幕也会受到影响，尽管这影响微乎其微，可目前世界处于变局前夕的关键时间点，影响会被无限放大，从而引发雪崩般的连锁反应。到那个时候，世界会提前进入文明清洗的劫难，或许世界树上的任何动物植物都不会受到影响，但作为唯一智慧生命的人类，却死定了。”秦峰语气干涩地说。

“幸好在现实世界，想要世界一起毁灭的恐怖分子并不知道这一点，不然只需要一颗子弹，他们就能拉着全人类一起为我陪葬。”我苦笑着说道。

“这一点你可以放心，从你们走出五妇岭下的地下石窟开始，你的身边，随时都有人暗中保护。我们世界树组织尽管想让我主降临，可从来没有想过要因此而毁灭人类，毕竟我们也是人类的一部分。”艾布尔笑道。

“但是你们在做的事，最终的结果不也一样吗？让意识世界的纯意识生命入侵现实世界，最终一样会毁灭全人类吧？”我冷冷地说。

“不，那只会让部分人类的灵魂被替代，而且从比例上说，还不到百分之一。作为一个族群，人类不仅不会被毁灭，还有可能获得文明升华，从目前的纯科技文明，升华为科技和精神并重的新文明。玛雅预言中不也提到过，人类灭亡以后，会被新的精神文明所替代吗？而在这个全新的精神文明国度，我主将成为唯一的神灵。”

我张了张嘴，却说不出反驳的话来。的确，意识世界中的纯精神生命，其数量相对于人类庞大的人口基数来说，并不算多，哪怕全部入侵成功，也只可能造成不到一亿的人类灵魂“死亡”。

而这些死亡的人，也只是被纯精神生命占据了躯壳，依然以原本的身份继续生活下去。对于人类社会而言，或许这一点会有很大的影响，却还达不到让人类灭绝的程度。

但我心中还是萦绕着一阵隐隐的不安，总觉得事情不会这么简单。不管是意识世界中的生命，还是世界树组织，似乎都忽视或者故意隐瞒了某些关键信息，而这些关键信息会真正影响到伏羲古神降临后的世界。

“你们说的那个仪式需要我参与，可我为什么一定要配合你们？如果这个仪式完成了，那我肯定会成为现实世界中最大的罪人吧？”我深吸一口气，问道。

“你一定会配合我们，否则的话，你现实世界的所有亲人朋友，都会被优先选择为精神生命体降临的对象——你应该清楚，那意味着从此之后他们只剩下一具躯壳，他们的意识和灵魂，都会彻底消失，被新的精神生命替代。相反，如果你肯配合我们，我们可以保证避开这些人，毕竟意识世界真正需要的，只是数千万脑波契合的躯壳而已。除此之外，我们还能保证你和敖雨泽的安全，并且赐予你们真正的长生。”秦怡淡漠地说道。

我一下子犹豫了，这是一道无比艰难的选择题。如果在牺牲自己和拯救全世界中选，我会毫不犹豫地选择牺牲。可如果选择变成牺牲自己的亲人朋友还是几千万陌生人，尽管从理智上讲应该拯救占据多数的那几千万陌生人，可我怎么都下不了这个决心。

“我知道这个选择对于一个拥有情感的人来说十分残酷，但即使你不选，也不过是让这个结果的到来，延迟几个月而已。”秦怡似乎看出了我的犹豫，解释道。

“她在诈你，不要上当。”敖雨泽突然说道。

秦怡看了敖雨泽一眼，淡淡地说：“我没有必要骗你们，到了现在的地步，有没有你们的配合，对我们来说也就是迟几个月或早几个月的事情。我已经说过，这几个月时间，我们等得起。”

“可是为什么一定要让他做选择？他做出选择的话，不管结果是哪一种，他的后半生都会生活在愧疚中无法自拔……”敖雨泽带着怒气说道。

我正要说话，胸口传来一阵灼热，让我再度闭嘴。那是白色符石发出的热量。本来我以为到了意识世界中，符石失去了物质本体，只是一个装饰品，却没有想到它居然还会发出热量来提醒我即将面对的危险。

而且我似乎能隐隐听到一个声音，竟然是在要我答应对方的要求。那个声音无比熟悉，是旺达释比的声音。

我心中无比震惊，但表面上尽力保持着平静，不敢去看秦怡身后跟着的蛇侍巫祭，生怕被发现。

不过刻意压制的情绪应该瞒不过秦怡和艾布尔他们，好在他们都以为我在为选择挣扎，也没有太过在意，只是静静地看着我。

我仔细地倾听，那的确是旺达释比的声音，只是这声音其他人应该都听不见，似乎是旺达释比通过白色符石在传递自己的意志。

听了一阵，我终于明白过来，这不是眼前的蛇侍巫祭在和我对话，而是另一条时间线的旺达释比，在通过白色符石与我沟通。

按照旺达释比的说法，他和这个世界的命运线，并没有被完全斩断。秦怡当初为了对付铁幕和真相派的首领，不得不使用秘法将旺达释比转化为蛇侍巫祭。

尽管强大的蛇侍巫祭的确帮助她杀死了两大组织的首领，可命运线的神奇之处根本不是秦怡能够想象的，被杀死的两大组织首领所掌握的看透命运线的能力，竟然被已经死去的旺达释比继承了一部分。

这虽然不可能让死去的旺达释比复活，却让时间线发生了微妙的改变。尽管旺达释比在现实和意识世界中都不可能再度出现，可在时间线的夹缝中，他一直处于存在和不存在之间的状态，犹如那个著名的实验中的薛定谔猫。

前面我们已经分析得出结论，命运线的存在，是依附于时间的线性，而无数的命运线相互交织纠缠，最后形成的是一个立体的时间体系。我们常说时间如河，会一直奔流向前，如果能够在时光长河中进行回溯，就能穿越过去从而改变现在。

可实际上，在可见的未来，人类几乎不可能穿越时间的长河。

不仅仅是理论没有突破，哪怕是从能级上讲，目前人类对能量的利用还远远不到能够打通时空壁障的地步。

几十万年前，人类学会了用火，这是化学能的开端。到工业革命兴起，出现了蒸汽机，也不过是将煤炭的化学能转化为机械能。到第三次科技革命，人类掌握了电，可电的来源依然是化石燃料或者阳光、风力、潮汐等，并没有质的改变。

直到人类在二十世纪中期掌握了核能，才算是有了一个能量层级的跃升，从化学能过渡到原子能。就算燃烧全世界所有的核燃料，也未必能让空间破碎一寸，让光阴逆转一秒。要打破时间壁障，在目前的技术水平下，几乎是一个无解的难题，可能需要过几百年，甚至几千年，才有可能将能级的运用深入到空间的层面，然后才是时间。

我们唯一能影响的，就是未来，因为我们“现在”做出的每一个决定，在“未来”都会得到相应的改变。因此，影响未来并不需要高深的技术或者能量的运用，仅仅需要我们“想”要影响未来而已。

但在旺达释比临死前赠送给我的这枚符石上代表时间的字符里，所表达的某些模糊的含义却在表明，或许“思想”的力量，还不止于此。

至少现在，存在于另外一条时间线的旺达释比，能够通过这个字符和我短暂交流，哪怕这个字符在意识空间内并没有实体。

随着旺达释比的诉说，我渐渐安定下来，表面上却像是经历了一次痛苦的抉择，最后带着一丝愤怒对秦怡说道：“好的，我答应你们。你们事后甚至可以杀了我，但请给我的亲友留下一条活路。”

秦怡冷漠的脸上，终于绽放出一丝笑意，点头说道：“你的亲友都是普通人，对我们来说，他们的死活没有任何影响。我们不会为了几个普通人而影响大计。对于拥有绝对理智的纯精神生命来说，没有任何利益的事情，是不会为了泄愤去做的。”

“这个仪式是什么时候举行？”

“很快，我的父亲已经在安排这件事，当仪式的准备完成，就可以开始了。不过需要说明的是，这仪式分为两个部分，一部分是在意识世界内进行，另外一部分需要回到现实世界，并且需要在你们曾去过的五神地宫中进行。”

我想起自己曾和敖雨泽、明智轩去过的五神地宫。那个地方在二十世纪三十年代曾被军阀刘湘当作一个秘密研究基地，而且新中国成立后也曾有一个神秘的研究所研究里面的东西，直到七十年代末研究所才解散，并在地宫之上的地面上修建了一座精神病医院作为掩护。

甚至我们第一次看到能够沟通现实世界和意识世界的青铜之门，也是在五神地宫的深处。并且小叶子的父亲叶暮然，曾经掌握了古蜀王国最多秘密的人，也是死在五神地宫之中。

秦怡口中那个对整个意识世界来说重要的仪式，居然需要在现实世界的五神地宫中举行。如此看来，这个地宫中藏着的秘密，还在我们最初的预料之上。

秦怡带着我们走到创造之穴的中心位置，手轻轻一挥，无数灵魂之火生成的水晶如同潮水一般后退，露出中间一个有着长长水晶阶梯的洞口来。

艾布尔的脸上，露出无比庄严的神色来，口中念念有词，似乎在祈祷着什么。

在秦怡的带领下，我们开始朝下方的洞口走去，每一步都小心翼翼，生怕将脚下脆弱的水晶踩碎。每一枚水晶里，都存着一个穆里亚文明或古蜀文明的灵魂之火。

水晶通道并不算长，我仔细数了一下，一共是三百六十五个阶梯，这个数字应该是象征着一年的三百六十五天。

十几分钟后，我们就到了通道的尽头，在这里我看到了一个无比熟悉的东西，高度达到二三十米的青铜之门。

“这道门通向现实世界？”我问道。

“不，你仔细看，它和你曾见过的青铜之门，还是有细微的区别。”秦怡说道。

我带着疑惑仔细看去，这才发现，这道青铜之门的造型尽管和我们之前在五神地宫地底见到的无比神似，但在细节上却不一样。它上面所有古朴的花纹，方向和当时看到的青铜之门完全相反。

“这是青铜之门的镜像？”

“恰恰相反，这才是真正的青铜之门，你们之前在现实世界看到的只是它的投影。这扇门只是看上去像青铜材质，实际上，谁也不知道它到底是什么材料做的，而且坚固的程度，只有作为时间壁障的时光之沙能够媲美。不过最接近真实的说法是，这扇门很可能是某种空间壁障的具现，和时光之沙相对。”秦怡回答道。

“这扇门的背后是什么？”我望着巍峨耸立的青铜之门，带着一丝敬畏问。

“那是我主沉睡的地方。”艾布尔沉声说道，然后缓缓走上前去，吩咐世界树组织仅存的米特克兰和他一起分别按住了大门的两处凸起的纹路。

很快，青铜之门上生出古怪的吸力，两个人以肉眼可见的速度苍老起来。仅仅十几秒钟，艾布尔就从一个精神健硕的中年人，变成了一个白发苍苍满脸皱纹的老头。

更惨的是米特克兰，整个人因为苍老过度，在瞬间彻底死去，连灵魂之火都完全消散掉。

艾布尔将手从纹路上放开，苍老的面孔对着我们淡淡一笑说：“能够亲眼看到我主，就算是失去了大半生命，也值得。只是可惜了米特克兰，他对我主畏惧多过虔诚，没有经受住考验。”

他的话音刚落，青铜之门的中间位置，出现了一处凹陷。

艾布尔拿出先前的伏羲女娲交尾石像，将它放在凹陷的地方，青色的金属汁液流动着将整个石像包裹住，随后整道大门变得透明，最后只剩下一点淡青色的轮廓。

“亲爱的哥哥，我想我们的父亲，已经等待这个时刻太久了。”秦怡突然转过头来，对秦峰说道。

秦峰脸色带着一丝病态的苍白，没有理会秦怡，只是淡淡地说了一句：“我会帮助父亲完成他的心愿，但我也希望，你们最后放过含沙。”

“当然，我们没有必要为难一个普通人。不过，说起来哥哥你真是有趣，居然产生了和人类一样的感情，像我们这样的纯精神生命体，是不应该有感情这种低等情绪的。”

我们陆续通过半透明的青铜之门，进去之后发现，所有人竟然都悬浮在虚空之中，在我们脚下，是一个巨大的蓝色球体，球体上有无数光点在闪烁。不过这些光点有的十分集中，有的极为稀疏，在球体的不少区域，甚至一个光点都没有。

我顿时醒悟过来，这个蓝色球体就是现实世界的地球，而那些光点，并非地球上的灯光，而是人类的意识。没有光点的地方，也就是没有人类涉足或人烟极为稀少的南北两极，以及沙漠、海洋等区域。

而比这些光点都要醒目的，是一条巨大的长蛇状怪物，正盘旋在球体之下呼呼大睡。这一个人首蛇身的怪物，和之前遇到的巴蛇神不同的是，它并非上半身是人，只有头部像人类，其余完全是蛇身。

在它的头部之上，还长着两只龙角，它的双眼也是极度朝外鼓出，只是这时双眼是紧闭着的。

“这是伏羲古神的本体在意识世界中的具现投影……不愧是古往今来最强大的神灵，由穆里亚文明十几万精英的意识聚合形成。它陷入沉睡很可能根本不是因为受伤，而是它的存在，本身就超越了这个世界的基本规则。”敖雨泽惊呼道。

“是的，我主陷入沉睡的真正原因，并非受伤，而是因为它太强大了，受到天谴。这个世上除了天道本身，还有谁能够对我主造成威胁？”艾布尔用苍老的声音，骄傲地说道。

“也就是说，真正给世界带来毁灭危机的，其实并非时间壁障，而是伏羲古神自身。它的强大，让天道都无法容纳，为了消灭它，天道就只有连同所有的智慧生命一起消灭，否则的话，它会在还记得它的人们的意念中重生。”我恍然大悟，尽管伏羲古神引导了人类远古时期的文明，可它自身的存在，也依赖于数十亿人类的意志。

不是每个人都知道伏羲古神的存在，可在所有人的祖先的记忆当中，都有着这个曾统治世界的神灵的久远记忆。这些记忆随着人类的繁衍被深深烙印在基因的最深处，人类没有任何知觉，却并不影响伏羲古神依靠这些记忆来维持自身的存在。

从某种程度上说，伏羲古神是以此来绑架了所有人和它在一条战车上，如果天道想要彻底消灭伏羲古神，就不得不连同所有的人类一起消灭，这也是人类面对的大灾难的直接来源。这是比意识世界的精神生命直接入侵还要恐怖的灾难，是真正的文明纪元大劫。

当然，这样的灾难，比起整个世界的时间和空间完全破灭，重新归于混沌来说，又要稍微轻微一点。可不管是哪一种，对于人类来说，都是一场无从解开的死局。

这个时候，从地球的投影之上，一个巨大的光点朝我们飞过来。等那个光点到了我们眼前，我才发现，那是一个全身包裹在光焰之中的中年人。

中年人和之前我们见到的秦振豪有几分相似，更像是年长后的秦峰，只是身上带着浓厚的上位者的威严。

之前在路上我听秦峰提起过，他的父亲，名字叫作秦振蜀。一开始秦振蜀并不叫这个名字，直到他成为意识世界中的智慧精神生命的统治者，才改成现在的名字。

几乎不用细想，我也能从这个名字中明白秦峰的父亲要想做什么，他希望在现实世界再造一个古蜀国。

或许是保持着这样的念想，秦振蜀身上的服饰显得十分古怪，和现代服饰有几分相似，却带着古蜀时期的独特花纹，头上还戴着金带制成的简易王冠，金带上是一支长箭反复四次穿透鱼和某种鸟类的形象——应该是象征着鱼凫以及一年四季的光阴。

第二十六章

JINSHA ANCIENT SCROLLS

最后的仪式

“你终于回来了。”秦振蜀对着秦峰说道。

“是的……父亲。但我怎么都没有想到，我们会以这样的方式见面。”

“没关系，等这个仪式完成，意识世界入侵现实就成为不可逆转的历史真实。那个时候的我们，就能和你之前一样，拥有真正的肉身，能够触碰真实的世界。”

“我是说，我没有想到你会以我心爱的女人的性命作为威胁手段，逼迫我带着自己的好友来见你。”秦峰冷冷地说。

秦振蜀冷哼一声，没有回答，而是转过头对着我说：“你虽然只在几个月前见过我一次，可我对你，已经关注许久了。”

我知道他说的几个月前见过一次，指的是在蛇神殿的时候，他阻挡了自己的弟弟秦振豪带着神躯进入意识世界。那个时候的他，表现出极为强大的能力。至少在意识世界当中，他有着翻天倒海和神灵无异的力量，只是这力量无法带入现实世界中。

比如现在，他能够轻松地飞天遁地，可这在现实世界中是无论如何也做不到的。就连当年的巴蛇神留下的肉身，也是一条无比巨大的蛇而已，除了更坚实的身体和庞大的力气，没有任何超自然的力量。

“那我是不是应该感到荣幸？”我反问道。

“不需要，你只需要配合我完成最后的仪式就行。”秦振蜀淡淡地说，手一挥，一只数十米大小的乌龟凭空出现，正是最初接引我们进入创造之穴的神龟。

“你们叫它神龟，这并不妥当。它是当年以龟背上的纹路指引了伏羲发明八卦的灵龟。这个世界最深处的秘密，就刻在它的龟甲上。”秦振蜀说道。

我看着飘浮在我们眼前的灵龟，没有从它的眸子中发现一星半点的灵气。相反，灵龟的眼神暗淡无光，犹如行尸走肉。

不过，如果是真正有灵的灵龟，肯定不可能被秦振蜀这样简单地挥之即来。

“当然，灵龟在数万年前，其实已经死去，包括它的精神意志也是如此。不然它的龟甲，也不会被封印在一块特殊的石头里。那块石头你们都见过，被张献忠刻成了七杀碑，更是利用了灵龟的力量，吸收了三百多万被屠杀的冤魂。”秦振蜀继续说道。

他开始抛出一件又一件器物。我仔细看去，这些器物都是青铜铸造，有的部件还镶嵌着黄金，分别象征着古蜀五神的造型。

这明显是五件强大的祭器，上面萦绕的神力，即使远远看着它们，都能感觉得到。

“古蜀五神，除了世界树是早就存在的，其他四个都是伏羲古神创造出来的高级意识生命。但是它们直到死也不知道，当年伏羲古神创造它们的目的，就是为了今天。”秦怡看着忙碌的父亲，说道。

此时的秦振蜀，正一丝不苟地在灵龟的背甲上刻画极为繁复的法阵。这些法阵中包含无数巴蜀图语符文，看上去十分神秘，同时拥有极强的力量波动，将五件祭器的力量串联在一起，更是镇压着祭器中的反抗之力。

“每一件祭器之中，都有古蜀五神的真灵存在，对于所谓的神来说，这就是它们最本质的神性和灵魂。不过还要感谢你们，上次在蛇神殿的时候，是你们逼出了巴蛇神的真灵，要不然这五件祭器，会缺失最关键的部分。”秦怡继续说道。

我的脸色顿时变得不好看。当时在黑竹沟，尽管我们都感觉到，似乎有一只手在引导我们一步步前进，最后进入蛇神殿，在那里消灭了秦振蜀的弟弟秦振豪，却怎么都没有想到，这个过程居然本身就是秦振蜀的阴谋。

为了恢复古蜀文明，他甚至不惜杀死自己的亲弟弟，半点犹豫都没有。

这让我不禁对秦振豪有些同情。这个人被自己的哥哥派到现实世界，尽管有自己的打算，最后却在自己哥哥的算计下身死魂灭，成为秦振蜀完成图谋的垫脚石。

当然，我和敖雨泽也好不了多少。一直以来我们被幕后的黑手推动着朝前走，现在看来，这一切早就被秦振蜀预料到，甚至一直有意无意地“帮助”我们。

很快，要举行的仪式准备好了，秦振蜀飞到我和敖雨泽身前，淡淡地说：“现在轮到你们几个了。”

我注意到他说的“你们几个”，而不是“你们两个”。果然，我身后的秦峰和秦怡，也迈步朝前，走到了灵龟背甲上。

“我很想知道，你到底想要干什么？难道说在这里举行仪式，就能够唤醒伏羲古神？”我望着盘旋在地球投影下呼呼大睡的伏羲古神，疑惑地问。

“这一点，你们很快就能知道了。”秦振蜀诡笑道。

我原本还想犹豫，可胸口的白色符石，再度传来旺达释比的声音。

这声音只有我能够听见，就如同我和敖雨泽在短距离内的心灵相通一样，完全是意识之间的交流。就算是秦振蜀这样的意识世界中的最强者，也没有看出破绽。

如果不是旺达释比在与我交流，这个时候的我，绝对不会完全跟着秦振蜀的节奏走，哪怕是拼一下然后死去，也比完全依照他的安排要强。

带着对旺达释比的信任和一丝忐忑，我和敖雨泽一起走上灵龟的龟壳，和秦峰、秦怡一起，四个人分别占据了龟背上的一个方位。

这个时候我们才注意到，秦振蜀拿出来的五件祭器，同样占据四个方位，剩下一件青铜神树的祭器，放在最中间的位置。

如此一来，四件祭器和四个人，相当于占据了八个方位，每个人之间隔着一件祭器，八个方位加起来，正好和八卦对应。

秦振蜀飞到灵龟之上，站在了最中间的青铜神树祭器之上。那个位置，原本是青铜神树的顶端放置金色太阳果实的地方。

艾布尔这个时候已经退到了一旁。已经变得无比苍老的他，现在像一个多余的孤独老人，眼睁睁地看着这一切，脸上却带着一抹虔诚的笑意。

秦振蜀主持的仪式终于开始了。原本我以为这是十分秘密的仪式，所以他才没有带更多的人进来。可等到仪式发动，我的意识似乎也跟着一起在四周的空间里遨游。

意识如同长了翅膀快速飞行，很快突破了我们目前所处的空间，穿过创造之穴及上面的绿色意识海，到了意识空间的其他区域。

这个时候我才“看见”，在离意识海不远的陆地上，正举行一个盛大无比的祭祀活动。密密麻麻的人群，至少有数百万人，正朝一个四角金字塔的祭祀台涌去。让我感到恐惧的是，穿着青铜铸造带着符文的盔甲的士兵，正用手中的武器逼迫无数登上金字塔的平民，跳入金字塔顶端一个黑色的旋涡当中。

这些平民有的穿着奢华，有的衣衫褴褛，从身形和气色看，应该是各个阶层的人都有，只是人种上以东亚的黄色人种居多。

而出现在金字塔顶端的黑色旋涡，看起来直径有十几米，里面翻滚着黑色的浓雾。或是主动，或是被推攘着跳进去的平民，都很快被黑色雾气缠绕，随后血肉被腐蚀一空，最后连骨骼也化为飞灰，成为黑色浓雾的一部分。

无数带着血泪的人脸尖叫着在雾气中翻滚，想要爬出这巨大的旋涡，很快被下面伸出的无数惨白的手臂拖了下去。看到这一切的平民尖叫哭泣着挣扎后退，穿着青铜盔甲的士兵毫不留情地用手中的长戈穿透他们的身体，然后将流血抽搐的尸体挑落到旋涡当中。

尽管我知道这是意识世界，所有的身体甚至物质都是虚幻，但这样的情形，还是让我心中淤积的愤怒无从宣泄，想要大喊大叫阻止士兵的暴行，却无济于事。

飞行的意识被带动着也扎入黑色的旋涡当中，我几乎能感知到周围无数被腐蚀了一半变得黏稠的尸体彼此碰撞，数以万计的冤魂在耳边不停哭号，被下方一个不停膨胀的光球吸收，变为这个光球的一部分。

意识继续下沉，这个时候我看到，这个光球形如一个巨大的蛋壳，蛋壳散发着淡绿色的光芒，里面似乎正孕育着某种强大的生灵。在光球最下方有一条如同脐带的光带，连接的是无尽的虚空。

虚空的另一头，赫然是我们之前到过的创造之穴。

创造之穴吸收了光带中的灵魂力量和无穷的怨念，原本暗淡的部分水晶，这时也亮了起来。

很快，所有的水晶缓缓飘浮到半空中，离开原本的位置。周围的海水也被诡异的力量逼到一边，在海底留出巨大的空洞。

带着灵魂之火的水晶汇聚成一片片巨大的鳞片，朝伏羲古神的神躯飘了过去。

无数的灵魂经过光球的净化，连同创造之穴的灵魂水晶一起融入伏羲古神的神躯之中。人面蛇身的神躯不停地膨胀，最后连边界都无法全部看清。

大概是感觉到我想要确切地知道伏羲古神的神躯长度，我脑子中传来旺达释比的声音："伏羲古神拥有多个人首蛇身的化身，其中一个就是被称为烛九阴的烛龙。相传烛龙睁眼为昼，闭眼为夜，吸气为夏，呼气为冬，是掌控空间和时间的神灵，身长可以达到四千公里。"

不知道过了多久，已经膨胀到占据整个视野的神躯头颅，缓缓睁开了如山峦般巨大的双眼。这个时候我才看清，伏羲古神的双眼并非左右并排，而是上下排列的，这也让这占据了整个视野的头颅看上去更加狰狞可怕。

上下排列的双眼极度朝外鼓出，正印证了古籍中记载烛龙"直目正乘"的说法。由此看来，眼前的伏羲古神的神躯，的确和传说中的烛龙有莫大的关系。

而随着伏羲古神缓缓睁开巨大的双目，周围的空间，也似乎亮了起来，符合烛龙"睁眼为昼"的说法。

可接下来，周围的空间似乎一下子变得朦胧。我顿时反应过来，这里所说的烛龙睁眼和闭眼即为白天和黑夜的说法，其实另有所指。白天和黑夜，并不仅仅指日照不同形成的光亮度变化，在古蜀文明中，更多的是一种象征意义。

古蜀文明经常使用一些象征物，比如四只单足金乌，象征一年四季，十二道旋转的光线象征太阳以及一年的十二个月，这二者构成了金沙太阳神鸟图案。

因此，涉及伏羲古神的化身烛龙，其白天和黑夜的描述，也并非单纯是指时间的变化，更是指现实世界和其暗面的意识世界。

现在我已经明白过来，意识世界的本质，其实是我们所处的世界的暗面，只是这暗面是千万年来所有智慧生命的意识投影，借助了地球上的特殊磁场所形成的。

原本作为世界暗面的意识世界，是没有任何掌控者的，是一种超然于智慧生命之外的客观存在，即便哪一天突然不在了，也不会对这个世界有任何影响。

可是伏羲古神的出现，打破了这个规律。它作为穆里亚文明十四万四千名精英意识共同聚合形成的有史以来最强大的纯意识生命体，已经因量变引发质变，达到一个此前任何文明都未曾涉足甚至想象过的高度。这完全是另外一种高级的生命形式，在这意识世界当中，几乎和神灵无异。

因此，它自动成为意识世界某种程度上的掌控者。这就如同将意识世界比作一家公司，之前意识世界的土著居民，尽管也有和人类差不多的智慧，可都是这家公司的普通员工，是为意识世界打工的。

而伏羲古神自诞生那一天起，因为自身资本雄厚，趁着意识世界的虚弱期强行入股，成为意识世界的股东之一，掌握了一定的话语权，甚至能够在一定程度上掌控两个世界的连接。

睁眼为昼，闭眼为夜，实际上是指伏羲古神睁开眼的时候，其精神投影会“跃迁”到现实世界。

果然，周围的景物旋转着不停变幻，最后渐渐稳固下来。我猛然间清醒过来，这才发现自己躺在地下城的迷宫之中，背靠着已经长大到七八米直径的通天神树，头顶还有一个半枯萎的花苞连接着树干。

这个时候的神树，已经枯萎了一半，似乎将我们几个送入到意识世界，已经耗尽了它自身储备的生物能量。或者是意识世界中那个举行的仪式，也要消耗它的能量。

敖雨泽也醒了过来，接着是秦峰和艾布尔，而米特克兰和最后一个世界树组织的精锐，却再也没有醒过来。

艾布尔的身体尽管还保持着进入意识世界之前的状态，可我们能明显地看出，他的行动变得如同老人一样迟缓，眼睛也变得浑浊，没有太多皱纹的皮肤上，甚至出现了老年斑。

他在意识世界当中，为了开启青铜之门而被消耗了大量的生命力，当他再度回到现实世界，被消耗的生命力也永久地消失了。这和当初阿华在蛇神殿失去一条手臂，回到现实世界那条手臂很快枯萎的状态几乎一模一样。

“我们，回到现实世界了？”敖雨泽有些不可置信地问。

我点点头，看了看四周，发现和我们进入意识世界之前相比，除了通天神树外几乎没有任何变化。

“先出去再说，我想，很快就有人来接应我们。”我说道。

在意识世界中的“仪式”，应该已经完成了。如果秦振蜀想要进行下一步计划，就必须在现实世界进行这场仪式的下半部分。

我想起在意识世界中看到的令人战栗的情形，数以百万计的平民被迫跳入那个黑色旋涡。如果说现实世界中也要进行类似的仪式，那么是否也意味着有数百万人会被屠杀？

似乎感知到我心中的恐惧，敖雨泽握住我的手说："那一幕我也看到了，不过我觉得，你担心的事情应该不会发生，因为这件事，在三百多年前，就已经发生过一次了。"

三百多年前……我顿时反应过来，脱口而出："你是指张献忠在蜀地杀死的几百万人。"

"是的，这个仪式需要数百万祭品，其实现实世界的仪式，早就有人做了。秦振蜀需要我们完成的，是这个仪式的最后部分。"敖雨泽声音带着一丝苦涩说道。

我稍稍放心。如果说这场屠杀在几百年前就已经完成，尽管在当年是无比残酷的事情，可对现代人来说，毕竟过去了几百年。

相比于人类大多不到百岁的寿命，发生在三百多年前的屠杀，是太过久远的事情。如此久远的时间跨度，对于今天的我们来说就算死亡再多的人，也只是一个冷冰冰的数字，并不会造成太多的情绪波动。

"她说得没错，需要在现实世界进行的屠杀，已经有人帮父亲完成。毕竟，连我叔叔秦振豪都能通过意识投射回溯时间，影响三十年代长寿村村民的记忆认知，而我父亲的力量造成的影响，会更加深远。并且，连我自己都不知道，父亲到底在意识世界中活了多少年。"秦峰说道。

我有些沉默，却不得不认同秦峰的话。

在蛇神殿的时候，秦振豪控制了巴蛇神留在蛇神殿的真灵，可以说强大得不可一世，最后却被自己的亲哥哥利用两个世界落差而重伤，最后被杀死。由此也可以看出秦振蜀的力量，远在秦振豪之上。

我们原本打算沿着来时的道路，退出迷宫，却不料迷宫被生长的世界树毁掉后，竟然出现了一条新的通道，这条通道通向之前我们在里面前行了许久的远古隧道。

穆里亚文明在世界各地都曾留下远古遗迹，其中保存得最完整的，就是北美地区的古隧道和地下城。古隧道最早修建于数万年前，当时的穆里亚文明一开始试图通过修建地下城来规避文明纪元大劫，最后发现这条路走不通，才开始在意识世界中建造创造之穴。

估计连穆里亚文明最睿智的圣者都不知道，他们的举动，导致了伏羲古神的诞生，深深影响了隔了一个纪元的第五纪文明，即今天的情感文明。

而在先前秦振蜀主持的仪式下，穆里亚文明建造的创造之穴已经全部融入伏羲古神的神躯之上，成为覆盖在其鳞片上的装饰品。可以说，穆里亚文明还残留的完整遗迹，就只剩下这条古隧道了。

古隧道和我们之前进入的隧道应该是连通的，至少我们在其中前行了两个多小时之后，听到了人声。

从嘈杂的声音来看，来的人应该不少，而且应该大都是武装人员。我们熄灭了电筒，对方几乎是同时发现了我们，先是让我们不许动，接着一梭子弹毫不留情地打过来，在古隧道中火花四溅。

不过对方应该没有伤人的意思，这些子弹都打在离我们还有一米远的地方，最多是吓了大家一跳。

我们正要反击，却听到一个咋咋呼呼十分熟悉的声音。带着一丝疑惑，我喊道："明智轩？"

对面顿时安静下来，好半天才传来明智轩惊喜的声音："小康，是你？"

十几个人从岩石后面现身。大家重新将电筒打开，这才发现，带队的不是我们想象中的世界树组织首领克罗克特，甚至里面根本没有世界树的人，而是明智轩和肖蝶！

"怎么会是你们？"不仅是我，就连一向冷静的敖雨泽，也十分吃惊地问。

"怎么就不能是我们？"明智轩嘚瑟地笑道。当他看向一旁的艾布尔的时候，却脸色一沉，说道："这个老家伙还没有死吗？我觉得，可以让他去见他的兄长了。"

艾布尔冷冷地看了他一眼，淡淡地说："如果不是我给你们提供情报，你觉得你们能够攻入世界树组织的总部，杀死我哥哥？"

明智轩一愣，似乎没想到这个结果，好半天才不可置信地说道："你就是那个给我们提供消息的人？怎么可能，世界树组织被围剿，对你有什么好处？"

"对我有没有好处不重要，重要的是只要对我主的复生和降临有好处就行。至于那些伪信者，即便是我的父亲和哥哥，在我主面前，又算什么呢？"艾布尔淡漠地说。

我摇摇头，这个家伙对伏羲古神的信仰无比虔诚，已经到了走火入魔的地步，并且他现在的样子，越来越像意识世界中的纯精神生命体，似乎人类的感情，正逐渐离他而去。

这也让我开始大为警惕。难道说在意识世界中待久了，或者说只要信仰伏羲古神，其灵魂和意识就会被改造，然后变得和纯精神生命体一样失去感情吗？

"又是一个被洗脑的疯子。"肖蝶说道，就不再理会他，朝我和敖雨泽走过来。

当肖蝶的目光扫向我们的手腕和脚腕的位置时，脸色微变，低声朝对讲机吩咐了几句。很快，真相派的成员带着一个看上去十分古怪的仪器走了过来。

"你们手脚上戴着的是世界树组织生产的一种微型炸弹，威力很大。"肖蝶脸色异常严肃地说。

她旁边的真相派成员启动了手里的仪器，仪器蓝色的指示灯亮起，发出细微的嗡鸣声。肖蝶稍微松了一口气，说："还好，这仪器能够暂时屏蔽镯子内的信号，现在可以拆除它了。”

肖蝶话音未落，几名真相派成员立刻用精密的工具，开始拆解我们手脚上的镯子。只不过十来分钟，这些可能随时要我们命的玩意儿就被拆除下来，然后被肖蝶的手下封存起来。

“看来我们不在国内的这些日子，发生了很多事。”我活动着为了配合拆除微型炸弹而不敢动弹变得僵硬的手脚，说道。

肖蝶点点头，说：“回去再慢慢讲给你们听。现在虽说是我们占了上风，但也是暂时的。真正的战场，并不在这里。”

“你不会是想说在意识世界里面吧？”我苦笑着说。

肖蝶诧异地看了我一眼，说道：“你千万别告诉我，你们刚从那地方出来。”

见我们和敖雨泽都沉默不语，肖蝶拍拍脑袋，喃喃说道：“这下完了，看来那个仪式已经发动了，我们剩下的时间，可不多了。”

不等我继续追问他们来到这里的细节，明智轩已经开始叽里呱啦地向我们述说他们的战绩。

原来，铁幕和真相派失去首领后，被世界树组织压着打。可是不久前，作为协调人的占据了叶凌菲身体的秦怡，突然失去了意识，等她再度醒过来后，叶凌菲变回了自己。

我和敖雨泽知道这是秦怡回到意识世界的缘故，却没有想到叶凌菲居然这么快就夺回了身体的控制权。

而真相派五十四个首领中极为神秘的黑桃皇后，竟然就是叶凌菲自己。前些日子，黑桃皇后之所以跳出来，唆使黑桃一系的手下叛变，争夺真相派权力，派出黑桃J袭击我和敖雨泽，是因为在那个时候，叶凌菲被秦怡占据了躯壳。

当叶凌菲恢复意识之后，自然就连同肖蝶以及“小王”一起，重新让真相派恢复了秩序，再联合谭欣然和明智轩一起说服了铁幕的几个元老，两大组织完全结盟，最终将世界树组织在国内的势力清理一空。

之所以这么顺利，都要感谢一个潜藏在世界树组织中的神秘人留下的线索和情报。他们按照情报的指示，在一天前攻入世界树组织的美洲总部，当场杀死了世界树组织的大部分首脑人物，其中就包括艾布尔的哥哥克罗克特。

或许是为了等待艾布尔和我们几个的好消息，世界树组织的首脑，包括其他几个圣子，在那处庄园中聚集，却被一场离奇的爆炸炸死大半，失去指挥的庄园很快就被真相派和铁幕的武装人员攻破。

明智轩他们还在庄园的一处地下室中，发现了世界树组织的创立者，艾布尔和克罗克特的父亲老爱华德。

让他们都觉得惊惧的是，老爱华德或许是年纪太大的缘故，为了续命，居然将自己的身体和一株世界树的残枝融合，变成了真正的“植物人”。尽管他还保持着人类的思维，可身体像大树一样无法动弹，只能靠大树的根须吸收地下的养分为木质化的身体提供营养。

他们在老爱华德待过的地下室，还发现了不少来自东方道家的典籍和器物，且有人居住的痕迹。很显然，照顾老爱华德的，应该就是那个无比神秘的张道士。

只是张道士十分机警，在他们攻入庄园之前，已经提前逃走，或许还带走了一些只有老爱华德才知晓的关键资料。

“我们在那处地下室找到了青铜神树的一截残枝，但是没有找到当年落在老爱华德手里的《金沙古卷》，我想很可能是被张道士带走了。”最后，明智轩耸耸肩说道。

“老爱华德呢？”我问道。

“很遗憾，我们进入老爱华德所处的地下室的时候，他就已经死了。我猜应该是张道士下的手，他破坏了给老爱华德头部输送养分的几条根须，老爱华德是被‘饿死’的。”

我看了一眼艾布尔，毕竟那是他的父亲。

可艾布尔对此似乎并不伤心，只淡淡地说：“不用看我。我对父亲没有太多好感，因为这一切，都是他自找的。我早说过融合世界树的残枝还不如让灵魂进入创造之穴，可惜父亲从来没有听过我的，这也是我选择让世界树被毁灭的原因之一。毕竟，事情进展到了这一步，有没有这个组织对于我主来说都无所谓了。”

这让我有些不寒而栗，对于纯精神生命体的没有感情的做事标准，又有了新的认知。

明智轩不怀好意地看着艾布尔，枪口有意无意地指向他，笑道：“这个家伙很淡定嘛，不过，现在可不是你说了算。”

肖蝶阻止了他，淡淡地说：“不管他在意识世界中干了什么，我们攻破世界树组织，他是帮了大忙的。”

“我这样做的目的，我想你们应该能够想到，所以也无须感谢我。”艾布尔对我和敖雨泽说道。

我之前还在奇怪，他为何要出卖自己的父亲兄弟以及待了一辈子的世界树组织，这个时候听他这样一说，我的脑子里闪过一个词语——命运线！

不管是对伏羲古神还是对秦振蜀来说，他们目前进行的仪式，都需要一个前提，那就是斩断过往的命运线，为了这个目的，他们不惜杀死所有能够看透命运线的奇人异士。

或许会有所遗漏，可斩断的命运线越多，对那个仪式的影响就越小。艾布尔是知道这一点的，并且作为一个虔诚的信徒，他甚至有可能得到过“神启”，有可能伏羲古神直接通过神谕的方式给了他相应的指令。

世界树组织是崇拜伏羲古神的准宗教组织，也因此和伏羲古神的牵扯太多，有太多的命运线相互交织。而伏羲古神的复苏乃至降临，会受到命运线的影响，那么斩断自身和这个组织的联系，就成为一条必经之路。

甚至这些虔诚的信徒死亡后，其灵魂意识还有可能被伏羲古神引导进入意识世界中，成为其继续壮大的养分。

艾布尔无疑是明白这一点的，甚至他心底可能打定了主意，在仪式接近结束时，他自己也要死去，才能彻底了结因果。对于虔诚的信徒来说，这样的举动不仅不是神灵的冷酷，反而是最崇高无私的献祭。

“我总感觉这个家伙不怀好意，攻破世界树组织的总部太过容易了，肖蝶你为什么就是不相信我呢？”明智轩抱怨道。

“不是不相信你，而是现在掉转枪口对付盟友的话，太令人寒心了。”肖蝶叹了口气说。

“盟友？这个词我可承担不起。你是想接收世界树组织的残余势力吧？毕竟世界树经营了这么多年，不说庞大的财力，光是秘密研究所的研究成果，就足以引起所有知情者的觊觎了。”艾布尔冷静地说。

“世界都在濒临毁灭的前夕了，那些身外之物，要来干什么？”肖蝶不屑地说。

艾布尔顿时住嘴，作为知情人，对于这个世界的走向，谁也不敢保证一定会按照自己的设想发展。

不管是伏羲古神，还是秦振蜀，他们的计划看似完美，但是不到最后一刻，谁也说不清楚世界的走向到底会怎样。

毕竟这件事涉及世界的暗面以及不同的时间线，只要稍不注意，就有可能引发时间线的紊乱，让世界走向彻底毁灭的深渊。而这样的结果，不管是伏羲古神还是秦振蜀，都无法承受。

如果我是一个和精神生命体一样没有感情处于绝对冷静状态的人，那么可能会利用这一点——与其等待人类的情感文明走向终结，还不如以拉着整个世界陪葬作为威胁，让人类文明保留一口元气。

可我的心态并不比普通人强太多，狠不下这个心，或者说没有如此坚定的意志，以几十亿人的生命作为赌注。

而面对伏羲古神和秦振蜀这样的高级生命体，哪怕是一星半点的犹豫，也会失去全部机会，这条路对我来说根本走不通。

我们返回地面后，以最快的速度赶到最近的机场，乘坐包机返回国内。而在美洲继续追杀世界树残余分子的事情，则由真相派的“小王”带领人来接手。

对于锋芒正盛的两大组织来说，包机回国只是一件微不足道的小事。可我却是第一次乘坐这样的专机，飞机上面除了乘务人员外，一共就十几个人，显得十分空旷，因此让我感到分外新奇。

说起来我们离开国内已经好几个月了，而大部分的时间，都耗在了海上。当时逃离国内是因为铁幕和真相派的首脑被刺杀，敖雨泽被冤枉为凶手，现在随着秦怡回到意识世界，肖蝶联合“小王”以及明智轩、谭欣然等，洗刷了敖雨泽的冤屈，两大组织更是临时结盟，共同对抗世界树组织。

更重要的是，铁幕和真相派，这次都得到了几个国际组织的暗中支持。毕竟世界走向毁灭深渊不是一朝一夕的事，世界各地源源不断出现的神秘事件，也让一些嗅觉灵敏的势力本能地感到不安，主动加深和两大组织的合作。

我估计得到这些势力的支持，也是世界树组织覆灭得如此之快的原因。否则光是靠艾布尔这个“叛徒”出卖情报，也不可能在短短几天内，将一个成立了八十年的庞大组织基本打垮。

第二十七章

JINSHA ANCIENT SCROLLS

古卷隐秘

从南美洲飞回国内，哪怕是全速飞行，也需要花费十几个小时。好在我们乘坐的是专机，不需要在首都机场转机，可以直飞成都的双流机场。

这期间我躺在豪华座椅上休息，不知不觉间睡了过去，再次在梦里见到了那个穿着黑袍、手持金杖、头戴黄金面具的怪人。

这次对方脸上戴着的黄金面具被掀开了一角，露出的却是一张我无论如何都没有想到的脸。

在我的记忆中，那应该是一个已经死去多年的人脸，我甚至没有见过他本人，只看到过一张模糊的照片——那是叶凌菲的父亲，在十几年前就死在青铜之门外的叶暮然！

从噩梦中惊醒后，我没有将这个梦的内容告诉任何人，只是心中隐隐有一种感觉，或许这个梦在预示着什么。

回到成都后，我先是给家里去了电话，然后去见了因为担心我而变得憔悴的姐姐，尽管在飞机起飞之前，她已经得到了我平安的消息。

安顿好家里人，我和敖雨泽等人开始为再度前往五神地宫做准备。按照秦振蜀的说法，最后的仪式要在五神地宫举行，也是余叔曾试图拿我进行血祭的地方。

这让我有一种莫名的宿命轮回的错觉，似乎这个离城区并不远的废弃精神病医院的地下，和我有着命运的牵扯，不管怎样都斩不断。

艾布尔被软禁起来，软禁的地方环境还算不错，不过对他这样虔诚的信徒来说，生命力被青铜之门吸取了大半，生死也早已经看淡了，环境的好坏已经无法影响他的心境。他每天只吃少量清淡的食物，大多数时间都在冥想。

我怀疑他冥想的时候，应该能够沟通伏羲古神的意志。如此一来，我们和艾布尔接触的时候更加小心翼翼，生怕伏羲古神会借助他的躯壳突然降临一丝意念，那根本不是现在的我们能够对抗的。

此外我和敖雨泽重新联系上了正在忙碌的叶凌菲。现在整个真相派中，叶凌菲是仅次于小王的组织负责人。目前小王在美洲准备接收世界树组织的部分遗产，国内的这一大摊子事，就压在了她的头上。

叶凌菲现在的忙碌程度，远远超出之前的预计。世界树这个庞大的组织，倒塌的速度比所有人预计得都要快，也给了所有人一个措手不及。

如果伏羲古神和秦振蜀不是为了斩断全部的命运线，那么铁幕和真相派要对付世界树组织，怕是需要花费极大的代价。这样根深蒂固的组织，估计需要数个年头才有可能将其剿灭，绝对不会如肖蝶和明智轩他们之前做的那么简单。

我总觉得世界树的覆灭，除了斩断因果和命运线之外，还有更多隐藏的意义。用世界树组织的残余势力，甚至是诸多秘密研究所来拖慢铁幕和真相派的进度，或许就是秦振蜀的目的之一。

世界树组织太庞大了，即便只是吞下它所代表的利益，也要有这样大的胃口，哪怕是同为知晓古蜀国真相的神秘组织，也需要花费不少时间。

而对于伏羲古神和秦振蜀一方来说，时间才是最为珍贵的。所以我有这样的想法并非异想天开，为了得到整个世界，付出一个下属组织积累的财富和几个研究所，这无疑是一笔划算的买卖。

真相派的小王，贪心程度还在他的父亲之上，因此很容易就上当。大量的真相派精锐被派遣到美洲地区，国内的真相派的势力其实到了最薄弱的阶段。如果说世界树组织被覆灭本身就是一个计划好的阴谋，其核心的一批人在张道士带领下已经潜入国内，这并非不可能的事。

再次看到叶凌菲，我发现比起上次见面，她瘦了一些，不过气色还不错，只是眉眼间少了几分温柔和青涩，多了一分凌厉。看上去倒有几分敖雨泽的风范了。

也是这个时候我才知道，叶凌菲并非一开始就是真相派中五十四个头领中的黑桃皇后，上一任黑桃皇后其实我们都认识，那就是作为张家人的张九红。

这是一个让我们极为惊讶的结果，可有叶凌菲的证言，我却不得不相信这个事实，因为叶凌菲本身就是张九红选定的传人。

张九红和叶凌菲的二叔公叶教授之间，尽管没有以法律形式结为夫妇，可两人的关系，却和夫妻无异。

有这样一层关系在，叶凌菲成为张九红的传人，也就说得过去了。至少此前的许多年里，两人有许多接触的机会，而这也解释了为何叶凌菲会瞒着旺达释比加入真相派，原来一开始就有引荐人。

作为新任的黑桃皇后，叶凌菲可能还有许多稚嫩的地方，但秦怡占据她身体的这段时间，那种理智冷静的处事方法，似乎也影响了她的性格，让叶凌菲变得更加坚强起来。

“外公说过，如果那场灾难实在阻止不了，就只能动用那个箱子里的东西。”简短的叙旧之后，叶凌菲对我和敖雨泽说道。

我不知道是否应该将另外一条时间线的旺达释比，通过我胸口的符石与我联系这件事告诉叶凌菲。犹豫了许久，最后还是决定算了。

在叶凌菲眼里，自己的外公已经死去了，她活着的目的之一，就是完成旺达释比的遗愿，阻止意识世界的阴谋，而这也是她的父亲叶暮然一生都为之奋斗的目标。

如果现在告诉她，旺达释比的意志还在另外一条时间线存活，当那场灾难真正到来的时候，所有时间线都会塌缩成一条，那个时候旺达释比会彻底消失。与其再让叶凌菲承受一次失去至亲的痛苦，还不如一开始就不告诉她有这回事。

“那个青铜箱子，我记得上次去黑竹沟之前你说过，当初你父亲交给秘密研究所的只是一个赝品，真品其实在秦振豪手上。”我皱眉说道。

“的确如此，不过秦振豪覆灭后，真相派在追剿JS组织残余的过程中，已经夺回了这个箱子。也正是这个箱子的存在，才为真相派的首领‘大王’引来杀身之祸。”叶凌菲说。

我吃了一惊，那个青铜箱子是当年叶暮然拼了命从黑水的一处墓葬中带回来的，付出的代价是整个考古队几乎全灭。那个神秘无比的青铜箱子里，据说装着一把钥匙，它能够打开长寿村雷鸣谷中的地下青铜之城最深处的大门，通往某个神秘的世界。

现在我们已经知道，那个所谓的神秘世界，应该就是意识世界。当年叶暮然言辞凿凿地在笔记本中写下关于这个青铜箱子中蕴藏的危险，似乎这个箱子中藏着的秘密，不仅仅是钥匙那么简单。

“真相派的头目‘大王’，是被当时附身在你体内的秦怡所杀死的，也就是说，现在那个箱子是……在你手上？”我突然想起这回事，惊喜地问道。

“是的，青铜箱子的确在我手上，但是里面的东西，却被一个保密级别很高的代号为571的研究所带走了。”

“我们都知道这个青铜箱子里面存放的物品之一，是一把神秘的钥匙，这把钥匙是开启连通意识世界的青铜之门的钥匙，除此之外还有一沓《金沙古卷》的残页。至于最后一件据说最危险，也最重要的东西，到底是什么？”我问道，毕竟之前叶凌菲曾近距离接触这个神秘的箱子，对它的了解最深。

“我也不知道为什么父亲一直认为这个青铜箱子里面藏着的东西能给整个世界带来极大的危险，因为除了一枚钥匙和部分《金沙古卷》的残页外，箱子里面仅剩的东西，就是一块石头而已。”

“石头？”我吃了一惊，怎么都没有想到会是这样一个结果。

“是的，石头，一块白色的石头，看上去普普通通，除了比较重，没有任何古怪的地方。”叶凌菲肯定地说。

白色的石头……我下意识地摸了摸胸口挂着的白色符石，总觉得叶凌菲口中所说的这块石头应该没有那么简单。

“那块石头呢？”我问道。

叶凌菲耸耸肩说：“不是已经说过了吗，里面的东西都被571研究所的人带走了，当然也包括那块石头。”

见我脸色有些难看，叶凌菲狡黠地说：“不过还是有个好消息，571研究所带走的那部分《金沙古卷》，是我找人提前制作的赝品，真正的《金沙古卷》残页，已经被我藏了起来。”

“聪明。为什么不将那块石头也换了？”我贪心地问。

“不可能，那块石头只是看上去普通，实际上它的密度很高。只有鸡蛋大小的石头，重量却有六七公斤，我不可能找到那样一块石头换掉它。”叶凌菲摇头说。

我差点一个趔趄，只有鸡蛋大小却重达六七公斤的石头，密度超过地球上任何一种已知的自然元素。这已经不是“比较重”好吗，这还叫没有任何古怪的地方？

据我所知，号称地球上密度最大的金属锇，每立方厘米重达二十二点五九克，鸡蛋大小的金属锇，其重量估计也就是一千克出头，比起叶凌菲口中的这块石头来还差了不少，估计只有白矮星或者中子星的密度，能够超过它。

“必须将这块石头要回来，我想它可能就是接下来我们应对危机的关键。就是这么重要的东西，571研究所的人是否会同意交还给我们？”我说道。

“也许之前不会愿意，上面的人一直认为这个箱子里藏着的东西太过神秘，所以决定将之封存。可事情发展到了这个地步，铁幕和真相派联合起来的话语权，已经不同于以往了。”敖雨泽肯定地说。

“你是说目前的情况，已经对各个主要国家瞒不住了？”

“当然，这涉及世界的生死存亡，你以为全球几大势力默许铁幕、真相派等神秘组织的存在，就不会往里面掺沙子吗？”敖雨泽白了我一眼。

我想想也是，尽管几个掌握着全球经济命脉的庞大势力选择了默许和金沙有关的几个组织的发展，甚至会提供一定程度的方便，但前提是不让各种神秘事件惊扰普通人。

而作为掌握了全世界大部分权力的几大势力，又怎么可能让这样几个组织完全放任自流，肯定会派卧底人员潜入其中打探消息。

几个组织成立的时间都不短，对于几个主要势力来说，早年潜入的卧底，估计已经升到了组织高层，因此，最近几大组织频繁调动战斗的原因，肯定是瞒不了这些势力的。

如果是平时，像571研究所这样的特殊单位，可能不一定买铁幕的账，交出那个关键的白色石头。可在世界有可能走向毁灭的前提下，交出这块石头来寻找解决的办法，并非不可能的事。

果然，仅仅两天之后，装着石头的保险箱就摆在了我们的面前。负责运送石头的人尽管穿着便衣，但光是那股气势就能看出是精锐中的精锐。

其中领头的护卫在四十岁左右，眼角有一道疤痕，这让他犹如鹰鹫般凌厉的一双眼睛显出几分狰狞。我能感觉到他身上没有任何超凡力量，可是这人的双手太平稳了，站立了十多分钟也没有一丝颤动。

他的指甲修剪得很干净，细长的手指上骨节分外粗大，一看就知道这双看似干瘦的手，蕴藏着惊人的力量。

我有一种错觉，如果我和这人交手，生死不论的话，即便因为血脉缘故，我的身体素质是常人的好几倍，我也没有十足把握能够战胜对方。

我不由得暗自叹了口气，就算是几大和金沙相关的神秘组织，面对这些势力也显得渺小。这个领队之人的实力，几乎不在敖雨泽之下。

护送石头的人，在敖雨泽签字确认后，其中一个研究人员模样的中年人，带着不满对我们说道："这是一件极为危险的东西，能够发出一种未知的波段，我们目前还不知道这种波段到底有什么用，又会带来哪些危险……总之，你们要小心一点，出了事，你们可担不起。"

敖雨泽淡淡一笑，将装有石头的小型保险箱递给谭欣然。谭欣然立刻十分宝贝地接过箱子，亲自和两个铁幕的护卫一起抬走。

"这个就不劳你费心了，毕竟这么久了，你们也没有从中研究出什么东西。"

研究人员有些怏怏地说："那是研究经费不够，而且我们缺乏关键的资料，你们这些民间组织，就应该向我们提供这些资料……"

敖雨泽没有理会他，而是对负责运送箱子的护卫人员敬了个礼，肃然说道："你们辛苦了。"

那中年护卫回敬了个礼，只莫名其妙地留下一句"小心一点"，就带着其他护卫人员和中年研究员离开了。

我看着敖雨泽，问道："你认识他？"

敖雨泽微微出神，最后低声说："他是我的教官，也是我父亲退役前的战友。"

我松了一口气，怪不得敖雨泽情绪有些低落，大概是见到故人，想起自己在一九九五年僵尸事件中死去的双亲了。

"教官？是当年铁幕聘请来训练你们这批特工人员的吗？"我好奇地问。

"是的，他是一个多次在战场上活下来的佣兵，实力甚至比一些经过特殊改造的实验体还要强。几年前铁幕聘请他担任我们的格斗教官，听说为了请他过来，付出了不小的代价。我估计至少有几十支强效治疗药剂，还可能包括几千克活性金属。”

我有些咋舌，强效治疗药剂的技术，应该是源自穆里亚文明，后来被古蜀人继承，最后才辗转让三大组织掌握。这种药剂的制取极为困难，是炼制长生药物的副产品，作为治疗药物，效果极好。

而活性金属里面，更是掺杂了时光之沙这种极为珍贵的物质，能禁锢小范围的时间，珍贵程度还在治疗药剂之上。

铁幕愿意付出如此巨大的代价聘请这个人训练自己的特工，由此可以看出这个人的实力的确惊人。我先前源自本能的直觉没有错，我应该不是他的对手。

不过，铁幕和对方之间，有过良好的合作关系，因而也不用担心会惹上这样难缠的敌人。

装有白色石头的保险箱被带入一个封闭的实验室，而等在这里的人，是许久不见的叶教授。

叶教授很可能是除旺达释比外，研究古蜀文明和神秘的巴蜀图语最资深的专家。现在旺达释比已经身死，这世上对古蜀文明了解最精深的，就只剩下叶教授了。

当年秦国发动灭蜀之战，古蜀王朝灭亡后，数十万残余的古蜀人试图通过北纬三十度特殊磁场通道前往北美，最后功败垂成。

他们临行前毁掉了自己数千年创造出来的青铜文明和大量典籍，试图让灵魂前往另一块大陆传承文明，却失败滞留在原本打算作为“跳板”的意识世界当中，从而造成了古蜀文明突然消失的千古谜题。

后人怎么都不会想到，古蜀人真正前往的地方，会是另一个纯精神的世界。

古蜀人通过北纬三十度的磁场通道传递的少量记忆碎片，影响了玛雅人的文明进程。而古蜀人却消失在茫茫的历史长河中，只留下无数无法证实的传说。

在古蜀人一直生活的西南地区，广汉和成都的地下，更是留下了无数未知的遗藏。

直到二十世纪三十年代三星堆遗址的出土，无数震惊世人的青铜器和玉石器的发掘，才让世人知道在上古时期，有一个比夏王朝还要古老的文明存在于西南之地。

三星堆遗址的发掘，依然没有解答为什么古蜀文明在传承了三个王朝后，出现了上千年的断层。直到金沙遗址在成都市区被偶然发现，才补上了古蜀国五个王朝的全部传承关系和物证遗存。

史学界对古蜀文明尤其是金沙王朝时期的研究，最长也不过才十几年的历史。许多研究都不深入，只有旺达释比和叶教授这样的人，因为家族传承的缘故，从一开始就知道古蜀文明的不同之处。

在现在的学者当中，可能除了叶教授之外，没有人敢说能彻底解读出那些古老的羊皮卷，即《金沙古卷》。

“现在我们已经把铁幕和真相派得到过的《金沙古卷》汇聚在一起，包括你在五神地宫里获得的部分残卷，真相派在青铜之城中获取的上卷，秦振豪死后在JS组织中缴获的，还有叶凌菲从青铜箱子中调换出来的残页……现在三卷《金沙古卷》，就只差最后几张了。确切地说，三卷《金沙古卷》一共六十四张，我们已经拥有了五十六张，只剩下八张下落不明。”谭欣然将数十张羊皮古卷，分为三沓放在青铜箱子前面，说道。

“最后欠缺的八张《金沙古卷》残页，应该在世界树组织的创立者之一——张道士的手里。”敖雨泽分析道。肖蝶他们攻入世界树组织总部的时候，张道士已经提前离开了，很显然他早有准备。

“张道士很可能也是传承了张家人的血脉，也背负着张家的诅咒。奇怪的是，背负诅咒的他为何能活这么久？世界树组织是老爱华德在三十年代末创立的，那个时候的张道士就是创立者之一，就算他当年只有二十多岁，到现在张道士的年纪也应该接近一百岁了。”

“百岁老人并不稀奇，当时我们在长寿村的时候，看到好几十个百岁老人。但是血脉诅咒觉醒了的张家人能活上百岁，就有些奇怪了。按照张九红之前的说法，诅咒觉醒了的张家人，最多只能活到五十岁，而且不得善终。”我说道。

“没关系，就算还差八页残卷，但是对我们来说，已经可以解析其中大部分机密了。”叶教授似乎已经从张九红死亡的痛苦中走出来，肯定地说道。

“张道士也是张家的人，他和张九红张阿姨之间，会不会有什么关系？”我心中突然升起这样一个念头，可这问题不好问出口。

叶教授将我们拥有的五十六张残页在桌子上铺开。这个时候我们发现，这些羊皮古卷上，每一张都有一个不同的符号。符号的形态我们无比熟悉，那分明是和伏羲八卦所演化出来的六十四卦所对应的卦象符号。

也就是说，在已经拥有大部分残页的情况下，我们能够推测出缺少的是刻画着哪八个符号的残页。

明白了这一点，我们开始按照伏羲六十四卦的方位，将残页分别摆放在其印刻的符号所代表的位置。很快，房间内形成了有一个明显缺口的大型八卦阵图。

利用已经知道的卦象，我们推测出了缺失的八个卦象，然后用写着这些卦象符号的白纸替代。

随着《金沙古卷》残页的顺序被重新安排，上面书写的巴蜀图语，似乎也发生了微妙的变化。

我们现在已经清楚，巴蜀图语不仅是一种象形文字，更是一种类似二维码的平面结构的文字。这种结构会随着文字在空间中不同位置的摆放，表达出不同的意义。

如果将这种文字加上时间这个维度，它甚至能在平面的文字状态下表现出类似三维的结构，这种结构从视觉上无法发现，却能让它的每一个字符都包含大量的信息。

因此巴蜀图语不能只从字面意义去理解，而是要从文字的构图方式、在整个空间的布局，甚至阅读时间的不同进行整体感知。

这种独特的语言方式，最早应该来自于第一个文明纪元的初始人类的思维模式，后来又被穆里亚文明继承，最后伏羲古神通过类似神谕的方式教会了古蜀先民。

这种文字的出现，代表的是一种极为诡异的时空概念：时空的存在并非线性以及由因果律所决定的，而是完全摊开如同一幅立体画卷。这样伏羲也好，古蜀人也好，只需要找准这幅画卷中具有决定意义的“线”，即所谓的命运线，就可以准确地预测未来或者回溯过去，这也是伏羲八卦能通过卜卦准确算出过去未来的原因所在。

这个时候，就算我们还欠缺八张《金沙古卷》，但由于其他页，已经摆放在正确的空间位置中，单独解读会产生的歧义已经不存在，因此叶教授对《金沙古卷》的解析破译工作，比我们预料中的还要快。

根据叶教授的解读，《金沙古卷》中藏着一段极为神秘的卦象，那很可能是伏羲自身也没有参悟清楚，超然于伏羲八卦甚至六十四卦之外的卦象，这个卦象被称为“秘卦”。

如果说掌握了伏羲八卦，就能够看透甚至拨动命运线小幅度地改变命运，那么掌握了这一条隐秘的“秘卦”，则有可能逆转因果，颠倒时空。

和这条秘卦所隐藏的力量相比，《金沙古卷》拆开之后从表面上看所记载的类似长生药物的制取，活性金属的生产方法等，都显得微不足道了。

这样的消息让我们大为意外，意识到或许伏羲古神本身，也在寻找这条秘卦的线索，如果能借助这条秘卦的力量，或许它在遥远的过去就不会被世界的规律重伤，一直陷入沉睡了。

而伏羲古神和秦振蜀都无比重视的那个仪式，很可能也和这条秘卦有关。或许秦振蜀真正想要的，不仅仅是让意识世界中的纯精神生命体入侵现实世界，而且是让古蜀国在另一条时间线上没有被秦国灭亡，并且要将这个结果延续到现在。

毫无疑问，这样的结果会引发不可预知的时空震荡。

或许秦振蜀有成功的可能，可即便他成功了，由于历史发生了如此重大的改变，蝴蝶效应堆积起来对历史的改变将被无限放大，取而代之的是另外一条本不应该存在的历史线。

现在还活着的人可能都不会存在，会被在另外一种战争结果延续的历史下出生的人替代。

智慧生物的诞生，尤其是巴蜀图语这种神之文字被发明出来，让过去和未来的关系变得模糊不清。

每一个智慧生命的意识所选择的道路，都会对未来产生微小的影响。当所有人的意识形成一个统一的认知，这种认知就有可能改变文明走向从而改变未来。

如果这种认知是基于过去的历史，那么从某种程度上说甚至能改变过去，从而影响现在。比如，当所有人都认为在公元前三一六年秦国没有灭掉蜀国，相反是被蜀国所灭，那么即便这件事并没有发生，对于现实世界来说，历史或许真的是蜀国灭掉了秦国。

可怕的是，如果这种情况真的发生，该死去的人，是直接消失在历史长河中，他存在的一切痕迹都会被彻底抹除。所有人的记忆也会因时空弦的振动而改变，当事人不会有任何不适和记忆被改变的感觉，只会觉得世界和历史本就如此。

我感觉到我们逐渐接近了真相，那么接下来，就要抢在伏羲古神和秦振蜀之前，找到那条重要的秘卦。

谁也没有想到，转机来得如此之快。

两天后，叶教授收到一个包裹，打开包裹后，层层叠叠的油纸里面，赫然是八张《金沙古卷》的残页。

而寄包裹的人，只留下一个潦草的“张”字。几乎不用追查，我们也能明白，寄出包裹的人是神秘的张道士。

我们没有想通，张道士和老爱华德一起建立了世界树组织，肯定付出了巨大的心血。现在世界树组织被铁幕和真相派覆灭，为何他反而要帮助我们？

直到叶教授吐露了一个秘密，才让我们恍然大悟。

张九红的亲生父亲，就是张道士。而我之前在铁幕的基地里见到过的张老头，是张九红的养父。

张道士是火居道士，不禁婚嫁。可他知道自身所背负的血脉诅咒，本是不打算结婚留下后裔的，直到他五十岁那年遇到张九红的母亲。

第二年张九红出生，她母亲死于难产。伤心欲绝的张道士将张九红抚养到十岁，便托付给国内的张家人，即那个张老头，然后隐居在南美洲的庄园中。

他和张九红的关系说不上亲近，可毕竟是老来得女，心底是极为喜悦的。张九红可能是张道士在这世上唯一的至亲。

或许秦振蜀是算无遗策的异界枭雄，可他毕竟是纯精神生命体，无法理解人心。

人类真正的文明特征，不是科技，不是以农耕、畜牧或者工业等生产力方式来划分。作为一个文明主体，人类文明应该是“情感文明”。

情感才是决定人的关键，没有了情感的人，只是一个有智慧的生命，和人工智能没有太大的区别。

秦振蜀能从最理智的角度出发分析利弊，他大概认为张道士一直致力于让伏羲古神苏醒，好解除身上的血脉诅咒，因此在需要杀死张九红的时候，他毫不犹豫地让秦怡这样做了。

可能他怎么都不会想到，张道士老年丧女，白发人送黑发人，引起了巨大的心理变化，竟然在关键的时刻站到了我们这边，将最后几张《金沙古卷》奉上。

凑齐了全部的《金沙古卷》，六十四个卦象一览无余。最后那几张古卷残页，让整个卦象出现了意想不到的变化。

尽管我们还没有找出隐藏的秘卦所代表的含义，可对于破坏秦振蜀想要举行的仪式，多了几分把握。

我们再度进入五神地宫，到了五神地宫的最深处，当初发现青铜之门和叶暮然遗骸的地方。

一个新的祭坛完全按照《金沙古卷》中所说的规格被搭建起来。

祭坛建好之后，叶教授在祭坛的几个方位刻画了不同的巴蜀图语符文，然后用我和敖雨泽的血液渗透进符文，让其具有可以和未知的超凡力量沟通的能力。

如果不出意外的话，我们所搭建的祭坛在进行血祭之后，能够沟通意识世界，能够让青铜之门再度出现。

铁幕和真相派开始发力，数十名生辰时间分别对应不同时辰的实验体，从两个组织的秘密实验室辗转送过来。

这些实验品大多是经过改造调试的克隆人，这种生物技术同样源自穆里亚文明。也正是有了这种生物技术支持，两大组织在某些被当今科学界视为禁忌的技术上，走在了世界前列。

实验品们将成为开启两界大门的血祭祭品，这对他们来说无比残忍，可这个时候也顾不了这么多了。有些事总得有人牺牲，更何况从某种意义上来说，克隆人并不具备“人”在法律层面的定义。

艾布尔对这场血祭似乎十分有兴趣，我们之所以会带上他，更多的是想要知道这个虔诚的信徒到底打的什么主意。

“当初秦振蜀只是说仪式的后半部分，需要在现实世界举行，但是他并没有控制我们的办法。当初你们怎么肯定我们会配合他的计划？”面对一脸高深莫测的艾布尔，我终于忍不住问道。

“他说你肯定会答应的，如果你不答应的话，这个世界会遭遇比意识世界入侵还要糟糕的状况。”艾布尔说道。

“比如呢？”我冷笑道。

“比如，上次的仪式举行后，现实世界和意识世界已经开始融合。这种融合对现实世界的伤害更大，在你不知道的地方，可能已经有人能看到意识世界中的情形，如同你之前遭遇过的‘鬼域’。”艾布尔自信地说道。

见我有些沉默，艾布尔继续说：“当然，这件事也有解决办法，甚至彻底消除意识世界的入侵威胁也不是不可能的。但你的机会只有一次，就是在那个仪式举行的时候。”

“其实你们早就知道仪式举行时，我有反败为胜的机会。只是自信在仪式举行的时候，最终结果会是你们赢得胜利。”

“当然是我主会赢得最终的胜利。不管是现实世界还是意识世界，都输得起，最终不管哪个结果，都能保存文明，只是这文明的历史和当前的历史有所不同。反正逆转历史之后，所有人的记忆也会随之发生改变，他们根本不知道到底发生了什么。但是我主不同，如果它失败了，那么在所有时空中，不管是过去、现在还是未来，我主留下的印记，都会彻底消失。对于已经获得长生的我主来说，这是最大的恐怖，那个时候我主就会塌缩成民间神话中认知的那样，仅仅是中华文明的一个人文始祖，而不是现在这样的真正神灵。所以我主绝对不会容许自己失败，哪怕付出再大的代价，也要赢得最后的胜利。”

原来如此，怪不得不管是秦振蜀还是伏羲古神，一点儿都不担心我返回现实世界后是否会遵守约定。

因为他们都知道，在现实世界举行那个仪式，其中的变数是我们获胜的唯一机会。可我却不知道对我们有利的变数到底在哪里，或许旺达释比已经知道了一点，却没有十足的把握。

除非我们现在就解析出伏羲秘卦中藏着的隐秘，这个隐秘的发现，很可能让秦振蜀的图谋彻底破产。

第二十八章

JINSHA ANCIENT SCROLLS

伏羲秘卦

很快，由我和敖雨泽主持的血祭仪式再度进行。一年多以前，我曾在出自意识世界的诡异游戏中杀死七名孩子进行血祭。可我怎么也没有想到，自己有一天会在现实中让好几十人作为祭品，哪怕这些人本来就是一些实验体。

总计六十四个出自铁幕和真相派研究所里的实验体的血液，沿着祭坛中刻画出来的符文线条流淌，随后被亮起的线条吸收。

我甚至能看到这些实验体的灵魂尖叫着被祭坛中心形成的小型旋涡撕扯成碎片吸进去，这和我在意识世界举行那个仪式时看到的场景极为相似，只是规模远远不如。意识世界中的血迹仪式，至少有上百万纯精神生命体被屠杀。

随着六十四个实验体成为祭品，很快，在祭坛上方，一道青铜铸造的大门自虚无之中出现。这道大门是半透明的，在我们眼前不停膨胀变大，最后形成一道有二三十米高的巨大青铜之门，镶嵌在祭坛背后的山壁之上。

青铜之门出现的位置，和我们一年多前在这地宫底部第一次看到它，几乎毫无二致。

我们拿出一枚青铜钥匙，这钥匙是从青铜箱子中取出的。

几个月前，秦振豪靠着它打开过一次青铜之门，然后前往蛇神殿暂时降伏了巴蛇神的真灵，只是最后他死于两个世界的时空弦落差。

就在我们用这枚青铜钥匙，打开青铜之门后，前方出现了一个人的虚影。我仔细看去，竟然是余叔的影子。

余叔早已经彻底死去，尽管他有假死的本事，可之前在我老家的地下祭坛中，他被我亲手用戮神钉杀死，他就算是神灵使者也不可能再度复生。

当时的余叔，几乎是求着我用戮神钉杀死他，我以此换取了解除鬼脸蛇鳞的方法。当时我觉得十分疑惑，为何他一定要我亲自用戮神钉杀他。

现在我明白了，戮神钉里面，封存着通天神树的幼苗，而通天神树所通的

“天”，就是意识世界本身。

因此余叔的死亡，更多的是为了将自身意识通过戮神钉中的通天神树幼苗送入意识世界中。但因为他并非正常死亡的状态，所以他前往的意识世界，很可能只是两个世界之间的夹缝。

余叔在见到我们后，没有任何语言，而是如同一个动作呆滞的木偶，引导着我们朝前方走去。很显然余叔并没有如愿在意识世界中重生，而是变成了没有自我意识的木偶。

这是一条充满了柔和光芒的通道，我、敖雨泽、叶凌菲、秦峰和明智轩一起，跟在余叔身后，不知道走了多久，终于到了通道尽头。

只有艾布尔，似乎被一股力量迷惑了心智，一直在原地转圈。

通道并非通向意识世界，而是通向一个隐秘的空间。这个空间有几十亩大小，青山绿水样样俱全，显得简洁清静。在一个小湖泊旁边，有一栋木屋，木屋里住着谁，我们却毫无把握。

还好，木屋的门打开了，但出来的人，让我们所有人都大吃一惊。

那是一个不到一米高的小孩，小孩的面孔，却带着成年人的沧桑和成熟，因此显得格外惊悚。

并且这个小孩的眼睛，朝外鼓出的幅度，简直让人担心眼珠子会随时掉下来。这是明显的纵目现象。

我看着这个小孩，觉得对方十分眼熟。直到敖雨泽提醒我，我才反应过来，这个小孩和之前我们在梓潼五妇岭地下获得的鳖灵童尸极为神似。

唯一不同的是，当时封印在时光之沙中的鳖灵童尸，不过二十多厘米高，像一个不足月的胎儿。而眼前的孩子，看上去接近一米，有四五岁的样子。

“鳖灵童尸……或者说，我们应该叫你十二世开明王，杜卢？”我盯着这个满脸沧桑的孩子，问道。

“你认识我？不过也不奇怪，毕竟是你将我从封印的状态救出来的。”孩子看了我一眼，似乎也认出我来，说道，“不过我不是十二世开明王，也不叫杜卢，而是杜荟，杜卢的弟弟。”

我感觉心跳有些加快了。鳖灵王朝之间，因为缺乏前四个朝代的古蜀王所拥有的血脉力量，最后从巴蛇神那里换来了血亲转生的方法，每一代王者都是双生子，但其中一个永远不会长大，直到下一次轮回。

眼前的杜荟，作为杜卢的弟弟，显然就是之前我们带出来的鳖灵童尸。就是不知道真正的杜卢到底怎么样了。

“古蜀国覆灭之后，我哥哥杜卢就从沉睡中提前苏醒了，然后为改变古蜀国的结局主动进入意识世界。他进入意识世界后，为了让自己牢记蜀国是被秦国灭掉的，将自己的姓氏改成了秦，为了振兴蜀国，他给自己起了个新的名字……秦振蜀。”

我不禁目瞪口呆，虽然我们也猜测过秦振蜀的来历不会简单，可怎么也没有想到，他会是十二世开明王。

怪不得他能够轻松统治意识世界，原来他本身就是两千多年前的最后一任蜀王。这样的身份要统治以古蜀人为主的意识世界，也就完全说得过去了。而在意识世界当中，作为意识生命体，本身就如同获得了长生，这也让他的统治能够一直延续下来。

也难怪他对复兴古蜀国有如此深的执念，蜀国是在他手里灭亡的，其中也少不了伏羲古神在幕后的策划。秦振蜀为了复兴古蜀国，甚至不惜和这个“仇敌”重新结盟。

“也正因为哥哥的灵魂离开了鳖灵童尸，我才能占据那残破的躯壳，在巴蛇神的头颅中休养生息。否则，作为血亲转生选择的暗子，我一辈子都不可能行走在阳光下。幸好，我遇到了一个人，他帮我解除了封印，我的体型都长大了一点。不过，如果有机会，我希望能够让哥哥安息，过去的已经成为过去，而血亲转生这样的邪术，也早就应该在我们两兄弟之后截止。”杜荟继续说道。

正当我要问到底是谁如此厉害能够解开他身上的童尸封印时，从屋子里走出一个苍老无比的道士模样的老人。

老道士的双眼已经失去，而且像是直接被人挖去的，留下两个深邃的空洞。眼眶周围的面皮朝内收缩，在空洞边缘形成一圈褶皱，看上去狰狞恐怖。

我顿时想起先前在梦里梦到的秦峰的模样，也是被挖去了双眼，不知道这到底预示着什么？

“张道士！”几乎不用去细想，我们顿时明白过来眼前人的身份。

“你们终于来了。我等待你们的到来，已经太久了。真要算起来，怕是几十年……”张道士尽管看不到我们，可我有一种感觉，我们的一举一动，他完全能感知到。

“你女儿两个月前才被秦怡杀死，难道说在此之前，你就已经决定要背叛伏羲古神和世界树组织了？”我问道。

“早在我妻子死去的时候，我就在等待这一天的到来。金沙血脉的觉醒，花费了太多时间，我不得不派出我的弟子来守护你。只是我也没有想到，人心如此易变，他居然想要夺取你身上的血脉让鱼凫祖灵复生。”张道士冷冷地说。

我自然知道他说的是余叔，也难怪余叔被通天神树幼苗杀死，本来以余叔的安排，应该是让他自己的灵魂进入意识世界。可能连余叔本人也没有想到，他的老师在他身上做了手脚，他死后最终进入这个小世界，成为一具只会领路的行尸走肉。

现在看来，这一切不过是眼前神通广大的张道士对余叔的惩罚。

“你想要我们帮你对付伏羲古神，解除你们家族的诅咒？”我小心翼翼地问。

“不，家族的诅咒对我来说已经不重要了，重要的是，这个世界会走向何方。”张道士诡秘地说。

“你应该知道我们将要举行的那个仪式，我们唯一的机会，就在这个仪式之上。”

“的确如此，所以我才决定，最后帮你们一次，让胜利的天平向你们倾斜一点。我想这样的结果，能够告慰我妻女的在天之灵。”张道士带着一丝狰狞说道。

我猜测当年张九红出生的时候，张道士妻子的死另有内情，否则张道士不会布局如此之久。甚至在我很小的时候，他派出自己的弟子余仁贵，守护我的成长，直到血脉觉醒，只是贪婪让余仁贵选择了另外一条路。

“我目前所处的这个小世界，和蛇神殿一样，是两个世界的一处夹缝。你们不能在这里待太长时间，否则会被伏羲古神和秦振蜀发现。总之你要记住，在你们启动那个仪式后，只要你的意志足够坚定，就算神灵，也无法左右世界的走向——没有什么能够真正掩盖历史，除了我们自己的心。”

“坚定的意志，这说起来容易，可我到底应该怎么办？”我喃喃说道。

“我想，你们应该已经得到青铜箱子中的白色石头了吧？”张道士问道。

“当然。那块石头除了密度极大外，我们没有看出它还有什么作用，但叶暮然又曾一再警告，这东西藏着极大的危险。”

“叶暮然没有说错，那玩意儿很危险，但它的危险不是源自自身，而是因为它发出的某种特殊的波动，是一种时空坐标。”

“时空坐标？什么意思？”我呼吸为之一滞。

尽管在这样问，可我心底其实隐隐有了一种想法，那枚石头存在的意义，应该是为两个世界的融合提供准确的时空位置。这种位置不仅仅是空间上的位置，更是时间线准确的塌缩点。

时间是非线性存在的，随时随地都会变化，如果两个世界要融合，过去的历史都要被改变，那么一个独立于“现在”的准确时间点，就十分重要了。

空间的坐标十分好找，参考恒星的位置，只要确认地球公转和自转的速度，很快就能将空间位置确定下来。

可时间不同。时间一直向前，不会凝固在哪怕万分之一秒，这就需要一个准确的坐标对时间进行标记。否则翻转的历史，很可能是另外一条时间线的历史，要改变现实中的历史，就无从谈起。

我想我终于知道为何叶暮然要说箱子中的东西，隐藏着可能颠覆世界的巨大危险了。因为那块石头，很有可能会成为世界颠覆的坐标原点，没有它存在的话，或许那场颠覆就不可能发生。

“能够毁掉它吗？”我咬牙切齿地说。

“至少目前人类发明的武器，没有任何一样能够彻底毁灭它，哪怕是高能激光和核武器也一样。而且，为什么要毁掉它？它的存在，也是获胜的契机所在。”张道士淡淡地说，然后指了指我胸口的白色符石。

这枚符石是旺达释比留给我的，通过前几天叶教授对《金沙古卷》的解读，现在我已经明白符石上的这个字符隐藏的含义和时间有极大的关联。

按照张道士的指引，在那个仪式举行的时候，我胸口挂着的这枚符石，貌似能起到意想不到的作用。

张道士让我们退出了他所在的小世界，让只是小孩子身体的杜荟陪我们一起出来。

我们从小世界出来后，青铜之门依然存在，艾布尔也终于从无限循环的转圈中清醒过来。他看向我们的眼神，带着些许古怪。

当我们再度走入青铜之门的时候，发现不再需要经过狭长的通道，而是直接来到了另外一座实体宫殿中。

这个宫殿完全是青铜铸造而成，看上去无比眼熟。这分明是在雷鸣谷地下深处的青铜神殿。

“那道青铜之门不仅仅能够沟通现实世界和意识世界，还能如同科幻片中的星际门或是奇幻片中的传送阵一样跨越空间，让我们瞬间从成都周边地域来到几百公里外的雷鸣谷中！”明智轩不由得惊叹道。

“看来，秦振蜀不希望事情再出现变故，毕竟青铜之门在意识世界中也有投影，他们能够在一定程度上操控我们进入青铜之门后的落脚点。”敖雨泽说道。

“幸好，我们带上了那块石头和所有的《金沙古卷》，要进行秦振蜀所期望的仪式，应该没有太大的问题。”叶凌菲笑着说道。她的语气带着一丝颤抖，看得出她非常紧张，毕竟解除悬在世界头顶的达摩克利斯之剑，是她父亲毕生的希望。

“两个世界已经开始融合，如果不尽快让所有的时间线塌缩成唯一的一条，将来不管是谁赢了，都只会面对一个破破烂烂的世界。秦振蜀等不起，他比我们还要着急。”旺达释比的声音，在我脑子中响起。

我心中微微难过，如果说到时候所有的时间线塌缩成为一条，也就是说旺达释比在另一条时间线残留的意识，也会彻底消失。

不过旺达释比显然比我看得开，反倒安慰了我几句，然后让我带着其他人一起，前往青铜神殿的深处。

这里并不陌生，上次我们在藏有时光之沙的大厅停止了探索，因为那时敖雨泽被时光之沙封印了。因此，再度回到这个地方，她本能地感到心悸。

在放置时光之沙的青铜祭台上，周围摆放着被废弃的祭器，在祭坛的中央位置，有一个空空如也的坛子翻倒在地。

将坛子捡起立了起来，我才醒悟过来，这个坛子应该是用来装《金沙古卷》的，毕竟《金沙古卷》的别名，是“坛中书”。

按照仪式的要求，我们将全部的《金沙古卷》放进坛子，又放上那块密度极大的白色石头，然后将其捧上祭坛的中心点。

除了艾布尔和杜荟之外，所有人割开自己的手腕，让血液流淌到坛子里。

原本各不相同的血液，在坛子中却诡异地融为一体，全部被六十四张《金沙古卷》吸收。

我、敖雨泽、明智轩、叶凌菲和秦峰五个人，以装有《金沙古卷》和血液的坛子为中心，围成一圈，每个人都代表着古蜀时期的一个神灵，以此来替代仪式中五个神像的真灵。

“在两千多年前，我就是一个死人了。现在，我不过是要纠正哥哥的错误。”一旁的杜荟喃喃自语，用一枚小巧的青铜钉子，钉入自己的心脏位置。他的动作太快，我们甚至来不及阻止。

杜荟的身体以肉眼可见的速度缩小，最后缩小为一个未足月的胎儿。

小小的胎儿身上冒出橘红色的火焰。他大笑着跳入坛子中，和之前怎么都无法毁坏的《金沙古卷》一起，片刻间化为灰烬。

坛口猛然散发出强烈到极点的金色光芒，燃烧的《金沙古卷》中升腾起无数的巴蜀图语字符。这些字符悬浮在空中，周围似乎有数不清的人在念诵这些神之文字。

我们五个人的意识似乎也随着这些文字的出现连成一个整体，原本只是五个比普通人稍强一点的灵魂，聚合在一起后，灵魂的强度呈几何倍数提升。

这个时候，我终于理解了为何穆里亚文明十几万精英的意识聚合在一起，会诞生伏羲这样强大的古神了。

和伏羲古神相比，我们五个人聚合在一起的灵魂依然弱小，可已经足够我们勉强沟通意识世界的本源了。

我也终于明白，为什么秦振蜀一定要我们在现实世界启动仪式。因为他需要我们沟通意识本源，然后让意识本源打开一条缝隙，让他和伏羲古神也得以进入。

进入意识本源之后，到底谁能影响本源的选择，就各凭本事，这也是我们最后的希望所在。

聚合在一起的意识不停升腾，但并不是单纯的空间上的上升，而是转瞬间跨越了无数的时空和维度，最后来到一片无尽的绿色海洋中。

我们在意识世界所看到的意识海，仅仅是意识本源表层的具现。只有我们现在沟通的意识本源，才是这个世界所有智慧生命共同的诞生地。

如果说我们几个人的灵魂强度相比伏羲古神微不足道，那么伏羲古神相对于这个古往今来几百亿智慧生命共同构成的意识本源，也无足轻重。

量变会引发质变，数百亿智慧生命的意识，最终诞生的是超越任何神灵的天道化身，代表着这个世界运转方向的共同选择。

所有的生命，在死亡后都可能被洗掉尘世的记忆回归意识本源。而新生命的灵魂核心，也是从这个意识本源中诞生出来的，这才是真实的轮回。

随着灵魂的升华，我们这个时候不分彼此，完全是一个整体。这是一种极为奇妙的感觉，无法用语言来形容，我的所想，也是所有人的所想，而其他人的念头，这时我也觉得理所当然是属于自己的想法。

意识本源本身，没有任何错与对的认知，甚至没有任何记忆，它只会遵从本能的选择。不管是伏羲古神还是秦振蜀，之所以能在意识世界中拥有近乎无穷的力量，也是因为他们能够调用少部分意识本源之力。

普通人的意识，无法影响命运线和时间线，只有如意识本源这样数百亿意识汇聚在一起，产生巨大质变，才可能对时间线产生影响。

三人可以成虎，千夫所指可以让人无疾而终。数百亿意识聚集在一起，才能够真正逆时间轴，让时空中的无数种可能，塌缩成一种。

怪不得之前张道士说我们必须有坚定的意志，因为对于世界走向的影响，归根到底是意志的比拼。世界本源自身没有任何认知，只有像我们这样让自身灵魂强度达到和它沟通的地步，才有可能去影响它。

秦振蜀和伏羲古神之所以如此自信地认为他们会在这场影响世界本源的战役中获胜，是因为他们本身就比我们的意识强大无数倍。我们看似没有任何成功的可能。

正这样想着，在我们的眼前，出现了看不到尽头的红色巨蛇。巨蛇的躯体开始缩小，直到我们能够看见它的头部。是长着犄角的人脸，双眼在额头上下排列。这是烛龙，也是伏羲古神在意识本源空间中显化出来的真灵形象。

在它身边，还站着一个高大的人类。看面孔，是化名秦振蜀的十二世开明王杜卢本人。我们的意志在面对一人一神时，犹如狂风暴雨中飘摇的树叶，可我始终守着心中最后一点坚持，哪怕来自意识上的直接伤害能带来无边的痛楚。

“想不到，你们竟然真的借助《金沙古卷》的力量沟通了本源意识……所有古蜀人都会感谢你们，因为不久之后，这个历史上最伟大的国度，就能重现于世了。作为古蜀国其中一任王族的后裔，就算死，你也算是死得其所了。”秦振蜀没有开口，只传递过来一阵意识波动，我自然而然地明白了他要表达的意思。

“废话这么多，你怎么知道死的不是你？要知道在意识本源中死亡，你再也没有复活的机会。”我冷冷地说。

秦振蜀没有回话，把手一挥，身后显露烛龙本相的伏羲古神，怒吼着冲了过来。

烛龙的身躯太过庞大，哪怕缩小了无数倍，相对我们五个人的意识聚合体来说，还是如同面对蝼蚁的大象，只轻轻一吸气，我们五人的意识聚合体就被吸入烛龙的大嘴中。

周围失去了光亮，完全被黑暗和死寂所替代，所有的时间和空间都似乎被冻结，在烛龙的神躯中，犹如宇宙初开时的混沌，连思维都差点被禁锢，无法正常运转。

胸口神秘的白色符石，开始散发淡淡的光芒。我心中微动，让意识完全沉浸在符石之中。

符石看上去只有指头大小，但内部空间却比想象中大得多，至少有数千米直径。在符石内部，我更是看到了一个怎么也想不到的人。

旺达释比。

此时的旺达释比，双腿已经化为蛇形，但是上半身却依然保持着人类的原样。

他的眸子中没有蛇侍的冷漠和残暴，也没有变为蛇侍巫祭后的茫然，而是一如先前的睿智和深邃。

不等我开口，旺达释比已经传递过来我想要知道的信息："这是我临死前保留在符石中的一丝意识残念。在无数的时空当中，你都做出了不同的选择，有的你从一开始就没有被卷入和古蜀相关的神秘事件中，还有的你死于半途的探险……就算走到今天这一步，你也做出了不同的选择，而最终，我们都输了。"

我顿时哑然，知道旺达释比所说的，是无数种可能的后果，那些可能存在的时空，并非平行世界那么简单，而是彼此有着联系。今天我们的选择，有可能影响其他时空的我们，而最终所有时空中的"我"共同做出的选择，才能让可能存在的历史线塌缩成唯一的一条，那个时候我们的世界才有可能解除千百年来一直存在的巨大危机。

"小康，不要让怀疑遮蔽了你的心。当初在那个诡异的游戏里，你选择了杀死七个孩子通关，尽管那只是一个游戏，却在你心底留下了难以察觉的破绽。正是这破绽让你的每一次选择都受到干扰，那已经成为你的心魔。但我依然相信你，相信你会做出正确的选择。"

旺达释比对我笑了笑，然后整个人开始缓慢地崩溃，最后化为绿色的光点朝我涌过来。我大叫了一声，试图阻止旺达释比死去，却发现自己根本发不出任何声音。

随着这些光点融入我们五人的意识聚合体，原本五个人还有着些许独立和不协调的地方，变得更加融洽，最后完全形成一个整体，似乎五个人就是我，我就是五个人，不分彼此。

而旺达释比一生研究古蜀文明和巴蜀图语这种神之文字所获得的智慧经验，也随着这些光点注入我脑子中，被我继承。

我对《金沙古卷》的理解，从来没有像现在这样清晰。

从旺达释比的智慧中，我明白过来时间并非完全是线性的，它不是河流，也没有时光长河这样的说法。时间是人们认知的错觉，即便有时间长河，也不是连续的，而是一个个被分割开来的横切面。

相对论的提出者爱因斯坦更进一步，认为不仅是时间，就连空间和物质也是人的认知错觉，这在一定程度上影响了他后半生对宗教的态度。

物理学界曾流行的经典时空观认为，“过去”所发生的一切，都是确定的、不可改变的；而量子时空观则认为，一切事件均为概率波的叠加，任何外来者的“观察”行为，都会引起波函数的坍塌。

对于历史来说，今天的我们就是“过去”的“观察者”。而我们对历史的观察认知，有一定的概率可以改变过去，尽管这个概率小到可以忽略不计。

而如果所有人对历史的认知都是错误的，并且这错误趋向于一致性，最终就会同三人成虎的故事一样，无数微小的概率叠加，这个概率发生的可能性就会呈几何倍数地增加，最终影响曾经发生过的历史。

放大这个概率最根本的原因，就是本源意识的存在，它汇聚了所有智慧生命无法察觉的潜在意志，是所有智慧生命源自本能的共同抉择。

实际上，铁幕组织之所以要封锁所有和古蜀文明有关的消息，真正的原因也正是因为如此。当古蜀文明中无数会影响到现代人对历史认知的事件被世人所重新知悉，那么现代人所产生的集体无意识的共同认知，有很大的可能会改变已经发生过的历史。

这种改变，对于其他历史时期的影响不大。只有古蜀文明，因为本身就涉及时空节点的一些变数，加上对于意识世界的存在和利用，在所有文明中仅次于穆里亚文明，可以说影响最为深远，是最有可能因为今天对历史的不同认知而受到影响的时间段。

可以说，古蜀文明时期的时间节点，本身就因为受到伏羲古神的影响改变了历史进程，更因继承了穆里亚文明的部分技术，变得远比其他时间节点脆弱和不稳定。

这个时间段充满了迷雾和不确定性，如果里面隐藏的秘密彻底爆发出来，最终造成的影响，就是所有的时间线被打乱。

我想这或许才是小叶子的父亲叶暮然一直担心的可能毁灭世界的巨大劫难——被毁灭的可能是整个世界，而不仅仅是人类这一智慧生物。

真要说起来，如果整个世界的时间线被打乱，过去、现在和未来相互交织，相互影响，世界会变得支离破碎。

真到了那个时候，恐怕连时间和空间都会混成一团，犹如宇宙大爆炸前的混沌状态，也和我们现在所处的伏羲古神体内差不多。这样的劫难，比起单纯的意识世界入侵，的确要可怕许多。

我甚至隐隐有一种感觉，伏羲古神以及所显化的烛龙之躯在某种程度上代表着时间和空间共同组成的秩序。可是当它无限度地吞吃掉本源意识后，很可能会从本源意识中获得足够的力量，继而将整个世界全部吞噬，让世界重新回归混沌，然后开启新的一次纪元。

到了那个时候，伏羲古神就是新纪元中唯一的神灵，它自身就是本源意识。所有新纪元中的生命，都自它身上诞生，死亡后又回归它自身，形成完美的生死循环。

而这，或许就是伏羲古神所一直图谋的最后胜利。只是这图谋，比起秦振蜀希望让古蜀国从历史线中延续下来还要可怕无数倍。

“不能让伏羲古神得手。哪怕是秦振蜀赢了，人类还能苟延残喘，可如果是伏羲古神取得胜利，那个时候整个世界都会毁灭，尽管这对于伏羲古神自身来说不过是涅槃重生。”我的心中闪过这个念头，

“是时候了。小康，如果你们赢了，记得一定要好好活下去。”脑子中传过来旺达释比最后的声音，等我想要再沟通他的时候，却没有任何回应。

胸口的白色符石，瞬间粉碎，被石头禁锢的符文，无限扩大开来，如同一道劈开混沌的利斧，整个混沌被分为两半。

本源意识的海洋再度出现在眼前。这个时候我才发现，伏羲古神所显化的烛龙，正不停怒吼，而在它的腹部，有一条长达数千米的巨大伤口，那是符石炸裂带来的伤害，也是旺达释比完全牺牲自己让我们破开烛龙肚子形成的伤口。

“嗯，你们竟然能逃出来？”秦振蜀微微惊讶，随即发出冷笑，“不过已经晚了，我已经取得本源意识万分之一的控制权，哪怕仅仅是百万分之一，现在的我，也不是你们能够对抗的。”

强大的意识波动传递过来，尽管我们在虚空之中，此时却如同暴风雨中漂浮在海面的小船，聚合在一起的意识隐隐出现分裂的苗头。

不过他也给我们提了一个醒，那就是这场在意识本源中的战斗，不是比谁的力量更强大，而是比谁能够获得意识本源更多的认同。

而对于这一点，我们有着天然的优势。这个世界古往今来的全部智慧生命，可以说百分之九十九点九九的都是人类。我们五人的意识聚合体对于他们来说，有着天生的亲近感。

我整个人沉入意识海洋中，耳边似乎有无数人不停呢喃叹息，无数信息一下子涌入我的意识核心，几乎要将自身的记忆和本我完全抹杀掉。我咬紧或许根本不存在的牙关，死死抵御着意识本源的侵袭，一点点同化周围没有任何记忆的意识体。

秦振蜀怒吼一声，强大的意识侵袭过来，要争夺我们周围的意识本源的控制权。

可是意识本源实在太庞大了，仅仅是一个“浪花”打过来，我们之间的距

离，就被隔开了数千米。

而需要控制自身周围意识本源无暇分身的秦振蜀，这个时候无法让意识通过如此长的距离传递过来，最后只能加紧控制自身周围的意识本源，试图争抢对本源的控制。

以他所表现出来的强烈执念，应该是希望让意识本源改变当时自己杀死巴蛇神获取神血的决定——没有失去国王和拥有超凡力量的“五丁力士”，蜀道没有被开通，秦国无法战胜当时的古蜀国，而多出数千年智慧的十二世开明王，很可能带领当时的古蜀国入主中原，甚至统一整个人类文明。

似乎感觉到了我和秦振蜀在争夺意识本源的控制权，受伤的伏羲古神也不甘示弱地一头扎入意识本源的海洋中，想要获得意识本源的认可。

伏羲古神的执念影响更为深远，它想让世界涅槃，然后在新的世界里重建穆里亚文明，对历史线的改变远远不止两千多年，而是长达数万年。

当然，执念越强，对历史的改变越深远，所消耗的意志也必然越强大。尽管伏羲古神所拥有的意志和力量最为强大，但负担这样的改变，也是最吃力的。

并且伏羲古神的身躯太庞大了，几乎看不到尽头，因此它的身躯没入意识本源的海洋后，还有一大截露在外面。正当我感觉这场三方之间的控制权争夺越来越吃力时，天空突然裂开了一道缝隙，接着一道青铜之门的虚影出现。

无数非金非木的枝叶从青铜之门中延伸出来，在意识本源的世界中，一棵倒立的扶桑神树出现，神树的根牢牢地扎在青铜之门中，在神树的尖端位置，还生长着一枚带着金色微光的果实。

这枚果实不停地吸收意识本源的力量，金色的光芒越来越盛。最后果实从扶桑神树上脱落，这棵神树以肉眼可见的速度枯萎，只剩下悬浮在意识海上的巨大果实。

果实的直径有一米多，看上去像一个放大了的金色苹果，也像一轮金色的太阳。

在金色光芒的照耀下，意识海沸腾起来，无数光点开始朝金色的果实飘过去。每一个光点，都代表着一个智慧生命，也就是说这些光点是人死后被洗涤掉记忆的真灵。

伏羲古神怒吼着脱离了意识海，想要一口吞吃掉金色的果实，又似乎带着畏惧。

金色果实上，光芒已经盛到了极点，然后朝伏羲古神飞过去，印在它的额头。

伏羲古神原本的动作，瞬间停滞。

接着金色果实如同莲花一样盛开，从里面走出一个身形几乎完美的赤裸人类。他没有任何性特征，但面部看上去像二十多岁的东西方混血的男性。

他身上带着某种神圣感。和他相比，力量强大的伏羲古神，似乎只是一头兽类。不知道为什么，看着这个带着神圣感的人类，我隐隐觉得对方有些熟悉。

“想不到，你们真的能够做到这一步，不过可惜，最后，还是我赢了呢。”略带苍老的声音从他的嘴里发出。我瞪大了双眼，不可置信地看着他，却一个字都说不出来。

“很惊讶吧，杜小康。不过说起来还要感谢你，没有你们的努力，我怎么可能得到真正的世界树种子？”那人似笑非笑地说。熟悉而苍老的声音，终于让我确定，眼前看上去二十来岁的家伙，的确是我认识的一个熟人。

“艾布尔，想不到，看似对神灵最虔诚的你，一直想要弑神。不，确切地说，是想要让自身取代神灵！”我喃喃地道。

“不，你错了，他不是艾布尔。”秦振蜀浮出海面，脚下似乎有无数触手状的根须在海面之下，源源不断地试图继续侵蚀意识海洋。只是这个时候，他的大半精力，放在了“艾布尔”的身上。

“还是你更聪明一些，该怎么称呼你呢？秦振蜀，还是十二世开明王杜卢？”

“我知道你是谁了，你不是艾布尔，你是……老爱华德！世界树组织的创立者。从一开始，你占据了小儿子艾布尔的躯壳，和我们一起冒险，那具半植物人的躯壳，不过是一个幌子。”我回想着和艾布尔所经历的一切，顿时猜出了对方的真实身份。

“真是了不起的小家伙，不愧是杜宇王朝的血脉后裔，竟然这么快就猜到了真相。不过可惜，过了今天，不管是杜宇王朝还是开明王朝，所有古蜀后裔，都会完全绝种呢。对了，还有愚蠢的张家人……”老爱华德双手在虚空中一抓，一个穿着道袍的狼狈身影，顿时被他从不知名的时空中抓了出来。那年老的道士，显然就是张九红的父亲张道士。

“真没想到，作为我的合作伙伴，几十年来我都没有完全看透你。”张道士不停咳嗽着，失去双眼的眼眶中有血泪不停流下。

“你不知道的事还很多，所以才会一直被我蒙蔽。毕竟你的眼界太小，只想着清除张家人的血脉诅咒，还有为自己的妻子报仇。不过现在不用继续痛苦了，因为我会送你去见自己的妻女，尽管她们的灵魂已经失去了一切记忆，完全不记得你了。”老爱华德嗤笑一声，手掌轻轻一握，似乎虚空中有一只无形的大手紧紧捏住了张道士，张道士本就孱弱的身躯顿时被捏成了肉酱。

这里是意识世界，纵然是身躯，也不过是模拟显化出来的。看似无比血腥的肉酱很快蒸腾挥发，然后化为一团光点，融入意识本源海洋之中。

“果然，你对伏羲古神的信仰，不过是伪装出来的，你真正信仰的神，只是你自己。”我说道。

“的确如此，可是那又怎么样呢？现在的你，如何与控制了伏羲古神的我相比？哪怕是伏羲古神，也不过是穆里亚文明残余的十几万精英的意识聚合体，但整个穆里亚文明，是建立在世界之树的生物能运用上的，世界树天生就能克制伏羲古神，而掌握了世界树种子的我，也就直接控制着伏羲古神的生死。”老爱华德淡然地说。

“你想要成为新纪元唯一的神灵？”我问道。

“神灵可以影响、诱惑自己的信徒，可即便是神灵，还是算不出人心。人的力量太小，可心却比任何神灵都大，因为人的贪欲并无止境。而正是人的贪欲，才让人类社会不停进步，这是文明晋升的基石。更何况，作为时空坐标的原石，也被我带进了意识世界，未来的世界到底是何种走向，将由我来选择。”老爱华德带着一丝狂热说道，然后从盛开的智慧果实下方，取出一枚如同莲子的椭圆形石头。

“坐标原石！”秦振蜀的眼中，闪过一抹阴狠。随即带着无边的潮汐，朝老爱华德和伏羲古神扑了过去。

一个控制着伏羲古神，拥有其近乎无穷的力量，而另一个却有先发优势，吸收了万分之一的意识本源，一时间两人竟势均力敌。无形的力量在意识世界中不停激荡，意识海掀起无边的海啸。而力量最弱小的我，被海啸冲往偏远的地方，反而躲过了两个强者的战斗余波。

这个时候，因为坐标原石的指引作用，无数的时间线和时空片段，在意识世界上空出现。这些时间线彼此交错，形成一张巨大的时空之网，每一个时空中都似乎有无数生灵在不停呐喊：选我，选我……

意识海发出无声的叹息，那是世间真实存在过的智慧生命共同的本源。但是没有记忆，也没有对错认知的意识海，是无法独自做出选择的，只能是有人与它融合，代替它做出选择。

两个强者的大战掀起的巨大波澜，这个时候反而便宜了我们，让我们得到了极小一点本源意识的认同。

秦振蜀似乎也知道了事情的紧急，摆脱了老爱华德和伏羲古神的纠缠，在纷乱的时间线中不停地飞来飞去，想要找出他心目中适合古蜀国发展的道路。一旦这选择确定下来，改变后的历史会随着时间弦不停扩张，最终形成一个新的世界，然后将我们目前的世界吞噬替代掉。

这个时候，我能隐约看见，不同时间线的画面在相互切换、融合，无数种未来摆在我们眼前，但是我们却无法找出到底哪一条才是最适合我们的、最正确的路线。

但我知道我们必须选择一条，否则选择的权力就会被伏羲古神或者秦振蜀抢到。

而选择一旦完成，就无从更改。

历史的走向，最终会塌缩成在意识本源中选择的这种——这代表了这个世界所有智慧生命共同做出的选择，是这个世界未来唯一的道路。

我们五个人联合起来的力量，不可能比得上秦振蜀，但先前秦振蜀和老爱华德大战的时候，我们稍微占据了一点先手。秦振蜀似乎有些着急了，传递过来一阵意识波动。

这阵意识波是传递给秦峰的，可秦峰现在和我们几个人的意识是一个整体，不分彼此，因此这个时候我们很容易就明白了意识波中所包含的信息。

那是秦振蜀在以一个父亲的身份，命令秦峰脱离这种意识联合的状态，让他得以获胜。秦振蜀或者说十二世开明王杜卢希望我们发动当时的仪式，仅仅是为了让我们为他沟通意识本源，从而打开前往意识本源的通道。

现在，我们的任务已经完成了，他自然不希望我们还待在意识本源中成为竞争者。尤其是他的大部分力量都被老爱华德和伏羲古神所牵制，这让秦振蜀感觉到了一丝威胁。

我本来有些担心秦峰会响应秦振蜀的号召，却没料到秦峰毫不犹豫地拒绝了。

我能感受到秦峰这样选择的真正原因。他被抹除了十岁前的记忆来到现实世界，和一个普通人一样生长，更是爱上了一个叫廖含沙的女人，让自身缺失了情感的灵魂变得更加完整。

从他爱上廖含沙那一刻开始，他就已经是一个人类了，而不是占据人类身体躯壳的纯精神生命。

秦振蜀传递过来的意识波动充满了愤怒，似乎发动了某种在秦峰意识深处种下的禁制，让我感觉整个人都晕了一下，意识开始不停地下沉。

我知道，如果我们的联合意识下沉到意识本源中，很快就会被数百亿智慧生命聚合而成的意识本源同化，只剩下没有记忆的干净真灵。

我咬着牙用意志来对抗这种不停下坠的错觉，但意识依然变得越来越迟钝。我整个人似乎浸泡在温暖的海水中，懒洋洋的，丝毫不想动弹，意识也渐渐变得模糊。

记忆似乎在被海水冲刷着清洗掉。那些快乐或悲伤、幸福或痛苦的记忆，不分彼此地交织在一起，被慢慢清洗掉。在这个瞬间，我几乎能感受到五个人彼此大部分深刻的记忆，可这些记忆都在消失。

强烈的不甘在心中升起，对于失去这些记忆、失去这些记忆代表的无数感情的恐惧，让我和其他人振作起来。强烈的执念似乎到了某个临界点，周围原本空白的灵魂也似乎被这执念所感染，形成自身力量的补充。

尽管这力量微不足道，可这种感染还在继续蔓延，一个，两个……十个……百个……

数以百万计的空白灵魂似乎都被这执念感染，成为我们五个的意识联合体的一部分，让我们更加强大。

可这力量比起秦振蜀和控制伏羲古神的老爱华德来，依然不够。

留给我们的时间已经不多了，我能够感觉到老爱华德似乎放弃了和秦振蜀争锋，而是开始仔细地寻找对他有利的历史线。

以他掌握的力量，一旦时间被固定，我们就完全无法逆转。

巨大的恐惧在心底升起，尽管有着种种不甘，可胜利的天平依然在朝老爱华德和秦振蜀倾斜，最后获胜的人，很可能是这两个人的其中一个。

就在这个时候，我突然接触到一股无比温暖的意识。这股意识比我接触到的所有意识都要强大，甚至和伏羲古神相比都毫不逊色。

一个人首蛇尾的虚影在意识海中显化出来，和伏羲古神的神躯不同的是，这个虚影的人身部分，是一个女性。

我能够感觉到，这个几乎和伏羲古神一样强大的虚影，对我，对所有的人类都没有恶意，反而带着犹如慈母般的爱护。

几乎不用多想，我马上明白过来这巨大的人首蛇身的虚影，应该是当初的穆里亚文明残余的十几万精英意识聚合而成的另外一个女性神灵，是和伏羲古神相对应的，神话传说中创造了人类的女娲。

当然，女娲能够创造的，也只是人类的灵魂和意识，人类的身躯，是经过了亿万年的进化而来的。

当年的穆里亚文明，只留下了伏羲和女娲两个强大的意识聚合体，可女娲在“补天”中死去，我原本以为死去的女娲会形神俱灭，却怎么都没有想到，女娲的真灵回归了本源意识。

更让我惊喜的是，现实世界中对女娲的祭祀和崇拜，让女娲在本源意识中诞生了一点神性，并且这点神性还是偏向人类自身的。

几乎没有什么记忆、只剩下一点本能的女娲，是真的将人类当成了她创造出来的孩子，在人类即将面临有史以来最大威胁的时候，终于从本源意识的海洋中苏醒，帮助我们同化本源意识。

“女娲，怎么可能还活着？”老爱华德发出不甘的号叫。感觉到自己唯一的族人的苏醒，原本被禁锢了意志的伏羲古神开始了剧烈的抗争。老爱华德不得不将更多的力量用于压制伏羲古神的反抗，而原本他几乎要选中的某条历史线，只能眼睁睁地看着它渐渐远去。

随着力量的强弱变化，获得了女娲力量加持的我们在无穷的时间线中选择对这个世界影响最小的历史的速度，也越来越快。

最终，我们找到了一条极为稳定的历史线，只是一旦选择了这条历史线，我们之前所拥有的许多东西，都将失去。

在找到这条时间线的同时，从女娲的意识中传递过来一段信息，我瞬间就明白了所谓的伏羲秘卦，其实不是一个具体的卦象，而是指人心深处的情感。

从八卦演化为六十四卦，实际上一直隐藏着一个神秘的秘卦，我们都以为这个卦象肯定藏着惊天动地的秘密。但实际上，那只是一个再普通不过的卦象，那就是属于人类的“情感”。

伏羲八卦可以算出世间的一切，唯一算不出来的就是人内心的情感，因为情感本身是无法“计算”的，不是多一点或少一点的区别。

其实之前发现张道士为了张九红母亲的死，在数年前选择了背弃世界树组织时，我们已经隐隐悟到了这一点，只是没有将人的情感和伏羲秘卦联系到一起。

伏羲创造了八卦，但这八卦不是他本人创造的，而是他自灵龟的龟背上参悟所得。所谓的伏羲八卦，也只是指他是发现者，而并非第一个发明者。

真正的八卦发明者，其实是天地自然本身，只是借用灵龟壳上的纹路表现出来，被伏羲领悟到了其中蕴含的含义。

因此第六十五卦，关于“情感”的秘密卦象，实际上连伏羲本人都没有算出来过。

人类的情感是一种伟大和可怕的力量，分为许多种——如果一个人真心喜欢一个人，哪怕付出一切都心甘情愿，这是爱情；父母对自己的子女不计回报地付出，即使自己吃糠咽菜，也要给孩子提供最好的学习条件，这是亲情；有的人为了朋友能够两肋插刀，赴汤蹈火在所不惜，这是友情。

这世上的情感，有的看似可笑，有的看上去很傻，有的甚至不可理喻。但正是这些情感，共同组成了多姿多彩的人类社会，甚至一度主宰着我们的历史发展方向。

甚至，连原本是穆里亚文明中仅剩的女性成员女娲，也被人类的情感影响，最后“背叛”了自身的文明，将自己当成了人类的创造者，并对自己的创造物生出母亲般的爱护之情——哪怕牺牲自己，也要切断意识世界和现实世界的联系，将“天”的窟窿给补上。

这才是神话中女娲补天的真相。只是当初女娲如此做的后果，就是自身死亡，只剩下一点真灵在意识本源中沉睡。

可现在，为了让人类扭转有史以来最大的生存危机，哪怕只剩下一点真灵，女娲也要帮助人类取得最后的胜利，就算是要面对自己唯一的族人，也在所不惜。

在我们最终选择的这条时间线里，人类不会失去情感沦为纯粹的精神生命体。但是，我们这群知情者会失去超凡力量。

这条时间线的古蜀国依然被秦国所灭，却不是因为五丁力士和巴蛇神同归于尽而国力大损，而是因为当时的秦国在变法后国力进步，而十二世蜀王却昏聩无能。

这条时间线依然说不上完美，人类依然存在许多问题，比如环境污染、战乱、核威胁、恐怖主义……可所有的不完美，终究有解决的办法，因为这条时间线上的人类始终以“情感”作为社会的基础，我们对这世界不完美的地方有多，也证明了我们对光明有多爱。

不再有任何犹豫，借助女娲的力量，我们五个人几乎是同时在意识本源中选择了这一条时间线。远处传来老爱华德和秦振蜀的绝望的叫喊声，与此同时，伏羲古神也挣脱了老爱华德的控制。

巨大的压力随之而来，和伏羲古神相比，哪怕能影响附近的本源意识，我们也不是它的对手。

但让我们始料不及的是，伏羲古神并没有攻击我们，而是呆呆地望着我们身后的女娲虚影。

那是它的妹妹，也曾是它的妻子，是这个世上它唯一的亲人、爱人以及族人。

当初女娲为了人类而牺牲，让伏羲陷入无边的愤怒，发誓要扭转这一切，给予人类最惨烈的报复。可当女娲再度出现在它面前时，似乎什么报复和仇恨，都可以放在一边了。

伏羲古神发出一声深远的叹息，似乎有些明白了女娲当初和现在的选择。穆里亚文明已经结束了，但并未彻底地结束，因为人类就是那个生物能文明的继承者。

作为由十几万穆里亚文明精英构成的意识聚合体，它曾有过不甘，可现在，女娲用自己最后的生命在向它证明，或许选择人类作为穆里亚文明的继承者，也不是不能接受的事情。

伏羲古神的蛇躯，开始不停缩小，上半身更是显露出人形，那是一个健硕的东方男子的形象。

女娲似乎也发出无言的欣慰，虚影迎上了伏羲古神显露的身躯，两条巨大的蛇尾相互交缠，形成犹如人类基因链的双螺旋。

老爱华德原本完美无缺的神躯，开始衰老，最后变得和我们之前在南美庄园的密室中看到的样子差不多。失去了伏羲力量加持的他，这时和那个如同植物人一样的老人没有任何区别，想要说什么，却发不出任何声音。

最后，老爱华德的身体开始崩溃，是完全的崩溃，连意识真灵都没有留下丝毫。

看着虚空中伏羲女娲所化的巨大的螺旋，此时的我们终于悟透了伏羲秘卦隐藏的最后一个卦象，是人类的自身的情感。我们五个人的记忆影响到了附近的本源意识，而这些本源意识又彼此影响和辐射，最终沟通了世界上所有人的潜意识。

世人不会对这沟通有丝毫察觉，所有的选择，都是在意识海深处本能做出的，不会受到任何记忆和性格的影响。

世界似乎停顿了一下，也许是半秒钟，也许还不到，也许是更长的时间，原本纷乱的时间线开始消失、塌缩。无数历史碎片在我们眼前一一闪过，一瞬间就像经过了千万年。

真实的历史因为被新的历史掩盖，和现实中野史杜撰出来的虚假历史相互混淆，最终被分割成不同的碎片。因为野史记载了多种可能的不同历史，相互纠缠在一起，形成时间线上的各种分支乱流。

但真实的历史或者说历史唯一正确的走向，会被人类的潜意识记录下来。

历史的走向一旦发生偏差，时间宏将进行自我修正，这种修正的幅度会造成时间动荡，从而让人产生某种不真实感。比如，有时候我们总觉得当前发生的事情或者见过的人，似乎之前发生过或见过，有种似曾相识的感觉，其实这可能是时间宏在进行自我修正，从而影响到人的记忆。

人类的情感和历史线相互纠缠影响，历史的惯性瞬间被加速，最后塌缩成一条唯一确定的线，这是属于我们的时间线。

当这条时间线被确定之后，天空中的螺旋开始崩溃消散，最后分解为十几万普通的空白意识，融入本源意识中，成为其中微不足道的一分子。

世人依然会记得伏羲古神，但我们只会记得他是中华文明的人文始祖，是某个部落的名字，是参悟灵龟背壳而创造了伏羲八卦的上古圣人。而女娲，依然会被当成创造了人类的始祖神，被永远地铭记。

秦振蜀的身影渐渐变淡，他的嘴巴不停地张合着，我能从他的口型中勉强读出来，他在念着：“古蜀，古蜀……”

秦振蜀的身影彻底消失，只是在他消失的最后一刻，似乎恍然大悟般留下一个极为懊恼的眼神。

这个情绪化的眼神，说明了他或许终于恢复了一点点作为人类的感情。

尾声

两个月后，失去了超凡力量的铁幕和真相派相续解散。

我们最终选择的时间线，没有超出当前技术的各种强效药剂，没有活性金属，甚至我们之前探险过的五神地宫和青铜之城，都消失不见了。

秦峰在意识本源中受到重创，加上他不是这个世界的人，最多只剩下一年寿命。得知这个结果后，他没有伤心，反而带着醒过来的廖含沙开始了环游世界的旅行。

他要在生命的最后时光里陪着自己心爱的人，在这个世界留下属于自己的足迹。

不久后，我收到他发来的在非洲大草原拍摄的照片。照片上的秦峰再也不是那张冷漠的扑克脸，笑得十分灿烂。

这天是博物馆免费开放日，我、敖雨泽、明智轩、肖蝶和叶凌菲又来到金沙遗址博物馆。一件件精美绝伦的文物我们其实十分熟悉，可每一次观看时，都还是忍不住惊叹古蜀人的想象力和创造力。

我在装有黄金面具的玻璃展柜前停住，看着周围熙熙攘攘前来参观的人群，突然觉得这样的平凡世界，或许才是最真实和可贵的。

我下意识握住了敖雨泽的手，她这次没有任何犹豫，反手将我的手也握住。

在黄金面具的注视下，我和敖雨泽相视一笑。尽管我们都失去了金沙血脉的力量，变回了普通人，也不再具有悠长的寿命，可我们都不觉得可惜。

放下了一切担子的我们，也应该做一件普通人都会做的事情才对。比如，谈一场以结婚为目的的恋爱。

明智轩在一旁笑嘻嘻地接近肖蝶，似乎也想去牵肖蝶的手，却被肖蝶抓住，拧住他的耳朵，不轻不重地旋转了一圈。

明智轩疼得想要叫唤，却因为是在公共场合生生忍住。可他嘴角的那抹发自真心的笑意，却怎么都掩饰不住。

我看向形单影只的叶凌菲，她的眼神有些落寞。

不知道为什么，我总觉得她落寞的眼神背后，藏着一丝不易察觉的冰冷，就像这落寞的眼神，是模拟出来的。

旁边还有人在黄金面具前自拍，发朋友圈。

这是一个资讯爆炸的时代，信息以前所未有的速度加速传播，多数人的认知和观念，每时每刻都在发生变化。

我们想要从这些信息中获得什么，这些信息又能改变我们什么，被动或主动接收的信息，对自己到底有什么影响，它们是造就还是改变下一秒的“我”？

历史的走向和时间弦就在这些信息乱流中被一点点扰动，谁也不知道它们是否会让那个彻底沉寂的纯精神世界再度苏醒。

破局者

（精彩片段预览）

……

整整一张报纸，没有一点好消息。半个月来，东北越打越厉害，一点没有收手的样子。从新闻的字里行间，张伯谦闻到了战争的味道。他心不在焉地吃着早餐，心里一直在盘算：万一真打起来该怎么办？有没有必要搬到广州去，甚至去香港？去香港老爷子肯定是不同意的，如果真到了香港又该投奔谁，又能靠什么生活？这些乱七八糟的事要等妻子回来了好好商量一下。

报纸的最后一页是广告版，张伯谦通常不会详看，但今天他的目光却被一篇广告吸引住了。

今天的广告页和往常不同，在最醒目的位置，整整半个版面都被同一则广告占去了。上面写着几行大字："淮海路张家今日上午十点整有要事宣布，敬请各大报社记者届时光临。"旁边还有一行小字，写着具体地址："淮海路十七号，张宅恭候大驾。"

这个地址越看越眼熟，张伯谦愣了半晌，终于反应过来——

这不就是自己家吗？！